HEAVEN, TEXAS

ROMANCE
AGE
213

天堂德州

Susan
Elizabeth
Phillips

蘇珊・伊莉莎白・菲力普斯
林子書 譯

ROMANCE AGE

213

德州天堂

Heaven, Texas

出版者	果樹出版社有限公司
地址	台北市中山區104龍江路71巷15號1樓
電話	(02)27765889～0
傳真	(02)27712568
發行字號	局版台業字845號
初版	第一版2014．5月
國際書碼	ISBN 978-986-165-994-7
本社法律顧問	蕭雄淋律師

定價：新台幣340元

果樹劃撥帳號：19341370

網址：love.doghouse.com.tw

E-mail：love@doghouse.com.tw

ROMANCE AGE

浪漫世代

一 讀 上 癮 ， 無 法 自 拔 ， 愛 不 釋 手 ！

很多人對翻譯羅曼史有狹隘的觀念，以為通篇只有愛情，
其實愛情只是重要環節，議題可以溯及浪漫、驚悚、推理……
精采度絕對不亞於一般大眾書迷喜愛的類型小說。
如果你沒有讀過翻譯羅曼史，

那麼你**絕對不能錯過** Romance Age；

如果你熱愛閱讀翻譯羅曼史，

那麼你**怎能不愛** Romance Age！

果樹出版 VS. 翻譯羅曼史

1. 台灣翻譯羅曼史出版指標
2. 出版、經營時間最長
3. 網羅享譽國際羅曼史名家
4. 慧眼引介潛力新作家
5. 集結《紐約時報》暢銷書
6. 專業編輯群傾力製作
7. 匯集優質翻譯高手
8. 保有原著完整性
9. 內文設計清新易讀
10. 封面風格浪漫唯美又優雅

ROMANCE
AGE

214

勾情謎蹤

Seduction in Death

作者◎J.D.Robb J.D.羅勃（Nora Roberts 娜拉・羅勃特）
譯者◎康學慧

他計劃、他挑選、他誘惑，一切由他全權掌握。
陷入他的遊戲之中，唯一的下場便是付出性命……

★ 榮獲《浪漫時代》終身成就獎的傑出作家
★《紐約客》雜誌盛讚「才華橫溢又花樣百出的絕妙説書人」
★ 亞馬遜書店電子書著作合計銷售超過百萬冊

約會的遊戲規則：每對一名女子下手，就得一分……

搖曳的燭光，優雅的音樂，床畔的花瓣——徹頭徹尾的浪漫場景，卻是墜樓事件的案發現場。依芙進行調查時，發現真正死因是過量使用罕見的昂貴催情禁藥，但死者在難以追蹤真面目的網路聊天室與凶手結識，就算依芙掌握了諸多線索，調查時卻處處碰壁，有了證據卻找不到人。

當再次出現受害者時，依芙察覺到，凶手不只手法進化，心態也變得更凶殘。究竟這是難以滿足的浪漫幻想變了調，或者純粹是冷血殘暴的勾情競賽呢？即使依芙看不出真相為何，但她知道，在凶手繼續得分之前，她一定要阻止他……

果樹出版社　台北市104龍江路71巷15號　郵撥帳號：19341370
103年6月出版　電話：(02)2776-5889　傳真：(02)2771-2568　網址：love.doghouse.com.tw

莫顏

創意天后出手，
江湖情事，一愛泯恩仇～～

橘子說 1120.1121

《桃花女與狐狸男》上+下集

他們之間，本只是一場交易；只問利、不問情！
直到詭詐如狐的他，發現她這朵桃花清香玉潔、妖嬈迷人後，
魔爪決定伸向那些打她主意的男人——
敢跟他搶，先問他的爪子同不同意！

★ 5/20出版，原價400元，**特價300**元，
首刷隨書附贈樹蔭繪製精美海報，
週年慶期間，作者簽名書限量發售，
再送【狗屋精緻書套】×2。

梅貝兒

正宗古典範兒，
一套新書兩樣情，忒過癮！

橘子說 1122.1123

《清風拂面》

小套書之〈**夫管嚴**〉、〈**結髮夫**〉

她，任憑再柔情繾綣，總盼不到夫君的憐愛疼寵；
她，渴望與夫婿和美度日，洞房夜後的避子湯卻擊碎美夢！
誰教大宅門裡的黑歷史，是不能碰觸的秘密，
且看她們如何打開禁忌盒子，解放相公的心——

★ 6/3出版，原價380元，**特價285**元，
首刷隨書附贈威廉繪製精美海報，
週年慶期間，作者簽名書限量發售，
再送【狗屋精緻書套】×2。

季可薔

蕭家老么賀成家，
撒花獻上
【蕭門英烈追妻記 3】

橘子說 1119

《姊姊我要妳》

年紀比妳小怎樣？
當我是弟弟又怎樣？
姊姊，妳注定做（是）我的女人！

★ 5/20出版，原價190元，**特價142**元，
首刷隨書附贈樹蔭繪製精美海報，
週年慶期間，作者簽名書限量發售，
再送【狗屋精緻書套】×1。

采花 主題書

國民愛情百百款．寶島夜夜曬恩愛?!
快來一起【Love in Taiwan】

伍薇 采花系列 1246《情定緣投兄》

外表狂野、內心文青（無誤）的緣投兄徵「牽手」中！

米琪 采花系列 1247《醉愛小米酒》

小米酒還不夠烈！那女孩的甜美笑容才讓人沈醉……

橙諾 采花系列 1248《相遇油桐花》

一場油桐花下的浪漫邂逅，卻演變成互不相讓的針鋒相對?!

★ 5/29出版，單本原價190元，**特價142**元，
加值優惠→購買整套加贈台灣特色紙膠帶一捲，
送完為止～～買一本**再送【狗屋精緻書套】**X 1！

第*1*章

「貼身保鑣！我不需要什麼保鑣！」

巴比・湯姆・鄧騰（Bobby Tom Denton）在地毯上踱步，紫色鱷魚皮牛仔靴的銀色鞋尖在陽光下閃耀。走著走著，他忽然雙手按住律師的辦公桌。

傑克・艾庚謹慎地注視他。「風車影業認為你需要。」

「我才懶得理他們怎麼想。大家都知道南加州的人沒腦子，也許除了一些牧人例外。」巴比挺直腰，把瘦長的身軀收進皮椅內，兩腳架上桌子，腳踝交疊。

傑克仔細看著他最重要的客戶。巴比今天的穿著算是保守了，白色亞麻長褲、淺紫色絲襯衫、紫色鱷魚皮靴、淺灰色牛仔帽。這位退休的外接員，無論走到哪兒，都會戴著牛仔帽，他有些女友還信誓旦旦地說他在做愛時也沒摘下帽子，但是傑克不怎麼相信。儘管職業橄欖球生涯使他十年來泰半住在芝加哥，巴比倒真是以身為德州人而自豪。

有著那張足以登上雜誌封面人物的俊臉、吃定女人的笑容，以及兩枚燦爛奪目、鑲著鑽石的超級盃冠軍戒，巴比・湯姆・鄧騰是職業橄欖球界最赫赫有名的金童。打從職業生涯一開始，電視觀眾就愛上了他鄉村男孩般的風格，但與他對戰的球員，才不會受這種乖寶寶形象所惑。他們知道巴比聰明無比、銳不可當，要多強悍就有多強悍。他不只是國聯有史以來最受矚目的外接員，同時也是最優秀的。五個月前的超級盃，他膝蓋受傷，不得不以三十三歲之齡退休，好萊塢自然不會放過機會，一心想把他塑造成冒險動作片的新英雄。

「巴比，風車的人自有擔心的理由。他們付了幾百萬美元來拍你的出道電影。」

「我是橄欖球員，不是見鬼的電影明星！」

「你今年一月就退休了，」傑克指出。「況且，簽下電影合約也是你的主意。」

巴比摘掉帽子，抓抓濃密的金髮，再把帽子戴上。「我那時喝醉了，又正在擔心未來。你明知不該讓我在醉醺醺的時候做出重要的決定。」

「我們是老朋友了，可是我從沒見過你喝醉，所以別拿這個說法當藉口。你碰巧也是我所認識最有生意頭腦的人，而且你當然不缺那點小錢。假如你不想和風車簽約，你根本就不會簽。」

「是啊，這麼說吧，我現在改變主意了。」

「你簽過的合約已多到數不清了，但你從未毀約。你確定要從此刻破例？」

「我可沒說過要拒絕執行那張該死的合約。」

傑克撥弄著兩個檔案夾和一罐胃藥。他們當了十年的朋友，但傑克卻不敢說自己比巴比的理髮師更瞭解他。巴比的舉止雖然和善，但他其實非常注重隱私。傑克倒不怪他，世上每個人都想和巴比沾親帶故，他不得不保護自己。依傑克看來，巴比做的還不夠好。每個退休運動員、窈窕女郎、同鄉好友，只要編得出一套賺人熱淚的故事，都把巴比當成好騙的凱子。

傑克撕開藥罐上頭的銀色錫箔。「我好奇一問，你知道怎麼演戲嗎？」

「我會知道才有鬼！」

「我也這麼想。」

「反正有什麼差別？電影這種玩意兒，不是踢人屁股，就是脫女人衣服。嘿，這些我八歲就會了。」

傑克會心一笑，這種說法真是典型的巴比風格。但無論巴比怎麼說，傑克還是相信他打算在電影界一鳴驚人。從購買土地到併購新企業，只要是巴比想做的事，他都會全力以赴。話說回來，這次拍電影的事，他可真是不慌不忙。

傑克往椅背一靠。「兩小時前，我才和風車的柳兒・柯萊談過，她非常不高興，尤其是因為你堅持要在杜樂沙拍攝。」

「他們說要拍德州小鎮，你也知道那裡的景氣有多差，拍部電影會有幫助。」

「我還以為你竭盡所能地想避開你的家鄉呢，尤其是目前那裡又正忙著什麼復興小鎮活力的盛大慶典。」

巴比瑟縮一下。「別提醒我那件事。」

「不管怎樣，你得過去。風車已經把設備、人員都搬去了，但是少了你，他們沒法開工。」

「我跟他們說過，我會去的。」

「兩週前，你也說過你會去洛杉磯開會、試裝。」

「試什麼狗屎裝，簡直浪費時間。我早就是國聯最炫的衣架子，哪還需要試裝？」

傑克放棄了。一如往常，巴比決定要我行我素。剝開他平易近人的假象，這個德州佬倔得跟驢子一樣，不喜歡給人牽著鼻子走。

巴比把腳放下來，緩緩起身。雖然巴比盡力掩飾，傑克仍看出不得不退休使他深感震驚。自從醫師告知他不能再打球，巴比便夜以繼日埋首工作，彷彿他是瀕臨破產的人，而非運動界的傳奇人物。芝加哥星隊願意為巴比付出百萬薪資，但與他的資產總額一比，那點薪資又只是九牛一毛了。依傑克的猜想，這一紙電影合約可能僅是巴比在思索餘生該何去何從之際，用來打發時間的調劑。

巴比停在門口，用那令所有聯盟球員都退避三舍的眼神，冷冷看向律師。「你現在就跟風車聯絡，叫那些保鑣可以回去了。」

巴比的語氣平和，但傑克並未因此受騙。巴比向來知道他要什麼，而且一定會達到目的。

「對方恐怕已經上路了。而且他們派的是隨從，不是保鑣。」

「我說我會去杜樂沙，我就會去。要是那個混帳保鑣跑出來，以為他可以牽著我的鼻子走，那他最好有金剛不壞之身，否則我最後會把我的名字刻在他背上，讓他畢生難忘。」

傑克瞧了瞧面前的便條簿，決定此刻不應告訴巴比，風車公司派來的「金剛不壞之身」隨從，芳名是葛蕾・雪諾。他悄悄將便條簿收到檔案夾下，衷心希望雪諾小姐有圓翹的玉臀、男人一見就垂涎的豐胸，還有食人魚般的本能。否則，碰上巴比，她一點機會都沒有。

葛蕾・雪諾（Gracie Snow）正在忍受剪壞了頭髮的第一個月，潮濕的七月晚風將一綹紅銅色頭髮吹到眼前；她早該知道，不該信任一個叫「愛德先生」的理髮師。但她向來不是悲觀的人，所以沒有成日對這淒慘的髮型憂心忡忡，而是鎖上租來的車，走向巴比・湯姆・鄧騰家的步道。

弧形車道上停了六輛車，逐漸接近這幢能俯瞰密西根湖的柏木與玻璃建築時，她聽見震耳欲聾的音樂。時間將近九點半，她很想把會面延到明天早晨，讓自己休息一個晚上，不會那麼緊張。可惜時間緊迫，她必須向柳兒・柯萊證明，她能夠效率十足地執行第一件任務。

這幢房子的設計頗不尋常，低矮卻往周遭延展，屋頂呈尖角，上漆的前門鑲著大腿骨似的鋁門把。房子似乎不合她的品味，但也因此更耐人尋味。不去理會胃裡的翻攪，她毅然按下門鈴，一面整理她最好的藍色套裝。套裝沒什麼造型，裙襬適中，一點也不時髦。一路從洛杉磯飛到芝加哥的歐海爾機場，裙子已縐得不像樣，但她反正一向不會穿衣服。有時葛蕾覺得她對時尚的判斷早已扭曲，起碼落後二十年，誰教她是在老人堆裡長大的呢！

她又按一次門鈴，彷彿聽見屋裡有鑼聲，但音樂聲太大，很難確定。她的神經末梢竄過一絲期待，這場宴會似乎玩得很瘋。

葛蕾已三十歲，卻從未參加過狂歡宴會。會不會放春宮電影？還有一碗接一碗的古柯鹼？兩者她都不贊同，可是既然她沒有親身體驗，還是不要憑空判斷。畢竟，要是不能敞開心胸接受新經驗，她要如何開拓新生活呢？倒不是她會開放到考慮吸毒，不過春宮電影……也許只偷看幾眼。

她連續按了兩下門鈴，隨手把另一綹鬆脫的髮絲，塞回她綁得歪七扭八的法式髮髻。在她的想像中，新髮型能取代十年來不夠時髦卻容易整理的舊髮型。她以為會是柔軟有弧度的造型，使她看來像嶄新的女人，結果愛德先生做出的成果卻完全不是那麼一回事。

她為何就是不能記取教訓？每次想改善自己的外貌，哪次不是災難收場？青少年時期，她就因為染髮劑的分量計算錯誤，而頂了一頭綠髮好幾個月。為了消雀斑去搽乳霜，卻害她過敏，皮膚好像著火。高中時她上臺報告，胸罩的襯墊卻移位，至今她仍能聽見全班同學的哄堂大笑。那是最後一根稻草，從此之後，葛蕾就認命地接受了口無遮攔的母親從她六歲開始就不斷重複的話。

葛蕾・雪諾，我們以平凡為榮。妳永遠漂亮不了，接受現實吧，這樣妳還會快樂些。

她的身高剛剛好，既無法矮得俏皮，也高不到窈窕。胸部雖不至於是飛機場，但也好不到哪兒去。眼睛既不是溫暖的棕色，也不是耀眼的藍色，而是單調乏味的灰色。雖然鼻梁上散佈雀斑，雀斑底下卻有潔淨的肌膚，而且鼻子又小又直，但是她也不再為此掛心或高興了。葛蕾如今寧可一心一意感激上帝賦予她更重要的天賦：聰明、機智、幽默，還有對人性價值永不饜足的興趣。她告誡自己，個性比美貌重要，唯有在最沮喪的時刻，才會想拿她的正直美德、組織能力去換一副D罩杯。

前門終於打開，打斷了她的思潮。葛蕾面對著一名她所見過最醜的男子——魁梧的拳擊手，粗脖禿頭，肩膀鼓起。她很有興趣地注視他，他也上下打量她的海藍套裝、潔淨的白上衣，以及簡樸的黑皮鞋。

「妳有事嗎？」

葛蕾挺直肩膀，抬高下巴。「我來找鄧騰先生。」

「也該是時候了。」他二話不說，抓住葛蕾的手臂拖她進門。「妳有沒有自己帶音樂來？」

那個問題讓她愣住了，因此對門廳只有模糊的印象：石灰石地板，一尊巨大的鋁質壁雕，一塊花崗岩上面放著一頂日本武士頭盔。「什麼音樂？」

「真是的，我還特別提醒黛娜，要妳自己帶音樂。算了，用上個女孩留下來的那捲錄音帶就好。」

「錄音帶？」

「巴比在熱水浴池那兒。大夥跟我想給他一個驚喜，妳在這裡等一下，我去準備，然後我們一起進去。」

說完他就消失在右邊的日式拉門之後。葛蕾瞪著他的背影，既心驚又好奇。他顯然認錯人了，但既然巴比．湯姆．鄧騰壓根兒不接風車影業的電話，她似乎應該把握住這次機會。

若是以前的葛蕾．雪諾，她會耐心等候那人回來，再把誤會解釋清楚。但新的葛蕾．雪諾渴望冒險，不知不覺中循著喧囂的音樂，走上彎曲的走廊。她途經眾多房間，從未見識過如此景象。葛蕾私底下頗為重視感官享受，所以光用眼睛看，並不能滿足她。她的雙手很想碰觸沿途那些放置在熟鐵基座上的雕刻，也想撫摸各塊花崗岩平臺上的不規則頂部花紋，彷彿是史前樹木的橫切面。她想把手掌貼在牆壁上，感受上面的灰漆，還有那些骨灰顏色的皮革。低矮的斑馬紋帆布家具在召喚她，尤加利樹的氣味從古甕飄出，刺激著她的鼻子。

除了尤加利樹以外，她還嗅到氯氣。繞過一組堆在牆角的岩石，她瞪大眼睛。走廊盡頭是豪華的洞室，四壁是高達天花板的磨砂玻璃。黑色大理石地板上嵌著不規則造型的花床，棕櫚樹、綠竹、各種異國植物茂密蓬勃，整間洞室顯得既像熱帶地區，又像史前世紀。鋪著黑色瓷磚、形狀奇特的浴池在樹叢間若隱若現，好似隨時會有恐龍佇足飲水。連躺椅和桌子都是石製品，與原始的氣氛融為一體。

洞室的裝潢或許是史前風格，穿梭其間的賓客卻時髦得很，算起來約有三十人。女的年輕貌美，男的膚色不一，都是肌肉鼓脹、脖子粗實的壯漢。除了令人不敢恭維的名聲之外，葛蕾對橄欖球員一無所知。看到女士們多半身穿小到極點的比基尼，她不禁暗自期待，希望自己有機會親眼目睹狂歡宴會其中的一幕。就算有人邀請，她也不可能參與那種事，但當個觀眾應該會很有趣。

女性的尖叫聲引起葛蕾的注意。她轉頭看向窗邊，高起的平臺上有一堆石塊，石堆中央冒出熱騰騰的蒸氣。四名女郎在熱水浴池中嬉戲，葛蕾看著她們閃爍著水珠的古銅色酥胸，在小小的比基尼下顫動，心裡既羨慕又嫉妒。接著她的視線瞥向佔據平臺的那名男子，整個人霎時呆住。

因為看過照片，她一眼就認出他來了。他站在浴池旁，儼然像是檢閱後宮的蘇丹王。看著他，葛蕾所有最深沈、最隱密的性幻想，突然躍動了起來。這就是巴比・湯姆・鄧騰。我的天啊！

他簡直是她有生以來曾幻想過的所有情人的化身，包含高中時對她視而不見的帥哥，總記不住她名字的俊俏青年，恭維她思慮清晰、卻從不邀她約會的職場俊男。像他這樣耀眼的超凡生物，一定是某個變態的上帝故意把他放到世界上，用來教訓像她這樣的平凡女子：有些事情，可望而不可及。

葛蕾從照片中得知，那頂牛仔帽下是濃密的金髮，帽簷遮擋的是一雙子夜藍的眼眸。他的顴骨可能出自文藝復興時代名雕刻家之手，與她大相逕庭。他的鼻子挺直有力，下巴堅毅，那張嘴則該掛上限制級標誌。他渾身散發著男性氣概，看著他，葛蕾感覺到椎心的渴望，就如夏夜躺在草地上仰望繁星。他閃亮一如燦星，也同樣高不可攀。

他戴著黑色牛仔帽，腳蹬蛇皮牛仔靴，身著紅綠雙色閃電圖案的絲絨浴袍。他一手握著琥珀啤酒瓶，嘴角叼著雪茄，浴袍以下、靴筒以上露出強健的腿部肌肉。想到浴袍下是否一絲不掛，她的嘴不由得乾澀。

「嘿！我不是叫妳在門口等嗎？」

葛蕾跳了起來，方才開門的大漢突然來到身後，手裡提著音響。

「黛娜說妳很辣，可是我跟她說要金髮妞，」他狐疑地打量她。「巴比喜歡金髮妞。妳假髮下面是金髮吧？」

她的手飛向法式髮髻。「其實——」

「我喜歡妳這套圖書館員的戲服，不過妳化的妝太淡。巴比喜歡女人化濃妝。」

葛蕾又瞄向平臺，心中暗忖，應該還要有大胸脯吧？巴比也喜歡胸部很豐滿的女人。

她轉頭看向音響，思考該如何釐清兩人的誤會，還在想合適的解釋時，那人卻搔搔胸膛。

「黛娜有沒有告訴妳，我們要一點特別的花樣？他最近退休，心情很不好，甚至說要離開芝加哥搬回德州。我和小伙子們覺得脫衣舞孃也許可以讓他笑一笑，巴比愛死她們了。」

脫衣舞孃！葛蕾．雪諾的手指抓著假珍珠項鍊，不斷抽搐。「天啊！我應該解釋——」

「有一次我還以為他會娶那個脫衣舞孃呢，可惜她沒通過他的橄欖球測驗。」他搖頭。「我還是不能相信，體壇史上最偉大的外接員就這麼高掛球鞋，轉向好萊塢發展。唉，都怪那個該死的膝蓋。」

他不像是在對葛蕾說話，倒像自言自語，因此葛蕾也就默不作聲，忙著消化驚人的真相——這個人竟錯認她，地球上最後一個三十歲的處女，是個脫衣舞孃！

真叫人尷尬。真叫人驚駭。真叫人興奮！

他又一次挑剔地注視她。「黛娜上次派來的人，穿得像修女，巴比簡直笑翻了，不過她的妝濃多了。巴比喜歡女人化濃妝，妳最好去補補妝。」

她早該解釋清楚了，於是葛蕾清清喉嚨。「先生，不好意思——」

「叫我布諾，布諾・梅西。柏特・桑莫維還是老闆時，我在芝加哥星隊打球。當然，我不像巴比是先發球員。」

「我懂了。呃，事情是這樣的——」

從浴池又傳來一陣女性的尖叫聲，讓葛蕾分了心。她抬起眼，看見巴比縱容地望著在他腳邊嬉鬧的女子，他身後的玻璃隱約可見遠處密西根湖上的燈光。剎那間，她眼睛一花，感覺巴比似乎飄浮在太空，是個戴著牛仔帽、穿皮靴、浴袍的星際牛仔，不像凡夫俗子那般受到地心引力的羈絆。那雙皮靴上似乎有隱形馬刺，馬刺以超音速的速度轉動，迸射出閃亮的火花，照亮了他的每一個動作，擴大了每一個動作的意義。

一名女郎從熱水池的泡泡中起身。「巴比，你說我可以再考一次的。」

她說得很大聲，賓客發出喧鬧歡呼。大家很有默契地紛紛轉頭看著平臺，等待巴比回應。

巴比仍舊一手拿著雪茄和酒瓶，另一手插入浴袍口袋，擔憂地看著她。「茱莉寶貝，妳確定妳真的準備好了嗎？妳知道只有兩次機會，而且上一次妳把亞力・狄克森的生涯持球推進總距離，弄錯了至少一百碼。」

「我確定，我一直很用功。」

茱莉就像是《運動畫刊》的泳裝模特兒，款款從熱水中出來，潮濕的金髮貼著香肩，坐在水池邊緣，露出三塊藍綠色、鮮黃條紋的小小三角形布料。葛蕾知道很多人會反對這麼暴露的泳裝，但葛蕾深信女人必須要突顯自己的本錢，因此覺得茱莉美極了。

有人關掉了音樂。巴比坐在石塊上，蹺起二郎腿。「那就過來吻我一下，沾點好運吧。妳這一次可別讓我失望噢，我差不多已經決定要讓妳當巴比太太了呢！」

茱莉順從巴比的要求，葛蕾疑惑地看著布諾。「他拿橄欖球考她們？」

「當然嘍！橄欖球有如巴比的生命，他又是那種不考慮離婚的人，所以他知道娶一個不懂橄欖球的女人，他不可能快樂。」

葛蕾思考著這項資訊時，巴比親吻茱莉，拍了她濕答答的臀部，催她坐回原處。

賓客都聚集到平臺附近，喜孜孜地看熱鬧。葛蕾趁著布諾也全神貫注之際，退後幾步，踏上後面的臺階，以免漏看好戲。

巴比將雪茄在瑪瑙菸灰缸裡捻熄。「好吧，寶貝。我們從四分衛開始，三選一。泰瑞・卜雷霄、廉恩・道森、包柏・奎希，哪個人的傳球成功率最高？注意唷，我的問題已經有點放水了，沒有問妳成功率的實際數字，只問誰的排名最佳。」

茱莉撥開一綹濕髮，朝他綻開自信的微笑。「廉恩・道森。」

「很好。」熱水浴池反射了照明設備的光線，即使巴比戴著牛仔帽，他的臉仍清晰可見。葛蕾站得雖遠，依舊察覺到那雙藍眸閃動著笑意。喜好研究人性的她，看戲的興致越來越濃厚。

「現在我們再來看看，上次那一題的答案妳弄清楚了沒。請妳回想一九八五年代，說出美聯的首席跑衛。」

「簡單，馬可・艾倫。」

「國聯的呢？」

「柯特——不對！是傑若・理格。」

巴比一手按著胸口。「呼，我的心臟差點被妳嚇停了。好，再一題，超級盃有史以來，射門得分最長距離的紀錄保持者是誰？」

「一九七〇年，建恩・史納儒，第四屆超級盃。」

他環顧眾人，嘻嘻而笑。「我是唯一聽見婚禮鐘聲的人嗎？」

葛蕾暗笑他的狡詐，俯身向布諾耳語。「這不是太兒戲了嗎？」

「只要能贏，誰在乎。妳知道巴比的身價有多高嗎？」

她猜測絕對不低。她聽著巴比又問了兩個問題，茱莉都答對了。除了美貌之外，這名金髮女郎的見識也相當廣博，但葛蕾隱約覺得，她還沒有聰明到能壓過巴比。

她又向布諾耳語。「這些小姐當真相信他是認真的？」

「他當然是認真的。不然他這麼喜愛女人，為何到現在還打光棍？」

「也許他是同志？」她暗示，不過僅是出於提供討論素材而已。

布諾的濃眉卻猛然一挑，急急開口。「同志！巴比．湯姆．鄧騰？老天，他玩過的洞，比獵人抓過的獵物還多呢！千萬別讓他聽見妳這麼說，他搞不好會——呃，我連想像都不敢。」

葛蕾從不相信異性戀男人會因為被說成是同性戀，而感覺受到威脅，不過既然她不是男性行為的專家，她很可能沒有抓到重點。

茱莉又回答了一個名字，華特．斐頓，匹茲堡鋼鐵人隊。巴比站了起來，沿著平臺踱步，彷彿在苦苦思索，葛蕾只覺得他在演戲。

「好吧，寶貝，現在專心唷！只差一個問題，妳就可以步上紅毯了，而且我已經在想我們生出來的孩子會有多漂亮了。自從拿下第一個超級盃冠軍之後，我還沒承受過這麼大的壓力呢！妳有專心嗎？」

茱莉完美的額頭出現深溝。「有。」

「好，甜心，別讓我失望噢！」他舉起酒瓶，一口喝乾，放下瓶子。「大家都知道門柱高十八英呎、寬六英吋，橫桿的頂面——」

「離地十英呎！」茱莉尖叫。

「噢，甜心，我太敬重妳了，不會拿這麼簡單的問題來侮辱妳的智慧。等我說完嘛，否則要加兩個問題。」

她一臉駭然，連葛蕾都於心不忍。

巴比雙手抱胸。「橫桿的頂面距離地面十英呎，門柱高出橫桿三十英呎以上。現在問題來了。甜心，在妳回答前，記住這件事——我的心掌握在妳的手中。」葛蕾滿懷期待地等著。「為了能當上巴比太太，告訴我，綁在門柱上的緞帶，正確尺寸為何。」
茱莉從浴池邊跳起來。「我知道，巴比！我知道！」
巴比全身僵住。「妳知道？」
葛蕾低聲輕笑。茱莉真要答對了，那也是他的報應。
「寬四英吋，長六十英吋！」
巴比捶胸頓足。「唉呀，寶貝！妳把我的心扯下來踩了個稀爛。」
茱莉的臉垮掉。
「是寬四英吋，長四十八英吋。甜心，是四十八，我們距離禮堂只有小小的十二英吋。唉，我從來沒有這麼傷心過。」
葛蕾看著他擁住茱莉，相當徹底地吻她。這傢伙或許是北美洲最虛華不實的沙豬，但葛蕾不得不佩服他的膽識。她著迷地看著他的手罩住茱莉豐滿的赤裸翹臀，她自己的臀部肌肉也不由自主地繃緊。
賓客亂烘烘地推擠著，有的人踏上平臺，安慰金髮的失敗者。
「來吧！」布諾拉住葛蕾手臂，將她向前推。
簡單的誤會失去了控制，使葛蕾驚駭地屏住呼吸，她急忙轉頭。「布諾，有件事我們得先談談，說來好笑，可是——」
「嘿，布諾！」一個紅髮壯漢來到旁邊，上下打量葛蕾，又挑剔地盯著布諾。「她的妝不夠濃，你知道巴比喜歡女人濃妝。還有那頂假髮下面最好是金髮。胸脯也是，那件外套太寬鬆，看不出來有多大。小妞，妳是波霸吧？」

葛蕾不知哪件事比較令她驚愕。是被別人問自己的胸脯有多大，還是被稱為小妞呢？她愣住片刻，不知該如何回答。

「布諾，你帶誰來了？」

聽見巴比的聲音，葛蕾的胃猛然下沈。他站在平臺邊，興趣濃厚地注視她，目光中似乎還帶著臆測。

布諾拍拍音響。「我和小伙子們，覺得可以為你準備一點小小的驚喜。」

葛蕾看著巴比的臉，他綻開大大的笑容，露出潔白的牙齒，她的心裡越來越驚懼。兩人目光相對，葛蕾感覺自己像在電動步道上走得太快。

「蜜糖，過來這裡，在妳上演好戲之前，先讓老巴比瞧瞧妳。」他輕柔、慢吞吞的德州腔調，彷彿舔過她全身，攪亂了她慣常的清明理智，所以她才會沒頭沒腦地說出下面這句話。

「我……呃，我得先補妝。」

「別管那種事了。」

布諾推著她擠過人群，她發出小小的叫聲，還沒來得及退後，她的手腕已被一雙大手箍住。她木然地看著那修長的手指，幾分鐘前，同一雙手還捧著茱莉的豐臀，現在卻將她往臺上拉。

「姑娘們，為這位小姐讓點位子。」

她心頭一凜，看著這支脂粉隊伍爬出水池，每個人都看著她。她試圖解釋。「鄧騰先生，我得告訴你，我是——」

布諾按下錄音機，她的聲音立刻被喧擾的〈脫衣舞孃〉這首歌蓋過。男人開始歡呼、吹口哨，巴比鼓勵地對她眨眨眼，放開她，走到一旁，坐在石堆上，等著看好戲。

她的臉頰有如著火，獨自站在平臺中央，洞室內的每雙眼睛都盯著她。這些體態完美的人類，全都在等她，等待毫不完美的葛蕾．雪諾上演脫衣秀！

「加油，寶貝！」

「別害臊啊！」

「快點，蜜糖！」

有些男人發出如狼似虎的叫聲，有個女子兩指夾在唇間，大吹口哨。葛蕾無助地瞪著他們，觀眾大笑起來，狀況正如高中英文課，她的胸罩襯墊移位時，全班捧腹大笑的模樣。這些玩遍眾家宴會的人群，出於自身經驗做出回應，顯然認為她的不情願是表演的一部分。

她僵直地站在眾人之前，突然頓悟，與其提高嗓門壓過樂聲，向這些見多識廣的男女解釋真相，她不如被誤認為脫衣舞孃，反而沒那麼尷尬。這樣做，他們才不會立刻看出她只是一個鄉巴佬。

巴比就站在五公尺外，葛蕾心想，她可以慢慢靠近他，並在他耳邊說出自己的身分。一旦瞭解她是風車影業派來的員工，他自會因困窘而和她合作，幫她找下台階。

一陣喊聲蓋過了震天響的音樂。她扭扭捏捏地伸出右腿，腳尖點地。觀眾又是一陣大笑。

「這就對了！」

「讓我們看看妳的本錢！」

她和巴比之間的距離，似乎延展成上百公里了。葛蕾一邊扯著海藍套裝的裙子，一邊往他的方向移動。裙襬碰到膝蓋上方時，口哨聲混雜著笑聲再度響起。

「真夠騷，寶貝！我們愛死妳了！」

「脫掉假髮！」

布諾擠到前頭來，食指畫了個大圓圈。葛蕾起初不懂他的意思，後來才明白，他要她面對巴比寬衣解帶。乾嚥了一口，她轉身面對那雙深藍眼眸。

他把牛仔帽往後推，開口說話，聲量不大，只讓她聽見。「甜心，項鍊最後脫，我喜歡戴珍珠項鍊的小姐。」

「我們快睡著了！」有人大喊。「脫點東西吧！」

她差點臨陣退縮，幸好想起了僱主。若是逃出這幢房子，任務完全失敗，她還會有僱主嗎？她立刻挺起背脊。葛蕾・雪諾不會臨陣脫逃！這件工作是她一生等待的機會，她不會因為碰上第一個障礙，就懦弱地逃跑。

她戰戰兢兢地脫下外套。巴比朝她讚賞地一笑，彷彿她做了什麼過人之舉。兩人之間的三公尺距離，仍然彷彿天涯之遙。他的腳踝架在另一腿的膝上，浴袍敞開，露出強健的腿。葛蕾的外套從指間溜掉。

「蜜糖，就是這樣，妳做得很好。」他的雙眼閃著欽佩，彷彿她是難得一見的高明舞者。

笨拙地搖擺幾下，她又挨近了些，儘量不去理睬觀眾誇張的噓聲。

「很好。」他說。「我還真沒見過這樣的表演。」

臀部再扭了幾下，她終於蹭到巴比旁邊，而她身上不過少了件外套而已，還有硬擠出來的笑臉。她俯身想悄悄說出身分，臉頰卻不巧撞上他的帽簷，撞歪了他的帽子。他一手扶正帽子，另一手卻將她撈到腿上。

喧囂的音樂淹沒了她的驚呼。她一時訝然無言，只感覺到身下那堅實的軀體，以及抵著身側那堵厚實的胸膛。

「蜜糖，妳需要幫忙嗎？」他的手溜向她上衣的第一顆鈕釦。

「不，不要！」她抓住他的手臂。

「甜心，妳的表演真有意思。節奏慢了點，可能因為妳還是新手。」他嘻嘻笑，歡樂的成分比情色的成分來得多。「妳叫什麼名字？」

她吞嚥一下。「葛蕾，葛蕾‧雪諾，你應該叫我雪諾小姐，」她修正道，為時已晚地想拉開兩人心理上的距離。「而且我不是——」

「雪諾小姐。」四個字在他唇齒間翻滾，彷彿是在品嚐陳年美酒。他身體散發出的熱力，使她的腦子變成漿糊，她忙著想跳下他的腿。

「鄧騰先生——」

「甜心，妳只解了第一顆鈕釦，那些男生快不耐煩了。」她來不及阻止，白上衣的領口鈕釦就開了。「妳一定是生手。」他用食指探索著她的喉嚨底部，害她不斷打哆嗦。「我還以為黛娜手下的女孩我都見過了呢！」

「對，我——我的意思是，不對，我是——」

「別緊張，妳做得很好，而且妳有一雙美腿，希望我這麼說沒有冒犯妳。」他靈巧的手指又打開了第二顆鈕釦。

「鄧騰先生！」

「雪諾小姐？」

他眼中又閃動著稍早測驗茱莉時一模一樣的玩笑之意。葛蕾一呆，才發現又被解開一顆鈕釦，露出淺桃色的半罩式胸罩。她大膽的胸罩樣式，是一個平凡女人傻氣的放縱，也是她最小心守護的秘密。如今暴露在別人眼前，她忍不住沮喪地低呼。

觀眾間爆出震耳的歡呼，但不是因為她的桃色胸罩，而是池邊有名女郎脫掉上身的比基尼，高舉揮舞。葛蕾一眼便可看出，這位女郎絕對需要特大罩杯的內衣才裝得進去。

男人鼓掌怪嘯。葛蕾連忙拉緊上衣，但巴比捉住她的手，輕輕地困在掌中。

「雪諾小姐，看來嘉蒂的動作比妳更快。」

「我想……也許——」她用力吞嚥。「我有話得跟你說，私下說。」

「妳想為我私下表演？真體貼，可是只有我一個人享受的話，客人會大失所望呢！」

她發覺他已解開她的裙釦，正在拉下拉鍊。

「鄧騰先生！」她並沒打算這麼大聲，結果惹得附近的賓客哈哈笑。

「蜜糖，叫我巴比，大家都這麼叫。」他的眼角皺起，彷彿想到什麼私房笑話。「嘿，真有趣，我第一次看到脫衣舞孃穿著褲襪。」

「我不是脫衣舞孃！」

「妳當然是，不然妳幹麼要在一群爛醉的球員面前寬衣解帶呢？」

「我沒有寬衣——哦！」他擅長接球的靈巧手指，脫起她的衣服毫不費力，彷彿衣服是衛生紙做的，三兩下葛蕾的上衣便敞開了。她使盡全身力氣推開巴比，自他的腿上跳下來，卻發現裙子一路滑到腳踝。

她羞憤交加，彎腰拉起裙子，臉孔脹得通紅。虧她還以組織能力、工作效率自許，為何會讓這麼可怕的事情發生？她緊抓住上衣，鼓起勇氣面對他。「我不是脫衣舞孃！」

「哦？是嗎？」他掏出雪茄，夾在指間。葛蕾注意到他似乎對她的聲明毫不驚訝。但附近的客人卻聽見了她的話，葛蕾發現私下談話的計劃迅速告吹，趕緊放低音量。

「這完全是誤會。你難道看不出，我不像脫衣舞孃嗎？」

他銜住沒有點燃的雪茄，懶洋洋地上下打量她，說話聲音正常。「那可不一定，上一個穿得像修女，更之前那個簡直跟滾石樂團的米克‧傑格沒兩樣。」

有人關掉了音樂，一陣不尋常的沈默籠罩室內。儘管決心自制，葛蕾卻無法再穩住聲音。她抓起稍早拋下的外套。「拜託，鄧騰先生，我們能不能私下談談？」

他喟然嘆氣，從石堆上起身。「看來只能這樣了。不過妳得擔保不脫衣服。要是只有我看見妳的裸體，客人卻看不見，那就太不公平了。」

「鄧騰先生，我保證，你絕對不會看見我的裸體！」

他一臉狐疑。「蜜糖，不是我要懷疑妳，不過以我過去的經驗，妳要信守承諾只怕不是那麼容易。」

他的自負簡直氣得葛蕾頭昏，只能愣愣地瞪著他，他微一聳肩。「我們最好到書房去，聽聽妳私下想談什麼。」他帶著葛蕾走下平臺。

兩人穿過洞室，葛蕾記起巴比對她說自己不是脫衣舞孃，連一絲驚訝也未顯現出來，他太平靜、太鎮定，太喜孜孜地旁觀整個情況。她還沒做出合理的結論，方才跟她說過話的那個紅髮橄欖球員忽然擠出人群，帶著嬉鬧之意，搥了搥巴比的臂膀。

「該死，巴比，但願這一個不會也懷孕了。」

第2章

「你一直知道我不是脫衣舞孃，對吧？」

巴比關上書房的門。「不是很有把握。」

葛蕾・雪諾可不是傻子。「我倒覺得你一開始就很有把握。」她堅定地說。

他比了比她的上衣，葛蕾又見識到那雙堪稱女性殺手的眼睛四周出現笑紋。「妳的鈕釦扣錯了。要我效勞嗎？噢，我猜是不要。」

沒有一件事依照她的計畫進行。巴比的朋友說，但願這一個不會也懷孕了，那是什麼意思？她似乎曾聽到柳兒和別人說過，公司旗下有位演員幾年前鬧過多件桃色風波，那個人一定是巴比，顯然他是那種專門欺騙無辜少女又始亂終棄的混帳。這麼沒有道德的人，竟然還令她著迷，葛蕾想起來就惱。

她轉過身，重新扣好鈕釦，鎮定下來，一邊將四周環境收入眼底，發現自己正面對著前所未見的自戀狂。

巴比・湯姆・鄧騰的書房，儼然是他職業橄欖球生涯的聖壇。灰色大理石牆上掛滿了相片，有幾張他穿著德州大學的校隊制服，多數則是天藍與金色的芝加哥星隊制服。有好幾張他躍在半空中接球、腳尖朝地，勁瘦的身體弓成優雅的C字形。幾張他戴頭盔的臉部特寫，幾張他衝向達陣區或在邊線迂迴的照片，跨步姿態恍如優雅的芭蕾舞者。櫥櫃上放滿了獎章、獎狀、獎盃。

葛蕾看著他懶洋洋地坐進皮椅，他面前那張花崗岩書桌，看起來活像是卡通「摩登原始人」的道具，桌上擺著電腦和看起來很先進的電話。葛蕾挑了張半圓形安樂椅坐下，正巧在一堆裱框的雜誌封面之下，有好幾張是他站在邊線親吻一名耀眼的金髮女郎。葛蕾在《時人》雜誌上看過一篇文章，認出那是菲碧・桑莫維・凱柏，芝加哥星隊的美女老闆。

他的視線飄過她全身，嘴角勾起。「蜜糖，我不想傷妳的感情，但這種事我算得上是專家。我覺得應該告訴妳，如果妳要找夜間工作，應該考慮到便利商店當店員，而不是靠脫衣服賺錢。」

她一向不太會用冷冰冰的眼神瞪人，現在卻盡力而為。「你故意設計讓我出糗。」

他也盡力裝出一副可憐相。「我才不會對女士做出這種事。」

「鄧騰先生，我想你早已猜到，我是風車影業派來的人。電影的製片柳兒・柯萊要我來——」

「是噢。妳要喝香檳、可樂，還是別的？」電話鈴響，他完全不理會。

「都不用，謝謝。四天前你就該去德州拍攝『紅月殺機』，而且——」

「來點啤酒好嗎？越來越多女人喝啤酒了。」

「我不喝酒。」

「哦？」

她的口吻像故作清高的傲慢鬼，而不是成熟的生意人。跟這麼野蠻的男人打交道，或許不該用這種方式，於是她儘量彌補。「鄧騰先生，我不喝酒，但我不反對別人喝。」

「甜心，我叫巴比。除了這個名字之外，別種叫法我都認不得。」

他的談吐就像是鎮日與牛羊為伍的粗魯牛仔，但葛蕾親眼目睹他的橄欖球測驗，知道他其實沒有外表裝的那麼笨。「好吧，巴比就巴比。你和風車影業簽下的合約——」

「雪諾小姐，妳不太像是好萊塢的人。妳在風車工作多久了？」

她忙著調整珍珠項鍊。電話又響，他仍舊不理。「我做了一陣子製片助理。」

「一陣子是多久？」

該來的終究要來。她決心用尊嚴面對無可避免的事，抬高下巴一、兩公分回話。「不滿一個月。」

「這麼久啊！」他顯然覺得很好笑。

「我很能幹，在這之前我在管理方面就很有經驗，而且還有優秀的人際溝通技巧。」正如她也是做鍋巴、在陶器上畫小豬、彈奏老歌的好手。

他吹聲口哨。「令人印象深刻。敢問妳以前是做什麼工作的？」

「我——呃，我經營蔭園安養中心。」

「安養中心？哇，了不起。妳在這行很久嗎？」

「我在蔭園長大。」

「妳在安養中心長大？有意思。我認識一個跑衛，他在監獄長大，他老爹是獄警。不過，我倒是第一次認識在安養中心長大的人呢！妳的父母在那裡工作嗎？」

「我的父母是業主。父親在十年前去世，之後我就一直協助母親經營。她最近賣掉蔭園，搬去佛羅里達。」

「這個安養中心在哪裡？」

「俄亥俄州。」

「克利夫蘭？哥倫布市？」

「新關地。」

他微笑。「沒聽過那地方。妳怎麼會跑到好萊塢？」

面對那張殺手級的笑臉，葛蕾實在很難專心，但她毅然決然說下去。「柳兒・柯萊給我這份工作。她需要一個能夠信賴的人，而且對我管理蔭園的能力頗為賞識。她父親住在蔭園，上個月剛去世。」

當初風車影業的老闆願意僱她當製片助理，葛蕾幾乎不敢相信自己的好運。儘管這只是新進人員的職位，薪資也不高，但她決心要證明自己的實力，憑此在光彩奪目的電影界快速升遷。

「鄧騰先──呃，巴比，有什麼理由使你無法開始工作嗎？」

「噢，確實有原因。妳要不要吃軟糖？書桌裡應該有一包。」他開始摸索粗糙的花崗岩桌角。「抽屜還真難找，八成得弄把鑿子來鑿開。」

葛蕾微笑，明白他又在迴避問題。她很習慣和講話東拉西扯的人溝通，決定改採迂迴戰術。

「你家的設計很不尋常。住很久了嗎？」

「兩年。我自己不怎麼喜歡，建築師倒自豪得不得了，她說這叫『帶著日本武士道風味的都市石器時代』，我看光用一個『醜』字就足以形容了。不過裝潢雜誌的人倒挺喜歡，他們跑來這裡拍了好幾次。」索性不再尋找軟糖，他一手放在電腦鍵盤上。「我回家時，偶爾會發現澡盆邊放著牛頭骨，客廳裡有獨木舟，一大堆怪東西，都是那些人搞的鬼，說拍起來好看，可是哪有人會在家裡真的擺上那些東西。」

「住在自己不喜歡的屋子裡，一定很難受。」

「無所謂，這樣的房子我還有好幾幢。」

葛蕾詫異地眨眼。她認識的人，泰半都得為了一幢房子而打拚一輩子。她想問巴比，他究竟有多少房子，卻知道離題不是明智之舉。電話又響，他照舊不理。

「這是你第一部片子吧？你一直想當演員嗎？」

他茫然地看著她。「演員？噢，對——想很久了。」

「你可能不太清楚，拍攝的時間每拖延一天，就得耗費上萬美金。風車是小型的獨立製片公司，負擔不起這種損失。」

「他們可以從我的片酬裡面扣除。」

他似乎一點也不在乎扣錢，葛蕾注視他，暗自思索。他正在把玩電腦旁邊的滑鼠，手指修長有型，指甲剪得很短，浴袍袖口露出強健的手腕。

「你沒有演戲經驗，我猜你或許是覺得有點緊張。如果你怕……」

他起身，語氣輕柔，但來到這裡之後，她第一次聽見他的話語隱隱生威。「甜心，巴比・湯姆・鄧騰什麼都不怕。記好這一點。」

「每個人都會怕點東西。」

「我例外。如果妳人生的黃金時期，都在面對十一個彪形大漢，人人都恨不得從妳的鼻孔把五臟挖出來的話，拍電影這種事情就根本嚇不倒人了。」

「我瞭解了。不過，你已經不是橄欖球員了。」

「噢，一日為橄欖球員，終生都是。」剎那間，葛蕾似乎察覺到他眼中的蕭索，那種近似絕望的情緒。但他就事論事的口吻，又讓葛蕾判斷剛才只是她眼花。

他繞過書桌，走向她。「也許妳該拿起電話，告訴妳的老闆，我很快會去片場。」

她終於生氣了。葛蕾起身，挺直一六三公分的身子。「我要告訴老闆的是，你和我明天下午會搭機飛往聖安東尼奧市，然後再開車到杜樂沙。」

「是嗎？」

「沒錯。」她知道對他不能心軟，否則他會踩到她的頭頂上。「否則你等著打官司吧！」

他用拇指和食指搓著下巴。「甜心，看來妳贏了。幾點的飛機？」

葛蕾狐疑地注視他。「十二點四十九分。」

「好吧！」

「我十一點來接你。」巴比突然這麼好說話，反而令葛蕾心生不安，這句話也就說得不太有把握。

「我跟妳在機場會合，不是比較方便嗎？」

「我會過來接你。」

「妳真是禮數周到。」

接著她只知道巴比扶住她手肘，帶她走出書房。他這主人完美極了，一路指出十六世紀的寺廟銅鑼、矽化木雕像給她看，不到九十秒鐘，葛蕾就獨自站在屋外的步道上了。

燈光從前窗照出，樂聲在香氣瀰漫的夜風中飄蕩。她深吸一口氣，眼神渴望。除非她搞錯，否則她生平第一次的狂歡宴會，就在剛才被轟出門了。

隔天一早八點，葛蕾就來到巴比的家。離開旅館之前，她還打電話回蔭園詢問費娜太太和馬涅堤先生的情況。儘管需要逃離安養中心的生活，她仍然關心三週前遺下的那些老人，聽見兩人的健康都有進展，她不禁鬆口氣。她也打給母親，但芙蘭・雪諾正趕著去參加社區的水上有氧運動班，沒空聊天。

葛蕾把車停在街道上，灌木叢遮住她的車，她卻可以清楚看見鄧騰家的車道。

昨晚巴比的態度一百八十度大轉變，她不得不起疑，決定不可大意。她睡得不好，不是作著銷魂春夢，就是緊張兮兮地驚醒。早晨沐浴時，她狠狠訓誡自己。她無法否認，巴比確實是她有生以來遇過最英俊、性感、刺激的男人。但她更該因此熟記，在他那碧藍眼眸、慵懶魅力與和藹可親的外表下，隱藏著無比危險的特質：超級自大，加上敏捷的心智。她得隨時隨地保持警覺。

一輛紅色骨董雷鳥敞篷車倒出車道，打斷了葛蕾的胡思亂想。早已料到這種伎倆，她啟動引擎，用力踩下油門，飛馳到車道口堵住通路。一熄火，她立刻抄起皮包，跳下車。

車鑰匙在她的外衣口袋裡叮噹作響。這件寬鬆的芥末黃洋裝，是她最新犯下的時尚敗筆，本以為這樣穿能讓她看起來俐落又專業，實際上的效果反而像是個中年黃臉婆。巴比朝她走來，牛仔靴的鞋跟在車道上敲打，步伐微跛。她緊張地研究他的裝扮。絲襯衫印著紫色棕櫚樹，塞入刷淡的牛仔褲裡面。褲子緊貼運動員的精瘦長腿，害得葛蕾的眼睛緊盯著她實在不該盯的部位。

他推了推珍珠灰牛仔帽，葛蕾做足心理準備。「早安，葛蕾小姐。」

「早安，」她輕快地說。「沒想到昨天通宵達旦，你今天還起得這麼早。」幾秒鐘過去，他兀自盯著她。他的眼瞼半開，外表狀似懶散，但仍看得出掩藏其下的那份專注，葛蕾小心翼翼應對。

「妳不是十一點才來接我？」他說。

「噢，我提早來了。」

「看得出來。要是妳移開車子，別擋我的路，我會非常感激。」他拖著口音的懶洋洋腔調，與微微緊繃的嘴角格格不入。

「抱歉，辦不到。我是來護送你到杜樂沙的。」

「甜心，我無意冒犯，但老實說，我不需要貼身保鑣。」

「我不是貼身保鑣，而是隨從。」

「管妳是哪種身分，反正妳把車子移開就對了。」

「我瞭解你的想法，可是假使你週一早晨還沒抵達杜樂沙，我肯定會被炒魷魚，所以我真的不能讓步。」

他一手插腰。「我懂了，原來我該給妳一千塊，要妳開車走人，別再回來。」葛蕾死瞪著他。「為了給妳帶來的麻煩，我看還是加到一千五吧！」

她一直認為，任何人只消看她一眼，就知道她是一個正直的人，而他竟然相信她會收受賄賂。這簡直比誤認她為脫衣舞孃更過分。

「我不是那種人。」她慢慢地說。

他遺憾地長嘆一聲。「妳如果這麼想，我真的很抱歉，因為無論妳收不收錢，我都不會和妳去搭今天下午的飛機。」

「你是在告訴我，你要毀約？」

「不對，我是在告訴妳，我會自己去杜樂沙。」

葛蕾不信。「沒有人逼你簽這份電影合約。你不只得負起法律責任，還有道德責任。」

「施小姐，妳是主日學的老師嗎？」她垂下視線，他爆出大笑，搖搖頭。「還真的是呢。哈，巴比・湯姆・鄧騰的貼身保鑣，居然是個主日學的老師。」

「我說過我不是貼身保鑣，只是隨從。」

「恐怕妳得另外找個人跟了，因為我決定開車去杜樂沙，而且我知道像妳這樣的淑女，若得陪我這樣的壞傢伙同坐在雷鳥裡，一定非常不舒服。」他走到葛蕾的出租汽車旁，從乘客座那邊窺探車內，尋找鑰匙。「葛蕾小姐，很不好意思，我要告訴妳，我在女人方面的名聲可不太好。」

他一彎腰，那件刷淡牛仔褲便緊緊包住臀部。她慢吞吞踱在後面，努力挪開目光。「開車去杜樂沙太慢了，柳兒希望我們今晚就抵達。」

他直起身子，露出微笑。「妳見到她時，別忘了代我致意。妳現在可以移開車子了吧？」

「當然不行。」

他低頭，懊惱地搖了搖，突然一個跨步，便搶走了葛蕾肩上掛著的皮包。

「還給我！」她撲向黑皮包。

「樂於遵命，只要我找到車鑰匙。」他欣然同意，高舉皮包不讓她搆著，一面翻找。

葛蕾當然不想和他扭打，於是用最嚴厲的口氣說：「鄧騰先生，立刻把皮包還我。而且週一你的人一定要在杜樂沙，你簽了合約。」

「葛蕾小姐，抱歉打斷妳的話。我知道妳想把話說清楚，但我在趕時間。」他交回皮包，回頭往屋子走。

葛蕾趕緊跟上。「鄧騰先生，呃，巴比——」

「布諾，你能不能出來一下？」

布諾從車庫出來，手上握著一塊髒布。「巴比，你需要什麼嗎？」

「確實需要。」他轉向葛蕾。「抱歉，雪諾小姐。」

毫無事前警告，他把雙手伸入葛蕾腋窩下，動手搜查她全身。

「住手！」葛蕾想掙脫，但像巴比這樣出色的外接員，早就習慣應付晃動的物體，隨即從她的側身開始摸起。

「放輕鬆，我們就能不見血腥地完成這件事。」他的雙手拂過她胸部。

葛蕾抽一口氣，愕然不動。「鄧騰先生！」

他眼角皺起。「對了，妳挑內衣的品味挺不錯，昨晚我實在沒辦法不注意到。」他摸向她的腰。

葛蕾臉頰火燙，羞憤難當。「住手！」

摸到她鼓鼓的口袋，他的手停住。咧嘴一笑，他掏出鑰匙。

「還給我！」

「布諾，幫我把車開走吧？」他將鑰匙拋過去，對葛蕾頂帽致意。「雪諾小姐，幸會了。」

葛蕾目瞪口呆地看著他走向雷鳥。她拔腳就追，但布諾已坐進她租來的車。

「別碰我的車！」她高呼，立刻改變方向。

雷鳥和出租車的引擎同時啟動，葛蕾無奈地看看這輛、又看看那輛，深知萬一讓巴比逃脫，將永遠無法再接近他。他到處都有房子，還有一支馬屁精軍隊幫他阻擋不想見的人。她現在就得阻止他，否則再也沒有機會了。

她的出租車落入布諾的掌握，飛箭一般離開車道。

葛蕾轉身往雷鳥跑去。「別走！我們得去機場！」

「妳可以回家過好日子了。」巴比用鄉村腔調回話，瀟灑地揮揮手，開始倒車。

腦海一閃，她看見自己回到蔭園，接受新老闆提議給她的工作。她彷彿能聞到痠痛藥膏和消毒藥水的味道，嚐到過熟的青豆及澆著油膩肉汁的馬鈴薯泥。她看見日子一天天溜過，看見自己穿著彈性襪、厚重羊毛背心，罹患關節炎的手指痛苦地彈奏著樂曲〈收穫之月〉，老舊的鋼琴早已走音。她還沒有機會享受年輕，就已經垂垂老矣。

「不！」尖叫聲出自她的內心、所有美夢貯存之處，所有正一點一滴流失的絢爛美夢。

她衝向雷鳥，盡可能快跑，皮包不時撞及身側。巴比轉頭看路，沒看見她。葛蕾心驚肉跳，下一秒他將無影無蹤，將她的一生打入恐怖的呆板無趣。絕望帶來動力，她越跑越快。

巴比開上街道，換檔。葛蕾狂奔，痛苦急促地喘氣。雷鳥開始往前移動，她正好趕上，使盡吃奶的力氣，兩腳一蹬、向前飛撲，從乘客座撲進敞篷車，痛得她不禁嗚咽一聲。

「噢！該死！」

他緊急煞車，害她的上半身摔下座椅，雙手與上臂撞到車底，兩腳還懸在車門上。她猛眨眼睛，拚命要自己鎮定下來。冷風從後方灌入腿間，她這才知道裙子翻了過來，蓋住頭頂。她又羞又氣，趕緊去抓裙子，同時忙著把懸空的身體部位挪進車裡。

她聽見一句非常刺耳的粗話，橄欖球員之間無疑常常這樣說，在蔭園卻絕少出現。裙子終於乖乖聽話，她也卡進椅子裡，氣喘吁吁。

過了幾秒鐘，她才有勇氣看向他。

他注視著她，表情若有所思，手肘架著駕駛盤。「甜心，我只是好奇，妳以前有沒有請醫生幫忙開點鎮靜劑？」

她轉頭，筆直瞪著前方。

「葛蕾小姐，事情是這樣的，我正要去杜樂沙，而且是一個人去。」

她挪回目光看向他。「你現在要出發了？」

「我的行李在後車廂。」

「我不信。」

「真的。妳要打開後車廂檢查嗎？」

她固執地搖頭，希望他看不出她快技窮了。「我必須跟著你，我的職責就是陪你去杜樂沙。」

他的下巴有束肌肉顫動，葛蕾膽戰心驚地瞭解，她終於剝下他有禮鄉村男孩的虛假表象。

「別逼我把妳丟出去。」他用低沈、堅定的口吻說。

她不理會背脊一陣陣哆嗦。「我一向主張用妥協來解決爭議，不是用暴力。」

「甜心，我在國家橄欖球聯盟打球，只懂血腥場面。」

他陰森森地說完這句話，便伸手打開駕駛座的門。葛蕾立刻知道，不出數秒，他就會繞過來、抱起她、丟在街上。趁他還沒推開門把，她趕緊抓住他的手。

「巴比，別把我丟出去。我知道我惹你生氣，可是我保證，只要你讓我一起去，我絕對不會讓你失望。」

他緩緩轉過身來。「妳這話是什麼意思？」

她也不曉得自己是什麼意思。她會這樣說，只是情急之下脫口而出，因為她無法打電話告訴柳兒・柯萊，巴比獨自前往杜樂沙。她太清楚柳兒會有什麼反應了。

「就是那個意思。」她回答，希望能唬過他。

「通常大家說『不會讓你失望』，代表要給錢。妳也是這種意思嗎？」

「當然不是！我才不賄賂人呢！再說，你的錢似乎多得花不完了。」

「沒錯，那麼妳心裡打著什麼念頭？」

「我……呃……」她慌亂地尋找靈感。「開車！沒錯！一路由我來開車就好，你可以休息。我恰巧是很優秀的駕駛，十六歲就考到駕照，從來沒有收過罰單。」

「這種事值得驕傲嗎？」他詫異地搖頭。「可惜，甜心，我的車子只有我能開。行不通，我還是得把妳丟出去。」

他又伸手要開門，葛蕾再次抓住他的手。「我會帶路。」

他一臉惱怒。「我幹麼要人帶路？這趟路我熟到蒙著眼睛都會走。不，甜心，妳得再想點有吸引力的事。」

此時，她聽見奇特的嗡嗡聲，愣了一下才明白，雷鳥上裝了電話。「你的電話好像很多，我可以幫你接電話。」

「我絕對不會讓別人幫我接電話。」

她心思飛轉。「你開車累了的話，我可以，呃，幫你按摩肩膀。我很會按摩。」

「這提議還不壞，可是妳得承認，為了這種小事，就得把一個不受歡迎的乘客載到德州，還是划不來。就算妳真的很高明，最多也只能載到皮奧利亞市，不能再遠了。抱歉，葛蕾小姐，到目前為止，妳的提議都沒辦法打動我。」

葛蕾絞盡腦汁。像巴比・湯姆・鄧騰這種見過大小世面的男人，她要怎麼打動他？她知道如何籌辦娛樂活動，瞭解特殊飲食、藥物交互作用的影響，聽過許多老人的故事，對二次世界大戰的軍隊調動認識頗深，但她可不敢想像，這些事情會讓巴比改變心意。

「我的視力絕佳，大老遠就看得到路標。」

「甜心，別再浪費時間了。」

她熱切地微笑。「你知道第七騎兵隊的輝煌歷史嗎？」

他投給她一抹憐憫的目光。

要如何使他回心轉意？根據昨晚所見，他只對兩件事有興趣：橄欖球和性愛。她的運動常識少得可憐，至於性愛嘛……

喉嚨脈搏狂跳一下，一個非常危險、非常墮落的念頭跳入腦海。若是她拿自己的身體來做交易呢？剛這麼想，她立刻嚇壞了，這種事想都不該想。沒有一個聰慧、自視為女性主義者的現代婦女，會考慮……這種主意。都是她太放任自己的性幻想了。

有何不可？魔鬼在她心底低喃。難道妳想把貞操保留給誰嗎？

他是放浪形骸的頹廢派！她提醒體內躁動難抑、飢渴的那一面。再說，他哪會對我有興趣？

妳不試試看，怎麼知道結果如何？魔鬼反問。這種事妳不是夢想了好多年？妳難道沒有答應自己，嘗試性經驗正是新生活的首要之務之一？

巴比一絲不掛的身體緩緩覆住她的畫面溜過腦海，她立刻熱血奔騰，皮膚刺痛。她可以感到他強健的手分開她大腿，碰觸——

「葛蕾小姐，妳還好嗎？妳的臉有點紅，好像剛聽了一個黃色笑話。」

「你的腦袋裡，除了性以外，難道就沒有別的東西了嗎?!」她大喊。

「妳說什麼？」

「我才不會為了跟你一起走，而跟你上床！」驚駭之下，她猛然閉緊嘴巴。

他眼睛閃爍。「見鬼了！」

她真想死掉算了。她怎麼會害自己出這麼大的洋相？她用力吞嚥。「原諒我驟下結論。我知道我乏善可陳，也確信你對我不會有『性』趣。」她的臉越來越紅，因為越描越黑。「這也不代表我有興趣。」她趕緊補充。

「葛蕾，誰說妳乏善可陳？」

「你太客氣了，我很感激，不過事實就是事實。」

「這下妳可挑起我的好奇心了。妳說自己乏善可陳，也許沒錯，可是用那身衣服包著，誰也說不準。依我看，就算是性感女神，只要穿上妳這件洋裝，恐怕也會變得很沒吸引力了。」

「噢，才不會那樣，」她誠實、不顧自己顏面地說。「我保證，我的身材非常普通。」

他的嘴角又動了動。「我多少算是專家，比較相信自己的判斷。不過，妳可別會錯意了。」

「我注意到了。」

「我相信昨天晚上，我已經讚美過妳的腿了。」

她紅著臉，搜索合適的回應，可惜她鮮有與威猛俊男討論私事的經驗，實在不知該說什麼。

「你的腿也很好看。」

「哇，多謝誇獎。」

「軀幹也很賞心悅目。」

他爆出大笑。「唉呀，葛蕾小姐，今天我就讓妳同車吧，算是酬謝妳所提供的樂趣。」

「真的？」

他聳肩。「有何不可？反正退休之後，我就瘋瘋癲癲的。」

她簡直不敢相信巴比會改變心意。她聽見他一面低笑，一面去拿她的行李，順便吩咐布諾幫她還車。但一坐回駕駛座，他的好心情又不見了，轉頭堅定地看著她。

「我不打算把妳一路載到德州，妳趁早打消那種念頭吧。我喜歡一個人旅行。」

「我明白。」

「只有幾小時，最遠只到州界。一讓我生氣，我就會把妳丟在最近的機場。」

「應該沒這個必要。」

「話別說得太早。」

第3章

巴比在芝加哥的高速公路上開車，彷彿路是他的。他是本市之王，世界之主，宇宙之霸。收音機大聲播送「史密斯飛船」樂團的歌曲〈珍妮有把槍〉，他跟著節拍，在方向盤上敲著手指。

駕著紅色雷鳥敞篷車，戴著珍珠灰牛仔帽，他非常顯眼。葛蕾驚訝地發現一路上許多汽車開到他們旁邊，猛按喇叭、搖下車窗，向巴比打招呼。他揮揮手，繼續前進。

她的肌膚發燙，不只因為撲面而來的熱風，也因為她感受到純粹的喜悅——她正和一個聲名狼藉的男人，同乘拉風的紅色雷鳥汽車，在大都會的高速公路上飛馳，一綹接一綹髮絲從法式髮髻裡鬆脫、拍打臉頰。她好希望能有條粉紅名牌絲巾包住頭髮，鼻梁架著時髦墨鏡，雙唇則塗上鮮紅色彩。她想要豐滿的巨乳、緊身洋裝、性感高跟鞋，還有一條黃金腳鍊。

也許，再加一枚心型刺青，刺在很隱密的地方。

她忙著用狂野女子的幻想自娛，巴比則不斷使用車內電話，有時用擴音功能，有時則拿起聽筒私下聊。打出去的電話，似乎都與生意、稅務以及他參加的慈善事業有關；打進來的電話，則似乎都是來借錢的舊識。儘管那種電話他都拿著聽筒聊，但葛蕾隱約覺得，他每次都借出一筆錢。坐在車裡不到一小時，葛蕾就搞懂了，巴比・湯姆・鄧騰是個好騙的凱子。

抵達城市外緣，他撥電話給一個叫蓋兒的女人，用懶洋洋、拖著嗓子的腔調閒聊，害得葛蕾已經過於敏感的脊椎，也隨著他的話語陣陣戰慄。

「我只是想告訴妳，我好想妳，想妳想到紅了眼圈。」

他舉手朝一名駕駛藍色火鳥的女郎揮手，她一邊按喇叭、一邊呼嘯而過。發現巴比只用膝蓋在控制駕駛盤，非常重視交通安全的葛蕾連忙緊緊抓住門把。

「對……我知道，甜心，我也希望能趕去。芝加哥舉辦的牛仔大賽實在不夠多。」他的雙手終於放回方向盤，聽筒則夾在頭肩之間。「妳沒騙我吧？那麼，別忘了代我致意，好嗎？幾個月前我跟凱蒂過得很愉快，她甚至參加了測驗，可惜準備不夠充分。我一有空就打電話給妳，親愛的。」

葛蕾放下聽筒，好奇地注視他。「你有那麼多女朋友，難道她們彼此不會吃醋？」

「當然不會，我只跟好人家的女孩約會。」而且把她們當皇后般伺候，包括那些懷孕的。

「全國婦女協會應該找個殺手殺掉你。」

他真的一臉驚訝。「為什麼？我愛女人，事實上，我的表現可比不少男人好多了。我算得上是女權主流基金會的成員呢。」

「可別讓女權名人葛羅莉亞・斯坦能小姐聽見你這麼說。」

「為什麼？就是她介紹我加入的呢！」葛蕾倏地睜大眼睛，他拋來壞壞的一笑。「我告訴妳，她也是好人家的女孩呢。」

葛蕾馬上知道，應付他絕不能掉以輕心，一分鐘都不行。

車子駛離芝加哥市郊，眼前開始出現田園風光。葛蕾問他，是否能借用電話打給柳兒，還保證會用她的信用卡付費。他似乎覺得很好笑。

風車影業在杜樂沙的牛童飯店設立了總部。電話一接通，葛蕾立刻向老闆解釋。「巴比堅持要開車過去，不願搭飛機。」

「勸他改變主意。」柳兒乾脆俐落地回答，彷彿葛蕾剛才說了傻話。

「我盡力了，可是他不聽。我們正在路上，剛離開芝加哥。」

「我就怕這樣。」幾秒鐘過去，葛蕾想像得出來，她的老闆正在把玩著常戴的大耳環。「他一定得在週一早上八點之前趕到，聽見了嗎？」

葛蕾看了看巴比。「恐怕沒那麼簡單。」

「所以我才要你去找他。你不是很會應付棘手人物嗎？這部片子我們投資了一大筆錢，承擔不起拖延的代價。巴比・湯姆・鄧騰家喻戶曉，就算不是運動迷，也聽過他的大名。簽下他的電影出道作，對我們公司的名聲大有幫助。」

「我知道。」

「他很狡猾，我們花了好幾個月才敲定合約。我要拍出這部片！我可不希望公司倒閉，只因為妳做不好分內工作。」

葛蕾又聽了五分鐘的警告。如果不能在週一早上八點之前，把巴比・湯姆・鄧騰弄到杜樂沙的話，就會怎樣怎樣……聽完之後，她心頭一沈，既擔心、又害怕。

他放好聽筒。「她還真給了妳一頓教訓？」

「她期望我做好分內工作。」

「風車影業難道沒有人想到，派妳來跟著我，就跟派小綿羊跟著大野狼沒兩樣嗎？」

「我可不這麼想，我剛好非常精明幹練。」

她聽見不以為然的壞心笑聲，但迅速被調大音量的收音機樂曲淹沒。

聽著喧鬧的搖滾樂，而不是蔭園的輕柔音樂，葛蕾暫時忘了緊張，幾乎要喜悅地顫抖。她的五官似乎突然變得異常敏銳，隱約嗅到巴比的鬍後水，雙手則無意識地摸著車上的皮椅；據他表示，這輛古董雷鳥一九五七年出廠，經過復古整修。要是後視鏡多掛兩個粉紅色的絨毛骰子，那就十全十美了。（譯註：復古整修為維持、恢復汽車原貌的技術，比起提昇性能與舒適度，更重視再現汽車原貌。掛絨毛骰子於五〇年代開始風行，據說可以帶來好運。）

昨晚她睡得太少，不知不覺中開始打瞌睡，但是眼睛不敢閉太久。雖然巴比同意讓她跟一段路，她卻沒有天真到以為能輕易勸他改變心意。除非她錯得離譜，否則只要一有機會，他一定會擺脫她，代表她無論如何都不能讓巴比離開她的視線範圍。

電話又響，巴比嘆口氣，按下電話的擴音功能。

「嘿，巴比，我是盧瑟•貝奈，」一個大嗓門說。「唉，小伙子，我找你找得快斷氣了。」

巴比痛苦的表情讓葛蕾知道，他非常後悔讓盧瑟找到。「你好，鎮長先生。」

「好得很。巴比，我們上次見面之後，我瘦了快五公斤。低卡啤酒搭配年輕女人，每次都有效。不過這種事，當然不用告訴貝奈太太。」

「完全沒錯，鎮長先生。」

「柏迪想見你。」

「我也很想見他。」

「該提正事了。巴比，天堂祭籌備委員會的人有點緊張。我們以為你上週就會抵達杜樂沙，結果你沒來，我們得確定你會把朋友帶來參加巴比盃名人高爾夫球賽。我知道天堂祭十月才開始，可是我們得先打廣告，海報上能多寫些名人的話，效果當然會比較好。麥可・喬登和喬伊・蒙達拿怎麼說？」

「我最近挺忙的，沒跟他們聯絡。他們應該會來參加。」

「你知道我們特別選了星隊和牛仔隊沒有出賽的那個星期日舉辦。特洛・艾克曼呢？」（譯註：喬伊・蒙達拿和特洛・艾克曼皆為美國知名四分衛。）

「好極了，好極了。」葛蕾聽見尖銳的咯咯笑聲。「桃莉要我等你到鎮上再說，但我現在就想告訴你。上週我們剛處理完房子的租約，我們打算用巴比・湯姆・鄧騰誕生紀念館的開幕儀式，當成天堂祭慶典的第一炮！」

「噢，他一定會到。」

「天啊……盧瑟，這太離譜了吧！我不要什麼誕生紀念館。而且我跟大家一樣，都是在醫院出生，只是在那棟房子長大罷了，取那種名字實在沒道理。我還以為你會阻止呢！」

「你這麼說，讓我既驚訝又傷心。大家都說，你很快就會因為出名而忘掉我們，可是我一直反駁他們；如今看來，倒是我錯了。你知道鎮上的經濟有多差，加上那個混蛋狗雜種打算遷走羅莎科技，我們更是雪上加霜。目前唯一的指望，就是把杜樂沙轉變成觀光勝地。」

「在那棟老房子上頭掛塊匾額，也無法把杜樂沙轉變成觀光勝地！盧瑟，我又不是美國總統，我只是一個橄欖球員！」

「巴比，你在北方住太久，連看待事情的方式也變了。你是體壇史上最棒的外接員，在南方，沒有人會忘掉這麼偉大的成就。」

巴比沮喪地閉緊眼睛，過了一會兒才睜開，接著用無比的耐性開口。「盧瑟，我說我會幫忙高爾夫球賽，就一定會做到。但我現在警告你們，誕生紀念館這回事，我絕對不會幫忙。」

「你當然會幫忙嘍。桃莉還打算把那裡的臥室，改裝成跟你小時候完全相同的模樣呢！」

「盧瑟……」

「噢，對了，委員會的助理還編了一本《巴比食譜》，放在禮品店出售，他們想在書尾放一塊名人專欄。依芳・愛蜜麗要你打電話給雪兒和凱文・科斯納，跟那些好萊塢明星要點烤肉餅食譜之類的玩意兒。」

巴比木然瞪著前方空蕩蕩的高速公路。「盧瑟，我要進隧道了，裡面收不到訊號。晚點再打給你。」

「等等，巴比，我們還沒談到──」

巴比掛斷電話，重重嘆口氣，向後靠著椅背。

葛蕾聽進了每一句話，好奇死了，但不想惹惱他，只好苦苦忍住。

巴比轉頭看著她。「問啊，問我在這群瘋子之間長大，怎麼還能保持神志清明？」

「他好像挺……熱心的。」

「他是貨真價實的傻瓜。德州杜樂沙鎮的鎮長根本是個發瘋的大蠢驢，整個天堂祭越來越離譜了。」

「天堂祭究竟是什麼東西？」

「連續三天的慶祝活動，預定在十月舉辦，算是振興景氣的餿主意之一，希望能藉此吸引觀光客。他們把整個市區重新整修，加蓋了西部牛仔美術館、兩家餐廳，還有不錯的高爾夫球場、休閒牧場、一家平庸的飯店，就這樣。」

「你忘了提巴比・湯姆・鄧騰誕生紀念館。」

「別提醒我。」

「聽來是滿孤注一擲的。」

「這叫發瘋。我看杜樂沙的人，唯恐保不住工作，嚇得腦子都燒壞了。」

「為什麼稱作天堂祭？」

「小鎮原本叫做天堂鎮。」

「看來早期創建的西部城鎮，深受教會的影響。」

巴比笑了。「牛仔們把城鎮取名為『天堂』，因為聖安東尼和奧斯汀之間最頂尖的妓院就開在那裡。直到二十世紀初，鎮上有頭有臉的人士才把鎮名改為杜樂沙。」

「原來如此。」葛蕾還有十幾個問題，但感覺到他不想繼續交談，為了怕激怒他，只好默然不語。她忽然瞭解，身為名人也有缺點，光從今天早上的狀況來看，就知道似乎很多人都想從巴比身上撈到好處。

電話又響，巴比嘆氣，揉揉眼睛。「葛蕾，幫我接好嗎？不管是誰，都說我在往高爾夫球場的路上了。」

葛蕾不是善於說謊的人，但他那副可憐相使她心軟。

七小時後，葛蕾沮喪地盯著孟斐斯一家紅漆斑駁的酒吧「大個兒」。「我們開了一百多公里的路，就為了來這地方？」

「葛蕾小姐，妳有機會增長見識了。妳進過酒吧嗎？」

「當然進過。」她不覺得該告訴巴比，她只去過高級餐廳附設的酒吧。眼前這家店，骯髒的櫥窗掛著啤酒的霓虹燈廣告，有的燈管還壞了，前方的人行道則是遍地垃圾。雖然她感激巴比沒丟下她，因此不太願意跟他唱反調，但也不能拋下她的責任。「我們沒有時間進酒吧。」

「葛蕾，甜心，妳要是不學著輕鬆點過日子，只怕不到四十歲就會心臟病發作。」

她緊張地咬著下唇。現在已是週六夜晚，這麼一繞路，他們還有一千多公里要趕。她提醒自己，週一早上趕到杜樂沙就行了，所以只要巴比不再玩新花招，時間就很充裕。然而，她還是不能放心。她仍無法相信巴比決定取道孟斐斯到杜樂沙，她不止一次指出，最直接的路線是經過聖路易，但他卻堅持不能讓她經過密西西比河東岸最可口的飲食店而不入。

幾分鐘之前，葛蕾還一直想像那會是家精緻、昂貴的法國餐廳呢！

「你不能進去太久，」她堅定地說。「我們還得開幾個小時，才能找地方過夜呢！」

「蜜糖，都聽妳的。」

巴比幫她開門，她走入煙霧瀰漫的大個兒酒吧燒烤店，震耳欲聾的鄉村音樂襲擊而來。橘、棕色的格子地板上擺放著方形木桌，牆上的裝潢則是啤酒招牌、黏了死蒼蠅的月曆女郎海報和鹿角。葛蕾掃視外貌粗野的顧客，碰碰巴比的手臂。

「我知道你想擺脫我，不過如果你能換一個地方，我會萬分感激。」

「甜心，沒什麼妳該擔心的事，妳只要別惹我就行。」

她正揣摩這句令人擔憂的話，轉眼就看見一個化著濃妝、穿著藍綠色裙子和緊身白上衣的褐髮女子投入巴比懷裡。

「巴比！」

「嗨，崔姬。」

他低下頭，嘴唇剛刷過，對方已張大了嘴，將他的舌頭吸了進去，像是吸塵器看見積了一個月的灰塵。巴比先退開，使出他對付女人的絕招：讓她銷魂蝕骨的微笑。

「我發誓，崔姬，妳每離婚一次，就變得更漂亮。謝格來了嗎？」

「他和艾傑、偉恩在那邊的角落。我還找了彼特，完全依照你的吩咐。」

「好女孩。嗨，大家好！」

三個坐在遠處長桌旁的男人，吼叫著歡迎他。兩個是黑人，一個是白人，三個都是彪形大漢。葛蕾慢吞吞地跟著巴比走過去。

四人握手、互相嘲笑，夾雜著難以理解的運動用語。好半天，巴比才想起她在場。

「這是葛蕾，我的保鑣。」

三個大男人都好奇地注視她。巴比稱作謝格那個好像以前跟他同隊，舉著啤酒瓶指著葛蕾。

「巴比，你沒事幹麼找保鑣？你是不是揍了誰？」

「沒那回事，她是中情局的人。」

「哇噻！」

「我跟中情局無關。」葛蕾抗辯。「我也不算是他的保鑣，他這麼說，是要——」

「巴比，是你嗎？嘿，姑娘們，巴比來了！」

「嗨，愛莉。」

一名穿金色牛仔褲的金髮尤物，兩條手臂如水蛇一般纏住巴比的腰，吧檯後又有三名女郎相繼出現。那個叫艾傑的男人拉過一張桌子併在一起，葛蕾根本還弄不清狀況，就被夾在巴比和艾傑之間坐下。她看出愛莉因為沒有坐在巴比旁邊很不高興，想跟她換位子，卻發現一隻強壯的手緊緊按住她的腿。

周遭的談話十分熱烈，葛蕾儘量猜測巴比究竟在打什麼主意。雖然各種跡象都顯示他正與老友歡聚，她卻感覺他其實表裡不一。既然不想跟這些人在一起，幹麼又大老遠跑來？顯然他非常不想返回故鄉，因此正盡可能拖延。

有人塞了瓶啤酒給她，當時她正忙著幻想自己頭髮灰白、彎腰駝背地坐在蔭園前廊的淒慘畫面，便漫不經心地喝了一口，才想起自己不喝酒。她放下酒瓶、瞧瞧掛鐘，決定半小時後就要催巴比上路。

侍者過來時，巴比堅持為她點餐，說如果沒嚐過大個兒的三層培根奶酪漢堡、雙份大號洋蔥圈、小山丘般高的酸奶油芥菜沙拉，此生就算虛度了。他硬要葛蕾吃下這堆高膽固醇的食物，自己卻幾乎沒吃、喝多少東西。

一小時過去，他在照片上簽名，每個人的餐點都是他請客；除非是葛蕾誤會，他還借錢給某人買水上摩托車。她靠近他的帽簷，低聲耳語：「我們該走了。」

他轉身，愉快輕柔地開口：「甜心，妳再說一個字，我就親自去叫計程車，把妳送到機場。」說完，他起身走到角落打撞球。

又一小時過去。若不是一心掛念著時間，她或許會因為置身這種平民化的酒吧，接觸各色各樣人群的新奇感而興奮開心。她長相太平庸，其他女人不認為她有資格角逐巴比，所以葛蕾和每一名女子都侃侃而談，包括愛莉。她是空服員，與她一席話，葛蕾才知愛莉在男性方面可謂專家。

葛蕾注意到巴比悄悄瞄過她幾次，越來越相信他打算趁她不注意時偷溜，所以儘管極需上廁所，她還是拚命忍著，不敢讓他離開視線範圍。到了午夜，她再也憋不住了，於是等到他和崔姬談得興致高昂之時，她才趕緊去洗手間。

幾分鐘後，她從洗手間出來，卻找不到巴比，她頓時驚慌失措。她慌亂地找尋他的灰色牛仔帽，眼睛掃過擁擠的人群卻毫無所獲，趕緊往吧檯的方向擠過去，焦慮到胃痛。她正要承認巴比溜掉了，忽然看見他和崔姬躲在香菸販賣機旁的小凹室。

葛蕾學到了教訓，絕不打算讓他再有機會離她太遠，便緩緩繞過分隔凹室與前門的隔間，站在電話旁。她無聊地看著牆上的電話號碼，研究著上面的塗鴉，忽然發覺這裡有回音。她無意偷聽，卻毫無困難地辨認出巴比熟悉的德州腔。

「崔姬，妳大概是我這輩子見過最善解人意的女人了。」

「巴比，我很高興你信任我，願意跟我說這些。要你這樣的男人提起過去，我知道很困難。」

「我不介意誤導某些女人，但崔姬，妳是真正的好女人，我不能這樣對妳，尤其是妳還沒從最近這次離婚的傷痛恢復過來。」

「我想所有人都在猜你為何還不結婚。」

「現在妳知道了，蜜糖。」

兩人顯然在進行私人談話，葛蕾知道自己應該換一個比較遠的監視位置。她堅定地壓下好奇，舉腳要走，但崔姬說出的話讓她停下腳步。

「沒有人應該有那種——呃，那種母親。」

「崔姬，妳說出來沒關係，我媽是妓女。」聽到此話，葛蕾瞪大眼睛。

崔姬性感的嗓音透著濃濃的同情。「你不想談也沒關係。」

巴比嘆氣。「有時候說出來反而比較好。妳也許不懂，不過最糟糕的事，不是她每晚帶不同的男人回家，也不是不知道自己的父親是誰。最可怕的是，她會醉醺醺地跑來我的高中球賽，臉上的妝糊成一團，又戴著俗氣的假鑽耳環，長褲則緊得人人都看得出來，裡頭什麼也沒穿。除了她，沒有人穿高跟鞋來看週五的球賽。她是德州杜樂沙最沒價值的女人。」

「她後來怎麼了？」

「她還住在那裡，一樣抽菸喝酒，隨心情胡鬧，無論我給她多少錢都改變不了。大概一朝是妓女，一生是妓女吧。可是她終究是我媽，我愛她。」

他的孝心使葛蕾深深感動，同時對那個愧為人母的女人深惡痛絕。或許就是他母親墮落的生活方式，使他不願返回杜樂沙。凹室一片靜默，葛蕾大膽探頭出去，立刻後悔。崔姬像遮雨篷似的，整個人罩住巴比，熱情地親吻他。目睹這一幕，葛蕾渾身發軟。儘管知道她作的是攀星摘月的美夢，她仍希望倚偎著那具雄健身軀的人是自己。她想成為能夠自由自在親吻巴比・湯姆・鄧騰的女人。

她靠著牆，雙眼緊閉，抗拒著渴望的洪流。這輩子會有男人那樣親吻她嗎？

不是任何男人，心裡的魔鬼低喃。她想要一個花名在外的德州花花公子親她。

她深呼吸，告誡自己別當傻瓜。如果只能得到腳下的地球，就不該奢望高掛天邊的月亮。

「崔姬？那個賤女人呢？」

醉醺醺的尋釁聲音，打斷葛蕾的幻想。一個髮色深黑的壯漢，從酒吧入口衝向巴比和崔姬。

崔姬一驚，睜大眼睛，巴比立刻跨前一步，擋在崔姬前面。「該死，華倫，我還以為你早就因為得狂犬病死掉了呢！」

華倫挺起又圓又大的胸膛，搖搖晃晃走上前。「唷，傻小子先生大駕光臨呢。最近吹了幾次喇叭呀？」

葛蕾驚喘，不過巴比只是嘻嘻笑。「華倫，我當然不幹那種事，不過要是有人來問我，我會叫他們直接去找你。」

華倫顯然不欣賞巴比的幽默，威脅地咆哮一聲，步履不穩地向前撲。

崔姬咬著拳頭。「巴比，別刺激他。」

「唉，甜心，華倫不會生氣，他太笨了，就算被侮辱也聽不出來。」

「傻小子，我要摘掉你的腦袋。」

「華倫，你喝醉了！」崔姬驚呼。「請你走開，好嗎？」

「閉嘴，臭婊子！」

巴比嘆氣。「唉，你為什麼要用這麼難聽的字罵前妻呢？」說時遲那時快，他手臂一縮，揮拳打向華倫的下巴。

崔姬的前夫大聲哀叫，撲倒在地板上，酒吧裡的客人立刻圍過來，暫時擋住了葛蕾的視線。她趕緊東插西鑽，剛擠到前面，正好看見華倫爬起來，一手摸著下巴。

巴比站得挺直，十指微分放在腰上。「華倫，可惜你醉了，不然事情會更有趣。」

「鄧騰，我可沒醉。」華倫的哥兒們踉蹌前進，粗野的模樣活像史前尼安德塔人。「你這娘娘腔，去年跟突擊兵隊那場比賽是怎麼回事？表現爛斃了，你月經來了是吧？」

巴比一副樂翻天的模樣，好似收到聖誕節大禮。「嗯，好戲總算來了。」

巴比的朋友謝格跨入圍圈中心、捲起袖子，讓葛蕾鬆了口氣。「兩個打一個。巴比，我不喜歡以眾凌寡。」

巴比揮手要他走開。「謝格，沒有必要弄亂你的髮型，這些小伙子只想動動身子，我也正有此意。」

尼安德塔人揮臂，巴比的反射神經並未因膝蓋受傷而退化，他身子一側，一拳擊中對方肋骨，那人仰天跌倒。華倫乘機衝上來，用肩膀猛撞巴比側面，巴比踉蹌幾步、穩住身形，狠狠打向他腹部，崔姬的前夫跌在地上，無力再起。

尼安德塔人沒喝那麼多，撐得比較久，甚至還能回擊幾拳，但終究勝不了巴比的矯健。最後，他挨夠了打，鼻血不斷流，嘴巴嘟嘟囔囔，蹣跚地離開酒吧。

巴比失望地皺眉，四下一掃，臉上隱隱帶著好戰的表情，沒有人敢上前挑戰。拿了張餐巾，他按住嘴角的小傷口，俯身在華倫耳畔低語。華倫的臉色越來越白，葛蕾猜想崔姬不用再擔心前夫糾纏了。料理完華倫之後，巴比摟住崔姬的肩膀，帶她到點唱機那兒。

葛蕾深深嘆氣，總算放心了。至少她無須打電話通知柳兒，他們的明星在酒吧鬥毆中掛了。

兩小時後，她和巴比站在車程二十分鐘外的一家豪華飯店櫃檯前面。

「妳最好知道，我可不習慣這麼早睡。」他嘀咕。

「現在已經凌晨兩點了。」葛蕾這輩子大多是十點上床、五點起床，此刻已累得有些頭重腳輕。

「這就是我的意思，現在還早。」他訂好自己要的套房，揮手拒絕侍者協助搬運行李，揹好袋子，拿起櫃檯上的筆電。「明早見，葛蕾。」他拔腳往電梯走。

櫃檯人員看著她，多此一問地開口。「我能為妳效勞嗎？」

她的臉紅到耳根子，結結巴巴地說：「我……呃，我跟他一起。」

她拿起行李箱，急忙追上巴比，感覺好像追隨主人的小忠犬。她在電梯門關上的最後一刻擠入電梯。

他狐疑地注視她。「妳這麼快就訂好房了?」

「你……呃……既然你要了套房,我想我可以睡在沙發上。」

「妳想錯了。」

「我保證你甚至不會注意到我。」

「葛蕾小姐,去訂妳自己的房間。」他輕柔地說,但眼底暗藏的威脅卻令她不安。

「你知道我沒辦法照辦。我只要一分鐘沒看著你,你就會駕車揚長而去。」

「妳是以小人之心度君子之腹。」電梯門打開,他踏上鋪有地毯的走廊。

葛蕾趕快跟上。「我不會打擾到你。」

他找著房間號碼。「葛蕾,原諒我出言不遜,不過妳真的快變成我背上的芒刺了。」

「我知道,我道歉。」

他的臉上閃過一抹微笑,但很快消逝。他停在走廊末端那扇門前,插入鑰匙磁卡,門鎖燈號變綠。他進門之前,俯身蜻蜓點水似地刷過她雙唇。「很高興認識妳。」

恍惚之間,葛蕾看著門板當著她的臉關上。嘴唇一陣酥麻,她愣愣地用手按住,希望能永遠留住這一吻。但隨著時間一秒一秒過去,被吻的喜悅消散,她的肩膀垮下來。他會開車溜走,今晚、明早——說不準何時,但她知道巴比打算甩掉她,而她絕不能讓這種事情發生。

筋疲力竭的她把行李丟在地毯上,背貼著門坐下。曲起雙腿,兩臂抱住膝蓋,臉頰抵著手臂,她只好這樣過夜了。要是他能真正吻她該有多好……她緩緩地合上眼皮。

背後的門忽然打開,她驚呼一聲往後倒,手忙腳亂爬起來,轉身就看見巴比。看見她守在門前，他並沒有很意外，所以葛蕾猜想他一直從門上的窺孔偷看，等著她走開。

「妳這是什麼意思？」他的口氣耐心到有點過頭了。

「想辦法睡覺。」

「妳不准在我的門口過夜。」

「萬一有人看見，他們只會以為我是你的死忠球迷。」

「他們只會以為妳是瘋子！」

以一個對任何人都很親切的人來說，巴比對她卻是動不動就發火。葛蕾知道自己有時會有這種影響力。「只要你保證明天不會丟下我，自己開車溜走，我就去訂自己的房間。」

「葛蕾，連下一個小時的事，我都不能保證，何況是明天。」

「那我只好留在這裡了。」

他用拇指搓下巴，葛蕾知道這動作表示他已做了決定，卻故作姿態，讓人以為他仍在考慮。

「這樣吧，現在上床還太早，妳可以留下來替我解悶。」

葛蕾點頭同意，心裡卻納悶他想的是哪種解悶法。巴比將她的行李箱拎進去，關上門。葛蕾進入套房，首先看見寬闊的起居室，主要色調是桃色和綠色。「真漂亮。」

他四下掃了一圈，彷彿從未仔細看過。「大概吧，我沒注意。」

他怎會沒注意這麼漂亮的房間？套房中央擺放著舒適的沙發，長形木條桌放在落地窗前，圓凸的矮櫃上有一瓶五彩繽紛的人造花。葛蕾欣喜地盯著整個房間。

「你怎麼會沒注意到？」

「我住過的飯店多到數不清，大概是麻痺了。」

葛蕾逕自衝到窗前，眺望幽暗的河水、閃爍的燈光。「那是密西西比河耶！」

「是喔。」他摘下牛仔帽，進入臥房。

葛蕾心裡漲滿驚異，慢慢接受事實，她竟住在一間能夠俯瞰美景的飯店裡。她在起居室到處走動，試坐柔軟蓬鬆的沙發與扶手椅，拉開書桌抽屜、摸摸文具，也看看高聳的電視櫃內部。雙眼瞄過本週的電影節目表，她的目光在「啦啦隊辣妹」這部片子上停住，片名彷彿從紙上躍出。她住過幾回飯店，也曾考慮看這種成人電影，但一想到帳單上會有紀錄，人人都看得見，她就不敢行動。

「妳想看電影嗎？」

她猛然抬頭，發現巴比站在後面，趕緊放下節目表。「噢，不看，太晚了，實在太晚了。我們真的應該——我們得早起，所以……」

「葛蕾，妳看的是三級片的節目表嗎？」

「三級片？我？笑話！」

「沒錯，就是妳。我敢打賭，妳這輩子還沒看過三級片。」

「我當然看過，還看過不少呢！」

「說來聽聽。」

「嗯，『桃色交易』就滿色的。」

「『桃色交易』？妳說那算三級片？」

「在新關地就是。」

他咧嘴而笑，低頭看著節目單。「『激情賽車站』剛開始，妳想看嗎？」

她的禮教觀念勉強勝過好奇心。「我不贊同那種事。」

「我沒有要妳贊同，我只是問妳想不想看。」

她的猶豫未免久了點。「絕對不要。」

他哈哈笑，拿起遙控器，打開電視。「葛蕾小姐，去沙發上坐好。我可不想錯過好戲。」

他已經轉到成人電影頻道。葛蕾盡力裝出萬般無奈的表情，正經八百地坐好，兩手放在腿上。

「我就破例一次好了，其實我一直滿喜歡看賽車片。」

巴比捧腹大笑，幾乎拿不穩遙控器。螢幕上出現四具赤裸交纏的身體，他仍笑個不停。

葛蕾感覺兩頰火燙。「哇，我的天。」

巴比笑著在她旁邊坐下來。「看不懂的地方就問我，我很確定以前看過這部片。」

才看幾分鐘，葛蕾就明白電影根本沒有情節，只是赤裸身軀在紅色跑車上嬉鬧交歡罷了。

巴比指著螢幕。「腰上掛著工具帶的棕髮美人就是總技師，另一個女人是她的助手。」

「噢！」

「妳看那傢伙，有著大——」

「看到了，」葛蕾趕緊說。「右邊那個。」

「不對，蜜糖，不是那一個。我說的是有雙大手的那一個。」

「噢。」

「跑車就是他的，他和他的好友把車開來，找女孩們做點活塞運動。」

「活塞運動？」

「另外還得處理管線的問題，會漏東西出來。」

「原來如此。」

「球狀接頭也得檢查。」

「是喔。」

「以及量油尺的曲度。」

葛蕾倏然轉身，看見他忍笑忍到胸膛抖個不停。「你在唬我！」（譯註：巴比四句話的原文用字皆語帶雙關，分別代表性交、男性生殖器、可動式充氣娃娃、愚蠢的程度。）

他怪笑起來，擦掉眼淚。

葛蕾抬高下巴。「你不必解釋了，我自己看得懂。」

「是，夫人。」

葛蕾轉頭看著螢幕，用力吞嚥。那個有雙大手的男人把手伸進一罐機油，再將機油滴在總技師光溜溜的胸脯上。她的乳頭堅挺，一滴滴機油從雪白的玉峰上往兩側流。葛蕾自己的乳尖也繃緊。

纏綿的前戲繼續下去，儘管知道身旁還有人，葛蕾的眼睛卻離不開螢幕。她舔舔乾澀的嘴唇，心臟怦怦跳，這輩子從沒這麼尷尬，也從沒這麼亢奮。她好想和身邊的男人，一起做螢幕上演出的每一個動作。

有雙大手的男演員玩起那女人的工具帶，雙手越跑越下面，唇舌也隨之跟進。葛蕾看著他的舌頭落在對方私處左邊的縫隙，雙乳間不禁冒出熱汗。她兩腿併攏、扭動不安，巴比也動了動。

葛蕾用眼角偷偷打量他，驚慌地發現他看的不是螢幕，而是她，他也不再笑了。

「我還有事，」他突然說。「妳不想看的話就關掉。」抓起筆電，他走回臥房。

葛蕾困惑地瞪著他的背影。他為什麼又生氣了？接著她的視線又轉回螢幕。

哇，我的媽！

巴比站在幽暗的臥房裡，茫然望著窗外，隱約聽見電視傳來的低聲呻吟。老天！六個月來，無論有多少貌美如花的女子像送上門的獎品一樣來到他眼前，他也沒興趣跟任何一人做愛。但骨瘦如柴、衣飾醜陋，頂著全天下最難看的髮型，又頤指氣使到令他氣得牙癢癢的葛蕾・雪諾，卻讓他硬了起來。

他雙手握拳，按住窗櫺。若非狀況太過荒唐，他準會捧腹大笑。那部電影還算不上道地的三級片，但才看五分鐘，她就已經性致勃勃了，就算有顆炸彈在起居室引爆，恐怕她也不會注意到。

方才注視她時，他真的動過佔她便宜的念頭，反正她早已樂意貼上來，但他旋即明白那樣做太愚蠢。雖然退休了，他好歹是巴比・湯姆・鄧騰，他還沒淒慘到得和葛蕾・雪諾上床的地步，那跟做善事沒兩樣了。

轉身背對窗戶，他走到書桌邊，打開電腦、接上網路。他坐下來，原想登入信箱收郵件，手卻停在半空中。今晚他沒有心情處理生意。他不斷看見葛蕾望著密西西比河的表情。這樣的興奮，他多久沒感受過了？今天一整天，葛蕾不斷指出他多年前就視而不見的事物：一朵奇形怪狀的白雲，一名長相酷似歌星威利・尼爾森的卡車司機，一個從休旅車後座朝他們揮手的小孩。曾幾何時，他已無視這些日常生活中的平凡樂趣？

低頭看著鍵盤，他回想從前有多喜歡在商場上縱橫捭闔。起先他涉足股票市場，很快又買下一間製造運動器材的小公司，接著是一家運動鞋公司，然後是投資電台。一路上他賠過，卻也賺了不少錢。如今他卻記不起，為何自己要這樣汲汲營營。

他本以為拍電影或許能讓自己暫時別胡思亂想，但開拍在即，他卻毫無興致。

他用手指按按眼睛。今晚他答應謝格幫他開餐廳，借錢給愛莉，告訴艾傑會接受他姪子的訪問，刊登在高中校刊上。依他的思維邏輯，一出生就福星高照的人，沒有說「不」的權利，但是有時他難免覺得，他快被源源不斷的要求緩緩勒死了。

如今他必須到杜樂沙這個孕育他成長的小鎮，去償還另一筆債務，但他實在鼓不起勇氣返鄉。沒錯，是他堅持要到家鄉拍片，但一想到得面對鄉親父老，他還沒做好心理準備。他知道自己已經過氣了，但家鄉父老還看不出來，所有人都還想從他這裡分點好處。

他一出現，小鎮鐵定會像過去那樣雞犬不寧，但也不是人人都會張開雙臂歡迎他。幾個月前，他和偉藍・舒耶起了激烈衝突，因為他想遷走支撐杜樂沙的經濟主軸——羅莎科技電子公司。那傢伙冷酷無情，巴比並不期待再看到他。此外還有金寶・柴克里，他是小鎮的新警長，也是巴比從小到大的死對頭。最糟的是，肯定會有一大票女人對他投懷送抱，壓根兒不明白他在橄欖球生涯告終之後，性慾也隨著岑寂了，而且他還得不擇手段確保沒有人知道。

他茫然瞪著鍵盤。後半輩子，他該怎麼過？他活在鎂光燈下太久，如今褪下光環、離開舞臺，他連手腳該怎麼擺都不明白了。從小他就高人一等：全州代表、全國代表、職業隊代表。但他現在已經不再特別了。那些成功人士，都是年過六十、退休之後，才得面對中年危機；他卻在三十三歲就得退休，完全不知道該如何定位自己的身分。他知道如何當一個偉大的外接員，知道如何當上最有價值的球員，卻不知道該怎麼當個普通人。

電視傳來格外拉長音調的女性呻吟聲，打斷了巴比的思緒，令他記起屋裡不只他一個人，他不禁蹙眉。生命中真正有趣的事已經很少了，所以他才讓葛蕾・雪諾跟著他，但一想起她造成的生理反應，他不再感覺好笑。

被葛蕾這種平凡女子撩撥起慾望，他不太想深究原因，因為這簡直是大失顏面，具體證明他淪落的程度有多嚴重。她確實是個中規中矩的好女孩，但絕對不適合巴比・湯姆・鄧騰。

此時此刻，他下定決心，他的麻煩夠多了，不需要再招惹更多。明天的第一件事，就是要擺脫葛蕾・雪諾。

第4章

窗外教堂鐘聲迴盪，葛蕾走到臥房門前，輕輕敲門。「巴比，早餐送來了。」

毫無動靜，她再次出聲。「巴比？」

「妳是真人啊？」他呻吟道。「我正巴望妳只是一個噩夢呢！」

「我用客房服務訂早餐，已經送來了。」

「走開！」

「七點了，我們還得開十二小時的車，真的不能再拖了。」

「甜心，這個房間有陽台，妳再繼續煩，我就把妳從陽台丟出去。」

她從門邊撤退，回到餐桌，慢慢吃著藍莓煎餅，其實累得沒胃口。她一整晚都沒有睡好，一點風吹草動就會使她驚醒，深怕巴比會趁她睡著時開溜。

八點時，她先打電話給柳兒，報告目前的進度，然後又去叫巴比起床。「巴比，你睡夠了嗎？我們真的該出發了。」

毫無動靜。她悄悄打開臥房的門，嘴巴立刻乾澀。他趴在床上，一絲不掛，被單纏著臀部，兩腿張開，一膝屈起，雖然右膝上的疤痕怵目驚心，仍無損於兩條腿的強健美麗。在雪白床單的襯托下，他的膚色好似古銅，小腿上的金色汗毛在晨曦下隱隱閃著光芒。一隻腳掌蓋著被單掛在床尾，另一隻腳掌又長又細，足弓弧度頗大，而且紋理分明。葛蕾的眼睛在他右膝蓋上的紅色疤痕徘徊，接著又爬上他的腿，以及纏住臀部的被單。假如被單再高個八公分……

想要看見他私處的強烈慾望嚇呆了她。她這一生只看過年長男性的裸體。巴比的模樣，是不是與昨晚那部電影裡面的人一樣？她忍不住輕顫。

他翻身，被單跟著挪動。他的頭髮濃密蓬亂，太陽穴兩旁的髮梢有點鬈，臉頰上有枕頭的痕跡。「巴比。」她輕聲喊。

一隻眼睛睜開一條縫，聲音帶著濃濃的睡意。「脫光，要不就滾出去。」

她毅然走向窗戶，拉開窗簾。「今天早上，有人的脾氣可真差。」

光線湧入房間，他大聲呻吟。「葛蕾，妳馬上會有生命危險。」

「要我幫你放洗澡水嗎？」

「妳要幫我刷背嗎？」

「我看不需要。」

「我試著對妳委婉一點，不過妳好像沒搞懂。」他坐起來，摸索著床頭櫃找皮夾，接著掏出幾張鈔票。「到機場的計程車費，由我來付。」他邊說邊遞出鈔票。

「你先洗澡，然後我們再談。」她急忙退出房間。

一個半小時之後，他仍想盡辦法要擺脫她。葛蕾緊抓著裝了現搾柳橙汁的紙袋，急急走向孟斐斯健身中心。首先，她根本沒法將巴比弄下床，接著他又說，早晨沒有健身的話，他沒辦法趕路。剛踏進健身中心的大廳，他就塞了一把鈔票給她，要她去轉角的餐廳買一杯柳橙汁，他去換運動服。

說完話，他就躲進更衣室，眼裡閃動無邪的光芒，笑容也是一派純真，反讓葛蕾更確定他想乘機甩掉她。看看手裡的錢，只是買一杯柳橙汁，居然給她兩百塊，她更肯定自己猜得沒錯。沒辦法，她只好使出偏激手段了。

毫不意外，巴比誤導她認為那家餐廳離這裡不遠，但其實是在好幾條街之外。她盡快買好柳橙汁之後，不走健身中心大門，反而筆直趕向後面的停車場。

雷鳥停在蔭涼處，引擎蓋掀起，巴比低頭檢查。她拔腿就衝，跑到車旁時氣喘吁吁。「你做完運動了？」

他猛然抬頭，撞上了引擎蓋，牛仔帽也歪了。他輕聲詛咒，扶正帽子。「我的背有點僵硬，所以決定晚上再運動。」

他的背根本沒事，但葛蕾很明智，既不反駁他，也沒說出他只是想在她離開時乘機溜走。

「車子有什麼問題嗎？」

「發不動。」

「讓我瞧瞧。我對引擎還有點認識。」

他匪夷所思地瞪著她。「妳懂那玩意兒？」

葛蕾不理睬他，把濕濕的紙袋放在保險桿上，低頭打開分電盤蓋子。「哇，你的分火頭似乎不見了。我看看，我好像——」她打開皮包。「沒錯，我正好有一個。」

她把雷鳥的分火頭掏出來，還有固定分電盤蓋的兩個螺絲釘，再拿出一把瑞士刀，讓他可以拴緊螺絲。所有東西她都用從飯店拿的塑膠袋裝好，就是為了防範像這樣的緊急狀況。

巴比低頭瞪著那些東西，彷彿不敢相信自己的眼睛。

「一定要拴緊噢，」她熱心地說。「否則可能會出毛病。」不等他回答，葛蕾拿起柳橙汁，繞到乘客座，打開門、坐進去，忙著研究地圖。

不消片刻，他就砰地關上引擎蓋，力道之大使車子上下晃動。葛蕾聽見他的靴子重重踩著柏油路過來，一手支著車窗，拳頭握得死緊。他好半天才開口，聲音非常輕、非常生氣。

「沒有人可以亂動我的雷鳥。」

她輕輕咬著下唇。「抱歉，巴比，我知道這輛車是你的心肝寶貝，我不會怪你生氣。這輛車很棒，真的，所以我才必須誠實告訴你，如果你再動歪腦筋，我有能力讓車子嚴重受損。」

他倏地挑起眉毛，驚詫地瞪著她。「妳用我的車來威脅我？」

「恐怕是這樣，」她帶著歉意說。「華特・康尼先生在蔭園住了將近八年才去世，願主眷顧他。退休前，他在哥倫布市開修車廠，他教導我許多知識，包括如何讓引擎停擺。當年有個特別雞婆的社工，一個月會來蔭園好幾趟，不斷騷擾老人家。」

「所以妳和康尼先生共謀，破壞社工的車。」

「不巧康尼先生的痛風很嚴重，只好由我實際動手。」

「現在妳打算用這項專長來威脅我？」

「當然我也是躊躇再三，可是我對風車影業又有職責在身。」

巴比的臉色越來越火大。「葛蕾，我沒有當場掐死妳的唯一原因，是我知道一旦陪審團聽見我的故事，一定會判我無罪，然後那些媒體界的混帳就會把這件事改編成電視影集。」

「我有工作得做，」她輕聲說。「你真的應該多包涵。」

「抱歉，甜心，我們兩個已經玩完了。」

一說完，他就打開門，抱起她、放在地上，她完全沒機會阻止。葛蕾嘶聲警告。「我們先談談嘛！」

巴比不理她，繞到後車廂，拿出她的行李。

葛蕾衝過去。「我們都是講理的成年人，一定能找出折衷的辦法。我相信——」

「我相信不行，裡面的人會幫妳叫車。」他把她的行李箱丟在地上，自己爬進雷鳥，發動引擎。葛蕾想也不想，直接撲到輪胎前，緊閉著眼睛。

緊張漫長的幾秒鐘過去，柏油路的熱氣穿透了她的芥末黃洋裝，廢氣吸得她頭暈腦脹。終於，她感覺到一道陰影落下。

他俯視著她。「為了救妳這條小命，我們兩個得打個商量。」

她緩緩睜開眼。「哪種商量？」

「我不會再甩掉妳——」

「很公平。」

「——只要妳一路上全聽我的。」

她一面起身，一面考慮。「恐怕行不通，」她謹慎地說。「可能沒有人對你說過，不過我得直說，你有時候很不講理。」

他眯起眼睛。「葛蕾，不接受的話，妳現在就給我走人。如果妳想坐這輛車，就得收斂那種跋扈的態度，乖乖聽我的話。」

他已經下了最後通牒，葛蕾別無選擇，只好不失體面地投降。「好吧！」

他把她的行李放回後車廂，葛蕾坐進車裡。等他坐好，他忿忿地轉動鑰匙。

葛蕾看看手錶，又瞄向剛才研究的地圖。「出發前，我還有件事要說。你也許不知道，但現在快十點了，而你必須明天早上八點前抵達片場。還有一千多公里的路要趕，最短的路線應該是——」

巴比搶走她的地圖，揉成一團、拋出車外。幾分鐘後，他們開上了高速公路。

糟糕的是，他們是朝東走。

週二晚上，葛蕾承認自己搞砸了。她愣愣看著雨刷在雷鳥的擋風玻璃上刷出兩個半圓形，聽著大雨打落車頂。回想過去幾天，雖然他們總算抵達德州的達拉斯，她依舊沒辦法準時將巴比帶到杜樂沙。

車頭燈照出串串雨珠。她儘量不去想柳兒怒氣沖沖打來的電話，只去想這種狀況下好的一面。過去幾天，她見識的德州風光，遠超乎她的意料，還遇見許多有趣的人：鄉村歌手、有氧運動教練、一堆橄欖球員，還有一位非常好心的變裝藝人，他教了她幾種絲巾的綁法。

最好的是，巴比沒有再想甩掉她。雖然還不完全確定，在孟斐斯他為何沒有丟下她，但她偶爾會隱約感覺到，他其實不想一個人。扣掉他把車停在橋上，把她拉到橋邊，威脅要將她丟下去的那次不談，他們處得倒很愉快。不過，今晚她覺得彆扭極了。

「葛蕾，妳還好嗎？」

她仍直直瞪著雨刷。「巴比，很好，謝謝你關心我。」

「妳好像快擠到門邊去了。這輛車其實載不了三個人，妳確定不要我送妳回飯店？」

「我確定。」

「巴比，甜心，她難道要一整晚都跟著我們嗎？」他今晚的女伴雪柔‧蓮恩‧荷蔚有些暴躁地說，還一邊往巴比肩膀靠。

「蜜糖，她這個人滿難甩掉的。妳就假裝她不在吧？」

「你一直跟她講話，我要怎麼假裝？巴比，我發誓你今晚跟她講的話，比跟我講的還多。」

「哪有，蜜糖。在餐廳的時候，她根本沒跟我們同桌呢！」

「她坐在隔壁桌，你不斷轉頭問她話。我真是不懂，你沒事幹麼弄個保鑣。」

「這世上有很多危險的傢伙呢。」

「話是不錯，但你比她強壯多了。」

「她是神槍手，拿起烏茲衝鋒槍的葛蕾厲害得很。」

葛蕾壓下笑意。他真是厚顏無恥，但瞎掰的內容頗有新意。她稍微朝中央挪動。骨董雷鳥車內的空間雖小，但問題並不像她原先想的那麼嚴重。照理來說，她應該要和雪柔擠著坐，但這位前任選美皇后根本是坐在巴比的大腿上。雪柔雙腿叉開，跨在變速箱上頭，但不知她用了什麼技巧，姿態依舊優雅。

葛蕾嫉妒地看著雪柔的珊瑚紅蕾絲露肩洋裝。她身上這條鬆垮垮的黑色沙龍裙，以及紅白直條紋的針織上衣，只讓她看起來像是理髮廳前面的三色標誌。

雪柔一隻玉手落在巴比腿上。「到底是誰在追你呀？我以為你的問題只是應付那些搞大人家肚子的小官司，怎會扯上中情局？」

「小官司也可能會搞出大麻煩。這次告我的小姐，起初沒提到她父親和犯罪組織關係良好，今天才會搞出這種局面。葛蕾，妳說是不是啊？」

葛蕾假裝沒在聽，心裡卻在想像自己是端著烏茲衝鋒槍的中情局探員。但她知道，為巴比圓謊只會助長他的驕妄。

巴比再次越過雲柔蓬鬆的金色腦袋上看著葛蕾。「妳點的義大利麵好吃嗎？」

「美味極了。」

「我卻不喜歡那上面澆的綠色玩意。」

「你是指青醬嗎？」

「名字不重要。我喜歡貨真價實的肉醬。」

「你當然喜歡嘍。我敢打賭，盤子旁邊你還想多放兩支肥滋滋的肋排。」

「妳害我開始流起口水來了。」

雪柔的頭從他肩上抬起來。「巴比，你又來了，你又只跟她說話。」

「怎麼會呢，親愛的，我現在心裡只有妳啊！」

葛蕾清清喉嚨以便讓巴比知道，即使這位選美皇后或許會信他的鬼話，她卻可以看穿他。

今晚雖然彆扭，卻也不無收穫。像她這樣的凡人，不是每天都有機會見識天才出招，她從沒想過男人能這麼輕而易舉地操縱女人。巴比彬彬有禮、魅力四射，對女人百依百順，本質上卻是無情的「見人說人話，見鬼說鬼話」。可惜那些圍繞他身邊打轉的娥眉脂粉，居然沒有一個人明白，他根本是自行其是。

他們停在一排教會式風格的公寓前。雪柔倚偎得更緊，在巴比耳畔呢喃。

他抓抓頸子。「蜜糖，葛蕾在旁邊，那樣做恐怕有點尷尬。妳若不介意，我倒無所謂。」

就算是雪柔這種豪放女子，也無法接受這種條件，只好依依不捨地結束這一晚。葛蕾看著巴比為她撐傘，護送她到門口。以她看來，巴比丟下雪柔還算有腦筋，不過她可猜不透巴比幹麼約她。這位選美皇后既頑固又自私，腦袋只怕比她晚餐點的那隻螃蟹還笨，然而巴比卻當她是女人中的女人一般嬌寵。他對人人都好，就只對葛蕾不好。

在公寓門口，雪柔像水蛇一樣纏住巴比，他倒一副挺享受的模樣。她的臀部不斷往他身上蹭，好似激情之後意猶未盡。葛蕾向來認為自己脾氣溫和，很容易讓步、絕少發火，但看著巴比的晚安吻拖得越久，她的怒火就越熾。

難道他每遇見一個女人，就得來一次口腔大手術嗎？他腰帶上掛的女性頭皮，已經多到就算他沒穿褲子也不會有人發現了。製藥公司根本不該浪費時間研發減肥藥，而該為了廣大的女性同胞著想，製造專門用來對付巴比．湯姆．鄧騰的解毒劑。（譯註：印第安人會割下敵手的頭皮，掛在腰帶上做為裝飾與炫耀，暗示巴比床第戰績輝煌。）

看著選美皇后手腳並用想爬到他身上，她的怒氣嘶嘶作響。等巴比一回到車裡，她已經氣得像沸騰的開水。「我們應該到急診室去給你打一針破傷風！」她沒好氣地說。

巴比挑高一道眉毛。「看來妳不喜歡雪柔。」

「她看著你的時間，還沒有她東張西望、確定人人都看見她和你在一起的時間多。而且她也不必因為你有錢，就點餐廳裡最貴的東西。」葛蕾把四天累積的挫折一次發作，聲勢驚人。「你甚至不喜歡她，這才是叫人覺得最噁心的地方。巴比，你受不了那個女人；別想否認，我看得一清二楚，打從一開始我就能看透你。你臺詞之多，胡扯中情局、烏茲的鬼話，連資深演員都會自嘆不如。我還要告訴你，我也不信你那些搞大人家肚子的官司。」

他的神情微微帶點訝異。「妳不信嗎？」

「不信，你根本滿嘴荒唐話。」

「荒唐話？」他的嘴角一揚。「蜜糖，妳人在德州了。在這裡，我們會直接說狗——」

「我知道你們怎麼說！」

「妳今晚可真火爆。這樣吧，為了讓妳開心，明天一大早六點，妳就把我挖起床吧？我們一路往杜樂沙趕，午餐時應該就到了。」

葛蕾瞪著他。「你在開我玩笑嗎？」

「我還沒有壞到那種程度，拿對妳最重要的事來開玩笑。」

「你答應直接到片場？不再繞道去看什麼鴕鳥，或是探望你一年級的老師？」

「我不是說了，會一路趕去嗎？」

她的壞脾氣煙消雲散。「對，沒錯，很好，好極了。」她向後靠著椅背。不過她很清楚，如果他們明天能抵達杜樂沙，那是因為巴比自己想去，而不是因為她。

他轉頭看她。「我只是好奇，妳為什麼不相信那些官司？報上吵得沸沸揚揚呢！」

葛蕾當初是一時衝動脫口說出，如今仔細回想，她越發確信這又是巴比誇大現實的一個例子。「我可以想像你做出許多無法無天的事情，尤其是牽涉到女人，但我就是不能想像，你會拋棄自己的孩子。」

他瞧了她一眼，嘴角稍稍彎起，幾乎看不出個笑容。他轉頭看著高速公路，笑容也加大。

「怎麼樣？」她好奇地注視他。

「妳真想知道？」

「我想知道實話，而不是你跟其他人說的那些誇張故事。」

他將牛仔帽拉低幾公分。「很久以前，有位小姐控告我害她懷孕。我做了親子關係檢驗，很確定孩子不是我的；不消說，她之前的男朋友才是罪魁禍首。不過他是個天生的爛人，所以我決定幫她一把。」

「你給她錢。」葛蕾觀察巴比的行為模式夠久了，瞭解他會怎麼做。

「孩子是無辜的，沒道理因為他老爸是個混帳，就得因此受苦。」他聳聳肩。「那件事之後，大家就覺得我很好騙。」

「於是搞大肚子的官司越來越多？」他點頭當成回答，於是葛蕾繼續。「我猜你都沒有上法庭，而是私下和解。」

「我只是設了一、兩個小型信託基金，照顧他們的基本所需，」他為自己辯護。「反正我的錢多到沒處花，而且他們都簽了保證書，承認孩子不是我的。這樣礙著誰了嗎？」

「沒礙著誰，可是也不太公平。你不該為別人犯的錯付出代價。」

「小孩子不也一樣？」

葛蕾猜想他可能是想到了自己悲慘的童年，但他的表情莫測高深，她看不出來。

他拿起車內電話撥號。「布諾，我沒吵醒你吧？好極了。我沒有史帝・柯雷的號碼，麻煩你打給他，要他明天把『男爵』飛到杜樂沙好嗎？」他換到內側車道。「好。對，我想在沒事的時候飛一飛。謝了，布諾。」

他放好電話，哼起鄉村歌曲〈德州，盧肯巴赫鎮〉。

葛蕾儘量若無其事地問：「男爵？」

「一架雙渦輪引擎的小飛機，停放在距離芝加哥那幢房子半小時的機場。」

「你是在說，你會開飛機？」

「我沒跟妳說過嗎？」

「沒有。」她的聲音發抖。「沒說過。」

他抓抓腦袋。「嘿，我的飛行執照應該是──我算算看……九年前拿到的。」

葛蕾咬牙。「你自己有飛機。」

「只是一架小玩意兒。」

「還有飛行執照？」

「當然。」

「那我們為何要開車去杜樂沙!?」

他一臉委屈。「因為那時我想開車，就這樣而已嘛！」

葛蕾兩手抱住頭，試著想像他在沙漠中赤身露體，無數的兀鷹啄食他長蛆的身體，千萬隻螞蟻在他的眼窩裡爬進爬出。可惜，她的想像力不夠豐富。這一次，他又是我行我素，毫不顧慮別人的死活。

「那些女人竟然不知道她們有多幸運！」她嘟囔道。

「哪些女人？」

「那些幸運到沒有通過你橄欖球測驗的女人。」

他笑出聲，點燃雪茄，又繼續唱起〈德州，盧肯巴赫鎮〉。

他們出了達拉斯往西南走，經過連綿的牧地，綠油油的草地上點綴著牛群，還有胡桃樹果園。山巒越來越多，路越來越崎嶇，葛蕾也看見越來越多的牧場招牌，順便見識了當地的野生生態：鵪鶉、長毛兔和野火雞。巴比告訴她，杜樂沙位於德州山區外緣，方圓一百多公里內都沒有人煙。正因為地點偏僻，所以才不像其他城鎮一樣繁榮發展。

早上葛蕾和柳兒通過電話，老闆要她直接帶巴比到位於杜樂沙鎮界東邊幾公里外的藍尼爾牧場，片場就在那裡，所以葛蕾要到晚上才能一窺小鎮全貌。巴比似乎知道柳兒說的地方，葛蕾也就沒再唸出路標指示。

他們從高速公路轉入狹窄的柏油路。「葛蕾，我們拍的這部片……妳最好先跟我聊聊。」

「要聊什麼？」她想要儀容整齊地到達片場，於是在皮包裡找梳子。早晨她換上了那套深藍套裝，看起來很有專業架式。

「嗯，比方說劇情。」

葛蕾的手停住。「你難道連劇本都沒有看？」

「我一直沒有時間。」

她闔上皮包，仔細打量他。像巴比這樣看來很聰明的人，怎會沒看劇本就答應演出？他真有這麼散漫嗎？她知道巴比對拍電影不是很熱衷，但也不至於到漠不關心的地步吧！一定有別的原因，但又是什麼呢……

忽然，她疑雲大起，驚駭到幾乎想吐。衝動之下，握住了他的手臂。

「巴比，你不識字，是嗎？」

他猛然轉頭，眼裡燃燒著怒火。「我當然識字，我可是從知名大學畢業的。」

葛蕾知道大學給校隊明星許多優待，尤其是學科方面，所以仍疑心不已。「哪一系？」

「球場管理。」

「我就知道！」她的心漲滿了憐憫。「你不用跟我說謊，你可以信任我，我不會說出去。我們可以一起想辦法來加強你的閱讀能力，不會有第三個人知道——」看見他眼中閃動的笑意，她想起他的筆電，立刻咬緊牙關、猝然住嘴，但為時已晚。「你在捉弄我。」

他嘻嘻一笑。「甜心，妳別再亂給人貼標籤了。我雖然是橄欖球員，不表示我連字母都學不會。我可是以相當不錯的成績從德州大學畢業，而且還拿到經濟學位。通常我都不太好意思承認，不過我剛好是全美大學體育協會六個品學兼優的運動員之一。」

「你幹麼不早說？」

「是妳認為我不識字的。」

「不然我還能怎麼想？哪一個腦筋正常的人，會沒看劇本就簽合約？連我都看過劇本了，而我根本不是演員呢！」

「那是一部冒險動作片吧？我應該是好人，也就是說還有個壞人、一個美女，以及一大堆開車追逐的戲。現在不流行打俄國人了，所以壞人一定是恐怖分子，不然就是毒販。」

「是墨西哥大毒梟。」

他點點頭，表示不出他所料。「一大堆打鬥、鮮血飛濺、咒罵不斷，絕大多數的暴力都沒什麼道理，不過仍在權利法案容許的範圍之內。我會到處亂跑，看起來很有男子氣概，而女主角就跟其他電影一樣，八成是半裸著逃命，一路尖叫。怎麼樣？跟我猜的差不了多少吧？」

他猜的完全正確，但葛蕾不想鼓勵他那種草率的閱讀習慣，所以只說：「你搞錯重點了。你應該研讀劇本，才能瞭解你所扮演的角色。」

「葛蕾，甜心，我不是演員。除了做我自己之外，我根本不知道要怎麼演別人。」

「真合適，你要扮演一個退休的橄欖球員，而且還是個酒鬼，大名是傑德・史萊德。」

「沒有人會取那種名字。」

「你就會，而且你住在一個破敗的德州牧場，那是你向女主角的哥哥買的。女主角叫做曼珊・莫道，你應該知道，她由娜妲・卜魯克主演。能簽下她，風車影業覺得非常幸運。」巴比點頭，葛蕾繼續說下去。「曼珊在酒吧裡引誘你的時候，你並不知道她是誰。」

「她引誘我？」

「巴比，這部分跟現實生活一樣，所以應該不會有問題。」

「甜心，冷嘲熱諷不適合妳。」

「曼珊把你弄回你住的地方後，偷偷下了迷藥。」

「在我們做了之前，還是之後？」

葛蕾不理他。「你昏了過去，不過你壯得像條牛，所以及時醒來看見她撬開你屋子的地板，兩人大打出手。正常情況下，你應該能輕易扳倒她，可是她有槍，你又因為迷藥昏昏沈沈，所以不相上下。最後你勒住她，想奪下她的槍，同時逼她吐實。」

「我才不會對女人動粗！」

他一臉憤慨，看得葛蕾笑出來。「你查出她哥哥就是賣你牧場的人，他幫墨西哥角頭販毒。」

「讓我猜猜。曼珊的哥哥決定要退出江湖，卻被角頭宰了，不過他事先藏了一大筆錢在地板下面。」

「女主角以為藏在那裡，結果不是。」

「而角頭決定綁架女主角，因為他以為她知道錢藏在哪裡。於是這個老傑克——」

「傑德。」葛蕾糾正他。

「老傑德雖然是個酒鬼，但仍不失為君子，自然是要保護她了。」

「他愛上她了。」葛蕾解釋道。
「所以她老是不穿衣服，也就順理成章了。」
「我相信你也有一場賣肉的戲碼要演。」
「想都別想！」

第5章

藍尼爾牧場早已不復往日風光，一堆油漆斑駁的木造房屋沿著南雷諾河而立，前院橡樹下小雞悠哉來去，穀倉旁破爛的風車在七月酷暑下，有一搭、沒一搭地轉動。唯有畜欄裡肥碩的馬匹，看起來算是有點價值。

電影公司的攝影車、拖車都停靠在公路邊，巴比將雷鳥停在一輛灰色小貨車旁邊。兩人下車，葛蕾看見柳兒站在一堆電線旁，和一名拿著寫字板的瘦高個兒講話。工作人員在畜欄附近幹活，調整放在堅固三腳架上的大型照明設備。

柳兒抬頭，看見遲到將近兩週的巴比姍姍而來。他一身黑長褲、珊瑚紅襯衫、灰色菱格花紋的絲背心，頭上是深灰色牛仔帽，還有條蛇皮皮帶圍繞帽身，整個人耀眼極了。葛蕾滿心想看好戲，等著牙尖舌利的老闆對巴比開火。

「巴比。」柳兒把他的名字叫得像首詩，雙唇微彎，柔和的笑臉綻放開來，雙眼蒙上夢幻似的喜悅，她那些銳利的稜角似乎融化了。她走向前，伸出雙臂抓住他的手。

葛蕾覺得自己快窒息了。她所領教的那些苛責，如今一股腦兒地湧回。這一切的麻煩，都是由巴比所引起，而他居然受到英雄式的歡迎！

她受不了看著柳兒朝他流口水，立刻轉過頭，視線落在雷鳥上。原本閃亮的紅色車身，如今塵土斑駁，擋風玻璃上也黏了昆蟲屍體，卻仍是她見過最美的車。過去四天儘管叫人喪氣，卻也充滿魔力。巴比和他的紅色雷鳥，將她帶入一個嶄新、刺激的世界。撇開那些爭執與衝突不談，這段時間是她一生中最美好的時光。

她走向餐車，弄杯咖啡，等著柳兒完成在巴比腳邊膜拜的儀式。櫃檯旁有一位異國相貌的黑髮女郎，戴著長長的銀耳環，眼部化妝很濃，膚色是橄欖棕，兩隻手腕都戴著銀鐲子。

「要不要吃一個甜甜圈？」

「謝謝，不用了，我不太餓。」葛蕾倒了杯咖啡。

「我是康妮·卡麥蓉，我看見妳和巴比開同一輛車。」她瞧著葛蕾的藍色套裝，那眼神立刻讓葛蕾明白自己又挑錯了衣服。「妳跟他很熟嗎？」

她的態度不太友善，葛蕾決定最好趕緊澄清誤會。「我們只認識幾天，我是製片助理，負責去芝加哥把他請過來。」

「如果妳辦得到，倒是個好差事。」康妮盯著遠處的巴比，眼神飢渴。「我曾和巴比度過這一生最美好的時光，他很知道如何讓女人覺得自己是全天下最完美的女性。」

葛蕾無言以對，只能微笑。她端著咖啡，挑了張折疊桌坐下，同時強迫自己思考新職責，不要再去想巴比。製片助理是位階最低的工作人員，所以她可能會被派去幫忙弄道具、打報表、當跑腿，反正就是那些亂七八糟的打雜工作。看見柳兒走過來，她希望老闆不會決定把她送回洛杉磯坐辦公桌。她還不想結束這次冒險，而且一想到再也看不見巴比，就讓她一陣心痛。

柳兒·柯萊年近四十，一副減肥過度、無時無刻不在挨餓的削瘦身材。她精力過人，萬寶路一根接一根的抽，有時態度簡慢到無禮的程度，但葛蕾仍非常欣賞她。葛蕾準備起身，但柳兒示意她坐回去，自己也在她旁邊坐下。

「葛蕾，我們得談一談。」

她粗率的口吻令葛蕾緊張。「好的，我也想知道接下來的工作是什麼。」

「這也是我要討論的一點。」她從桃色套裝口袋裡掏出一包萬寶路。「妳知道，我對妳處理這件工作的方式很不滿意。」

「對不起，我盡力了，可是——」

「電影界只看表現，不聽藉口。妳沒辦法讓大明星準時抵達，害我們虧了一大筆錢。」

葛蕾嚥下衝到嘴邊的解釋，僅僅說：「我明白。」

「我知道他很難伺候，但我以為妳懂得應付難伺候的人，所以才會僱用妳。」難得她的口吻不再嚴厲，反而同情地看著葛蕾。「我也有錯，明知妳對這行沒有經驗，還是僱了你。對不起，葛蕾，但是我不得不解僱妳。」

葛蕾感覺腦門的血液一點一滴地流失，她低聲自語：「解僱？不會吧。」

「葛蕾，我喜歡妳，而且坦白說，我爸在蔭園垂死的時候，是妳把我從發狂的邊緣救回來。但我掙到今天這個地位，可不是靠感情用事。我們的預算很緊，禁不起額外負擔。說穿了，妳接下工作，卻做不好。」她起身，聲音放柔。「很抱歉結果是這樣，妳如果去飯店的話，可以到辦公室拿薪資支票。」

說完這些話，柳兒便離開了。

酷日由空中曬著葛蕾，她好想仰頭讓太陽把她燒成灰燼，才不必面對她最恐懼的事：她被開除了。

遠處，巴比從一輛拖車出來，後面跟著一名脖子上掛著皮尺的女郎，正為他說的話而笑，巴比也回應一個親暱的微笑，讓葛蕾幾乎一看就知道那個女孩戀愛了。葛蕾真想對她大聲警告，他對收費站的收費員也會這樣笑。

輪胎嘎吱，一輛銀色轎車駛入片場。車未停穩，車門已打開，一名服飾高雅的金髮女郎跳下來。巴比又露出那抹吃定女人的笑容，向她跑去、一把抱住。

噁心到了極點，葛蕾轉過身，盲目踉蹌地穿過一堆電線，不在意自己要往何處走，只知道必須獨自靜一靜。器材車隊的尾端是一輛生鏽的報廢車，旁邊有座小棚子。她溜到棚子後面，靠著粗糙的木頭，慢慢坐下。

兩手掩住臉，感覺夢想一個個溜走，絕望猛然湧上。她為何這麼不自量力？為什麼學不會承認自己有所極限？她只是平凡的小鎮女孩，不是能夠征服世界的無畏冒險家。她的胸膛劇烈起伏，好似被一隻大手捏住，但她不能哭，因為一哭就會停不下來。她未來的日子，就像前幾天走的高速公路一樣無邊無際。她抱了那麼高的希望，到頭來卻落得這般悽慘下場。

不知坐了多久，最後一陣喇叭聲打斷了她的自憐。在炎熱的七月午後，她的深藍套裝過於厚重，衣服都濕答答地黏在身上了。她站起身，隨便看了看錶，發現過了一個多小時。她得去杜樂沙，到飯店拿支票。就算行李還在巴比車上，她也不想在這裡多留一秒，她可以請辦公室的人幫忙送過去。

她記得路上看過標誌，杜樂沙就在西邊五公里處，她當然能自己走去，不用卑躬屈膝地懇求風車影業的人送她。她告訴自己，他們可以剝奪她的工作，但絕不能剝奪她僅存的一點點骨氣。她挺直肩膀，穿過田野、走上公路，沿著塵埃飛揚的路肩向前走。

才過十五分鐘，她就知道完全高估了自己的體能。過去幾天累積的壓力，憂心忡忡難以成眠的夜晚，食慾不振導致沒好好吃進幾頓飯，都使她筋疲力竭，而且腳上這雙黑色低跟鞋也不適合健行。一輛卡車飛馳而過，她舉手擋開塵土。她鼓勵自己，不到五公里了，一點也不遠。

驕陽在她頭頂發威，天空被染成一片亮白，就連路旁的雜草好像也被烤得酥脆了。她脫掉汗濕的外套，掛在手臂上。右邊雖然有條河，不過距離太遠，沒辦法帶來絲毫涼意。她踉蹌一下，還好立刻穩住。抬頭望天，她只希望那些黑色大鳥不是禿鷹。

強迫自己不去理會越來越乾渴的喉嚨，以及腳踝磨出的水泡，她專心思考未來該何去何從。她的儲蓄少得可憐，母親曾勸她從賣掉安養中心的獲利多拿一些錢，但葛蕾拒絕了，因為她想讓母親能富裕地度過餘生。此刻，她卻後悔沒有多拿一點錢，如今只能馬上回新關地了。

路面不太平整，害她的腳踝扭了一下，痛得她苦著臉，但腳步不停。她喉嚨乾得好像一團棉花，而且汗如雨下。聽見後方有車子過來，她出於直覺舉手阻擋塵土。

銀色轎車在她身旁停下，乘客座的窗戶搖下。「要不要搭便車？」

葛蕾認出駕駛就是數小時前投入巴比懷抱的金髮女郎。近看之下，她才看出她已上了年紀，可能四十出頭。她看來既富貴又典雅，儼然是那種在鄉村俱樂部的網球場消磨時間的女人，如果丈夫不在家，就和俊俏的退休橄欖球員纏綿廝混。葛蕾不想再和巴比的女人打交道，可是她太熱、太累，實在無法拒絕。

「謝謝。」她打開車門，坐入清涼的車內，立刻被昂貴的香水及輕快的維瓦第音樂包圍。

除了一枚寬婚戒之外，駕駛的雙手別無飾物，不過耳上戴著豆子大小的鑽石。她柔軟的亮金秀髮，打理成富家太太偏好的娃娃頭髮型，剪裁俐落的乳白色合身裙上頭，則繫了條以環環金圈設計而成的腰帶。她身材窈窕，眼角的皺紋只使她更顯世故。葛蕾越看越覺得自己邋遢粗俗。

她按下按鈕，關上車窗。「妳要去杜樂沙嗎？小姐貴姓？」

「我姓雪諾，不過請叫我葛蕾。是的，我要去杜樂沙。」

「好。」她的笑容友善，但葛蕾感到一絲保留。她伸出右手調低樂曲音量，陽光將她金色的寬鬆袖口照得熠熠生輝。

她一定對葛蕾為何在公路上踽踽獨行很好奇，但卻沒有開口問，葛蕾因此非常感激。話說回來，就算她有什麼不愉快，也該保持禮貌。「謝謝妳載我一程，我沒想到走起來這麼遠。」

「妳要在哪裡下車？」淡淡的鼻音透露出她還帶點南方腔調，不過更添話語中的韻律感。若非親眼目睹她投入巴比懷抱，葛蕾很可能會相信這名女子是集所有優雅文明之大成的人。

「我要去牛童飯店，不會太麻煩吧？」

「不麻煩，看來妳也是電影公司的人了。」

「以前是。」她用力吞嚥，卻嚥不下嘴邊的話。「我被開除了。」

長長的沈默。「抱歉。」

葛蕾不希望被人憐憫，於是輕快地說：「我也很遺憾，原本以為自己做得來。」

「願意談談嗎？」

葛蕾的拯救者語調滿是同情，但也謹守分寸，讓葛蕾很想回應。此刻她非常需要有個人傾訴心中的委屈，只要不透露太多，談談應該沒有關係。

「我是風車影業的製片助理。」她小心地措辭。

「這工作好像很有趣。」

「職位雖然不太好聽，不過我本來就想換跑道，所以很慶幸能找到這份差事。我本來希望能邊做邊學，一步步往上爬。」她嘴唇一抿。「很倒楣，我遇上一個自私自利、不負責任、傲慢自大、專玩女人的無賴，害我失去了一切。」

那名女子猛然轉頭，憂愁地注視葛蕾。「天啊！巴比這次又做了什麼好事？」

葛蕾瞪著她，驚愕得好久說不出話來。「妳怎麼知道我在說誰？」

那女子優雅地挑高秀眉。「這種經驗我可多了。相信我，一點也不難猜。」葛蕾好奇地打量她。「抱歉，我忘了自我介紹吧？我是蘇珊．鄧騰。」

葛蕾腦筋飛轉。難道這女子是巴比的姊姊？這想法剛掠過，葛蕾就想起女子的婚戒，結了婚的女人不會還用娘家的姓。她的胃猛地下沈。那個滿嘴謊話的陰險小人！居然還搞橄欖球測驗掩人耳目。抗拒著席捲而來的暈眩感，她說：「巴比沒告訴我，他結婚了。」

蘇珊和善地注視她。「我不是他太太，我是他母親。」

「他母親？」葛蕾不敢相信。蘇珊看起來太年輕，不像是會有巴比那麼大的兒子，而且她的外表也太體面了。「可是妳不像妓——」話說了一半，她趕緊停住，但已經說溜嘴了。

蘇珊一巴掌捶在方向盤上，婚戒咔嗒作響。「我要宰了他！他又亂講那個妓女媽媽的故事了，是不是？」

「妓女媽媽的故事？」

「妳不用顧慮會傷我的心，我以前就聽過了。他有沒有說，我醉醺醺地跑去看他比賽，然後當著他隊友的面，在練習場上向他們的教練求婚？」

「他……呃……倒沒提到教練。」

蘇珊惱怒地搖頭，但葛蕾詫異地發現她的嘴角向上揚。「都怪我不好。只要我堅持，我知道他就不會再胡說，不過——」她的語氣添加了幾許傷感。「我實在是端莊賢淑得有點過頭了。」

眼前是十字路口，蘇珊看見多了個彈孔的停止標誌，便踩下煞車。葛蕾看著右邊，丘陵腳下是幾棟工廠建築，黃銅大招牌上刻著黑字：羅莎科技電子公司。

「其實我和巴比的父親過了三十年幸福生活，四年前他才因車禍去世。我兒子成長期間，我不但是他的母親，還是他的幼童軍、全班，甚至全球隊的母親。巴比的成長過程十分傳統，跟他到處亂講的故事正好相反。」

「妳看起來的年紀，實在不像是他的母親。」

「我五十二歲了，高中畢業的隔週就嫁給荷伊。九個月後，巴比就出生了。」

她的外貌足足少了十歲。葛蕾的老毛病又犯了，一遇見某個境遇和她迥異的人，好奇心就蠢蠢欲動，實在無法不追問。「妳曾後悔這麼年輕就結婚嗎？」

「從來沒有，」她投給葛蕾一個會心的微笑。「巴比就是他父親的翻版。」

葛蕾完全瞭解。蘇珊儘量掩飾好奇心，但葛蕾看得出她仍在猜想，這個衣著邋遢、髮型難看的平凡小老鼠，怎麼會跟她縱橫情場的兒子扯上關係。但葛蕾已經知道交談對象的身分了，沒辦法再抱怨下去。

汽車駛過平交道，進入小鎮。葛蕾一眼就看出杜樂沙竭力掩藏本身面臨的麻煩。為了掩飾大多不再營業的商家，市民團體便運用櫥窗來宣傳。一家原本是鞋店的店鋪，貼著才藝教室的海報，棄置的書店外是洗車的廣告。空蕩蕩的戲院看板上，寫著「天堂祭，十月整個世界都來到杜樂沙！」不過，也有幾家嶄新的店鋪：一座美術館，主題是美國西南部風光；一間珠寶店，標榜純手工製作的銀飾；一棟維多利亞式的建築，裡頭賣的卻是墨西哥菜，門廊擺著鑄鐵餐桌。

「很漂亮的小鎮。」葛蕾說。

「景氣不佳，杜樂沙受創頗深，幸好有羅莎科技獨撐大梁，就是我們進鎮時看見的那座工廠。可惜新老闆似乎決定要關閉工廠，遷到聖安東尼附近。」

「到時會怎麼樣？」

「杜樂沙會死亡，」蘇珊言簡意賅地說。「鎮長和鎮議會試圖靠觀光事業扭轉頹勢，可是小鎮太偏僻，只怕有困難。」

汽車經過一座花木整齊的公園，一棵古老的大橡樹底下，矗立著戰爭英雄的雕像。葛蕾覺得好自私，這個宜人的小鎮正面臨生死存亡的關頭，與此相比，她的問題根本微不足道。

過了一個彎道，蘇珊在牛童飯店前停車。「葛蕾，我不知道妳和巴比之間是怎麼回事，但我知道他並非不講理的人。要是他虧待了妳，我相信他會有所補償。」

那可不見得，葛蕾暗忖。等巴比發現她被炒魷魚了，一定會高興得跳起來，請全鎮的人大啖牛排全餐。

第6章

巴比摘掉牛仔帽，扒扒頭髮，又把帽子戴回去，用冷淡的視線打量柳兒。「讓我確認一下，以免我搞錯妳的意思。因為我沒能在週一早晨趕到，所以妳開除葛蕾。」

兩人站在製片拖車旁，時間剛過六點，拍攝工作已經結束。一整天，巴比要不是到處站，在大太陽底下流汗，就是有人忙著照料他的髮型，兩件事他都不喜歡。他希望明天的拍攝能比較有趣。到目前為止，他唯一的表演是從屋子後門出來，把頭埋進一桶涼水裡，然後走向畜欄。他們從各種可能的角度拍攝他，而「紅月殺機」的導演大衛・紀帆似乎很開心。

「我們的預算很緊，」柳兒答覆。「她沒做好工作，自然該走路。」

巴比低頭，拇指按摩額頭。「柳兒，有件事葛蕾一眼就看出來，妳恐怕卻還懵懂不知。」

「哪種事？」

「我這個人，一點責任感都沒有。」

「你當然不是那種人。」

「我就是。我碰巧是一個還沒長大、毫無紀律、自私自利的傢伙，像是小男孩塞在一個成熟男人的軀體裡。不過，如果妳不到處宣揚，我會很感激。」

「巴比，你在說笑吧。」

「坦白說，我只顧自己好，從不為別人著想。也許我一開始就該告訴妳，可是我的經紀人不讓我說。現在我要對妳坦承，如果沒有人管著我，這部片很可能永遠拍不完。」

她撥弄耳環，有些女人一緊張就會這樣做。「我可以請班恩關照你。」她朝某個工作人員比了比。

「那個一臉呆樣，還戴著聖路易斯公羊隊球帽的傢伙？」巴比難以置信地瞪著她。「妳真的以為我會聽公羊隊球迷的話？甜心，我可是加入一支真正的球隊，才贏得超級盃戒指呢。」

柳兒顯然不知該如何應對。「你似乎滿喜歡道具組的美姬，我把她派給你好了。」

「那個美姬確實很漂亮，可是我們一見面就迸出火花，只要我開始討女人歡心，就能哄得她赴湯蹈火。我無意自誇，純粹就事論事，沒多久美姬恐怕就管不住我了。」

柳兒精明地注視他。「要是你想把葛蕾弄回來，最好打消主意。她已經證明無法控制你。」

巴比張口結舌看著她，彷彿柳兒瘋了。「妳在開玩笑嗎？那女人根本可以去幫獄警上課了。唉呀，若依著我，只怕我十月才會過來。老實說，我本來想去休士頓看我叔叔，而且我都到了達拉斯，如果沒去梅斯基特看牛仔大賽，實在算不上是個美國人。另外我還得剪頭髮，而我唯一信任的理髮師住在佛羅里達。可是葛蕾小姐強硬得很，我用盡辦法也無法說服她。妳見過她，難道妳不覺得，她會讓妳想起初中時的老處女英語教師？」

「你這一說……」柳兒似乎明白巴比快要逼得她別無選擇，立刻提高防備。「我明白你的意思，可惜還是不行。我已經做了決定，葛蕾必須離開。」

他嘆氣。「柳兒，不好意思，我知道妳有多忙，卻還迂迴其詞、浪費妳的時間。」他的微笑越溫和、聲調越客氣，藍眸卻越像冰塊般冷硬。「我需要個人助理，葛蕾就是我要的人選。」

「我懂了。」她垂下眼皮，很清楚自己收到最後通牒。「看來我得承認，我們其實已經在勒緊褲帶了，很多流程都得儘量簡化。我讓她回來，就得開除別人，但是我們的人手已經不足了。」

「沒必要開除別人，她的薪水由我負責。不過可別聲張這件事，一提到錢，葛蕾就挺怪的。妳付她多少錢？」柳兒說出數字，他隨之搖頭。「連送披薩都比這個賺得多。」

「這是新進人員的基本薪資。」

「真不敢想像，她竟然覺得這份工作有美好的遠景。」他轉身走向雷鳥，沒幾步就停下。「柳兒，還有一件事。妳跟她談的時候，我要妳跟葛蕾講清楚，她事事都得聽我的——沒有例外。她這輩子的唯一職責，就是讓我開心。我是老闆，每件事都是我說了算。瞭解嗎？」

她不解地瞪著他。「可是那跟你說的，不就前後矛盾？」

他綻開一抹讓女人銷魂蝕骨的笑容。「妳別操心，葛蕾跟我會配合得很好。」

當晚九點，柳兒仍找不到葛蕾。巴比雖然在健身房裡狠狠運動過，仍無法宣洩柳兒的無能所引發之怨氣。沖好澡，他走進臥室，躺在飽滿的躺椅上。他三年前買下這幢位於杜樂沙鎮外的白色小屋，好讓母親在他回家時不受打擾。小屋四周都是胡桃樹，車庫樓上還加蓋了健身房和客房。彷彿要證明他的先見之明，電話恰巧響起，他不理會，讓答錄機去處理。上次他檢查答錄機，一共有十九通留言。

幾小時來，他接受《杜樂沙時報》專訪；盧瑟堵住家門口，囉嗦了一大堆天堂祭的事；兩名昔日女友帶著一個陌生女子，來邀請他吃晚餐；高中的橄欖球教練，也請他在本週的練習賽中露個臉。其實他真正想做的是到山頂上買房子，獨自高踞在頂峰，等到想見人時才下山。若不是此時此刻恨透了獨處，他真會這麼做。單獨一個人，會使巴比想起他已經三十三歲，卻只知道怎麼當個橄欖球員。單獨一個人，會使巴比想起他不再瞭解該如何定位自己的身分。

除了葛蕾不斷令他詫異之外，他想不出別的理由，解釋為何在孟斐斯沒有甩掉她。巴比心想，她真是一個瘋女人，居然敢破壞他的汽車，還飛身撲在輪胎下。可是她也是一個好人。與葛蕾作伴最好的一點，就是無論她把他激怒到什麼程度，葛蕾從不會像別人那樣搾乾他的精力；和她在一起，他不必耗盡全力試圖扮演自己。另外，她有辦法把他逗得哈哈大笑，此刻這種能力相當重要。

該死，她究竟跑哪去了？不諳世事，好奇心又要命地重，她搞不好已經惹了滿身麻煩。柳兒說，沒有人知道葛蕾怎麼抵達鎮上，她取走支票之後就不見人影了。她的行李箱仍放在他的車裡，不過為了人類的福祉著想，裡頭的衣服早該燒掉了。內衣倒是個例外，她表演脫衣秀和跳車特技時，巴比就注意到葛蕾確實有些很不錯的內衣。

兩腿甩下躺椅，他起身，開始著裝。不希望杜樂沙的人覺得他有意炫耀，所以他不穿李維牛仔褲，換穿藍哥牌，又套上淺藍色T恤、黑色牛仔背心、一雙靴子。出門前，又從衣櫃裡抓了頂牛仔帽。他一直避免去鎮上，但如今找不到葛蕾，他不能再拖了。

心情既絕望又無奈，他走向一幅芭蕾女伶畫像，扳開鍍金畫框、打開暗門，露出牆上的保險箱。他打開鎖，拿出寶藍色珠寶盒，掀開盒蓋，裡頭放著他第二枚超級盃鑽戒。戒面是星隊的隊徽，天藍色圓圈包著三顆相連的金星，每顆星星的主體都是大顆的黃色鑽石，尖端則以白色鑽石強調；在以羅馬數字呈現的年份之間，還有更多鑽石點綴。戒指又大又閃亮，正是超級盃鑽戒想傳達的特色。

巴比抿緊雙唇，戴上戒指。他向來討厭俗豔的男性飾物，但不是基於美學，而是因為戴上這枚戒指，使他自覺像那些他認識的退休運動員——他們早該將榮華留在過去、著眼未來，卻仍死抓著過去不放。其實在膝蓋受傷之後，他就不願再碰戒指，因為那只會提醒自己，他生命中最精華的歲月已流逝。但現在回到杜樂沙，身為垂死小鎮的寵兒，他個人的想法並不重要。在杜樂沙，他必須隨時戴著戒指，只因他知道這對小鎮的居民有多重要。

他進入客廳，走向擺了兩張鑲金椅子的圓桌，桌巾不只印著粉紅和紫色的小花，還有綠色的流蘇。桌上擺著裝滿乾燥玫瑰花瓣的雕花玻璃缽，還有個邱比特大理石雕像，以及裝了幾束紫羅蘭的骨瓷花瓶。巴比把花瓶倒過來，拿出裡頭藏著的卡車鑰匙。接著他環顧整個客廳，忍不住微笑。每次看見粉彩壁紙、以紅色條紋繫繩綁起的蕾絲窗簾、厚重的印花棉布沙發，以及地毯上那幾張墊料鬆軟舒適、下襬打著荷葉邊的躺椅，他都會提醒自己，千萬別再讓對他很不爽的女人裝潢房子。

到處是蕾絲、粉紅色、花朵，要不就是一堆荷葉邊，有些家具甚至四種都有，不過他的設計師兼前女友倒沒做得太過頭。他可不想被他的好哥兒們訕笑，因此不准任何雜誌來這裡拍攝。好笑的是，這竟是他唯一真心喜歡的房子。雖然從沒對別人承認過，但這間糖果屋似的傻氣房子能讓他放鬆。他泰半時間都在清一色是男性的世界裡打滾，走入這樣的地方，使他覺得像在度假。可惜，一踏出前門，假期就結束了。

寬敞的車庫在屋子後面，除了停放雷鳥以外，還有輛黑色雪佛蘭卡車。他在車庫樓上加蓋了健身房和客房，以便不速之客來訪時可以圖個清靜。他不在的期間，有一對退休老夫婦幫他照顧房子。雖然杜樂沙是他最鍾愛之處，但他不常回來，因為有時實在難以忍受待在這裡。

他把卡車開上高速公路，對面有幾畝土地也是巴比的，他蓋了條飛機跑道，他的小飛機就停放在後面的小型機棚裡。等到一輛運豬車馳過，巴比才把車轉入柏油路。他想起以前那些夏日夜晚，他和朋友會沿著雷諾河，在這條路上賽車，接著他會喝太多酒、大吐特吐。十七歲之前，他就知道自己酒量不好，所以一直淺嚐即止。

想起雷諾河，也讓他想起和黛麗・蕎・狄蔻一起消磨的時光。黛麗算是他第一個真正的女友，後來嫁給柏迪・貝奈。柏迪是巴比高中時代的死黨，但畢業之後，巴比向大世界進擊，柏迪則沒有。

接近鎮界時，巴比看見他大二時豎起的看板，那年他當選德州大學的明星球員。

德州杜樂沙

人口四二九〇人

巴比・湯姆・鄧騰及杜樂沙高中巨人隊的家鄉

後來芝加哥星隊搶在牛仔隊之前簽下他，小鎮一度想抹去他的名字。鎮民無法接受他們的寵兒選擇芝加哥而不是達拉斯，每次續約的時間一到，家鄉父老就會打電話提醒他，別忘了飲水思源。但他喜歡在芝加哥打球，尤其喜歡總教練丹恩・凱柏的領導，再說星隊付給他的數百萬薪資，足以彌補他成為半個北佬的遺憾。

車子轉個彎，他開上建著眾多雅緻房屋的住宅區，他母親就住在那邊。今晚她必須開會，但母子倆稍早在電話上聊過，約好週末相聚。他一直以為父親去世後，母親調適得很好，她接下教育委員會主席的職務，也持續擔任多項活動的義工。但最近她卻為一些瑣事，詢問起他的意見，比方說是否該翻修屋頂，或該到哪裡度假，以前這種事她都能自己作主。巴比深愛母親，也願意為她分勞，但她這種越來越依賴的個性，卻像變了個人，他不禁深感擔憂。

他通過平交道，抬頭看見畫著杜樂沙高中橘色T字標記的大水塔，接著轉上大街。老皇宮戲院掛著天堂祭看板，讓巴比想起該聯絡一些朋友，邀請他們參加高爾夫球賽。之前為了堵盧瑟的嘴，他沒多想就隨口編了幾個會出席的人選。

他上次回來過後，麵包店關門了，但「巴比的家庭菜」仍在營業，還有「巴比汽車快洗」、「鄧騰冠軍乾洗店」。杜樂沙並不是每家商店都掛上巴比的名姓，但乍看之下還真讓人有這種錯覺。鎮民對授權法規毫無概念，就算有，也會斥為無稽，認為是左派宣揚的屁話。芝加哥那些使用他姓名的商家，這些年來付給他將近百萬美金的授權費用，但杜樂沙的居民卻連問也不問，任意使用他的姓名。他有能力阻止，若是別的地方這樣做，他早動手了。但這裡是杜樂沙，這裡的居民認定巴比是他們的，與之爭辯只會讓他們大感困惑。

「柏迪修車廠」的燈光已滅，於是巴比繞到轉角的小木屋。卡車剛駛入車道，前門就砰地打開，黛麗奔了出來。

「巴比！」看著黛麗嬌小渾圓的身體，他不禁微笑。生了兩個孩子，吃了太多糕餅，她曼妙的身材已走樣，但在巴比眼中，她仍是杜樂沙最美的女孩之一。

他跳下卡車，給她一個擁抱。「嗨，甜心。妳怎麼還是這麼漂亮？」

她用力拍他。「你這個大騙子，我胖得像隻豬，可是我才不在乎。快點，讓我看看。」

他盡責地伸出右手，讓她看那枚戒指，她開心地尖叫，恐怕連小鎮的另一頭都聽得見。「哇！漂亮得我都傻眼了，比第一枚更漂亮。看看這些鑽石。柏迪！柏迪！巴比來了，還戴了他的戒指！」

柏迪・貝奈緩緩步下門廊。兩人視線交鎖片刻，舊日的回憶湧過，接著巴比看見那熟悉的憤慨。兩人雖然同年，柏迪看來卻老得多。昔日意氣風發的黑髮四分衛，曾經帶領巨人隊邁向榮耀，如今小腹已逐漸隆起，但他依舊非常英俊。

「嗨，巴比。」

「柏迪。」

兩人之間的緊張，與巴比是第一個和黛麗約會的人無關，而是因為柏迪跟巴比聯手為杜樂沙高中奪得德州三A校際錦標賽冠軍，但只有巴比得到德州大學的全額獎學金，也只有巴比進入職業體壇。即使如此，他們仍是彼此相識最久的朋友，誰也不曾忘記。

「柏迪，來看巴比的新戒指。」

巴比脫下戒指，遞過去。「要不要戴戴看？」

換做是別的人，此舉無異在傷口上抹鹽，但柏迪不是那種人。巴比知道柏迪認為其中幾顆鑽石應該歸功於他，巴比也同意。這麼多年來，柏迪究竟傳給他多少球？好幾千次了吧？短傳、長傳、深入邊線、飛越中線。從六歲開始，柏迪就傳球給他，他們也一直是鄰居。

柏迪接過戒指試戴。「這玩意兒值多少錢？」

「不曉得，大概兩、三千吧！」

「我猜也是。」柏迪儼然珠寶專家，其實巴比知道他們夫妻所賺的錢僅夠餬口。「要不要進來喝瓶啤酒？」

「今晚不行。」

「來嘛，巴比，」黛麗說。「我要跟你說我朋友蘭蒂的事。她剛離婚，我知道你一定能讓她忘掉煩惱。」

「黛麗，真的很抱歉，可是我有個朋友不見了，我有點擔心她。柏迪，你不會碰巧把車租給一個髮型可笑、瘦巴巴的白人小姐吧？」除了修車外，這裡也是鎮上唯一的租車公司加盟店。

「沒有。她是電影公司的人嗎？」

巴比點頭。「你如果看見她，麻煩打電話給我。我怕她已經惹上某種麻煩了。」

他又和柏迪夫婦聊了幾分鐘，答應下次來會聽蘭蒂的故事。離開前，柏迪摘下戒指，想交還小時候的死黨。

巴比卻不接下。「這兩天我會很忙，恐怕沒機會去探望你媽媽。我知道她會想看看戒指，先放在你那兒，你幫我拿去給她看吧？週末過後我再來拿。」

柏迪泰然自若地點個頭，又將戒指戴回去，彷彿這提議再合理不過。「我想她會很高興。」

確定葛蕾沒租車之後，巴比接著找灰狗巴士站的負責人雷登．霍頓聊聊，再來是小鎮唯一的計程車司機東尼．瓊斯，最後找上嬌西．莫芮，她這輩子都坐在門廊上觀察別人的一舉一動。以前和巴比打球的小孩橫跨黑人、白人與西裔人，所以他可以無視鎮上的種族與文化區隔，自由自在出入各種地點；他幾乎去過鎮上的每戶人家，也被邀請一同用餐，到哪裡都不覺得拘束。儘管到處是熟人，卻沒有人見過葛蕾，倒是每個他攀談的對象，都很遺憾他沒戴著戒指，而且人人都想幫他介紹女友或借錢。

十一點，巴比確信葛蕾必定做了蠢事，比方說搭乘陌生人的便車。光是這麼想，就讓他急得發瘋。德州多半是好人，但壞蛋也不少，葛蕾對人性又樂觀到近乎天真，很可能會羊入虎口。他也想不通，葛蕾為何不取回行李；除非，她已沒辦法來取。難道她在能夠取回行李之前，就已經出事了？

他不准自己這麼想，心裡卻在天人交戰，該不該去找新任警長金寶．柴克里。打從小學以來，他和金寶就是死對頭。他記不清兩人起齟齬的原因，可是升到高中後，雪莉．哈波決定她比較喜歡和巴比接吻，而不是跟金寶，從此兩人由不合升級成公然敵對。只要巴比回鄉，金寶就會挖出各種理由找麻煩。巴比實在無法想像，警長會盡力幫忙找葛蕾。他決定再去一個地方，若還是沒有消息，只好硬著頭皮到警局碰運氣了。

「冰雪皇后快餐店」位於小鎮西端，也是鎮上不成文的社交中心。在這裡，奧利奧冰炫風和各式冰沙達成了美國眾多民權法案未能克盡其功的目標：讓杜樂沙各色人種齊聚一堂、人人平等。巴比駛入停車場，看見停了不少車。週日晚上的顧客不算多，但他仍不想面對那麼多人。

若不是太擔心葛蕾，他才不會踏入埋葬他往日榮光的地點——當年他和高中隊友週五打完比賽之後，就會來這裡慶功。（譯註：週五晚上是美國舉辦校際體育競賽的傳統時間。）

他把車停在停車場最外緣，逼著自己爬下卡車。他很清楚，除非拿著擴音器四處宣揚，不然讓鎮民知道葛蕾失蹤一事最快速的辦法，就是來冰雪皇后一趟，但他仍希望可以不進去。店門打開，一個熟悉的身影走出來。巴比低聲詛咒。要是有人要他列張清單，寫上他此刻最不想見的人，偉藍・舒耶的名字絕對會比金寶・柴克里還前面。

巴比希望羅莎科技的老闆沒看見他，但舒耶剛跨下人行道就止步，手上拿著香草冰淇淋。

「鄧騰。」巴比僅頷首回應。

舒耶沈著地盯著巴比，一面咬了口冰淇淋。任誰見了穿著格子襯衫、牛仔褲的羅莎科技老闆，都會以為他是個牛仔，而不是電子界呼風喚雨的企業首腦，同時也是杜樂沙唯一在財富上能與巴比抗衡的人。他身材魁梧，沒有巴比高，仍結實粗獷。雖已五十四歲，臉孔仍引人矚目，只是太過稜角分明，算不上典型的美男子。他漆黑剛硬的頭髮剪得很短，摻雜了銀絲，倒是不太禿，彷彿他在頭皮劃了一道隱形界線，線後的所有髮囊全都不敢罷工。

自從聽說羅莎科技有意關閉，巴比就留心收集公司老闆的情報。偉藍・舒耶出身貧苦，父不詳，十幾歲就是惹麻煩的專家，出入監獄是家常便飯，舉凡偷竊、破壞門廊照明等罪名不勝枚舉。他後來進入陸戰隊，在軍中學習到紀律，退伍後受惠於軍人權利法案，念到了工程學位。畢業後他去波士頓發展，精明幹練加上冷酷無情，他爬到電腦工業的頂端，三十五歲就賺到百萬收入。他結過婚，生了個女兒，後來離婚了。

杜樂沙鎮民對他的成功津津樂道，舒耶卻絕足於成長的小鎮。所以他宣布退休之後，卻在一年半前掌握了羅莎科技的主要股權，而且表示要親自營運，鎮民無不大感詫異。對舒耶這樣的人物來說，羅莎只是間小公司，大家都懷疑為何會被他買下。半年前，開始傳出他準備遷移廠房，到聖安東尼另起爐灶的風聲，於是鎮民紛紛相信他買下羅莎，只是為了報復小鎮虧待兒時的他。巴比搜集到的資料，顯示舒耶毫無闢謠之舉。

舒耶拿著冰淇淋，朝他的膝蓋比了比。「看得出來，你擺脫枴杖了。」

巴比繃緊下顎，他不願想起那些必須倚杖行走的漫長數月。去年三月，復健期間的他推卻不過鎮民的請托，在達拉斯與舒耶會面，為的是說服他不要遷廠，結果是白費力氣，巴比從此非常討厭舒耶。殘忍無情到要毀滅整個小鎮生計的人，根本不配被稱為人。

舒耶手腕一抖，將沒吃幾口的冰淇淋拋向草叢。「退休生活調適得如何？」

「早知會這麼有趣，我幾年前就退休了，」巴比面無表情地說。

舒耶舔舔拇指。「聽說你要當電影明星了。」

「總要有人幫小鎮賺錢。」

舒耶邊笑邊從口袋掏出鑰匙。「改天見，鄧騰。」

「巴比，是你嗎？」女性尖叫從一輛剛駛入停車場的藍色轎車傳出，他母親的牌友棠妮・莎繆衝了過來，但一看見和巴比講話的人，便猛然止步，開心的臉龐頓時充滿敵意。在杜樂沙，人人都公然表現對偉藍・舒耶的痛恨，進而將他孤立起來。

舒耶卻似乎毫不在意，把玩著鑰匙，朝棠妮有禮地點頭，便走去開他的酒紅色寶馬。

三十分鐘後，巴比把車駛入一條樹木扶疏的街道，停在一幢殖民式風格的白色建築前，然後走出卡車。燈光從前窗流瀉在人行道上。媽媽跟他一樣，也是夜貓族。冰雪皇后裡頭沒人見過葛蕾，更加深了巴比的憂慮，於是決定在去警局找金寶之前，先過來問問母親，是否還有別的辦法能找到一個失蹤的人。她在天竺葵花盆下放了備用鑰匙，但巴比還是按門鈴，他可不想嚇到她。

寬闊的雙層樓房有著黑色窗板、紅莓色的門、黃銅把手。巴比父親經營的保險公司是小鎮的翹楚，他在兒子離家上大學後，買下了這幢房子。巴比成長的那幢小平房，也就是鎮民荒謬到想改建成紀念館的那幢，則在小鎮另一頭。

蘇珊開門，一見是兒子，開心地微笑。「嗨，小甜餅。」

乍聽母親用小名喚他，巴比笑出來，跨進屋子擁住她。她摟住兒子的腰，用力抱抱他。

「吃過飯了嗎？」

「好像還沒。」

她微帶譴責地注視他。「這裡房間多的是，真不懂你幹麼要買那幢房子。巴比，我很清楚，你沒有好好吃飯。到廚房來，我還有些千層麵。」

「好極了。」他將帽子拋向走廊角落的銅架。

蘇珊轉身，歉然地皺眉。「我不想煩你，不過你跟屋頂工人談過了嗎？這些事情一向是你父親處理，我不曉得該怎麼做。」

聽見這樣一位能夠效率十足地監督公立學校預算的幹練婦女，說出這麼沒有信心的話，巴比不禁憂心忡忡，但他掩飾得很好。「下午我打過電話，他估的價錢滿合理，我看可以讓他做。」

這時他注意到客廳的門居然關著，他從不記得那扇門曾經關起來，於是朝客廳歪歪頭。「那是怎麼回事？」

「先吃飯，等會兒再告訴你。」

他舉步跟著母親，忽然聽見一陣模糊的怪異聲音，立刻停下。「有人在裡面？」

問題說出口，他才注意到母親穿著淺藍色絲袍，已準備就寢。他的心口一陣緊縮。自從父親去世，母親從沒提過她和別的男人約會，但沒提過，並不表示沒有。巴比告訴自己，他無權干涉母親的人生；媽媽風韻猶存，理應得到快樂。他當然不希望媽媽孤獨一生，但無論如何說服自己，一想到媽媽和別的男人交往，他就想大叫。

他清清喉嚨。「呃，如果妳有客人，我能瞭解。我不是故意來查勤的。」

蘇珊一臉愕然。「哦，真是的，巴比……」她玩弄著睡袍帶子。「裡面的人是葛蕾‧雪諾。」

「葛蕾？」巴比大大鬆了口氣，但怒氣立刻升起。葛蕾差點嚇掉他一條命！他滿腦子胡思亂想，以為她變成水溝裡的冰冷屍體，結果她居然舒服地躲在他母親的家。

「她怎麼會在這裡？」他問，聲調急促無禮。

「我在公路上遇見她。」

「她亂攔車，對不對？我就知道！天下最白癡的笨蛋——」

「她沒有攔車，是我自己停下來。」蘇珊頓了頓。「你大概猜得到，她對你有點不高興。」

「她可不是唯一不高興的人！」他轉身就往客廳走，但蘇珊按住他手臂，攔下他。

「巴比，她一直在喝酒。」

巴比瞪著母親。「葛蕾不會喝酒。」

「遺憾的是，在她喝光了我的果汁酒之後，我才知道這件事。」

想到葛蕾一杯接一杯的灌黃湯，使巴比更生氣。他咬緊牙根，又朝客廳邁了一步，卻又被母親阻止。「巴比，你知道有些人一喝酒，就會又笑又鬧、飄飄欲仙嗎？」

「知道啊！」

她揚起一眉。「葛蕾不是那種人。」

第7章

葛蕾縮在沙發裡，衣服縐巴巴，頭髮一綹綹散落，臉上有曬傷，兩眼通紅，鼻頭也是紅的。有些女人怎麼哭都漂亮，但巴比一眼就看出葛蕾不屬於那種類型。她那副可憐兮兮的模樣，害他想氣也氣不起來。巴比低頭注視她，難以置信那個精力充沛、頤指氣使，跳出有史以來最糟糕的脫衣秀，像人肉飛彈一樣撲進他的車，破壞他的雷鳥，而且還在他對「漢堡王」的女侍調情得有點過頭時，狠狠開了堂性騷擾課程的女人，居然就是眼前這個不值一提的小東西。

通常他寧可和一窩殺人蜂關在房間裡，也不願應付哭泣的女人。但這個女人是葛蕾，她算得上是朋友，所以他只好破個例了。

蘇珊無奈地看著他。「我邀她留下過夜，晚餐時她還好好的，可是等我開會回來，她就變成這副模樣了。」

「她可真是幹了點壞事呢。」

聽見他的聲音，葛蕾抬頭，淚眼模糊地看著他，還一面打嗝。「我……」一聲抽噎。「我連……」又一聲啜泣。「連性經驗都沒機會有了。」

蘇珊趕緊溜到門邊。「抱歉，我有一些聖誕卡沒寫。」

蘇珊離開後，葛蕾忙著尋找面紙盒，它就放在旁邊，但她滿眼是淚，看不清楚。巴比走過去，抽出一張塞進她手裡。她整張臉埋進去，肩膀抖動，唇間逸出可憐兮兮的哭聲。巴比在她身邊坐下，立刻判定這輩子從沒見過這麼悲慘的醉鬼。

他柔聲開口。「葛蕾，蜜糖，妳究竟喝了多少酒？」

「我不會喝……喝酒，」她抽抽噎噎地說。「軟弱的人才……才喝酒。」

他按摩她肩膀。「我知道。」

她抬頭，手上拿著面紙，指著壁爐上他的舊畫像，是他父親送母親的聖誕節禮物，那時他八歲。畫像上的他盤坐在草地上，擁抱著陪他長大的老黃金獵犬，牠叫「火花」。

她的手指猛往畫像那邊戳。「誰想得到，那麼可……可愛的孩子，長大竟然會變成一個墮……墮落頹廢、狂妄自大、行為幼稚、玩弄女人、害人沒工作的鼠輩！」

「人生就是這麼古怪。」他又遞過去一張面紙。「葛蕾，蜜糖，妳能不能等一下再哭，讓我們先談一談？」

她的頭搖得像博浪鼓。「我要一直哭、一直哭。你知道為什麼嗎？因為我的後半輩子，都得吃馬……馬鈴薯泥，而且聞起來會像是消……消毒藥水了。」她又哀泣一聲。「你知不知道整天看著人死亡是什麼滋味？你的身體會乾枯！」她兩手捧住乳房，嚇了巴比一跳。「乾掉了，我一點一滴乾掉了！連性經驗都沒有，我就要死了！」

他按住她肩膀。「妳是在告訴我，妳是處女？」

「我當然是處女！誰會想跟我這麼平……平凡的人上床？」

巴比太有紳士風度，不會看著她自我貶抑。「蜜糖，有血有肉的健康男性都想啊。」

「哈！」她放下手，又去抽面紙。

「我是說真的。」

就算喝醉了，葛蕾也不會相信他的鬼話。「證明啊！」

「搞什麼鬼？」

「現在跟我上床。對！就是此時、此地。」她的雙手飛向白襯衫鈕釦，準備扯開。巴比拉住她的手，奮力憋住大笑的衝動。「不行，甜心，我不能趁妳喝醉時佔便宜。」

「我沒有醉！我早就說過，我不喝酒。」她掙出雙手，笨拙地脫掉襯衫，在他回神之前，她上身就只剩一件粉紅透明胸罩，上面滿布的心型圖案，宛如胸脯上的吻痕。

巴比用力吞嚥，零點九秒內鼠蹊部就一柱擎天。他頓時冒出荒唐的念頭，以為自己像葛蕾一樣瘋了。他一直暗暗擔心他的性衝動也隨橄欖球生涯結束而一蹶不振，如今他甚至更擔憂，因為他竟然被這麼平凡無奇的女人挑動。

她看見巴比的表情，立刻又號啕大哭起來。「你不想跟我上床。我的胸……胸部太小了，你只喜歡波霸。」

她說的是實情，所以巴比才更不懂，為何他無法將眼睛從低於標準的小圓丘上移開。或許是因為他累了，返鄉也把他的戒心降低到幾乎會對任何事物激起反應的程度。但他仍小心翼翼地開口，不想傷了葛蕾的心。「蜜糖，不是這樣的。胸部尺寸沒那麼重要，更關鍵的是要懂得運用自己的女性天賦。」

「我不知道怎麼運用自己的天賦，」她哀泣道。「我怎麼可能知道？唯一給我鼓勵的男人是個足科醫師，他老是問我，可不可以吻我的腳背。」

巴比無言以對，不過倒是確定一件事，他希望葛蕾把衣服穿回去。

他伸手從地板撈起葛蕾丟下的襯衫，她卻一躍而起，身子搖搖晃晃。「我敢打賭，就算我脫個精光，你也不會想跟我上床。」

他猛然抬頭，正好看見她忙著解開醜陋的藍裙子。他立刻站起。「葛蕾，蜜糖……」

她的裙子掉在腳踝上。巴比實在掩不住詫異之情，誰想得到那件醜陋的衣服下，竟隱藏著如此玲瓏的嬌軀？早些時候她已脫掉了鞋子和褲襪，如今身上只有胸罩和底褲。她的胸脯雖小，但搭配上纖細的柳腰、比例勻稱的臀部、挺直纖長的玉腿，整體效果相當可觀。

巴比告誡自己，他會覺得葛蕾漂亮，完全是因為大半輩子看慣了豐胸圓臀、肌肉結實的亞馬遜女戰士。她沒有每天花兩小時做有氧運動雕塑臀部，也沒有靠舉重鍛鍊出堅硬如鋼的手臂。她的身材渾然天成，該柔軟苗條之處就柔軟苗條，該渾圓的部位就渾圓。

注意到她的底褲與胸罩是同樣款式，他的鼠蹊疼痛難當。不過底褲上只有一顆心型圖案，就在正中央那塊不太遮得住的三角地帶，幾絲鬈曲毛髮越過防線。他忽然生起下流的慾望，很想當場剝掉那件內褲，就在他母親的客廳，就在「火花」的睽睽注視下佔有她。他想撐開那雙腿，看看她是否真如自己宣稱的那般乾枯。萬一是事實，他想用盡已知技巧，使她變得又甜又濕，準備接受他。

他發現自己當真在認真考慮。陪葛蕾小姐在床單下廝混個一、兩小時，不會要了他的命，反而非常符合人道精神。不過現實因素很快讓他打消念頭。目前他最不需要的事，就是又多一個女人來找麻煩；他試圖努力擺脫她們，不該再添生力軍。況且，儘管他征戰花叢將近二十年，卻從來沒跟即將邁入中年的老處女玩過。無論她以為自己多想一嘗禁果，搞不好看見男人裸體時，她還會中風呢！

不過他並不是全無心肝，她悲慘的表情打動了他。他走過去擁住她。她幽幽嘆口氣，整個人偎向他，兩具身體彷彿焊接般黏合。巴比體內某個東西像國慶日的煙火那樣衝破雲霄。她聞起來的味道又甜、又香、又古典，好似薰衣草和紫丁香。她醜陋的髮型磨擦著他下巴，感覺好軟；背部光滑的肌膚，也在他手下轉變為絲緞。他的兩隻手沿著她背脊滑過，又再繼續往下，驚覺與他相比她真是嬌小。她那種跋扈的性格，似乎會讓人誤會身材粗壯得多。

她摟住巴比的脖子。「我們要上床了嗎？」

儘管鼠蹊悸痛，巴比仍頗為好笑地注意到她的迫切中夾雜著驚懼。他的手指碰觸她底褲上緣，滑了進去，手掌罩住她的臀部，牢牢往他身上按。他隱隱感到慚愧，自己居然趁著一名處女酩酊大醉之際，做出輕薄舉止。話說回來，他好一陣子沒發洩了，所以有這種反應實屬正常。

「還沒有，甜心。」

「噢。我們能不能先接吻？」

「應該可以。」他俯視她淚痕斑斑的臉蛋。她的嘴型很美，上唇輪廓非常分明。低下頭，他覆住她的唇瓣。她的吻像第一次約會的少女，生澀純真，既刺激又困擾巴比。一個三十歲的女人不該完全沒有經驗。他開始運用舌頭，只是微微挑逗，要她先習慣。她學得很快，沒多久就分開雙唇，輕嘆一聲，張口迎納他。

她嚐起來像是水果混著眼淚。巴比用舌頭輕輕撩撥，兩手繼續撫摸她軟嫩的女性玉臀，感受那純粹的快感。享受著她嬌柔小巧的身軀，他忘了葛蕾的跋扈天性與惱人作風。她讓巴比想起他初嚐禁果的歲月有多麼遙遠。

他聽見唇下的細微嚶嚀，察覺她的舌頭開始探險。他的身體激烈地反應，雙手抽出她的底褲，托住葛蕾的臀部，抱起她；她立刻張開腿，圈住他的腰，抓緊他肩膀。巴比猝然發覺他在流汗，再不立刻停止，他只怕會忘了她是誰，就在他母親的客廳地板上佔有她。他提醒自己，這個房間門沒鎖，還掛了張天真無邪的兒童畫像。

「葛蕾……」他拉下她的腿，讓她站好，又扳開她的手。「甜心，我們得緩一緩。」

「我不要，我要你繼續，讓我知道接下來會發生什麼事。」

「我能理解，可是坦白說，除了接吻以外，妳還沒準備好接受其他經驗。」他將葛蕾擋在一臂之外，彎腰撿起她的衣服，還趁轉身時調整他的褲子，免得把她嚇死。

他花了好一番工夫才哄她穿回衣服，剛扣好裙子，客廳門就打開，他母親走了進來。「她怎麼了？」

巴比尚未回答，葛蕾就發出很大聲的冷哼。「妳兒子一點紳士風度都沒有，竟然不想和我上床。」

蘇珊拍拍兒子手臂，眼底閃著興味。「聽到這句話，我這個母親覺得很欣慰。」

巴比當然有過一夜情。他轉身對葛蕾說：「甜心，聽我說，妳今晚就在這裡過夜。什麼事都別擔心，柳兒明天一大早就會來找妳。」

葛蕾又越過巴比看著蘇珊。「妳不會碰巧有黃色電影可看吧？」

蘇珊責備地瞪了兒子一眼，隨即挽起葛蕾的手臂。「我們一起上樓。」幸好葛蕾乖乖聽話。

巴比跟著兩人到走廊，拿下衣架上的帽子，抬頭問樓梯上的母親：「她究竟喝了幾瓶酒？」

「三瓶。」蘇珊回答。

三瓶！巴比不敢相信，才三瓶酒，她就醉得剝光自己的衣服，命令他和她上床。

「媽？」他戴好帽子。

「什麼事，乖兒子？」

「不管怎樣，千萬別讓她靠近任何酒類。」

阿斯匹靈燒灼著胃壁，晨曦如刀子般割著眼睛，葛蕾打開落地窗，踏上蘇珊的露台。九重葛沿著屋子背面栽種，後院一側有道爬滿忍冬的鏽蝕圍籬，上頭則是棵胡桃樹與幾株木蘭花。向陽處的花圃色彩繽紛，牽牛花、天竺葵、雛菊、長春花群起爭豔。灌木下的自動灑水器正在運轉，所有東西聞起來既乾淨又清新。

屋子的女主人穿著卡其短褲，亮色的T恤胸前印著鸚鵡，她正跪在地上整理花草。蘇珊抬頭對葛蕾微笑。「柯萊小姐離開了嗎？」

葛蕾點頭，立刻後悔動作太大。她痛得苦著臉，緩緩走到蘇珊附近。

「柳兒要我回去工作。」她在臺階上坐下，動作小心翼翼。

「噢？」

「不過不是當製片助理，而是巴比的助理。」

「噢。」

「我跟她說，我會考慮看看。」葛蕾把縐巴巴的套裝裙子塞在腿下，用力嚥口水。「蘇珊，昨晚的事我實在不知該如何致歉。妳好心收留我，我卻辜負妳的好意，居然在妳的屋子裡害妳難堪。我的行為實在不可原諒，我從來沒做過這麼丟臉的事。」

蘇珊微笑。「妳確實沒多少在外闖蕩的經驗，對吧？」

「那也不能拿來當藉口。」

「妳昨天受到太大的打擊，」蘇珊和善地說。「每個女人都會因此沮喪。」

「我對他投懷送抱。」

「親愛的，他習慣了，我相信他早就忘了。」

想到自己不過是那一長串在巴比面前出洋相的女人之一，葛蕾的傲氣不禁龜裂，但她否認不了事實。「他對女人總是有這麼大的影響嗎？」

「他幾乎對每個人都有很大的影響。」蘇珊從腳邊的工具盒裡拿出一把小鏟子，開始鬆土。「在許多方面，巴比都過得比別人容易。從小時候開始，他就是最佳運動員，學業成績又好。」

想起她提議要教他認字，葛蕾的心底縮了縮。蘇珊摘下一枝薰衣草，舉到鼻端呼吸香氣。葛蕾以為她不打算再說下去，所以在她丟下草梗、繼續述說時，不禁有些意外。

「他在小朋友之間也很有人緣。男生喜歡他，因為他不會欺負弱小；至於女生呢，小學時她們就懂得用各種藉口跑來我家。他當然氣壞了，尤其是四年級時，那些女生可真讓他過得慘兮兮。她們寫情書給他，在操場上跟著他，其他男孩則無情地取笑他。」

她停下手邊動作，緩緩開口，似乎正斟酌用字。「有一天，黛麗・蕎・狄蔻——她現在是黛麗・蕎・貝奈了——用粉筆在車道上畫了一個好大的紅心，旁邊寫著『巴比愛黛麗』。她正在旁邊畫花朵時，巴比和三個朋友正好回來，一看清她在做什麼，他立刻衝過前院，把她推倒。」

葛蕾不太清楚九歲男生會有什麼想法，卻可以體會到他當時有多尷尬。

蘇珊又開始拔除羅勒旁邊的雜草。「若不是有其他男孩在場，巴比或許只會推倒她；可是他們一看見黛麗畫的東西，全都捧腹大笑。她也笑起來，還對大家說，巴比想親她。他大發脾氣，捶了她手臂一拳。」

「九歲小孩有這種反應，我猜也很正常。」

「巴比的父親可不這麼想。荷伊聽見騷動，剛走到門口，就看見巴比打她。荷伊不由分說，就衝過來拎起巴比的領子，當著所有小朋友的面狠狠打他屁股。巴比丟臉極了，他的朋友也很尷尬。荷伊就打過這麼一次，那是因為我丈夫堅信，打女人的男人最是惡劣，即使他兒子只是個九歲大的孩子，也不能就此開恩。」

蘇珊跪坐在腳踝上，一臉擔憂。「巴比和父親向來很親近，他從來沒忘記那次教訓。這樣說或許有點好笑，可是有的時候，我忍不住覺得，他這教訓未免學得太深刻了。」

「我不懂妳的意思。」

「這些年來，妳恐怕難以置信有多少女人對巴比投懷送抱，可是我從沒聽說他對哪個人無禮。球迷、已婚婦女、食客、拜金女，全都被他哄得服服貼貼。據我所知，他就是有辦法和每個人保持距離，卻毋須惡言相向。這不是很奇怪嗎？」

「他已發展出一套相當圓熟的策略，所以不必使用粗魯言行了。」葛蕾暗忖，蘇珊是否知道那個橄欖球測驗。

「確實如此，而且日積月累，我不知道他究竟曉不曉得他築在四周的障礙有多厚。」

葛蕾想了想。「他真是不可思議。他向女人微笑，跟她們打情罵俏，淨說些她們喜歡聽的甜言蜜語，讓每個人都覺得像皇后，但實際上他卻是只照自己的心意行事。」

蘇珊點頭，表情不悅。「我認為荷伊若是知道兒子會變成這樣，當初就不會為了巴比推倒黛麗而處罰他，至少那還是一種直截了當表達情感的方式。他從來不是殘忍的小孩，不會把打人當習慣。誰想得到，後來黛麗振作起來，還變成他第一個真正的女朋友呢。」她抿唇，擠出笑容。「諷刺的是，前一陣子我對他提起這段往事，他竟說父親做得對。他似乎一點也不知道，他因此而損失了多少東西。」

葛蕾不覺得他有什麼損失。巴比擁有數也數不清的魅力、天分、才智，還有一張俊臉。像他這種天之驕子，沒搭配無比強烈的自大心態才是怪事。他不相信地球上有配得上他的女人，俄亥俄州新關地來的三十歲老女人，胸部扁平，髮型又可怕，自然更算不上什麼。

蘇珊將鏟子放回工具盒，起身打量宜人的花圃片刻，空氣中瀰漫著羅勒、薰衣草、剛翻過的泥土氣息。「我喜歡在這裡工作，這是唯一能讓我感到平靜的地方。」她有些尷尬，彷彿後悔說出了心裡話。

「葛蕾，我知道我在多管閒事，不過我覺得妳不該因為昨晚的事，就不接受這份工作。」她拿起工具箱。「妳說過不想回俄亥俄，又還沒找到別的工作。巴比早已習慣女人在他面前失去理智，我相信昨晚對妳的影響，要比對他來得多。」蘇珊鼓勵地一笑，便走回屋內。

葛蕾知道蘇珊是想安慰她，但這番話卻很傷人，尤其葛蕾知道蘇珊句句實言。她對巴比無足輕重，他卻是她的一切。她在他面前失去了理智、丟臉出醜，但更令她震撼的是，她非常、非常害怕自己已經投入了真感情。

她緊閉眼睛，不願面對現實，但這樣做毫無用處。她從未自欺，也不會從現在開始。她抱住膝蓋，面對事實：就在一週之內，她愛上了巴比。她深深地、無望地愛上一個高不可攀的人。若不是情況太悲慘，她只怕會笑出來。打從她見到巴比開始，心底就生出那些念頭，果汁酒只是把真相暴露出來罷了。

她渴望巴比，渴望得心痛。他狂野不羈，超凡絕倫，是她所無法企及的一切，而她以潛藏心底深處多年的熱情愛他。她就像隻脫毛的鳥，受到高貴的天鵝所迷惑。而他的自信、毫不矯飾的魅力，也使她心花怒放，彷彿又年輕了起來。

她感覺過去六天，就像是一輩子。葛蕾緊緊抱住膝蓋，逼迫自己面對殘忍的現實。在好萊塢闖出名頭的夢想，僅是因為她急於逃離現況，才會在絕望中編織出那麼不切實際的美夢。她只是在欺騙自己，如今終究得正視淒慘的現實。好萊塢的生活不如她想像的絢爛，風車這份蠢工作也不會有美好刺激的遠景，全都只是她在幻想。等電影拍完，她會回到新關地，回到安養中心，那兒才是她的歸宿。

雖然有點古怪，但坦承現實使她心裡一片祥和。如今她瞭解到，安養中心並未毀了她的一生，而是她親手毀了自己的一生。她喜愛經營安養中心，但也利用工作隔離同年齡的人，只因她總覺得與別人格格不入。她躲藏在安養中心，把那裡當成生命中的一切，而不是一項職業。

花圃的馨香悄悄包圍她，奇異的興奮感襲上心頭。她才三十歲，還有時間改變。不是她原先幻想的那樣，靠逃避現實來達成。從今天開始，她要毫無畏懼地度過每一分鐘。她不會再因為害怕被嘲笑或拒絕而裹足不前，那種事又要不了她的命，她要讓自己用身體的每一寸去愛巴比。

她心跳加速。她有這份勇氣嗎？電影拍完後，她得回去安養中心，她強迫自己接受現實。不過，在這段期間……即使知道可能會粉身碎骨，她膽敢從愛情的山巔一躍而下嗎？即使可以與巴比共度的時間，短到令人難以忍受，她能無畏緊抓珍貴的每分每秒嗎？

她下定決心，狂喜在心頭爆炸。她要接受這份工作，當他的個人助理；她很不智地愛上這個天之驕子，所以她要細細品味相處的每一刻。她會把他的每種神情、每抹笑容、每個動作，全都在腦中逐一歸檔。她要放掉每一分矜持，把自己獻給他。也許他會與她做愛，也許不會，反正她都會無條件地奉上嬌軀。一旦事過境遷，她還有一份回憶凝聚而成的寶藏。

她對自己承諾，即使對巴比的愛意如此熾烈，她也會好好看清他這個人：優點、缺點、狂妄自大、心地太軟、精明睿智，以及善於操縱人心的致命魅力。她也不會捨棄自己的原則，她只知道怎麼當葛蕾•雪諾，即使對巴比來說，或許還不夠，但她就只有這些了。

她閉上眼睛，在心中想像他的模樣：戴著大牛仔帽的星際牛仔，臉上掛著殺手級的笑容，每跨出一步，身邊便撒下點點星塵。落在她身上的星塵，讓她乾枯的生命重現活力，皺縮的情感也躍動起來。

葛蕾很清楚，她和巴比不可能會有幸福的未來，雖然心頭為此酸苦，但腦袋必須緊緊牢記現實，他不可能以愛意回報她。不平凡的男人，注定要與不平凡的女人湊成對，而她平凡到無藥可救了。想讓自己在情感上不至於碎成片片的唯一辦法，就是永遠不能忘記，她愛上的對象是人中之龍。出於榮譽心，她不會像其他人那樣，總想從他身上撈點油水。她會對他奉上她的真心，毫無保留，而且完全不期待會獲取任何回報。當一切結束之後，至少這個天之驕子，還會記得在他的生命之中，葛蕾・雪諾是唯一沒有從他身上拿走任何東西的人。

一小時後，對於做出如此震撼的決定仍感忐忑，葛蕾接近指派給巴比的棕灰色露營車。昨晚的失態、宿醉，加上剛結束的自省，都使她不知該如何面對巴比，但該來的終究躲不過。她正要踏上階梯，忽然隔壁的露營車有人開門，娜妲・卜魯克走了出來。

葛蕾看著褐髮的長腿女演員走下階梯，她被喻為茱莉亞・羅勃茲的接班人。葛蕾想起這位美女和巴比在片中有許多愛情戲，一顆心直往下沈。她看著娜妲那頭深褐色的秀髮綁成馬尾，看來年輕，卻絲毫無損她的美貌。儘管臉上脂粉未施，這位二十四歲的女演員仍叫人驚豔。她的五官非常亮麗：深色秀眉、綠色杏眸、紅唇性感、貝齒白皙。她穿著褐色短褲和粉紅色馬球衫，全都有點縐，卻像是出自名家設計的原創服飾。

「嗨，」她對葛蕾友善地微笑，伸出手。「我是娜妲・卜魯克。」

「葛蕾・雪諾。」她們用力握手，突然的動作使葛蕾微微瑟縮。「卜魯克小姐，我喜歡妳的電影，我是妳的影迷。」

「叫我娜妲。艾維在睡覺，我們有時間談談。」她朝拖車蔭涼處的折疊椅比了比。

葛蕾不曉得艾維是誰，但可不想錯過和名人聊天的機會，尤其又可以拖延與巴比的會面。兩人坐定後，娜妲說：「安彤告訴我，妳的經驗無懈可擊。這樣臨時通知，妳還願意搭飛機趕過來，我丈夫和我都很感激。我們決定要給艾維最好的。」

葛蕾仍舊不知道她在講什麼，但她的熱誠卻讓人窩心。

「首先我要告訴妳，安彤和我不是照著時間表做事的人。艾維正在吃得很多的年紀，所以只要他一鬧，妳就抱來給我。我們不讓他吃副食，安彤和我要他從母乳中獲得抗體。我們會擔心，也是因為我們的家族有過敏症的病史，安彤有個姪子對什麼都過敏，所以艾維的頭六個月除了母奶之外，什麼都不吃。妳也支持母親親自授乳吧？」

「噢，當然。」葛蕾不止一次想過懷中抱著嬰兒，這畫面總使她悠然神往到幾乎心痛。「可是頭六個月只喝母奶，其他副食都不吃，不會太長了嗎？我以為嬰兒需要吃麥糊。」

娜妲的表情彷彿葛蕾建議讓嬰兒吃砒霜。「大錯特錯！六個月大之前的嬰兒，最好的食物就是母乳。我早該叫安彤跟妳說明，可是實在沒辦法——是這樣的，他在洛杉磯有事業要顧，這又是我們第一次分隔兩地。他會在週末飛過來，可是還是很難處理。」

葛蕾寧可被誤認是脫衣舞孃，總比被誤認為保母來得風光；會有這種想法，她只能歸咎於性格上的弱點。「娜妲，不好意思，我應該早點說清楚，可是我聽入迷了，忘了打岔，我有時會這樣。其實我不是保母。」

「妳不是？」

葛蕾一搖頭，兩邊太陽穴便一陣抽痛，提醒昨晚酗酒的放縱，她趕緊停下動作。「我是製片助理。呃，應該說以前是，現在我是巴比・湯姆・鄧騰的助理。」

葛蕾以為娜妲會像所有聽見巴比大名的人一樣，眼神變得迷茫，但她僅是點點頭。突然，她猛然抬頭，眼睛瞪大。「妳聽見了嗎？」

「聽見什麼？」

她猛然彈起。「艾維，他在哭。」她修長的美腿飛奔上臺階，就在進門前，她回頭說：「妳在這裡等一等，我抱他過來給妳看。」

雖然不太認同她做媽媽那種緊張兮兮的樣子，葛蕾發現自己喜歡娜妲，而且很想見見小嬰兒。但她知道，她無法再拖延多少時間了。就在此時，一輛器材車移動，她看見巴比在畜欄邊跟幾名漂亮女郎說話，從她們時髦的裝扮看來，顯然不是工作人員。葛蕾猜想杜樂沙的小姐早就排成長龍，等著接受橄欖球測驗。巴比只穿牛仔褲和靴子，太陽照耀著他金色的頭髮和光裸的胸膛。一看見他，葛蕾的心臟立刻狂跳。

有個化妝師靠近他，幫他的胸膛抹油，以便看來閃亮健美。他低頭看看自己，縱使隔著一段距離，葛蕾也看出他被搞得很煩，忍不住失笑。不用說，他一定認為抹油是多此一舉。

娜妲抱著法蘭絨襁褓出來，美麗的紅唇綻放幸福的微笑。「這就是艾維。」她邊說邊坐下。「明天就滿四個月了。寶貝，說哈囉，跟葛蕾說哈囉。」

葛蕾望著這輩子見過最不起眼的一張嬰兒臉。他活像小號的相撲選手，鼻子扁塌，臉頰胖得把眼睛都擠掉了，似乎只剩一條縫，下巴更是不知長到哪兒去了。

「呃，好漂亮的嬰兒。」她客氣地說。

「我知道。」娜妲粲然微笑。

「名字也很特別。」

「這是有紀念意義的名字，」她說，口氣帶著一絲辯解。忽然又一臉憂心。「我剛打電話給我丈夫，問他保母究竟來不來。他昨晚才知道，保母堅持要讓四個月大的嬰兒吃麥糊，所以我們得重找人選了。他現在正在打聽一位曾經在英國皇室服務過的保母。」

從娜妲狐疑的表情，葛蕾看得出來，就算是英國皇室的保母，恐怕也未必能過關。

她勉強向娜妲道別，朝巴比走去，但最後一分鐘又提不起勇氣，反而轉向餐車。也許喝過一杯咖啡之後，比較能面對他。

第8章

巴比的心情糟透了，就算看著雜草生長，也比拍電影有趣。昨天抵達之後，他就只是打赤膊走來走去，猛灌威士忌酒瓶裡的冰茶，假裝修理畜欄欄杆，連汗都還沒出多少，導演就喊卡，他也不得不停下。他不喜歡化妝，不喜歡沒戴牛仔帽待在戶外，尤其不喜歡他們老往他的胸前抹嬰兒油，甚至還在上面撒土。這些作假讓他覺得很娘娘腔。他們甚至縫死了牛仔褲的拉鏈，使他沒辦法全部拉上，結果褲腰部分呈V字型，低得連內褲也不能穿。而且牛仔褲還小一號，萬一他硬了起來，全世界都會看得一清二楚。

更讓他心情不好的是，杜樂沙半數的人口都擠進片場，人人動著作媒的念頭。他見了無數個泰咪、蒂芬、璀希，名字多得他的腦子快爆炸了。此外還有葛蕾・雪諾小姐的事。光天化日下，昨晚發生的事不再那麼好笑了。

這位小姐顯然性飢渴到了無以復加的程度，隨時可能找個阿狗阿貓來滿足她的慾望，而在她跟別人跳上床之前，只怕不會有理智到去問問共枕人的健康紀錄。在新闢地，環境、人選都受限制；這裡的工作人員則是陽盛陰衰，大概不須費多少唇舌，就能說服其中一人終結葛蕾的童貞。萬一話傳開來，說在那些醜陋的衣服下有具甜蜜的小巧嬌軀……他猛然推開那段記憶。

真難想像她到三十歲仍是白壁無瑕，不過憑她的跋扈，還有破壞汽車的那手特種部隊本事，就足以嚇跑大半新闢地的男性了。剛才巴比看見她和娜妲•卜魯克在一起，兩人講完話之後，她本來要朝他這裡過來，中途又打退堂鼓，繞到餐車去。他多年前的女友康妮•卡麥蓉也在那裡，巴比猜康妮恐怕不會讓葛蕾太好過。此刻她躲在攝影機之後，除非他看錯了，否則她正在做深呼吸。巴比決定要結束她的苦難。

「葛蕾，過來一下好嗎？」

她幾乎嚇掉半條命。巴比設身處地一想，昨晚出洋相的人換作是他，當然不會渴望面對唯一的目擊證人。看她一步挪不了一寸，活像腳上綁著水泥塊似的。那身縐巴巴的深藍色套裝，像是為八十歲老太婆做的衣服，真不知哪裡找得到品味比她更差的人。她停在他面前，墨鏡推到頭上，眼鏡立刻讓一堆頭髮淹沒。巴比看著她縐縐的衣服、泛紅的眼睛、灰白的膚色。真可憐。

她沒有對上他的視線，代表她仍覺得尷尬。把她盛氣凌人的作風納入考量之後，他看得出來，如果想讓她在為他工作的期間乖乖聽話，一開始就得狠狠給她下馬威。他通常不會對人落井下石，但如果他現在不嚇唬她，讓她知道誰才是老大的話，未來絕對會後悔。

「甜心，今天我有些事情要吩咐妳去做。既然妳現在為我工作，我只好勉為其難地讓妳開我的雷鳥。車子該加油了，我的皮夾和車鑰匙都在他們給我的露營車桌上。說到那輛露營車，實在有點髒，看起來不太舒服，妳到鎮上時，順便買幾支刷子、幾瓶清潔劑，好把地板刷一刷。」

正如他預測，她果然立刻有了反應。「你叫我去刷露營車的地板？」

「刷髒的地方就好。還有，蜜糖，妳順便在鎮上的藥局停一下，幫我買盒保險套。」

她憤然張大嘴。「你要我去幫你買保險套？」

「是啊！如果人人都想把肚裡的孩子往你頭上栽，你當然得處處小心。」

紅潮從脖子直往她腦袋爬。「巴比，我不會幫你買保險套。」

「不會？」見她點頭，他雙手插入後面口袋，遺憾地搖頭。「我還以為不需要用到這一步呢，但我看得出來，一開始我們就得講清楚了。妳還記得妳的新職稱是什麼嗎？」

「我記得，是你的——呃——個人助理。」

「完全正確。顧名思義，個人助理就該處處幫我忙，包含個人事務。」

「那也不代表我是你的奴隸。」

「我還指望柳兒會跟妳說清楚呢！」他嘆息。「她跟妳解釋新工作時，難道忘了提，一切由我作主嗎？」

「她是提過。」

「她有沒有說，妳必須聽我的吩咐行事？」

「她——沒錯，她說過——可是我相信她的意思不是——」

「噢，她就是那個意思。從今天開始，我是妳的老闆，只要妳乖乖聽話，我們兩個一定能處得很好。好了，我希望在今天拍攝結束前，妳能把地板弄乾淨。」

她的鼻翼翕張，巴比幾乎能看見她兩耳冒煙。她嘟起嘴，彷彿想射出子彈，但她只猛拉皮包。「好。」

巴比等到葛蕾走遠，才又出聲喚她。「葛蕾？」

她轉身，眼神充滿警戒。

「甜心，關於那盒保險套，別忘了買特大號，比那小的尺寸我通通戴不下。」

巴比從沒見過女人能從頭紅到腳，但葛蕾辦到了。她急忙拉下墨鏡，遮住眼睛，落荒而逃。

他輕笑幾聲。雖然知道該為了欺凌她而羞愧，但他卻出奇得意。要是放任她，葛蕾絕對能把人逼瘋。總而言之，還是該從一開始就把規矩立好。

葛蕾的宿醉已褪，也不再頭痛。她從行李箱內找出一件黑棕條紋的乾淨洋裝，雖然有點縐，但還是在露營車內換上，終於感覺比較像個人了，接著才出發。

一小時後，葛蕾買好東西，駕著雷鳥離開藥局停車場。一想起方才在藥局裡的糗事，兩頰又紅得火燙。當時她不斷提醒自己，現代女性購買保險套就像家常便飯，終於鼓足勇氣拿起商品去結帳；好死不死，偏偏就在這一刻遇見了蘇珊・鄧騰。保險套的盒子大剌剌地擺在櫃檯上，蘇珊自然一眼看得分明，立刻忙著研究雜誌架上一張雙頭狗的照片。葛蕾恨不得當場死掉。

此刻她正低聲向艾維抱怨，小嬰兒躺在旁邊的嬰兒座椅裡。「我還以為沒有比當著蘇珊的面買保險套更糗的事了，結果又發生了另一件事。」艾維咕嚕一聲回應，葛蕾不禁失笑。「你當然覺得沒什麼大不了，又不是你去買保險套。」

他格格笑，吐了個小泡泡。葛蕾離開牧場時，恰巧碰上娜妲，她得去拍攝當天的第一幕戲，正急得團團轉，到處找可靠的人幫忙照顧艾維。葛蕾自告奮勇，娜妲不只連聲道謝，還丟出一長串的指示，弄得葛蕾只好做筆記，好讓她安心。

汽車剛抵達鎮界，一股臭味撲鼻而來，接著是不喜歡包著髒尿布的小嬰兒的咕噥抱怨。她看向艾維。「你這個臭寶寶。」

艾維鼓起臉，哭了起來。路上都沒車，於是葛蕾在路邊停下，幫嬰兒換尿布。她剛弄完、回到駕駛座坐好，就聽見輪胎輾壓碎石的聲音。她轉頭確認，看見一名身穿淺灰色西裝、相貌威嚴的男子，走下酒紅色的寶馬。他的黑髮剪得很短，只有稀疏的銀絲，五官醒目，強健的體魄看不出一點贅肉。雖然上了年紀，他仍非常有吸引力。

「需要幫忙嗎？」他站在雷鳥旁詢問。

「不用了，謝謝你。」葛蕾朝嬰兒點個頭。「我只是停下來換尿布。」

「原來如此。」他微笑，葛蕾發現自己也回以一笑。知道世界上還有人願意不嫌麻煩，停下來幫助別人，實在叫人窩心。

「這不是巴比・湯姆・鄧騰的車嗎？」

「沒錯，我是葛蕾・雪諾，他的助理。」

「妳好，葛蕾。我是偉藍・舒耶。」

葛蕾的眼睛微微瞪大，憶起前往杜樂沙時，曾在車上聽到巴比和鎮長的談話。原來他就是杜樂沙的公敵。她聽過這個名字幾次，但這還是頭一遭沒有加上「混帳」之類的形容詞。

「看來妳聽說過我了。」他說。

她迴避正面回答。「我到這裡才一天多一點。」

「那麼，妳聽說過我了。」他咧嘴一笑，朝艾維歪歪頭，小嬰兒又在椅子裡蠕動。「妳的孩子嗎？」

「噢，不是，他是電影女主角娜妲的兒子。我是臨時保母。」

「對他來說，陽光太烈了，妳最好趕緊上路。很高興認識妳，葛蕾・雪諾。」他點個頭，轉身走回自己的汽車。

「舒耶先生，我也很高興認識你。」葛蕾對著他的背影喊。「謝謝你停車確認我的狀況，並非每個人都會那樣做。」他揮揮手回應。葛蕾開上公路時，不禁懷疑杜樂沙的人是否誇大了舒耶先生的惡行。就她看來，他似乎心地很善良。

雖然換好乾淨尿布，艾維還是皺著眉頭，坐立難安。葛蕾看看手錶，發現這一趟用掉了一個多小時。「小牛仔，該帶你回去了。」

裝著保險套的紙袋撞擊她的腿，葛蕾想起自己的誓言：即使愛上巴比，也不能無視他的缺點。她認命地嘆口氣，知道該採取行動。就算他是老闆，也是害她小鹿亂撞的男人，總得有人點醒他，假使他想讓她吃苦頭，就得承擔後果。

「四梅花。」

「放棄。」

「放棄。」

南西・寇珮不太高興，向她的搭檔嘆口氣。「蘇珊，我用的是格柏問叫法，要問妳有幾張A。妳不應該放棄。」（譯註：合約橋牌在競叫階段時，為了確認搭檔的手牌，有許多特殊的開叫與回應制度，格柏問叫即為其中之一。）

蘇珊歉然一笑。「對不起，我分神了。」她沒專心打橋牌，因為她想起幾小時前在藥店與葛蕾的巧遇。葛蕾似乎準備和她的兒子上床了，她很喜歡葛蕾，不希望看到葛蕾傷心。

南西好脾氣地對另外兩位牌友點點頭。「巴比回來了，所以蘇珊整個下午都心不在焉。」

棠妮・莎繆往前一靠。「昨晚我在冰雪皇后見過他，可惜沒機會把話題帶到我姪女身上。他肯定會為她著迷。」

棠妮的搭檔莫琳皺著眉，打出一張黑桃六。「比起妳的姪女，我家的凱西更合巴比的喜好。蘇珊，妳也這麼認為吧？」

「我幫大家再加點飲料。」蘇珊放下手牌，慶幸這一輪她是夢家，可以離開幾分鐘。通常她很喜歡週四下午的橋牌聚會，但今天實在無法專心。

到了廚房，她把杯子放在流理檯，卻沒打開冰箱，反而走至窗前。望著露台上掛在木蘭花底下的餵鳥器，她不自覺地伸手去摸臀部的肉色貼布，她的身體不再製造女性荷爾蒙了，必須靠其他方式補充。眼睛忽然刺痛，她把淚水眨回去。她怎麼會已經老到進入更年期了呢？那個遇見荷伊的炎炎夏日，似乎只是幾年之前的事啊。

厚重的絕望感，時時環繞著蘇珊。她好想念荷伊，他是她的丈夫、愛人，也是最好的朋友。她想念他沐浴後清爽的肥皂味，帶她上床時在她耳際低語的情話，還有他的笑聲、老掉牙的笑話，以及糟糕透頂的雙關語。她忍不住在胸前交叉雙臂，用力擠壓，試圖想像是荷伊在抱著她。

五十歲生日的隔天，他在暴風雨之中行駛時，被拖車擦撞而喪生了。葬禮之後，她不僅悲痛至極，還交雜著滿腹怒氣。他就這樣留下她孤身一人，婚姻是她生命中的基石，如今頓時終結。

那段日子非常難熬，如果沒有巴比，她不知道自己是否撐得下去。

巴比在葬禮後帶她去巴黎，花了一個月遊覽各地，逛遍鄉間、古堡與教堂。他們一同歡笑，也彼此哭泣。她和荷伊年紀輕輕就結婚，滿心惶恐不安，卻養出這樣一個好兒子，即使在悲痛之中，她也不禁滿心感恩。她知道自己最近變得太依賴巴比了，但如果放開手，她害怕他也會從她的身邊遠去。

生下巴比時，她以為他會是眾多子女的老大，但後來她沒有再懷孕。有的時候，她好希望巴比能再變回小孩，她想讓他坐在大腿上摟著，渴望揉揉他的頭髮、為他搽藥，期盼再聞聞那滿身汗水、屬於小男孩的氣味。可是，她的兒子已經是個男人了，那些幫他用藥膏止癢、以親吻拂去傷口疼痛的日子，早已一去不復返。

但願荷伊還活著。

親愛的，我好想你。為什麼你得拋下我呢？

六點時，今天的拍攝工作結束，巴比從畜欄走開。他又熱、又累、又髒，而且很火大。他吃了一下午的塵土，而明天的情況也好不到哪兒去。依他看來，傑德•史萊德這個主角，八成是天底下最大的蠢蛋。巴比不認為自己很懂馬匹，但他也有足夠的常識，知道只要是有點自尊和原則的牛仔，就算喝醉了，也不會半裸著馴馬。

一天下來，巴比對搽油抹土的胸膛、半開牛仔褲的惱火，已經轉為義憤填膺。他們竟把他當成某種性象徵！這簡直是侮辱，他被貶低成幾塊油亮的胸肌、一對結實的屁股了。媽的，他打了十幾年橄欖球，居然淪落到這種地步。胸肌和屁股。

他氣沖沖地走向自己的露營車，鞋跟帶起一團塵土。他打算沖個戰鬥澡之後就回家，鎖上門獨處片刻，接著再去看媽媽。他很希望葛蕾沒有逃跑，因為他打算拿她當出氣筒。他拉開拖車門，剛踏進去就愣住，因為裡面擠滿了女人。

「巴比！」

「嗨，巴比！」

「嘿，牛仔！」

六個女人像蟑螂一樣到處爬，紛紛擺出家常燉菜、切好的派、從冰箱拿的啤酒。其中一個巴比認識，三個在片場見過，兩個是陌生人。而這裡的所有行動，都是由第七個人指揮——穿著黑棕色條紋洋裝的邪惡女巫，那模樣活像是浣熊的尾巴。她站在正中央，發號施令，沾沾自喜地對他笑。

「雪麗，這碗燉菜看起來好好吃，我相信巴比一定會珍惜每一口。瑪莎，妳真體貼，我從沒見過烤得這麼漂亮的派。蘿芮，妳把地板洗得好乾淨，我知道巴比一定很感激。他對地板可是相當挑剔，你說是不是，巴比？」

她以聖母般的祥和目光注視他，但清澄灰眸卻閃著勝利的喜悅。她非常清楚，他此刻完全不想面對一大群呱呱叫、滿腦子只想結婚的女性，而她沒有設法趕人，反而鼓勵她們賴在這裡！巴比終於瞭解了葛蕾在他生命中的角色：她是上帝對他開的大玩笑。

一名頭髮似雞窩的女人，遞給他一罐啤酒。「巴比，我是梅妮．露頤．芬斯特，我表姊是亞德・蘭道夫的姪媳婦。亞德說我應該過來打個招呼。」

巴比習慣性地掛起笑容，雖然臉頰都開始痛了。「梅妮，很高興認識妳。亞德過得如何？」

「哈，他好得很，謝謝關心。」她轉頭看著旁邊的女子。「這位是我的好朋友，瑪莎・魏茲。她以前的男朋友是菲爾，他是睿利・卡特的哥哥。」

六個女人紛紛往前擠，巴比嘴裡恭維，話說得像糖果一樣甜，腦袋卻疼痛不堪，沾滿塵土及嬰兒油的皮膚也癢得受不了。室內的香水足夠讓臭氧層再破一個大洞，他竭力忍著不要打噴嚏。

身後的門又打開，有人猛拍他的屁股。他自然而然向旁邊閃，不幸卻給了另一個女人靠近的機會。「巴比，你沒忘了我吧？我是可玲・貝瑟，結婚前我姓緹斯，不過我已經離婚了。我跟你上同一所高中，不過我比你小兩屆。」

他對可玲微笑，其實眼前佈滿了憤怒的紅霧。「甜心，妳變得那麼標緻，我差點認不出來，不過妳以前就很漂亮了。」

她尖聲傻笑，讓巴比難受得很，他還看見她的門牙上有口紅。「唉唷，巴比，你真會說話。」

可玲玩鬧地捶了他的手臂一拳，又轉向葛蕾，拿給她一只塑膠袋。「妳說巴比最愛的那種三色冰淇淋，我在超市買到了，最好馬上放冰箱。我車上的冷氣壞了，冰淇淋有點溶化。」

巴比最討厭分色冰淇淋了。那玩意兒怎麼吃都無法令人滿足，有如生命就是得不斷妥協。

「謝謝妳，可玲。」葛蕾拿出冰淇淋，那副主日學老師的微笑，跟她眼裡閃動的淘氣神采格格不入。「巴比，可玲大老遠跑去鎮上，只為了幫你買冰淇淋，你說她是不是很好心呢？」

「確實沒錯。」他平靜地說，同時瞪了葛蕾一眼，清楚暗示等會兒非好好和她算帳不可。但葛蕾竟然沒有當場發飆，讓他有點訝異。

可玲想抓住他手臂，但嬰兒油害她的手老是滑掉，反將塵土往他皮肉裡擦。「巴比，我一直在研究橄欖球，希望在你離開杜樂沙之前，能有機會接受測驗。」

「我也在研究，」她的朋友瑪莎插嘴。「你要回來的消息一傳開來，圖書館那些橄欖球的書就被借個精光。」

巴比的耐性用完了。他嘆口氣，好似真心覺得遺憾，雙手分別按住兩個女人的肩膀。「女士們，我很抱歉，可是我得對妳們說實話。昨晚葛蕾通過測驗了，也同意要當巴比太太。」

車內頓時一片死寂。葛蕾當場呆住，半加侖裝的冰淇淋從她的指縫間滴落。

所有女人的視線，都在巴比和葛蕾之間來回打轉，可玲的嘴巴開開合合，像隻孔雀魚似的。

「葛蕾？」

「那個葛蕾？」梅妮不客氣地打量葛蕾的衣服，彷彿要把她差勁的品味逐一登記造冊。

巴比朝著他想要冷血謀殺的對象，盡可能擠出一個溫柔似水的微笑。「就是這位甜美的小姐。」他擠過梅妮的雞窩頭，來到葛蕾身邊。「親愛的，我早就說過，這件事瞞不了多久。」

巴比摟住她肩膀，把她往光裸的胸膛上按，儘量將嬰兒油和塵土抹在她臉上。「告訴各位，我從沒見過比葛蕾更熟悉超級盃歷史的女孩。真不可思議，她對往年的比賽記錄簡直瞭如指掌。甜心，妳昨晚背出那些傳球成功率時，我簡直感動得快哭出來了。」

她在他胸前發出奇怪的聲音，巴比趕緊把她按得更緊。他怎麼沒有早點想到這招呢？要葛蕾假扮未婚妻，正是讓他在杜樂沙停留期間能夠得到寧靜的完美辦法。他把葛蕾轉個身，以便弄髒她另一邊臉，突然半桶冷冰冰的冰淇淋擊中他的小腹，讓巴比倒抽一口涼氣。

梅妮的表情彷彿吞下一根雞骨。「可是，巴比，葛蕾不是——她人很好沒錯。可是她並不是——」

他尖銳地抽氣，忍著腹部傳來的寒意，手指則狠狠插入葛蕾的後腦，沒有人看見。「唉，妳想說葛蕾看起來不太時髦？我偶爾會要求她打扮成這樣，否則別的男人會像蒼蠅一樣黏著她。是不是啊，甜心？」

她忙著往他的腰際捅冰淇淋，根本不回答。巴比擺出很有說服力的笑容，同時抓緊她頭髮，上下輕搖，看似葛蕾點頭。「片廠的工作人員有些看來滿野的，我怕他們會對她太熱情。」

正如他所預料，訂婚的消息一宣布，這些女人歡慶的興致也沒了。他盡可能不理睬融化的冰淇淋，一邊牢牢摟住葛蕾，一邊向訪客道別。車門終於關上，他才放手，低頭看。

她的臉和那件浣熊尾巴洋裝的前襟，全都沾上了塵土和油垢。溶化的冰淇淋從壓扁的盒子裡流出，她滿手都是黏黏的巧克力、草莓和香草。

巴比等著她怒火爆發，但她並沒有大吼大叫，只是堅毅地瞇起眼。就在他想起葛蕾的反應總是與眾不同之前，她猝然伸手，拉住他敞開的V字型褲腰，把溶化的冰淇淋統統倒進去。

他大聲怪叫，跳上半空。

葛蕾把盒子摔在地上，雙手抱胸。「這招，是報復你害我當著你媽的面前買保險套！」

要一面叫、一面跳、一面笑，還一面詛咒，實在很難，但巴比做到了。

葛蕾站在一灘溶化的冰淇淋裡看著他受罪，不得不佩服他的風度。因為他欺負她，所以招來報復，但是除了罵出一大堆粗話，他什麼也沒做。恰在同一時刻，她看見他的手移往牛仔褲拉鍊，頓時察覺自己太快鬆懈了。她直覺想退開，卻一腳踩上冰淇淋盒，接著她就躺在地板上，仰頭看著他了。

「哈，真不錯，瞧瞧我們這裡有什麼好料吧？」他俯視著她，雙眼閃動著壞心的光芒，一手放在拉鍊上，一手插腰。葛蕾的裙子往上翻了起來，冰涼的冰淇淋弄濕了腿。她兩手壓住地板，手腳並用，準備爬起來，但巴比卻在她旁邊跪下來。

「甜心，別那麼急。」

她提心弔膽地注視他，試圖躲開。「我不知道你在打什麼鬼主意，但你最好馬上忘掉。」

他的嘴角淘氣地彎起。「噢，要我忘掉這主意，只怕得花上很久、很久的時間。」

他黏乎乎的手按住葛蕾肩膀，輕輕推了一把，讓她趴在地上。葛蕾先是咬牙低呼，接著臉頰壓入一團溶化的香草冰淇淋，便怪叫起來。她還沒能爬起來，就感覺一個像是膝蓋的東西頂住她的背。

「你在幹什麼？」她被釘在地上動彈不得，只能大喊。

他動手解開洋裝拉鍊上頭的小暗扣。「別擔心，蜜糖。我脫女人衣服的次數多得數不清，不消幾秒，就能脫掉妳這身洋裝。」

當初葛蕾說要牢記兩人共度的時光，可沒想過會發生這種事。「我不要你脫我的衣服！」

「妳當然要。」暗扣打開。「條紋圖樣實在很可笑，除非妳打算在橄欖球賽中當裁判，否則我建議妳別穿這種衣服。」

「我不需要你來上時裝課——噢！別動我的拉鍊！住手！」

他拉開了拉鍊，舉起膝蓋，不理她的尖聲抗議，開始剝下洋裝。

「甜心，別動。哇噻，妳還真有些漂亮內衣呢！」一個流暢的動作，他就脫掉了洋裝，把她翻過正面，目光盯住她白色蕾絲胸罩、比基尼內褲，流連不去。

他盯得太久，讓葛蕾有機會抓了滿手巧克力冰淇淋向他拋去，正中他的下巴。他吃驚地喊了一聲，立刻撲過去搶盒子。「妳犯規了，非必要的粗魯，得罰十五碼。」

「巴比……」她尖聲叫，看著巴比挖起一大團冰淇淋，丟在她肚子上，還不斷用力搓揉。她喘著氣，抵抗冰冷的感覺，拚命想掙脫。

巴比低頭嘻嘻笑。「說『原諒我，巴比大人，原諒我帶給你這麼多麻煩。我發誓，從現在起，你說什麼我就做什麼。阿們。』」

她反而吐出一句他常用的髒話，讓巴比哈哈大笑。葛蕾一看機不可失，連忙朝他胸前甩了一團草莓冰淇淋，接下來當然是一場大混戰。巴比佔了優勢，因為他仍穿著牛仔褲，馬步也站得比她穩。而且像他這種當過年度最佳球員的運動好手，熟知各種所有骯髒的把戲。不過有件怪事，他每次在葛蕾身上塗抹時，都會微微分心，讓葛蕾能夠把握機會，抓到什麼就往他身上丟。她又叫、又笑、又求饒，但巴比的體力比她好得多，她很快就喘不過氣來了。

「住手！不玩了！」她平躺在地上，胸部不斷起伏，胸罩隨之繃緊。

「說『求求你』。」

「求求你。」她大口喘氣，頭髮、嘴巴、全身上下都是冰淇淋，無一倖免，原本雪白的內衣沾滿了粉紅色和棕色。不過巴比看來也是半斤八兩，他頭髮裡的那團草莓冰淇淋，讓葛蕾格外得意。

但沒多久，她就嘴巴發乾，因為她的眼睛從他的胸膛直往下溜，金色毛髮從他肚臍下一路探入牛仔褲的V形褲襠內。她瞪著鼓脹的部位。是她引起的反應？她飛快望向巴比的眼睛。

巴比凝視她，眼神帶著慵懶的興味。霎時間，兩人都不動了，接著他沙啞地開口。「『求求你』小姐身上沾了冰淇淋呢。」

葛蕾哆嗦，不是因為寒冷，而是因為體內擴散的熱力。刺激的打鬧，掩飾了強烈的生理反應，此刻她才猛然知覺到火熱肌膚與冰淇淋的溫差，以及布料擦著大腿，指間的黏膩，曾經在他胸前的塵土，如今也微微刮著她的身體。巴比伸出食指，插入她肚臍周圍的液態草莓冰淇淋，輕輕往下劃，碰到比基尼內褲的褲腰才停住。

「巴比……」她的心跳似乎停止了。她低語他名字的方式，彷彿是在懇求他。

他的雙手來到她肩上，拇指滑入胸罩帶子，微微下壓，輕輕地揉。

甜蜜又劇烈的渴望氾濫開來，幾乎承受不住。她太渴望他了。

巴比彷彿能看穿她的心事，雙手落向胸罩前扣，解了開來。葛蕾僵直不動，唯恐他會想起他是所有女人垂涎的對象，而她僅是畢業舞會枯坐在家裡的醜女孩。

他沒有停手，而是脫下冰涼潮濕的胸罩，定睛凝視。她的胸部從沒感覺這麼小過，但葛蕾不會道歉。巴比微笑，葛蕾屏住呼吸，害怕他會拿尺寸開玩笑，但他卻用溫柔慵懶的聲音開口，使她的血管內燃起一簇簇火苗。

「我好像還有兩個地方沒有抹到。」

她看著他的手指插入不成形的盒子裡，挖出一團香草冰淇淋，在她胸前畫了一圈又一圈，乳尖縮成硬挺的小點。她嬌喘，頭偏向一邊。他又伸入盒子裡，對另一邊乳尖重複同樣動作。

她敏感的部位受冰寒襲擊，令她忍不住呻吟。腿間悸痛，她出於本能張開雙腿。她想要更多。巴比玩弄著兩邊乳尖，用手指輕捏，她不斷抽噎。

「求求你……求求你……」她知道自己正在哀求他，卻停不下來。

「別急，甜心，放輕鬆。」

他繼續用冰淇淋幫她上色，先是冰冷，揉捻搓捏後變得暖濕，讓他能再度彩繪。火與冰彼此交融。葛蕾變成一團火，熱力在她腿間燃燒，乳尖因需求而硬挺，臀部伴隨古老的韻律抽動，她聽見自己呻吟。

他的手停在她胸前。「甜心。」

她無法開口，她正在某種無以名狀的情緒邊緣。

他拿開手，又滑入她腿間，手掌逐漸貼抵。隔著薄薄內褲，她感覺到他熾熱的碰觸。

單單這樣，就使她碎成了片片。

第9章

巴比站在乾淨的露營車中央，從後車窗看著外頭；他等著葛蕾洗完澡，再換他洗。儘管口頭不願承認，他卻受到莫大的震撼。他在女人方面閱歷豐富，卻從來沒看過像葛蕾這樣的狀況，他幾乎還不算碰到，她便已登上極樂之境。

在那之後，他們悶不吭聲，合力清理廚房。葛蕾不肯看他，他也對她很火大，所以不想說話。天曉得她腦袋裡裝的是什麼鬼東西，居然保持了這麼久的處子之身？她難道不瞭解她的反應太豐沛，不該拒絕讓自己享受人生最基本的樂趣？

巴比不知是比較氣葛蕾，還是比較氣自己。他耗盡每一分自制力，才沒有剝掉那件小小內褲，當場佔她便宜。為什麼他住手了呢？因為她是天殺的葛蕾・雪諾，狀況會變得該死地複雜，他很久之前就放棄那種念頭了。

他的性衝動已經完全恢復，只要一有機會，他就要飛去達拉斯，找一位他認識、已經離婚的美女，她跟他一樣喜歡自由舒適的生活，對寬衣解帶比燭光晚餐、促膝長談更有興趣。只要他別再像個僧侶那樣過著禁慾的生活，就不會受葛蕾・雪諾引誘了。

他忽然想起還沒把葛蕾的行李拿出來，於是走出露營車，遠遠看見有工作人員聚集在畜欄前。他很慶幸沒有人在眼前，免得還得解釋何以全身是乾掉的冰淇淋。

剛打開後車廂，就聽見身後響起拖著嗓子的話聲。「唉唷，我好像聞到狗屎了，你黏了一身什麼噁心東西呀？」

巴比頭也不回，拿出行李。「幸會，金寶。」

「是吉姆。吉姆，聽見了沒有？」

巴比緩緩轉身，面對長久以來的死對頭。金寶・柴克里和以前一樣肥胖笨拙，就算警長制服也遮掩不了。他的暗色眉毛幾乎連成一線，而且巴比可以發誓，金寶讀幼稚園的時候，下巴就長著那些鬍渣了。但這位警長可不笨。母親曾說，自從盧瑟指派金寶上任之後，他幹得有聲有色；可是他那副龐然的軀幹，加上那顆大頭，怎麼看都像笨蛋。而且他的牙齒也太多了，此刻他正咧開嘴，擺出故作殷勤的笑容，巴比真想伸出拳頭，幫他的牙齒鬆動點。

「大明星先生，讓小姐們看見你這副模樣，只怕你的身價就要大跌嘍！」

巴比惱怒地注視他。「你不會還在記恨雪莉・哈波的事吧？已經十五年了耶！」

「去你的，當然不是。」他悠哉地晃到雷鳥車頭，一腳踏著保險桿。「我現在對你有意見，是因為你開著破了一邊車頭燈的車，危害本鎮守法的鎮民。」他拿出罰單簿，得意地咧開嘴，動手開罰單。

「車燈哪有破——」巴比頓住。不僅左前燈破了，碎玻璃還散落一地，不必問也知道是誰踢壞的。「你這個混——」

「巴比，小心點，在這裡你得學著尊重執法人員。」

「是你幹的，混蛋！」

「嗨，巴比、吉姆。」

金寶停下筆，轉頭朝走過來的黑髮女子微笑，她的手鐲叮噹作響。巴比昨天抵達片場之後，康妮為了吸引他的注意，幾乎使遍所有伎倆，只差沒當著他的面脫衣服了。一看見金寶眼裡閃動的愛意，巴比知道麻煩更多了。

「嗨，甜心。」金寶輕吻她的唇。「我一會兒就下班了，請妳出去吃晚飯。嘿，巴比，你知不知道我跟康妮訂婚了？婚禮在感恩節，我們正等你送一份大禮呢！」金寶傲慢地一笑，又回頭抄罰單。

「恭喜。」

康妮用飢渴的眼神望著巴比。「你怎麼了？好像在豬圈裡滾過似的。」

「沒那麼離譜。」

她狐疑地注視他，還沒有再次發問，金寶就合上簿子，猛力把罰單塞進巴比手中。「你可以去鎮公所付錢。」

「那是什麼？」

「巴比的罰單，他的車頭燈破了。」

康妮打量了車燈和地上的碎玻璃，一臉嫌惡，從巴比指間搶過罰單，撕成兩半。「吉姆，別玩這套了，不要又故意找巴比麻煩。」

金寶一副要爆炸的模樣，但巴比看得出他竭力忍耐，不想在未婚妻面前失態，所以只是摟住她肩膀。「鄧騰，這事還沒完呢。」

「隨時候教。」

金寶怒瞪他，領著康妮離開。巴比看著地上被撕破的罰單，隱約覺得康妮是幫了倒忙。

「我搞不懂，你為何不告訴我車燈怎麼會破了。」

「因為不關妳的事。」巴比用力甩上車門。

葛蕾氣極了他的固執，只顧著追上他，連一眼也沒瞧他的房子。他已經洗過澡，換上捲起袖子的藍色牛仔襯衫、刷白的牛仔褲與珍珠灰牛仔帽，活像是時裝模特兒，而她卻穿著縐巴巴的軍綠窄裙，搭配她以為會讓自己更有魅力的獵裝風格上衣。

露營車那一幕之後，她很想找人吵架。她不想要只有她一個人滿足，她想要付出，不是純粹拿取，但她非常害怕巴比將她當作同情的對象。昨晚的投懷送抱，還有下午發生的事，只怕他不這麼想都很難了。

她小跑步趕上他。「最後開車的人是我耶！」

牛仔帽下的那雙眼睛怒瞪她。「不是妳打破的。」

「那你為什麼不告訴我，它是怎麼破的？」

「我不想再談這件事了！」

她準備再追問，注意力忽然被房子拉了過去。樸實的白色屋子與他芝加哥的房子迥異，真難相信同一個人會擁有這麼天差地別的兩幢房子。四級水泥臺階向門廊攀升，還有白色欄杆，大門旁有木鞦韆，還有盆金雀花。門廊的地板漆著與大門同樣的墨綠色，雙開吊窗沒裝百葉窗，一眼便可望進院子的胡桃木樹叢。屋外沒有壁燈，也沒有門環，這是一間小而美卻堅固實用的房屋。

巴比打開大門，葛蕾走進屋裡，忍不住讚嘆。「哇！天啊！」

他低笑。「幾乎會讓妳忘了呼吸，對吧？」

葛蕾環顧糖果屋似的玄關，朝左邊的客廳緩緩跨了三步，心裡充滿驚異。「真美！」

「我就知道妳會喜歡，大部分女人會有這種反應。」

她覺得進入了真人尺寸的娃娃屋，滿眼是粉紅、乳白色調，並以淺紫與極淡的海綠色點綴。蕾絲花邊也許太多了，但處處透露出精緻的品味，葛蕾真想縮進一張紅白條紋的沙發，捧杯薄荷茶，抱隻邋遢貓，細讀珍・奧斯丁的小說。房間滿是玫瑰的香氣，她渴望摸摸蕾絲窗簾、光滑的棉布沙發、雕花玻璃與鑲金圓桌。她想輕撫座墊的下襬，感受細緻的綢緞；她想伸出手指，繞住桌巾的流蘇。兩扇吊窗之間的白色籐籃，裡頭種了蒼翠繁茂的綠蕨，聞起來會是濃郁的土地芳香嗎？壁爐架上擺著的稻束與乾燥玫瑰，會在她的指尖碎成片片嗎？

當巴比站到客廳中央時，葛蕾的心抽搐了一下。在這麼雅致的環境中，他本應顯得可笑，結果卻益發襯托出他的男性氣概，強烈的對比使葛蕾心底酥軟。唯有毫不懷疑自己男兒本色的男人，才能在這麼女性化的環境下悠遊自在。

他把牛仔帽拋在長椅上，朝後面撇撇頭。「妳要是真想開眼界，就該看看後面我的臥室。」

過了好幾秒，葛蕾才勉強將視線從他身上移開，腳步虛浮地走過狹窄走廊，進入後面的房間。她停在門口，愕然無言，連他走到後面都不知道。

「說啊，儘管發表高見。」

她瞪著那張龐然大床，鍍金床柱擦得發亮，上方罩蓋更是華美，層層的薄紗蕾絲如瀑布般流瀉，中間還夾雜著粉紅、淡紫色的緞帶。

她眼睛發亮。「難道你每天早上，要等王子來吻你才能甦醒嗎？」

他哈哈笑。「我一直想換掉，但事情不急，拖到現在還沒動手。」

童話《睡美人》似的房間，與她看慣的安養中心截然不同，葛蕾好想後半輩子住在這裡。

辦公室的電話響起，巴比不理。「妳可以住在車庫上的客房。我的健身房也在那裡。」

她愕然瞪著巴比。「我不要住這裡。」

「妳當然要住在這裡，別的地方妳都住不起。」

葛蕾一時間沒搞懂巴比究竟是什麼意思，隨即想起早晨她與柳兒生硬的對談。她是風車影業的製片助理時，食宿由公司負責，但柳兒清楚表明，葛蕾的新職務並不包括食宿。當時她的煩惱太多，忘了考慮這個問題。

「我去找家便宜的旅館。」她堅定地說。

「憑妳的薪水，光是便宜還不夠，恐怕得要免費的旅館才行。」

「你怎麼知道我的薪水是多少？」

「柳兒告訴我的。我還在奇怪，妳幹麼不去買瓶穩潔，到路口擦汽車玻璃賺錢呢。該死，我敢說，那樣賺的錢還比較多。」

「金錢不是一切。我願意先犧牲一點，等我表現實力之後再說。」

電話又響，他仍不理。「也許妳忘了，我們兩個可是訂了婚。這裡的人太瞭解我了，妳若是住在別處，他們一定不相信。」

「訂婚？」

他氣惱地抿唇。「我記得很清楚，我向露營車裡的幾位小姐宣布妳通過橄欖球測驗時，妳就站在我旁邊。」

「巴比，那些女人才不會當真，至少她們稍微動一下腦筋之後，就不會相信了。」

「所以我們才必須裝得逼真一點。」

「你真要別人以為我們訂婚了？」她的嗓門拔高，希望的花朵在心底盛開，但立刻被保護自己的本能無情輾平。所謂的幻想，就是只能嚮往，不可能成真。對他來說，這只是遊戲，但對她卻不然。

「我不就這麼說了嗎？跟妳想的正好相反，我並不是講好玩的。我們住在杜樂沙期間，妳都得當未來的巴比太太。」

「我才不要！你也別老是亂說『巴比太太』這種話！好像嫁給你的女人，只是附屬品！」

他重重地嘆氣。「葛蕾……葛蕾……葛蕾……每次我以為我們已經講清楚了，妳就證明我錯了。妳擔任我的個人助理，最重要的職責就是確保我在杜樂沙時能得到片刻安寧。妳想想，要是每個從我出生就認識我的傢伙，都想介紹未婚女子給我認識，我要怎麼過太平日子？」

彷彿要強調他的論點，換成門鈴響個不停，巴比仍舊不予理會。「我來解釋。就在這一分鐘，從這裡到聖安東尼，至少有十個女人在想盡辦法牢記超級盃的歷史和橄欖球規則。這附近就是會出這種事。外頭按門鈴的人，不用看我也肯定是個女的，不然就是家裡有適婚女眷。在芝加哥時，我多少還可以決定是否見客。可是，這裡是杜樂沙，鎮民認為我是他們的。」

她儘量訴諸他的理性。「可是頭腦正常的人，都不會相信你打算娶我。」兩人都知道這是實話，所以她索性直說。

門鈴停住，改成敲門聲，但巴比文風不動。「只要我幫妳整理整理，他們就會信了。」

她心懷戒備地看著他。「你說的『整理』，是什麼意思？」

「就是字面上的意思。像『歐普拉脫口秀』的超級大改造單元那樣。」

「你怎麼會知道『歐普拉脫口秀』在演什麼？」

「等妳像我這樣老是待在旅館房間時，很快就會對電視上的日間節目一清二楚了。」

葛蕾聽出他話中的笑意。「你不是認真的，你只是要報復我讓那些女人進入你的露營車。」

「我這輩子還沒這麼認真過。除非我有個真正的未婚妻，否則往後幾個月我都得過這種鬼日子，今天只是個現成的例子。除了我們之外，只要讓我母親知道真相就行了。」敲門聲終於停止，巴比走向電話。「我現在就打電話給她，以免穿幫。」

「慢著！我可沒說我同意了。」但她想要，極其想要。他們能共度的時間這麼少，每一刻都珍貴。況且她並未幻想巴比對她有感情，因此也不會混淆了現實與幻夢。她記起自己做過的承諾，要付出，而不只是拿取。今天的第二次，她決定張開雙翼，任自己摔落。

他又做出那種知道自己已經贏了的神氣表情。葛蕾提醒自己，她太關心巴比，不會助長他的氣焰，於是大步走過去，雙手抱胸。

「好吧，」她用堅定的口吻說。「我就照你的意思做。可是無論任何情況，不准你再說我是

『未來的巴比太太』，因為只要你再說一次，我就會親自告訴全世界的人，我們訂婚是騙人的。而且，我還會說你是……你是……」她的嘴巴張了又閉。她開頭時氣勢洶洶，此時卻想不出什麼狠話來嚇他。

「凶斧劊子手？」他好心幫忙，看她不回答，又再提議。「素食主義者？」

葛蕾靈光一閃。「性無能！」

巴比瞪著她的樣子，活像她瘋了。「妳打算告訴大家我不舉？」

「只要你敢再用那種侮辱人的稱謂。」

「我鄭重建議，凶斧劊子手比較好，可信多了。」

「巴比，少說大話了。根據我個人的觀察，你光會說，其實不會做！」

這句話未經大腦就冒出來，葛蕾真不敢相信自己這麼說。像她這樣的三十歲老處女，從來沒有調情經驗，居然向一個職業級的花花公子下戰書。巴比瞠目結舌，葛蕾這才發現，終於有讓他無言以對的一次。儘管膝蓋快要忍不住顫抖，她仍仰起下巴，不可一世地走出房間。

剛走到前面走廊，她就忍不住失笑。像巴比這種好鬥的人，絕對不甘示弱。此時此刻，他一定已經在構思報復的手段了。

第10章

「鄧騰太太，舒耶先生可以見妳了。」

蘇珊從皮椅上起身，經過接待室，進入羅莎科技的總裁室，聽見秘書輕輕關上核桃木門。偉藍・舒耶沒有抬頭，蘇珊不確定他是在盤算該如何對付她，抑或是他仍像高中時那樣不懂禮貌，這都不是好預兆。鎮上與郡上陸續派了許多顯赫人士找他商量，他卻始終未做出具體承諾，實在令人惱怒。蘇珊以教育委員會的主席身分出面，她很清楚這代表小鎮已黔驢技窮，如今僅是仍可悲地不肯放棄。

辦公室的裝潢很像高尚人士的書房，拼木牆壁、罩著酒紅布料的舒適座椅，還有幾張描繪狩獵情境的圖畫。蘇珊緩步走過東方風格的地毯，他一逕研究著文件，鼻梁上的眼鏡很像她在步入中年之後不得不添置的老花眼鏡。他的藍色襯衫捲了兩次袖子，以五十四歲的男人來說，他的前臂壯得出奇。即使穿了襯衫、打上乾淨的領帶、戴著閱讀用眼鏡，他依舊比較像是粗野壞小子，而非商場達人。她的牌友們對出生於德州的影星湯米・李・瓊斯相當著迷，她覺得舒耶就像是年長版的他。

她儘量不讓舒耶的沈默攪亂了方寸，但她並不像那些年輕有才華的職業婦女，能夠縱橫會議廳毫不退縮。她對栽花植草的興趣，遠比與男人一較長短來得濃厚，而且她也是屬於傳統的一派，習慣了正常的禮儀。

「也許我來得不是時候。」她輕聲說。

「再等一分鐘。」他的語氣不耐，完全沒看她，只朝辦公桌前的椅子撇撇頭，彷彿她是隻可以任他使喚的小狗。他無禮的動作，使得蘇珊益發清楚此行有多浪費時間。偉藍・舒耶高中時就是難以應付的人物，顯然至今依舊如此。二話不說，她轉身就朝門口走回去。

「妳要去哪裡？」

她轉身，平靜地說：「舒耶先生，我來拜訪顯然打擾你工作了。」

「這句話，由我說才算數。」他摘下眼鏡，朝椅子揮手。「請坐。」

他雖然用了「請」字，其實更像是吼出聲的命令。蘇珊不記得自己曾一見面就這麼討厭某人，但仔細一想，反感倒也不是現在才猛然產生。偉藍比她大兩屆，他是杜樂沙高中最壞的傢伙，唯有最放浪的女生才跟他約會。她仍隱約記得看見偉藍站在體育館後面，嘴角叼著菸，冷硬眼神宛如毒蛇般凶狠。很難將那個十幾歲的小流氓，和眼前的百萬富豪聯想在一起，但有件事依舊沒變。以前他令她害怕，如今仍是。

蘇珊嚥下驚惶，向椅子走去。他公然打量她，蘇珊不禁希望自己該無視酷熱，選擇穿套裝過來，而不是這件巧克力色的絲質洋裝。衣服在腰間鬆鬆地綁了條帶子，一入坐，下襬便垂在她的臀部兩側；領口設計簡潔，所以她戴了暗金色的項鍊與耳環做為點綴。她的長統襪和鞋子同樣是巧克力色，鞋跟兩側還有著金色豹紋。巴比本想在比佛利山買房子當成生日禮物，但她拒絕了，於是巴比改送這套價格肯定貴得嚇人的衣著。

「鄧騰太太，有什麼我能效勞之處嗎？」

他的語氣帶著一絲輕蔑。蘇珊能夠面對許多不講理的男性委員，因為她從小就認識他們，但這男人顯然不是她能應付的對手。儘管很想離開，但她有責任在身。萬一聽任這個可怕的男人關閉工廠，杜樂沙的孩子就會損失慘重。

「舒耶先生，我代表杜樂沙教育委員會前來，想請你考慮關閉羅莎科技對於本鎮兒童的影響。」

他的眼睛幽暗冷冽，十指交疊撐在桌上，研究著她的臉龐。「妳在委員會擔任什麼職務？」

「我是主席。」

「原來如此。就是這個委員會，在畢業典禮的一個月之前，把我踢出了學校，對吧？」蘇珊愣住，不知該如何開口。「怎麼樣，鄧騰太太？」

他的眼神變暗，充滿敵意，蘇珊瞭解到傳言終於對了一次。偉藍・舒耶相信杜樂沙錯待了他，所以要回來報復。回想起昔日的傳聞，她知道偉藍是私生子，因此使他與母親楚笛受到孤立。楚笛曾幫人打掃房子，甚至在荷伊家打掃過，但最後她成了娼妓。

蘇珊雙手交握，放在膝頭。「四十年前這裡的鎮民對你不公，你就要懲罰所有的孩子嗎？」

「還不到四十年，我的記憶猶新。」他冷冷一笑。「妳真覺得我有這種打算嗎？」

「萬一羅莎科技遷廠，杜樂沙就會變成鬼鎮。」

「這家公司並不是鎮上唯一的經濟支柱，還有觀光事業。」

她看見他譏誚地抿嘴，倏然明白他是在諷刺她，不禁一僵。「我們都很清楚，觀光事業不足以支撐整個鎮，少了羅莎科技，杜樂沙就會死去。」

「我是生意人，不是慈善家，我的責任在於為公司賺進更多利潤。依現況來看，與聖安東尼的工廠合併才是致富之道。」

蘇珊壓抑住脾氣，微微傾前。「你願意讓我下週帶你去參觀學校嗎？」

「讓那些小孩一看見我，便怕得尖聲逃竄嗎？還是算了吧。」

從他眼裡的嘲諷，蘇珊看得出來，他並不覺得當全鎮的眼中釘有什麼大不了。

她低頭看著手，又抬頭。「無論我說什麼，都改變不了你的心意，對吧？」

他瞪著她半晌。蘇珊聽見外面接待室的模糊人聲、牆上掛鐘滴答、她自己的呼吸。她讀不懂他臉上浮現的神情，讓她生起不祥的預感。他的姿態帶著一絲難以察覺的緊繃，更讓她感到危險。

「未必。」他向後靠，椅子嘎吱作響，他冷硬無情的面部線條，使蘇珊想起德州的花崗岩峭壁。「週日晚上，到我家一面吃飯一面討論，八點我派車去接妳。」

不是禮貌的邀請，而是直接的命令，態度非常粗俗。蘇珊很想說，她寧願跟魔鬼吃飯，但代價太高了。望著那雙毫不退讓的嚴峻眼眸，她知道自己不敢拒絕。

她拿起皮包，起身。「好。」她靜靜地說。

他早已戴上了眼鏡，又埋首工作，連句再見都懶得說。走到汽車旁，蘇珊仍未消氣。真是個討厭的人！荷伊開朗活潑，與偉藍・舒耶正好相反，她根本沒有對付這種人的經驗。她摸索著鑰匙，不禁猜想他究竟對她有何盤算。

她知道一到家就該打電話給盧瑟・貝奈，卻不知該如何說。她當然不能說，她答應和舒耶吃晚餐。她誰也不能說，尤其是巴比。鎮上的狀況岌岌可危，她不要巴比發現舒耶嚇著了她，免得他一氣就去找舒耶算帳。無論有多委屈，她都必須自己處理。

「巴比，我寧可不要。」

「葛蕾，別讓那些粉紅色火鶴和那個輪胎花園騙了，雪芮真的很會弄頭髮。」

巴比推開「雪芮的好萊塢髮廊」的門，小店位於灰塵滿天的住宅區街道，在一棟小房子的車庫裡。中午之後才開拍，因此他利用早上的空檔，帶葛蕾來改頭換面，他堅定地把她往裡頭推。髮廊就像德州所有的公共場所那樣，冷氣開到凍死人的強度，葛蕾手臂上泛起雞皮疙瘩。

小店有三面牆都漆著粉紅色，另一面則是黑色、金色的鏡面瓷磚。店裡有兩名漂亮的美髮師，一個是穿著淺藍色工作服、棕色短髮的女子；另一個金髮女子，頭上頂著葛蕾見過最大的蜂巢髮型，紫色緊身褲緊緊裹著粗短的大腿，胸前的粉紅色合身T恤不只被碩大的胸脯撐得快爆開，上面還寫著「神啊，我真希望裡頭裝的是大腦」字樣。

葛蕾祈禱雪芮是那個棕髮女子，但巴比卻朝金髮的走過去。「嗨，娃娃臉。」

她從一堆烏黑的秀髮裡抬起頭，咳了一聲。「巴比，你這個混帳俊小子，也該來看看我了。」

他親了她塗滿腮紅的臉頰，她則拍了巴比臀部一掌。「你這屁股還是德州最棒的。」

「從妳這樣的行家說出口，真是最高的恭維。」他對另一位美髮師以及她的顧客微笑，又招呼了兩名從燙髮器探出頭來的顧客。「薇娜、考森太太，各位小姐近來好嗎？」

大家都吃吃笑，竊竊私語。巴比摟住葛蕾的肩膀，往身上拉。「各位，這位是葛蕾．雪諾。」

雪芮毫不掩飾好奇心，公然打量著她。「我們都聽說了，原來妳就是未來的巴比太太。」

巴比趕緊上前一步。「雪芮，葛蕾是女性主義的擁護者，不喜歡人家那樣稱呼她。老實說，我們可能會考慮讓她加用本姓。」

「真的？」

巴比聳肩，攤開手掌，儼然他是這個瘋狂的世界中，唯一神志清醒的男人。

雪芮用眉筆畫的假眉毛向上挑起，幾乎碰到額頂。她轉向葛蕾。「甜心，千萬不要，葛蕾．雪諾—鄧騰聽起來很彆扭，好像是住在英國古堡的人。」

葛蕾想解釋，她根本不想把夫姓和本姓連在一起，但一明白這是巴比設下的圈套，立刻閉緊嘴。淘氣的銀色光芒在他眼裡躍動，葛蕾忍住笑意。難道她是地球上唯一能看穿他的人嗎？

雪芮繼續梳理面前顧客的頭髮，同時從鏡中評估葛蕾。「巴比，我聽說你不讓她打扮，可是我怎麼也想不到，你會做得這麼誇張。你想要我怎麼打理她？」

「由妳全權處理。不過，葛蕾是隻小野貓，所以別弄得太保守。」

葛蕾愣住了。巴比竟然告訴一個頂著蜂窩頭、打扮像是馬戲團演員的美髮師，別把她弄得太保守！她正要強力反駁，卻被他在唇上一啄給分了心。

「甜心，我還有點事要忙，我媽會來接妳，帶妳去買衣服，好搭配新髮型。我現在又讓妳穿得光鮮亮麗了，妳可別移情別戀喲！」

店裡的女人都哈哈大笑，似乎認為放棄嫁給巴比的機會實在很荒謬。他朝大家頂帽行禮，便走出店門。儘管心中懊惱，葛蕾卻不禁好奇，是否只有她感覺陽光隨著他的離開而消失了。

六雙好奇的眼睛盯住她，她有氣無力地擠出微笑。「我並不真的是……呃……小野貓。」她清清喉嚨。「他有時候很愛誇張，而且我……」

「葛蕾，坐下，我一會兒就來，妳先看最新的《時人》雜誌打發時間。」

徹頭徹尾被這個主宰她未來髮型的女人給震懾，葛蕾坐下來，抓起雜誌。有個戴著膠框眼鏡的女人從燙髮器下偷看她，葛蕾鼓足勇氣，面對無可避免的盤問。

「妳和巴比怎麼認識的？」

「妳們認識多久了？」

「妳什麼時候通過測驗？」

審問來得又快又猛，而且毫不留情，連輪到她做頭髮時仍未停止。葛蕾從不說謊，只好集中精神避重就輕，無暇監督頭髮被剪成什麼模樣。不過葛蕾其實也看不見新造型，因為雪芮把椅子轉到沒有鏡子的方向了。

「葛蕾，妳頭髮的鬈度不錯，不過髮量實在太多了，需要削出層次感。我喜歡打層次。」雪芮動起剪刀，濕漉漉的紅銅秀髮四處飄散。

葛蕾迴避了一個涉及她月事的問題，同時擔心自己的頭髮。萬一雪芮剪得太短，就沒辦法綰髻了。雖然法國髻不怎麼好看，至少乾淨俐落，而且她也習慣了。

一綹接近八公分長的頭髮落在她膝上，她的焦慮加深。「雪芮，我——」

「珍妮會幫妳化妝。」雪芮朝另一位美髮師點點頭。「她這週剛開始賣玫琳凱化妝品，正在找顧客。巴比說，妳在南美大地震保護副總統時弄丟了化妝品，他要幫妳補齊。」

葛蕾差點嗆到，又連忙抗拒著笑意。他瘋了，可是也真的很好玩。

雪芮打開吹風機，把椅子旋過去面對鏡子。葛蕾沮喪地驚呼，她活像隻落水老鼠。「我會教妳怎麼吹頭髮，全都靠手指。」雪芮開始拉扯她的頭髮，葛蕾看著一綹綹頭髮豎直。她不帶任何期待，心裡想著也許她可以用個大髮圈紮成一團，或乾脆買頂假髮算了。

奇跡逐漸在她面前展現，幾乎令她難以置信。

「好了。」雪芮退後，一雙巧手化腐朽為神奇。

葛蕾瞪著鏡子。「哇，我的天……」

「怎麼樣，可愛吧！」雪芮朝鏡子咧嘴。

可愛還不足以形容，葛蕾的頭髮時髦極了；大膽、奔放、性感，完全不是葛蕾所擁有的特質。她顫著手摸向旁分的頭髮，長度比她習慣的短得多，約莫與下巴等齊，柔順地貼著臉頰和耳垂滑落。她小巧的五官與灰色眼眸，不再被厚重的頭髮掩去光采。葛蕾著迷地看著鏡子，這真的是她嗎？

她還沒細細打量，雪芮就把她交由珍妮化妝。接下來一小時，葛蕾學會保養皮膚和上妝的技巧，強調出她自然光滑的肌膚。珍妮運用眼線、琥珀眼影和深色睫毛膏，使葛蕾的雙眼顯得分明，隨後又要她練習自己化妝。她在臉頰刷上腮紅，用了粉嫩色口紅，望向鏡子，幾乎不敢相信鏡中人便是自己。時髦的髮型、神采飛揚的灰眸、刷得鬈翹的睫毛，她的打扮既精巧又好看，嬌柔可人，還帶點冶豔，她從來沒有這麼漂亮過。她的心怦怦跳。她像是變了個人。巴比會不會覺得她有魅力？也許他會以全新的眼光看她，也許他會——

她勒住天馬行空的思緒，非分之想正是她保證過絕不會做的事。改頭換面也不能讓她蛻變為巴比習於為伍的美女，她絕不能放任自己編造空中樓閣。

葛蕾掏出皮夾，雪芮看她的樣子，好似她瘋了，隨後說巴比已經付了錢。葛蕾心頭一寒，想起那一長串拿巴比錢的人，瞭解她也變成他慈善名單裡頭的一員了。

她早該料到會有這種事。他把她當成又一個需要照顧的可憐人，而不是能夠自立的女人。這份認知傷了她的心。她想要巴比平等對待她，如果一直由他付帳單，就永遠不可能。現在她才明白，對自己承諾不從他那裡拿取任何東西很容易，事實上卻沒有這麼簡單。他的品味奢華，也會希望她的外表配得上他。但以她有限的薪水，這哪有可能？她想起銀行裡微薄的緊急預備金。為了原則問題，她做好心理準備動用這筆存款了嗎？

無須考慮多久，她就知道這種事絕不能讓步，下巴也固執地抬高。基於她所深信的一切，她需要抱著毫無羈絆、唯有真情的心，將自己獻給他，也就是她不能拿他的東西。她絕不要成為他生命中另一條寄生蟲。她寫下一張金額高昂的支票，有禮但堅定地要求雪芮退回巴比的錢。這舉動令她快活，她要成為巴比生命中不能用錢收買的人。

蘇珊稍後來到，從各種角度欣賞葛蕾，不時熱情讚嘆。一直到她們離開髮廊，前往服飾店時，葛蕾才發覺蘇珊有些心不在焉，也許昨晚沒睡好。葛蕾自己也沒睡好，雖然巴比車庫樓上套房的床鋪相當舒適。板條屋以現代風格的白色、深藍色做為裝潢基調，顯然不是出於主屋的設計師之手，雖然總坪數不大，但遠比她預期中舒適得多；實際上，是比她付得起租金的住所來得好。她有些氣餒，即使租金會讓她的經濟窘況雪上加霜，她仍在心底記上一筆。

套房的客廳和小廚房設計在同一個區塊，臥室的對面則是健身房，從窗外可以看見主屋的後側。昨晚她睡不著，往下望，偶然發現她不是唯一難以成眠的人，他辦公室的窗戶正透出電視螢幕的銀白光芒。

明亮的陽光照射在蘇珊憔悴的面容上，葛蕾覺得這樣麻煩她好慚愧。「我們改天再買衣服也沒關係。」

「我可是很期待呢！」

蘇珊的反應很真誠，所以葛蕾便不再多說，同時她也需要向巴比的母親坦白。「我覺得假訂婚實在好尷尬，我試過說服他這麼做太荒唐，但沒有用。」

「對他而言倒不算荒唐，大家總是不斷拿事情煩他，如果假訂婚能讓他有點安寧，我全心贊同。」她轉上大街，換個話題。「幸好鎮上有家很棒的精品店，蜜麗會好好照顧妳。」

「精品店」一詞立刻讓葛蕾提高警覺。「很貴嗎？」

「別擔心，巴比會付帳。」

「他不會付錢買我的衣服，」她靜靜地說。「我不准。我要花自己的錢買，不過預算有限。」

「當然由他付，這點子是他出的。」蘇珊見葛蕾頑固地搖頭，又追問。「妳是說真的？」

「絕對是。」

蘇珊微感困惑。「巴比總是幫人付錢。」

「可不包括我。」

蘇珊沈默了好一段時間，接著露出微笑，將車子迴轉。「我喜歡接受挑戰。五十公里外有棟專賣過季品的商場。這下肯定有意思了。」

接下來的三小時，蘇珊就像是新訓教官，帶著葛蕾逛遍各家店面，像隻獵犬一樣搜尋特價商品。蘇珊毫不理睬葛蕾的喜好，專挑大膽、充滿朝氣的服飾，例如薄紗裙、寶石色調的外衣、從腳踝開衩到大腿中段的粉紅色細肩帶洋裝、磨砂牛仔褲、羅紋針織彈性上衣、短得嚇人的裙子，以及緊緊貼合胸脯的棉布衫，全都是她過去從來不敢買的衣服。葛蕾也試了腰帶、項鍊、涼鞋、鑲著假鑽的帆布鞋，以及各種造型的銀耳環。採購告終之時，蘇珊的後車廂裝滿了紙袋，葛蕾的積蓄也去了大半。她有些頭暈目眩，不過最主要是緊張。

「妳確定嗎？」她低頭看著最後買下的火紅色連身褲裝，上頭織進閃閃發光的金色亮片。五公分寬的金色腰帶，將她的嬌軀區分為裹得緊密、連胸罩也塞不進去的上半身，以及寬鬆的下半身。她也脫下實用耐穿的平底鞋，換成紅色的細帶涼鞋。這整身裝扮，讓她感覺好像在扮演某個不是葛蕾・雪諾的人。

今天下午不知道第幾百次，蘇珊要葛蕾放心。「妳這樣穿很漂亮。」

葛蕾努力壓抑驚慌，平凡的女人不會穿漂亮的衣服。她積極從身上裝扮尋找可以解釋自己一直心存疑慮的藉口。「這雙涼鞋沒辦法好好支撐足弓。」

「妳的足弓有問題嗎？」

「沒有，但或許那是因為我一直都穿不花俏的鞋子。」

蘇珊微笑，拍拍葛蕾的手臂。「葛蕾，別擔心，妳看起來好極了。」

「我看起來不像我自己了。」

「正好相反，我覺得妳看起來正符合妳自己。我得說，也該是時候了。」

巴比靠在畜欄旁邊，讀下午拍攝的劇本時，看見一公里外煙塵四起。哪個混蛋在開他的雷鳥？而且還開得這麼快！雷鳥駛離馬路，在他的露營車旁緊急煞住。他對著太陽而站，瞇眼阻擋強光，看見一個一身紅的小辣妹步出車外，血壓立刻攀升。可惡！葛蕾是唯一獲准使用雷鳥的人，巴比叫她買完衣服後，去「柏迪修車廠」把車開回來，但她顯然決定要再給他一次教訓，又哄了個如狼似虎的女人代她做。

他下巴一緊，大步邁近，仍瞇著眼阻擋陽光，除了玲瓏身軀、性感短髮和圓形墨鏡遮擋住的臉龐之外，什麼也看不清。他暗暗發誓，一定要剝了葛蕾的皮。她應該最清楚，就是為了讓他能擺脫這種事，兩人才會假訂婚。

那頭短髮閃爍出熟悉的紅銅色光芒，巴比猛然止步，視線溜過比例勻稱的嬌軀、修長的美腿，還有雅致的腳踝，感覺被砍了一斧頭，同時又大罵自己笨蛋。他一手安排了葛蕾改頭換面的計畫，他怎麼沒料到會有這番成果呢？

葛蕾驚懼地看著巴比過來。如今她很瞭解巴比應付女人的手段，能夠準確預測出他會怎麼說。他會肆無忌憚地和她調情，可能說她是他這輩子見過最漂亮的小姐，在他那一籮筐的甜言蜜語下，她將完全弄不清巴比對她的改變究竟有何看法。希望他能誠實一些，她就能知道自己是否很可笑。

他停在她面前。好幾秒鐘過去，葛蕾等著他綻開女性殺手的笑容，他卻一逕揉著下巴。

「嗯，柏迪的手藝真不錯。他給妳收據了嗎？」

葛蕾愣愣地看著他擦身而過，盯著柏迪換好的車燈，彎腰檢查新輪胎。她一肚子的喜悅都像洩了氣的皮球一樣消散了。「在置物箱裡。」

他挺直腰，怒瞪她。「妳幹麼開得那麼快？」

因為這位漂亮小姐頭上頂著奔放髮型，腳底踩著毫無足弓支撐功能的輕佻涼鞋，她自由自在、不受拘束，不會擔心時速限制這種凡俗的規定。

「我大概在想別的事。」他何時才要說，她是他這輩子見過最漂亮的小東西，就像他對別的女人說的那樣？

他慍怒地抿著唇。「拍片期間我本來打算讓妳駕駛雷鳥，剛才看妳這樣開，我得認真重新考慮了。妳像是把雷鳥當成舊卡車在開了。」

「我道歉。」她咬著牙回答，怒氣淹沒了心痛。今天她花了一大筆錢，他卻毫無所覺。

「麻煩妳下次小心一點。」

葛蕾挺直肩膀、仰起下巴，決心不讓巴比欺凌。她知道自己很漂亮，或許是這輩子第一次這麼漂亮；如果他不這麼想，那也是他的損失。「我不會再犯。如果你吼完了，我答應過娜妲，下午要幫忙照顧艾維。」

「妳是我的助理，不是保母！」

「意義一模一樣。」她大步走開。

第11章

暗栗色的林肯轎車停在偉藍．舒耶的寬闊白磚屋前，屋子俯瞰雷諾河，是他回鄉後蓋的。司機繞過來為蘇珊開門，蘇珊不禁想，他再也找不出比這裡更合適的地點興建大宅，來向鎮民宣示他靠自己便能功成名就。根據街坊傳言，他計劃在關閉羅莎科技之後，仍來此地度週末。

司機開門，扶她下車，蘇珊的手掌都是濕的。兩天前見過舒耶之後，她就沒心思想別的事了。她沒穿禮服，而是挑了一套寬鬆的乳白色褲裝，長度及臀的光滑外套上頭揮灑著各式寶石色調，形成一組馬克．夏卡爾超現實風格的鄉村圖樣。她只戴著婚戒與巴比簽下第一份星隊合約時送她的鑽石耳環，沒有其餘首飾。

一名蘇珊不認識的西裔女人來應門，帶她走過黑色大理石地板，進入開闊的客廳，窗戶是義大利風格，有兩層樓那麼高，由窗子望出去是一片繽紛的玫瑰園。絲質燈罩的壁燈在象牙色牆上撒下溫暖的光線，沙發椅是點綴著些許黑色的藍色和綠色。大理石壁爐上有古甕，插滿了乾燥繡球花。

偉藍．舒耶站在閃亮的烏木小鋼琴旁，就在最大的窗戶前。看見他一身黑，儼然現代槍手，蘇珊的緊張加劇。不過他並未穿著牛仔皮褲和背心，而是義大利西裝和絲綢襯衫。滿室的柔和光線，仍無法撫平他臉上的嚴厲線條。

他端著酒杯，冷漠的黑眸注視她，似乎無所不見。「喝點什麼嗎？」

「白酒就好。」

他走向一個小櫃子，上頭放著托盤，裝滿了各色的酒瓶酒杯。趁著他斟酒，蘇珊故意環顧四周研究畫作，試圖讓自己鎮定下來。牆上有幾幅大型油畫、一些水彩畫，她停在一幅鋼筆畫前，畫中人物是母子二人。

「幾年前，我在倫敦拍賣會上買了那幅畫。」

她沒聽見他走到身後。他遞過一只鑲金邊的酒杯，蘇珊接下，輕啜一口，他開始述說每一幅畫的由來，語調低沈平穩，單純灌輸資訊，卻無意平撫她的緊張。蘇珊就是沒辦法把這位靜靜述說倫敦拍賣會的富商，與那個在體育館後面抽菸、和最放蕩的女生約會、一臉陰沈的小流氓聯想在一起。

過去幾週蘇珊做了些研究，她向年長的鎮民打聽，拼湊得來的消息，補足她對舒耶往事所知不足之處。據說他母親楚笛十六歲時宣稱遭到三個建築工人輪暴，其中一人就是偉藍的父親。當時二次大戰尚未結束，沒有人相信楚笛的說法，於是她被孤立了。

接下來幾年，楚笛幫少數幾戶肯讓她進屋的人家打掃房子，賺來的錢僅夠母子兩人餬口，顯然艱困生活與社會孤立逐漸將她擊垮。到偉藍上高中時，楚笛放棄了，接受別人對她的評斷，開始向經過小鎮的男人出賣肉體。她三十五歲時死於肺炎，沒多久偉藍就加入海軍陸戰隊。

蘇珊由酒杯上緣打量他，越來越緊張。楚笛確實是社會不公之下的犧牲品，而偉藍‧舒耶這樣的人絕不會輕易遺忘。究竟要做到什麼地步，他才會覺得扳平了呢？

女僕宣佈晚餐已備妥，蘇珊鬆了口氣，偉藍帶領她進入碧玉色調的正式餐廳。他的談話有禮卻漫無邊際，等到鮭魚搭配米飯的主菜上桌時，蘇珊的神經已不堪負荷。他為何不開門見山，說出他的目的？若能知道他堅持邀她過來晚餐的真正用意，她或許就能放鬆下來。

兩人的沈默似乎毫不干擾他，但蘇珊卻再也無法忍耐，終於打破沈默。「我注意到你有臺鋼琴，你會彈琴嗎？」

「不會，那是我女兒莎娜的。她十歲那年，我和蒂兒離婚，鋼琴算是對她失去母親的一點補償。」

這是他第一句涉及私人的話。「你有她的監護權？當時算是很不尋常吧？」

「蒂兒不是好母親，她同意這種安排。」

「你常見女兒嗎？」

他把罌粟籽春捲掰成兩半，表情第一次軟化下來。「次數不夠多。莎娜是商業攝影師，住在舊金山，我們每幾個月就聚一次。她住的公寓像鴿籠，所以鋼琴才放這兒。不過她自給自足，過得很開心。」

「現代的父母大概也只能要求這麼多了。」蘇珊邊擺弄盤裡的鮭魚，邊想著自己的兒子。他豈止是自給自足而已，但蘇珊不信他有多開心。

「要再喝點酒嗎？」他唐突地問。

「不用，謝謝。我只能喝一杯，喝多了就頭痛。荷伊常說，跟我約會最省錢。」

她勉強試圖想讓氣氛輕鬆一點，卻激不出他的笑容，反而讓他不再假裝用餐，向後一坐，專注地凝視她，蘇珊不由得體認到人們很少真正的看著彼此。她驚訝地發覺，倘若這是兩人初次見面，她會覺得舒耶非常迷人。儘管與她開朗的丈夫是極端對比，舒耶粗獷的英俊外貌，以及令人無法漠視的存在感，都讓人不得不心動。

「妳仍然懷念荷伊嗎？」

「豈止懷念。」

「我和他年紀相同，上同一所學校。他是杜樂沙高中的金童，跟妳兒子一樣。」他嘴角帶笑，眼底卻沒有笑意。「他甚至和二年級最漂亮的女生約會。」

「多謝你恭維，但我不是最漂亮的女生，那一年我還戴著牙套呢。」

「我覺得妳最漂亮。」他喝了口酒。「我剛鼓起勇氣想約妳，就聽說妳和荷伊在交往。」

她不可能更驚愕了。「我不知道。」

「真是難以置信，當時我居然以為能和蘇珊・魏萊約會。畢竟我是楚笛・舒耶的兒子，和魏萊醫生的女兒生活在截然不同的世界。妳屬於正派人家的世界，穿著漂亮衣服，母親開著閃亮的紅色汽車接送，而妳身上的味道總是清新乾淨。」他的話帶著詩意，語氣卻冷硬簡潔，不帶任何感情。

「那些都過去了，」她說。「我也不再清新了。」她摸摸長褲，感覺到女性荷爾蒙貼布在臀部的小小隆起。又一個生命已不再燦爛的跡象。

「難道妳不覺得可笑，像我這樣出身低劣的小子，竟敢邀妳出去？」

「你總是擺出一副很討厭我的模樣。」

「我不討厭妳，我討厭的是妳高不可攀，我毫無機會。妳和荷伊的世界與我不同，是我連邊都摸不著的世界。金童玉女，神仙美眷，永遠幸福。」

「不再是了。」她低頭，感覺喉嚨緊縮。

「抱歉，」他粗魯地說。「我不是故意惹妳傷心。」

她倏然抬頭，雙眼蒙上淚光。「那你為何做出這些事？我知道你跟我玩著某種遊戲，但我不知道是什麼。你究竟想要我怎麼樣？」

「我認為，妳才是想要我怎麼樣的人。」

他平淡的反應，表示他並未因她的難過感動。蘇珊眨眼，決心不掉眼淚，但上次會面之後，她就一直沒睡好，很難鎮定自持。「我要你別毀了小鎮，太多人的身家性命都會受到牽連。」

「為了阻止這件事，妳願意犧牲哪種東西呢？」

她的背脊陣陣冰涼。「我沒有能犧牲的東西了。」

「不對，妳有。」

他嚴酷的語調，毀了蘇珊的自制，餐巾往桌上一摔，她起身。「我想回去了。」

「妳怕我，是嗎？」

「我看不出今晚有什麼理由再坐下去了。」

他也起身。「我想帶妳參觀我的玫瑰花園。」

「我還是離開最好。」

他推開椅子，走向她。「我想請妳去看看，妳一定會喜歡。」

他沒有提高音量，話中的命令意味卻毋庸置疑。他又一次打算自行其是，蘇珊實在不知該如何抗拒穩穩握住她手臂，帶她走向落地窗的那隻手。他壓下波浪形銅把手，打開落地窗。蘇珊來到戶外，夜色如芳香的蒸氣浴圍裹住她。她嗅到濃郁的玫瑰花香。「很漂亮。」

他帶她走上蜿蜒的小石路。「我從達拉斯請來庭園設計師，但他弄的東西太花俏，最後我只好自己做部分的佈置。」

蘇珊不願去想他自己動手開闢玫瑰花園的景象。就她的經驗中，喜愛園藝的人都很善良，她卻無法這麼看待舒耶。他們走到一方小池塘前，池塘四周綠意盎然，一條涓涓瀑布瀉入塘中，柔和的燈光照射出水裡悠遊的魚兒。蘇珊知道除非他把想法說清楚，否則他不會讓她離開，於是在步道旁讓人休憩的鐵椅坐下，兩手交握放在腿上，儘量表現得很鎮定。「你方才問我願意犧牲哪種東西，究竟是什麼意思？」

他挑了蘇珊斜對面的椅子坐下，伸展長腿。池塘的燈光投射在他臉上，加添了威嚴，更使蘇珊緊張，但他的聲音卻如晚風輕柔。「我想知道，妳有多想把羅莎科技留在小鎮。」

「我一輩子住在這裡，只要能不讓小鎮死亡，我願意做任何事。但我只是教育委員會的主席，而非真正掌握權力的人物。」

「我感興趣的不是妳握有多少權力。從妳身上，我要的根本不是那種東西。」

「不然，你想要什麼？」

「多年以前，我只是楚笛•舒耶的私生子，或許我現在想要當時得不到的東西。」

蘇珊意識到水流聲，以及隱約的冷氣運轉聲，這些寧靜的聲音只把他的話襯托得更加不祥。

「我不懂你的意思。」
「也許我想要高二班上最漂亮的女生。」
懼怕湧上心頭，四周夜色頓時似乎處處暗藏危機。「你在說什麼？」
他一手搭著椅背，腳踝交疊，姿態輕鬆，蘇珊卻感知到他渾身緊繃、滿懷警覺，讓她更是驚恐。「我決定需要一個女伴，但我忙著經營羅莎科技，根本沒空找。我要妳當我的女伴。」
她的嘴巴好乾，舌頭覺得腫脹。「女伴？」
「我需要有人陪我出席社交場合，出差時與我作伴，在我宴客時扮演女主人。」
「我以為你有伴了，我聽說你和達拉斯某個人交往。」
「這些年來，我跟不少女人交往。現在我想找不一樣的人，讓我比較有感覺的人。」他的口吻平靜，彷彿在談生意，但身上浮現無比戒備的氣息，使蘇珊確信他不像佯裝的那般鎮定。「我們兩個仍然各過各的生活，不過妳……」他頓住，蘇珊覺得他的眼睛彷彿要在她身上燒出洞來。「蘇珊，妳必須隨傳隨到。」
他那種曖昧的口吻使蘇珊發冷。「隨傳隨到？偉藍，你不是——聽起來好像——」她掩藏不住震驚。「我不會跟你睡覺！」
片刻，他一言不發。「妳想到就噁心，是吧？」
蘇珊跳起來。「你瘋了，我不敢相信你會提議這種事！你要的根本不是女伴，而是情婦！」
他揚起一眉，蘇珊沒見過這麼冷酷、毫無感情的人。「是嗎？我不記得用了那個字。」
「別再玩弄我！」

「我知道妳的生活很活躍，也不希望妳放棄，不過在我需要妳的時候，我希望妳能以我的事為重。」

她的耳朵滿是血液奔騰的聲音。她開口，話聲似乎來自遠處。「你為什麼這樣對待我？」

「怎麼對待妳？」

「勒索我！你就是這樣打算吧？只要我跟你睡覺，你就會把羅莎科技留在杜樂沙；如果我拒絕，你就要遷廠。」他一言不發，蘇珊克制不住逐漸竄升的歇斯底里。「我五十二歲了！如果你要找情婦，為什麼不像同齡男人那樣，去找年輕漂亮的美女？」

「我對年輕美女不感興趣。」

她轉過身，背對著他，指甲掐入掌心。「你這麼恨我嗎？」

「我一點也不恨妳。」

「我知道你為何做出這些事，你還活在三十年前的舊帳裡。」

「我的舊帳是跟整個小鎮算，不是跟妳。」

「但受罰的人是我。」

「如果妳那麼認為，我也不打算要妳改變想法。」

「我絕不會同意。」

「我瞭解。」

她霍然轉身。「你不能逼我。」

「我永遠不會逼妳，完全看妳自己決定。」

他缺乏情緒起伏的話語，比憤怒謾罵更讓蘇珊畏懼。她認為他瘋了，但那雙凝視她的黑眸，卻清澈聰敏得驚人。

一絲懇求悄悄滲入她的語氣。「告訴我，你不會遷走羅莎科技。」

他終於顯出一點動搖，彷彿內心交戰。「在妳考慮我們談話的期間，我不會做出承諾。」

她顫巍巍吸口氣。「現在我想回家了。」

「好。」

「我把皮包忘在裡面。」

「我去幫妳拿。」

她獨自站在花園，竭力回想發生的事，但整樁事情超出了她的生活經驗，她實在無從思考。一想到兒子，她立刻恐懼得全身變冷，萬一巴比知道這件事，他會宰了偉藍。

「要走了嗎？」

肩膀被人一碰，嚇得她跳了起來。

他立刻縮回手，把皮包交給她。「我的車在前面。」他指了指一條小磚道，繞到前門去。

兩人走到前面，蘇珊沒看見來時的林肯轎車，卻看見他的寶馬，立刻瞭解他打算親自送她回去。他打開車門，她默然坐進去，幸好他也不想交談。她閉上眼，想像荷伊在她身邊，但今晚他為何顯得遙不可及？*你為什麼拋下我？我該怎麼獨自面對這件事？*

十五分鐘後，他把車停在她家的車道，扭過頭來，靜靜開口。「我大約要出國三週，等我回來──」

「請你，」她低喃。「別逼我。」

他的語調平淡又疏遠。「等我回來，我再打電話問妳的決定。」

蘇珊逃下車，飛奔進屋，好似身後有成千上萬的獵犬追逐。

德州杜樂沙鎮民最痛恨的人，坐在駕駛盤後，看著她消失在屋內。門用力關上，他的五官也扭曲起來，混雜著憤怒、痛苦，以及幾不可察的渴望。

第12章

巴比坐在酒吧角落喘口氣，今晚總算不再有人拿張餐巾紙就來討簽名，或是邀他跳舞、探問高爾夫球賽的細節。「馬車輪」是杜樂沙最受歡迎的鄉村酒吧，週六晚上擠滿人潮，而且今晚的帳單全部都由巴比買帳。他把啤酒瓶放在處處疤痕的桌上，捻熄偶爾抽一根的細雪茄，同時看著葛蕾笨手笨腳地學跳舞。她改頭換面已有兩週，他認為大家應該已經習慣了，但鎮上的人仍舊把她當成寶貝一樣捧著。

儘管外表有了長足的進步，她仍稱不上是豔光四射的傾國尤物。沒錯，她很可愛，甚至算得上漂亮，但巴比喜歡金髮亮麗的女人，長腿最好從胳肢窩開始長，胸部則得像三級片豔星一樣大。他喜歡貨真價實的性感美女，而且他不會為此道歉。他在國家橄欖球聯盟的血腥戰場上奮戰，他熬過艱辛刻苦的加倍練習，他承受足以讓人神智不清的衝撞，才能贏得美女青睞。她們是橄欖球戰役中的戰利品，要他放棄追求美女，就像是要他放棄自己的身分。

他狠狠喝口啤酒，卻無法填補心中空虛。球季要開打了，他卻只能在攝影機前裝模作樣，跟個娘娘腔沒兩樣，還和頤指氣使的葛蕾假訂婚，他可不會把她誤認為是性感美女。話說回來，葛蕾那件牛仔褲還真讓她纖巧的身材一覽無遺，難怪連恩・布朗的眼珠幾乎都要黏在她屁股上了。

他確實請母親幫葛蕾挑幾件牛仔褲，但他可沒印象同意她們買這種緊緊裹著她玉腿的褲子。

想到葛蕾的衣服，巴比就蹙眉。他母親說，葛蕾堅持自己付帳買衣服，所以她們去買過季品。這主意是他出的，應該由他買單才對！而且他富、她窮，如果他打算要娶哪個女人，當然會要她用最好的東西。後來雪芮又退回美髮和美容費用，他和葛蕾為這些帳單的事大吵一架。該死，她頑固透頂，不但拒絕從他這邊拿取任何東西，竟還有膽量說要付他房租。

不過最後的贏家依舊會是他。昨天他去「蜜麗精品店」幫葛蕾挑了件黑色晚禮服，如果她想退貨，蜜麗已經跟他說好會告訴葛蕾「貨物出門，概不退換」。無論手法為何，他就是要葛蕾照辦。

他用拇指撥弄著啤酒標籤。也許他該找柳兒談談了，這些事情讓他頓時體悟，葛蕾絕對不能發現她微薄的薪水是出自誰的口袋。

葛蕾跳錯了幾拍，他低聲詛咒。可惡，媽媽怎麼會建議葛蕾穿那件背心呢？他告訴葛蕾要帶她去「馬車輪」之後，無意中聽到她打電話給媽媽，詢問去酒吧怎麼穿比較合適。那時他聽到葛蕾懷疑地反問「真的要那樣穿嗎」，如今終於瞭解其中涵義了。她除了一件金色織錦背心之外，上半身什麼也沒穿，下半身則是黑色緊身牛仔褲和一雙嶄新的牛仔靴。雖然背心的剪裁不算暴露，珍珠鈕釦都扣上了，下襬也超過褲腰，但背心裡頭沒有其他衣服的穿法，卻使她像個沒有大腦的小騷包；這評估恐怕與事實相去不遠，即使她確實使連恩的眼珠子咕溜溜地打轉。可憐的葛蕾若是知道自己鬧了這麼大的笑話，鐵定會尷尬得嚎啕大哭。

舞曲終於結束，換上了緩慢的民謠。為了怕葛蕾當壁花，巴比認命地起身，準備去解救她。他才剛跨出三步，就被人捷足先登，強尼・裴特班從連恩手中接過葛蕾，兩人開始共舞。巴比停下，隱約覺得有點蠢，隨即告訴自己該向強尼道謝。大家都對葛蕾很好，這點他倒不覺得詫異，單看她那巴比未婚妻的身分，就足以擔保人人像女王一樣寵著她了。

看著強尼將葛蕾擁緊，巴比突感惱怒。她是訂了婚的小姐，不應該和別人那麼親密，但巴比卻看不出她有絲毫抗拒；事實上，她還仰頭聆聽強尼說話。在這種場合，她應該會覺得尷尬、格格不入，如今她卻似乎玩得很高興。

想起她在性事方面的挫折，巴比不禁蹙眉。葛蕾改頭換面之後，開始多了一點點男性對她感興趣，假使她控制不了荷爾蒙，怎麼辦？這念頭讓他煩惱極了。他不能怪葛蕾想嘗試，但絕不能讓她在與他「訂婚」期間出紕漏。杜樂沙鎮藏不住秘密，萬一別人發現她背著他搞七捻三，他要怎麼見人？

康妮翩然過來，巴比壓下呻吟。「嗨，巴比，想再跳一支舞嗎？」她把手臂擱在他的淡紫絲綢襯衫上，胸脯隨即靠過來。真遺憾，即使兩個人都訂婚了，她對他還是死纏爛打。「康妮，我很想，可是葛蕾不喜歡我跟美女跳兩支舞，所以我得克制。」

她推開幾綹纏住銀耳環的黑髮。「想不到你竟然有讓女人發號施令的一天。」

「遇上葛蕾之前我也是這麼想。」

「你不用擔心吉姆誤會，他今晚值班，絕不會發現我們跳過舞。」她說完最後一個字，嘴巴還故意嘟一下，巴比立刻明白她想要的不只是跳舞。

巴比想起金寶對康妮緊迫盯人的模樣，但這不是讓他卻步的理由，他只是越來越沒耐性應付康妮這種女人。「我不太擔心金寶，我擔心的是葛蕾。她真的很敏感。」

康妮瞧著跳舞的人群，挑剔地打量葛蕾。「你讓她打扮之後，她好看多了，但也不像是你喜歡的類型。杜樂沙的人向來認為你會娶模特兒或電影明星。」

「人心就是這麼難以預料啊！」

「大概吧！巴比，你願意幫我一個忙嗎？」

一陣疲憊席捲而來。又是幫忙。他一天至少花十二個小時拍片，這幾天格外難熬。一般來說，他喜歡拍動作場景，但可不包括打女人這種事。片子開頭那段與娜妲打鬥的劇情讓巴比嚇壞了，他的演出實在很沒說服力，最後只好由替身演員代他上陣。沒拍戲的時候，則要應付一連串的電話、訪客和籌募基金的義工，一整週下來，他每天睡不到四個小時。昨天晚上他飛到聖體市參加慈善餐會，前天則是為了宣傳天堂祭而去錄電台廣告；密訪郡立醫院的病童，是他唯一真心享受的公益活動。

「妳要我幫什麼忙？」

「我幫姪子買了幾顆橄欖球，你能找天晚上來我家簽名嗎？」

「很樂意。」他會去，不過是帶著葛蕾一塊兒去。

一曲即將終了，巴比連忙告退，打算從強尼身邊把葛蕾帶走。連恩比巴比先到，但阻止不了他。「嗨，小伙子，能換我跟我的小甜心跳支舞嗎？」

「噢，當然好啊，巴比。」連恩不情願的口吻使巴比不悅，葛蕾卻狠狠地瞪他一眼，顯然對小甜心的稱呼有意見。能夠惹惱她，讓巴比稍稍開心一些。

過去這幾週，兩個人都很忙，沒多少時間在一起，所以他才堅持今晚來酒吧。如果大家很少看見他們成雙成對出現在公共場合，怎麼會相信他們訂婚了？葛蕾效率十足，巴比挖空心思也想不出夠多事情讓她忙，而她又是痛恨無所事事的人，因此變成了電影公司的跑腿，還有娜妲的兼職保母。

他低頭看著她紅通通的臉，忍不住微笑。他幾乎沒見過皮膚比她更漂亮的女人，而且他喜歡她的眼睛，看見她雙眸炯炯發光的模樣，總能讓巴比心情變好。

「葛蕾，他們在跳一支新的排舞，我們也去試試。」

看向人群跳著又快又複雜的舞步，她一臉狐疑。「上一支舞我就跟不上了，或許我們還是休息好了。」

「妳要放過這種樂趣？」巴比拖著葛蕾就位，同時研究舞步，雖然複雜，但他的橄欖球生涯就是在數步伐、抓時機，因此完全難不倒他，不出三十秒就抓到了竅門；相較之下，葛蕾卻問題多多。

舞曲跳了一半，她依舊沒搞懂，總是轉到跟其他舞者不同的方向。巴比清楚自己很卑鄙，明知她沒辦法跟上舞步，還是把她拖來鬧笑話，但他內心不成熟的部分，卻想提醒葛蕾，這裡是他的勢力範圍，不是她的，她不該和未婚夫以外的男人打情罵俏。看見她甩甩頭，哈哈笑著自己的錯誤，毫不在意她是全酒吧最糟糕的舞者，巴比最後一絲罪惡感也沒了，代之而起的是惱怒。

濕答答的紅銅秀髮，黏在她的雙頰與後頸。葛蕾一轉身，依正確的舞步，本來她該背對巴比，結果反而與巴比迎面相望。巴比看見她的背心第一顆鈕釦已經蹦開，露出她小巧可愛、因高溫而又紅又亮的胸前曲線。再多開一顆鈕釦，她的胸部就會被看光了，一想到此，巴比就氣得要命。老天，她是主日學老師，怎會這麼輕率！

她完全沒注意到巴比滿腔怒火，只顧著和每個穿褲子的傢伙調情。幾個他不知道葛蕾怎麼會認識的男人大聲鼓勵她，更增添了巴比的怒氣。

「葛蕾，妳轉錯邊了，沒關係，妳一定能跳對！」

「對了，葛蕾，就是這樣！」

她對面那個體格健壯的男生，光是看他穿著貝勒大學的T恤，就讓巴比很不順眼。當那小子扶著她的腰，把她轉到正確方向時，巴比更是氣得瞇起眼。

她大笑，甩甩頭。「我學不會！」

「妳一定學得會。」大學生舉起他的啤酒瓶，放在葛蕾嘴邊。

葛蕾喝了一口，連連咳嗽，大學生哈哈笑，準備讓她再喝。但巴比可不想讓葛蕾在他眼前變成酒鬼，立刻摟住她肩膀，瞪了大學生一眼，拉著她走開。

大學生臉紅。「抱歉，鄧騰先生。」

鄧騰先生！真是夠了！他攫住葛蕾手腕，拖著她往後門走。

她腳步微微踉蹌。「有什麼問題嗎？我們要去哪裡？」

「我肋部有點痛，需要呼吸新鮮空氣。」

他忿忿推開後門，拖著葛蕾到員工專用的停車場。除了薯條和灰塵，他什麼也沒聞到，但葛蕾卻深深呼吸，滿足地喟嘆。「謝謝你帶我來，我從沒玩得這麼開心過。大家都對我很好。」

她的語調似乎飄飄然，雙眸像聖誕燈泡那樣閃爍，看起來好漂亮，巴比實在很難記住她不是大美人。冷氣運轉的嗡嗡噪音雖大，仍蓋不住點唱機的樂聲。她撥開臉頰上一綹頭髮，雙手放在頸後，倚著木牆，胸部也同時向前挺。

她幾時學會這種把戲？巴比突然好想要原來的葛蕾回來，穿她那件浣熊尾巴洋裝，綰著歪七扭八的髮髻。原來的葛蕾讓他舒適自在。一想到把她蛻變為小野貓是他的主意，巴比反而更乖戾。「妳有沒有想過，我或許不喜歡我的未婚妻在小鎮居民面前袒胸露背？」

她低頭看，立刻掩住鬆脫的鈕釦。「我的天！」

「我不曉得今晚妳是怎麼搞的，不過從這一刻起，妳最好安分一點，像個已訂婚的女人。」

她倏地抬頭，久久盯著他眼睛，咬咬牙，竟然又解開第二顆鈕釦。

她存心反抗，巴比詫異極了，愣了幾秒才想到要開口。「妳這是在搞什麼鬼？」

「附近沒人，我熱死了，你又對我沒興趣，有什麼關係。」

她很熱？他可也涼快不到哪兒去。巴比不知道葛蕾今晚是哪根筋不對，但他決心糾正她。

「我從沒說過我對妳沒興趣，」他吵架似地反駁。「妳不是女的嗎？」

她霍地瞪大眼睛。這句話太下流了，巴比立刻後悔。看見她的表情由愕然變成擔憂，他就更羞慚了。「你膝蓋不舒服，是嗎？所以你一整晚才這麼不高興。」

就讓葛蕾為他的粗魯無禮找藉口好了。她總是把別人往好的方面想，結果讓人人都可以佔她便宜。儘管如此，巴比不願打破她的幻想，坦承自己的膝蓋沒問題，於是他彎下腰，隔著牛仔褲按摩。「狀況時好時壞。」

她包住他手腕。「對不起，我玩瘋了，只顧自己，沒想到別人。我們回家去，我幫你冰歟。」

他覺得自己卑劣極了。「也許我應該不停的動，膝蓋才不會僵掉。我們進去跳舞吧！」

「你確定嗎？」

「當然。裡頭正在放喬治‧斯特雷特的歌呢。」

「是嗎？」

他拉住葛蕾的手，把她帶入懷裡。「別告訴我，妳不知道喬治‧斯特雷特是誰。」

「我對鄉村歌手不太熟悉。」

「在德州，他算是樂壇的教宗。」巴比沒把她帶回酒吧，反而拉近她，兩人就地起舞，在一輛豐田和老卡車之間穿梭。她的頭髮散發著桃子香。

靴子在礫石地上舞動，巴比忍不住一手探入她背心下，按著她纖巧的背，感受她脊椎的隆起、滑潤的肌膚。她微微打著哆嗦，讓巴比想起她有非常嚴重的飢渴問題，哪個混帳先對她甜言蜜語，恐怕她就會落入圈套了。

他很煩惱。他承認他喜歡葛蕾，而且他該死地確定，他不希望她為某個不會善待她的傢伙寬衣解帶。如果她找上那種自私的混帳，懶得確定她是否做好防護措施，怎麼辦？或是某個性慾過剩的蠢蛋，只顧狂抽猛送，害得她餘生都無法享受性愛的樂趣呢？像葛蕾這樣處於絕境的女人，千百種災難等著掉到她頭上。

他逃避現實好長一段時間，這下終究要面對報應了。如果他希望每天早上照鏡子時能問心無愧，就得撇開疑慮、為所當為，跟葛蕾上一次床，當成做善事。可惡，她是朋友，他從來不會拒絕幫忙朋友。他別無選擇，唯一能確保葛蕾獲得優質體驗的辦法，就是他親自上陣，成為她捨棄貞操的對象。

鬱悶了整個晚上，他的心情終於好起來，覺得很得意，甚至有點自命清高，好像剛開了張五位數的支票捐給公益事業。這不只是性，身為高尚的人類，他有責任保護這個女人，避免她受自身的天真危害。不去考慮一定會引發的複雜後果，他單刀直入。

「葛蕾，過去幾週我們一直迴避這個話題，但現在該攤開來講了。妳喝醉那晚說了些話。」

他感覺她一僵。「我情願我們都把那一晚忘掉。」

「很難，印象實在太深了。」

「那只是醉人醉語。」

他是說過她喝醉了，但此刻不是反駁她的時候。「醉話三分真，這裡只有我們兩個人，大家可以坦白。」他的手往上挪了幾公分，食指按摩她的背脊。「依我看，妳很像是等著引爆的火藥桶。這不難瞭解，因為妳一直拒絕讓自己享受生命中最甜蜜的樂趣。」

「我沒有拒絕讓自己享受，而是根本沒機會。」

「根據剛才在裡面的情況，機會隨時有。那些男生只是凡人，妳又拚命賣弄風騷。」

「我才沒有！」

「好吧、好吧，就說妳只是調情到有點過火好了。」

「我在調情？真的嗎？」

她愉快地張大眼，巴比立刻明白他犯了戰術上的錯誤。一如往常，葛蕾的想法難以預測，她根本沒把他的話當成是批評。為了避免她把自己膨脹成南方佳麗，反而沒注意聽他講話，他趕緊說下去。「重點是，我覺得我們應該一起動動腦，想出能彼此互利的計畫。」

舞曲終了，他不情願地抽出伸進她背心的手，鬆開她。靠在舊卡車上，他雙手抱胸。

「依我看，我們兩個都有問題。妳早該有人幫你上一堂性愛藝術的課，可是我們假訂婚了，妳總不能去找別人。而我呢，性生活一向活躍，可是在別人眼中，我是訂婚的男人，這裡又是個小鎮，我不能找以前的女朋友過來滅火。我這樣說，妳聽得懂吧？」

葛蕾咬著下唇。「我懂，呃，這的確是個問題。」

「這也可以不是問題。」

她的胸膛上下起伏，彷彿跑過馬拉松。「也對。」

「我們都是有能力自主的成人，沒道理不能互相幫忙。」

「互相幫忙？」她說，聲音模糊。

「沒錯。我可以幫妳上課，妳可以讓我不往外頭跑。我覺得這個辦法很可行。」

她緊張地舔唇。「對，是……是滿合理的。」

「而且實際。」

「也對。」

巴比聽見她的回答帶有一絲極難察覺的失望。他太瞭解女人，知道她們渴望浪漫，於是再點綴一些幻夢。「但如果兩個伴侶只是把性看成權宜之計，就不會有多少樂趣。」

她又在咬下唇。「對，一點樂趣也沒有。」

「所以如果我們決定要這樣做，就不能有那種想法，一開始就得做對。」

「做對？」

「我是說該訂下基本規則。我一向主張，為了長遠打算，什麼事都該先瞭解規則。」

「我知道你很喜歡把事情講清楚。」

除了緊張不安之外，巴比似乎聽見一絲慍怒，他差點大聲笑出來。趕忙正經下來，口吻肅穆得像電視佈道家，正經八百地注視她。「我的想法是……這件事顯然會對我造成壓力。」

她倏然抬頭，顯然驚愕極了，巴比費盡全力才沒有笑出來。「為什麼會對你造成壓力？」

他裝出傷心無辜的模樣。「蜜糖，這很明顯啊！從青少年時期起，我就跟種馬沒兩樣，所以我是經驗豐富的一方，而妳除了那個想親妳腳的足科醫師，根本毫無經驗。妳的性愛藝術學得好不好，端賴我的啟蒙，有可能──也許牽強了點，但誰也說不準──我搞砸了，結果妳後半輩子深受其害。所以我可以說是任重道遠，為了保證不出錯，我必須從一開始就在兩人的性關係上，扮演完全主導的角色。」

她謹慎地注視他。「你究竟是什麼意思？」

「恐怕妳會太吃驚，還沒開始就打退堂鼓。」

「快說！」

她幾乎是在尖叫了，巴比完全想不起來，剛才他為何心情鬱悶。她不耐煩的態度，讓他覺得像是對中樂透彩券五組號碼的人，急著想聽最後的數字。他把牛仔帽往後推。「是這樣的，為了確保妳能獲得良好體驗，我得從一開始就控制你的身體。換句話說，妳的身體屬於我。」

她的聲音微微沙啞。「我的身體屬於你？」

「沒錯，妳的身體屬於我，而不是妳。就像我拿了一支麥克筆，在妳身上每個部位簽上我的名字。」

巴比詫異發現，葛蕾並未覺得受到侮辱，而是感到驚愕。「聽起來像是奴役。」

他裝出傷心的模樣。「寶貝，我沒說要掌控妳的心靈，只是妳的身體。差別可大了，我真驚訝妳居然分辨不出來。」

她的喉嚨上下聳動，困難地吞嚥。「萬一你強迫我……依照你的說法，強迫我的身體做一些我不想做的事呢？」

「噢，我一定會強迫妳，毫無疑問。」

她憤然瞪大眼睛。「你會強迫我？」

「當然。妳落後了好幾年，我們的時間卻有限。甜心，我不會傷害妳，但一定會勉強妳，否則根本不可能有進展。」

他看得出這句話正中紅心，她的眸子像兩潭灰色的池水，嘴唇微分。巴比不得不佩服她的堅毅。早在一開始他就摸清了葛蕾的一個特點，她有膽識。

「我……呃……我得考慮考慮。」

「我看不出還有什麼要考慮。不是好，就是不好。」

「沒那麼簡單。」

「就是這麼簡單。蜜糖，相信我，我知道的比妳多。現在妳最正確的選擇，就是說『巴比，我全心全意信賴你，我會照你的吩咐去做。』」

她倏地瞪大眼。「那等於控制我的心靈，而不是身體！」

「我只是在測試妳，看妳是否分得清兩者差異。甜心，妳高分過關，我真為妳驕傲。」他繼續施展狠招。「現在我要妳把其餘的鈕釦解開。」

「可是我們在戶外耶！」

巴比注意到，她不是抗議脫衣服，而是地點不對，於是再施壓。「就我所知，妳是處女，我才是有經驗的那一方。除非妳相信我，不然這種肉體安排肯定行不通。」

看著她的教養和難以控制的性慾兵戎相見，他差點要替葛蕾難過了。她想得那麼認真，巴比幾乎能聽見她的腦細胞猛力運轉的聲音。他等著她抿起嘴唇，叫他下地獄去，然而她卻顫巍巍地吸口氣，視線匆匆掃過停車場。巴比知道他贏了，心頭混雜了各種情緒：喜悅、歡欣，還有罕見的柔情。這一刻他暗暗發誓，絕不會辜負她的信賴。瞞著葛蕾付薪水一事不安地掠過腦海，但巴比堅定推開，低頭親吻她臉頰，手掌撫著另一邊，低聲說：「繼續，甜心，照我的話做。」

剎那間，她文風不動，接著他感覺到她的手在兩人之間游移。

她的嗓音嘶啞。「我……我覺得好蠢。」

他貼著她臉頰微笑。「在這裡，妳什麼也不用想，我說的才算數。」

「這樣未免太……不正經了吧！」

「就是不正經才好啊！好，打開來。」她的手又動起來，隨後他問：「全都解開了嗎？」

「呃……對。」

「好極了，摟住我的脖子。」

她照做。巴比拉開她的背心，感覺她溫熱的裸胸貼住他的絲質襯衫，再一次對她耳語。「拉開妳的牛仔褲拉鍊。」

她沒動，巴比倒不驚訝。他已經把葛蕾逼到出乎他意料之外的程度了，而且隨著性愛嬉鬧持續上演，他也越來越亢奮，幾乎要忘了這是一場遊戲。她貼在他身上，他忍不住低低哼了一聲。她踮著腳尖站立，臉頰擦過他的下巴，他聽見她輕柔的咕噥聲。

「你先脫。」

他幾乎爆發，但在他採取行動前，兩個男人踉蹌繞過停車場，彼此大聲爭辯著。

她全身上下立時僵硬。

「噓……」巴比輕輕將她往屋簷下推，用身體遮住她。他張開雙腿，正好把她夾在身體中央，雙唇貼著她耳朵。「他們走開之前，我們再多吻一會兒，好嗎？」

她仰起臉。「哦，好。」

儘管褲襠已經擠得有點痛，他仍想微笑，因為她毫無心機，但他知道她不會懂，所以他忍住了。他低頭吻住葛蕾，帽簷遮住了兩人的臉；她緊緊閉著嘴，反而讓他覺得這種反應無比刺激。別的女人問也沒問，就急著把舌頭塞進他的喉嚨裡，連他自己都還不太確定想不想被這樣吻。

不過，他倒是絕對想嚐嚐葛蕾的舌頭，所以得盡全力勾起她的冒險精神。他以無比的耐性，誘哄葛蕾張開嘴。她緊緊環住他脖子，舌尖似幼雛般在他嘴邊輕顫，所有心神都放在兩人間的唇舌探索。為了不讓她轉移注意力，巴比忍著不去愛撫那對甜蜜地靠在他胸膛的小小雙峰，努力把那天冰淇淋沿著她的曲線流淌，乳尖結實緊繃的景象推開。

那段回憶幾乎讓他爆發，他以胯部用力摩擦她腿間。他的侵略之舉並未嚇著葛蕾，她沒有向後退開，反而像隻貓咪一樣往他身上摩。此時此刻，巴比知道他沒辦法像原先盤算那樣主導了。她雙手按在他的肩膀上，開始發出低啞的甜蜜呻吟。他全身肌肉繃緊，心臟猛力跳動，鼠蹊硬挺悸痛。他想要她，情狀之急切，令他驚恐萬分。

模模糊糊地意識到那兩個男人已經走遠，他再也忍不住了。抓住環著他脖子的雙手，他輕輕推開葛蕾，讓他可以望著她的胸脯。夜色中，小丘泛著光暈，乳首隨著他的視線傲然挺立。他鬆開手，以拇指滑過兩粒堅石，她猛地往後仰，頭偏一側，雙眼緊閉。

他低頭吸吮，硬實的乳尖戳著他的舌頭，彷彿正極力要求他加以關照，他用力含住、久久不放，唇舌來回掠過尖端；同時他也緊握她的雙臀，在他身上磨蹭。他對待她的方式，比他原本打算粗暴得多，但感覺真棒，該死，是棒極了。而且她嬌喘不斷，讓他隨時處於爆發邊緣。他伸出手指，隔著丹寧布滑過她的雙腿之間，知道在自己繳械投降之前，必須深深、猛力地埋入她。

他一把扯住她的牛仔褲腰，打算用力扯下拉鍊。

「巴比……」她一面輕泣，一面呼喚他。巴比倏然停住，知道她嚇壞了，她隨後卻對著他懇求。「快一點，求求你，快一點。」

瞭解她非常歡迎他進犯之後，他的熱情急遽攀升，但微弱的理智也同時悄悄探頭，提醒他周遭是何種環境。他知道自己設下的局已經擦搶走火了，他不能在這裡佔有她——就在屋簷下。他一定是瘋了，才會讓事情搞到這麼離譜的地步。他是哪根筋不對了？

費盡所有的自制力，他才攏好葛蕾的背心，也把牛仔帽戴回頭上。她猛然睜眼，眼神混合著激情與迷惘。她只是初次參加大賽的菜鳥，卻幾乎扳倒身經百戰的冠軍了，他才不會讓她知道這種事。

「我想這計畫一定行得通，妳說是不是呢？」他的手通常很靈活，此時要幫她扣回鈕釦卻變得笨拙，他只好繼續說話掩飾尷尬。「我們要一步一步來。妳似乎錯過了愛情遊戲中許多美妙之處，我們應該試著彌補。妳也清楚，我們之間的關係不會維持很久，但至少得盡點心力。」

「我們今晚到此為止了嗎？」

她一臉傷感，巴比好想擁抱她。「當然不是，我們只是小歇片刻而已，回家後會從頭來過。也許我們可以開車到河邊，看要多久卡車窗子才會佈滿霧氣。」

後門打開，葛蕾嚇得跳了起來，結果是強尼探出頭。「巴比，蘇珊剛才打電話過來，希望你馬上去她那邊一趟。她覺得水槽底下好像躲了隻老鼠。」一說完話，他便回去酒吧。

巴比嘆口氣，沒指望讓窗子佈滿霧氣了。一旦蘇珊聯絡上他，就有好一段時間無法脫身。

葛蕾對他同情一笑，儘管有點顫巍巍的感覺。「沒關係，你母親有事找你，我會找個製片助理載我回家。實際上，這樣或許比較好，我可以多花點時間……適應。」接著她開始結結巴巴、欲言又止。「你這個控制身體的計畫……我在想，呃……突然覺得……」

「甜心，別再浪費時間了，妳就直說吧。」

「我想做點調整。」她一口氣說完。

「怎麼調整？」

「同樣的事情，控制身體，你的身體。」

他很想大笑，不過他只皺著眉，試圖裝出不滿的表情。「沒想到有智慧的女人，居然會這麼沒邏輯。如果我們倆都能控制彼此的身體，怎麼知道下一步要由誰採取行動呢？」

她認真地看著他。「我確定我們能找出行得通的辦法。」

「我不這麼認為。」

她抬起下巴。「巴比，很抱歉，但我堅持必須這樣做。」

只是出於找樂子的心態，巴比打算再刁難她一下，但他還沒來得及張開嘴巴，她就已經轉身走向後門了。回到酒吧前，她又轉頭，一本正經地看著他。

「謝謝你提供充滿樂趣的體驗，確實極富教育價值。」門在她身後砰地關上。

他呆立片刻，隨即笑了出來，走向自己的卡車。每次他以為已經把葛蕾哄得乖乖聽話的時候，她就是有辦法讓他大吃一驚。不過他還有好幾招沒使出來呢，啟蒙葛蕾・雪諾肯定會是他人生中的一大樂事。

第13章

葛蕾把雷鳥停在柳兒的龐蒂克火鳥旁邊，然後拿起她被派去取來的印地安風格毛毯。她下車時，不禁提醒自己，別再想那個計畫。巴比帶她去「馬車輪」已經是兩週前的事了，他們的肉體關係至今毫無進展，讓她有點失望。這種狀況幾乎像是他改變心意了。話說回來，他罕有享受清靜的時刻，不只拍攝時間很長，外務也層出不窮。

酒吧之旅隔天是週日，早上巴比和蘇珊去打高爾夫，葛蕾則幫忙娜妲整理房子，讓她可以在新租的小屋住得舒適點；當晚，某位巴比的前隊友來訪，不只住了幾天，也佔據了巴比所有的休息時間。隔週巴比先是飛去休士頓，跟美國運通卡的代表討論拍攝廣告事宜，接下來又得在晚間上工，他和反派追逐的戲碼要取夜景。

儘管葛蕾很清楚，兩人近來確實沒什麼機會發展關係，她依舊擔心巴比提出的計畫，只不過是他另一個私房笑話，並不打算實踐。週末快到了，而且他沒準備出城，她很快就會知道結果。

這一週，風車影業移師杜樂沙北邊的峽谷，拍巴比和娜妲的對手戲。器材車和露營車都停在離取景地點較遠的峽谷入口，所以噪音不會影響拍攝。

「葛蕾！」康妮邊喊邊從餐車的櫃檯後方走出，臉上掛著洋洋得意的笑容。「巴比在找妳。跟他有關的事情都說不準，但我很確定，妳又惹他生氣了。」

「哦，天啊。」

康妮挑剔地看著葛蕾的衣著，葛蕾提醒自己，沒道理她要因此畏縮。今天她穿了低領黃色針織上衣以及叢林印花沙龍短裙，耳垂掛著琥珀耳環，腳上踩著真皮涼鞋，昨晚她還在腳趾塗上暗紅色的指甲油。她希望自己有膽量再買一條樸素的金腳鍊，但當她徵詢巴比意見時，他笑得好誇張，所以她打消主意。或許這樣比較好，畢竟她也買不起了。

巴比未經她同意就從「蜜麗精品店」買下的黑色禮服貴得嚇人，即使用了分期付款，依舊幾乎耗盡她的存款，但葛蕾打定主意不讓他付錢。當她知道蜜麗不接受退貨之後，原本打算把禮服還給巴比，要他自己穿。很遺憾，她犯了個錯誤，她先試穿，發現實在很美，就捨不得放手了。買這種奢侈品真的很傻，但她想穿著禮服在他面前亮相，想看看他會露出什麼表情。而且到那個時候，她已經把所有欠他的錢都還清了，她的心情肯定會更愉快。

今天是發薪日，一拿到錢，她就要給巴比房租，以及付黑色禮服的分期款項。幾乎沒剩多少錢能用來支付生活所需，但以一個經濟狀況岌岌可危的人來說，她卻出奇地覺得毫無牽掛。她曾對自己保證，她會奉上真心、不求回報。她很自豪能守住承諾，也因覺得獨立自主而高興。

康妮彎腰擦著餐車附近的桌子，雙峰幾乎要把緊身上衣撐破了。「你們兩個相處不來還真奇怪。我知道巴比永遠不會對我發脾氣，據我所知，妳是唯一會跟他吵架的女人。」

葛蕾擺出最甜蜜的笑容。「我們都認為要把事情講清楚。」

「原來妳在這裡！怎麼會花這麼久的時間呢？」道具組經理馬克・威斯特衝向葛蕾，他的灰色髮尾上下擺盪。

上個月起，工作人員開始把她當成公司的跑腿。巴比說大家在佔她的便宜，打算出面阻止，但葛蕾要他別干涉。巴比曾謊稱得要有人盯著他，但沒多久她就發現，他根本是她所見過最有能力的人；日子一天天過去，他顯然越來越難找出夠多事情讓她忙。幸好風車影業很缺人手，既然公司付她薪水，若能讓他們認為她物超所值，她也會覺得很滿意。雖然她永遠無法在好萊塢發展，但她已經決定，只要還沒辭職，她就要努力工作。

葛蕾把毛毯拿給道具組經理。「因為你說這事不急，柳兒就叫我把資料拿去辦公室。」柳兒輕易忘記自己曾開除葛蕾，讓她有點不高興。

「拍攝排程改了，」馬克解釋。「峽谷的愛情戲改成今天早上拍，所以現在就要毛毯。」

葛蕾心頭一沈。她知道早晚得面對這種事，但總希望越晚越好。電影很少按片子的順序拍攝，這是他們拍的第一組愛情戲，其實會剪接在劇末，安排成最浪漫的尾聲。她狠狠教訓自己要像個專業人員，巴比和娜妲有好幾幕激情戲要拍，她不能因自己吃醋，就害得他們不自在。

她很高興巴比和娜妲處得不好，但也覺得自己品格不佳，尤其娜妲已經是她的好友了。娜妲滿嘴育兒、哺乳經，已經耗盡巴比的耐心，不過他還是殷勤有禮，她大概沒發現自己快把他搞瘋了。昨天巴比還趁著拍片空檔向葛蕾發牢騷。

「有些事不該公開談吧！我才不想知道她的……那個詞叫什麼？爆乳反射？」

「溢乳反射。」

「隨便啦，我不想知道那種事。」

「我欽佩娜妲決定親自哺乳，職業婦女很難做到這種事。」

「我也欽佩她，但我不是她的丈夫，艾維也不是我的小孩，我沒必要知道那些細節。」

葛蕾打著呵欠，走向巴比的露營車。前一週都在拍夜景，如今恢復白天開工，她的生理時鐘還沒調回來。巴比顯然跟她一樣，昨天她洗完澡，從客房的臥室往下望時，看到他辦公室的窗戶透出電視螢幕的光芒。

她遇見化妝師羅杰，他正用揹帶背著艾維。娜妲還是沒找到合適的保母，所以大家輪流幫忙照顧。她停下來捏捏艾維的下巴，他樂得咯咯笑，在揹帶裡頭扭來扭去。他真的很可愛，雖然長得不像廣告中的嬰兒那麼完美。葛蕾在他的前額輕輕一吻，順便提醒羅杰，艾維睡著的時候會咬拳頭。

她爬上露營車的臺階，剛打開門，巴比就從沙發上跳起來。「妳跑去哪個鬼地方了？」

「我去拿毛毯，晚點你和娜妲拍戲時會用到。」

巴比拿著劇本走過來。她注意到，他這次總算全身上下都穿了衣服；真是好笑，拍攝時他常常裸露半身，愛情戲居然是少數穿得多的場景。他的牛仔褲拉鍊拉上了，牛仔襯衫遮住胸膛，袖子捲了起來。「妳已經不是製片助理了，妳是我的助理，而且拿條毛毯不該花上三小時。」葛蕾沒有解釋為何離開這麼久，他狐疑地看著她。「妳怎麼說？」

「我順道去了辦公室，柳兒要我拿資料過去。」

「還有……」

無法再迴避問題，她只能屈服。「我也在『藤丘』停了一下。」

「藤丘是什麼地方？」

「巴比，那是本地的安養中心，你一定看過。某天我幫柳兒跑腿時剛好注意到藤丘。」

「啊，沒錯，我想起來了。不過妳幹麼去藤丘？我以為妳想逃離安養中心呢。」

「出於專業上的好奇。當我開車經過藤丘時，發現前門臺階有道很危險的裂縫，自然必須提醒他們。等我進門後，才發現那裡的設備狀況很差，我也對那裡的管理人員不太滿意。」她覺得沒必要告訴巴比，近來她已經養成習慣，一有空閒時間就過去陪陪安養中心的住民，她也想建議管理人員做些調整。

「聽完這些事，我對妳不怎麼高興。我要背下個場景的臺詞，妳來幫點忙。」

「你不是只要呻吟和發出哼哼哈哈的聲音嗎？」

「不好笑。」他開始在狹窄的露營車內來回踱步。「葛蕾，沒有人告訴過妳嗎？生命中的所有事情，並非只是天大的玩笑。」

巴比．湯姆．鄧騰這個從來沒有認真看待事情的男人，當真在教訓她不該笑看人生？她強忍著笑意，忽然一個有趣的念頭閃過腦中。「巴比，拍激情戲讓你覺得緊張，是嗎？」

他停住腳步。「我緊張？妳最好過來這邊，讓我聞看看妳吐出來的氣，我嚴重懷疑妳又喝了果汁酒。」他以手指扒過頭髮。「妳最好搞清楚，我在現實人生中上過的床，比大多數男人做過的春夢還多。」

「你沒在鏡頭前做過，也沒有一大群人看著你做。」她忽然頓住，有點擔心。「你該不會……」

「當然沒有！呃，不完全是。總之不關妳的事！重點是，只要我還在拍這部該死的蠢片，我就不想看起來像個白癡。」他把劇本丟給她。「從『瞧你那身肌肉，真該叫你隨身攜帶許可證』開始唸。」他陰沈地瞪著她。「妳不准對臺詞說俏皮話，聽見了嗎？」

她努力忍住笑，激情戲真的讓他很不安。她往後靠在小流理檯，心情比之前好多了。她找到那句臺詞，盡力裝出風騷的語氣開口。「瞧你那身肌肉，真該叫你隨身攜帶許可證。」

「妳的聲音是怎麼回事？」

「沒問題啊，我在演戲。」

他翻個白眼。「說出那句蠢臺詞就好。」

「不見得蠢，有些人可能會覺得很煽情。」

「我們倆都知道那句臺詞很蠢。繼續吧。」

她清清喉嚨。「瞧你那身肌肉，真該叫你隨身攜帶許可證。」

「妳唸臺詞的方式，會讓人誤以為妳暈倒了。」

「你忘記下一句臺詞了，對吧？所以你才一直批評我。」

「我正在思考。」

「與其攻擊我的表演技巧，你為什麼不直接說，『葛蕾，甜心，我似乎忘記臺詞了，妳可以給點提示嗎？』」

她模仿他說話的方式，讓他哈哈大笑。他攤開四肢坐回沙發，空間有點小，所以他把穿著厚底白襪的長腿頂在牆邊。「葛蕾，對不起，妳說得沒錯。給我點提示吧。」

「你該說，『依妳的模樣——』」

「我想起來了。『依妳的模樣，寶貝，妳自己也得隨身攜帶許可證呢。』天啊，這臺詞比她那句還蠢，難怪我沒印象。」

「她下一句更糟糕。『你要不要對我搜身，看看是否找得到許可證？』」葛蕾擔心地抬起頭。「巴比，你說得沒錯，這些臺詞真的很蠢。我認為編劇跟你一樣討厭激情戲，這部片的其他劇情好得多了。」

「我早跟妳說過。」他在沙發上坐直。「妳在《時人》雜誌看過亂發脾氣明星的報導嗎？看來我會變成那種人了。我們得改寫劇本。」

「時間不夠。」她又低頭看劇本。「如果你和娜妲不要演得太忸怩作態，說不定這些臺詞勉強行得通。淡淡一笑、唇槍舌劍，帶點挑逗意味的戲謔，兩個人都知道彼此只是在裝傻。」

「讓我瞧瞧。」他伸手向她拿回劇本。「妳或許說對了。我去找娜妲談談，她沒忙著擔心嬰兒時，偶爾還看得出來有點腦袋。」

他和娜妲花了十分鐘討論劇本。一旦巴比認定這個場景不會害他很尷尬之後，便展現出驚人的學習能力，當劇組要他準備上場時，他已經熟記臺詞了。

「葛蕾，妳陪我過去。」

「恐怕不行，我還有很多事要忙。」雖然巴比對娜妲不帶情意，他畢竟是健康、強壯的男人，肉體接觸必然會使他性致勃勃，她不想在場親眼見識。哪有神志清楚的女人，會刻意去看自己深愛的對象與其他女人做愛呢？尤其還是娜妲這樣的美女。

「別的事情都可以等。我希望妳去峽谷陪我。」他穿上一雙舊皮靴。

「我會過去，但我寧可不要。」

「葛蕾，這是妳老闆下的命令。」他抓起劇本，握住葛蕾手臂，準備走出車門。正要握住門把時，他的手在半空中停住，接著轉身仔細打量葛蕾，讓她的肌膚因興奮而微微刺痛。「葛蕾，甜心，妳不介意的話，我希望妳在出發前脫下內褲。」

「你說什麼?!」

「我相信我說得很清楚了。」

聽著他沙啞、懶洋洋的腔調，她的脈搏猛然加快。「我不能沒穿內褲就跑去外面！」

「為何不行？」

「因為……因為那是戶外，我會……」

「妳那條可愛的裙子底下會光溜溜的，不過只要妳像個淑女乖乖坐著，別人怎麼會發現呢？當然，除了我以外。」

他再次以視線滑過她全身，害她的肌膚覺得又濕又熱。他不瞭解，她不是那種敢不穿內褲就出門的女人，即使是現在這個改頭換面的葛蕾也不敢。

見她猶豫，他誇張地嘆了口氣，好似極有耐心，每次他打算哄騙別人的時候，就會使出這招。「真不敢相信我們還在為這種事爭執。前幾週事情太多，顯然已經讓妳忘記我們之間安排過計畫了。妳跟我一樣清楚，妳裙子底下的東西屬於我。」他又嘆氣。「妳曾經當過主日學老師耶，沒想到還要由我來指導妳道德規範。」

她忍著笑，免得鼓勵他繼續講那些傷風敗俗的話。「主日學老師不會沒穿內褲四處亂跑。」

「妳倒是說說看，聖經裡哪裡寫著那段話。」這次葛蕾真的笑出來了。「甜心，我沒耐性了。妳自己脫，不然我也可以幫妳脫。」他子夜藍雙眸中閃動的神采，讓她呼吸急促。

哦，天啊。他低沈、拖長聲調的嗓音，彷彿正親密撫過她全身。剎那間，她瞭解不顧一切的真正涵義了。她未來的人生，可以當回那個平凡無奇、舊版本的葛蕾・雪諾，但是此時此刻，她要當一個狂野的女人。渾身熱得發燙，她轉身背對他，把手伸進裙子裡面，脫下奶油黃的內褲。

巴比輕聲笑著，手一伸便抽走內褲。「寶貝，謝謝妳，我要帶著這玩意兒，可以給我靈感。」

他把小小內褲塞進牛仔褲口袋的深處，外表上連點隆起也看不出來。

「瞧你那身肌肉，真該叫你隨身攜帶許可證。」

「依妳的模樣，寶貝，妳自己也得隨身攜帶許可證呢。」

「你要不要對我搜身，看看是否找得到許可證？」

巴比和娜妲笑著說出傻氣臺詞，讓氣氛像是在機靈鬥嘴，而不是甜膩難耐。他們躺在葛蕾之前取回來的毛毯上，四周是一片林間空地，頭頂橡樹與梧桐成蔭。

「我有什麼理由不搜身呢？」巴比繼續微笑，把娜妲抱得更緊，同時伸手解開她農夫上衣的繫繩。

娜妲露出香肩時，葛蕾挪開視線。她暗忖，巴比當然會微笑，他最擅長將火熱的性愛，轉變成有趣的小小遊戲了。暖風鑽進裙底，撫過她光溜溜的臀部，她過度敏感的肌膚竄起雞皮疙瘩。

下身裸裎不只激起性慾，她也擔心一陣強風就會吹開她的沙龍裙，向世人公開她的秘密。全都是巴比的錯。她被說服不穿內褲外出已經夠糟了，他跟娜妲排演時又變本加厲，故意盯著葛蕾，手還摸著褲子口袋，提醒她那裡裝了什麼東西。她從未跟男人共享煽情的秘密，他的戲弄令她既頭昏眼花又渾身發熱。

樹葉沙沙作響，峽谷中的空氣帶有一絲杉木香。兩人繼續說著臺詞，最後以一記輕吻聲作結。儘管葛蕾曾立誓自己要表現得像是專業人員，她實在無法承受看著他們表演。她想要躺在那張毛毯上，被巴比抱在胸前。別無旁人，只有她和巴比，渾身赤裸。

「哦，糟糕！」娜妲驚呼出聲，打斷了葛蕾的白日夢。

「咔！」導演大喊。「出了什麼狀況？」

葛蕾及時看到巴比從合演的女星身邊退開。「娜妲，我傷到妳了嗎？」

「我泌乳了。天啊，真不好意思。我在滴奶，我得換件上衣。」

巴比猛地跳開，彷彿他剛暴露在致命疾病的威脅之下。

「各位，休息十分鐘。」導演宣佈。「服裝組，好好照顧卜魯克小姐，也幫鄧騰先生換裝。」

巴比全身僵硬，低頭看見襯衫前方有兩道圓形水漬，立刻露出可憐兮兮又慌張的表情。

葛蕾不禁露出幾次笑聲。她從沒看過有人鈕釦解得這麼快。

他把襯衫往服裝助理一塞，立刻走到葛蕾身邊。「跟我來。」

巴比眯著眼睛、繃緊下巴，拉著葛蕾穿過林間，來到一片空地，速度之快害她差點絆倒，但他只把她拉近一點，無意鬆手放開她。一直到兩人脫離眾人視野之後，他才停下腳步，往後靠在胡桃樹。

「這已變成我出生以來最可怕的經驗了。葛蕾，我做不到，我寧可去吃鼠肉，也不要再去脫那個女人的衣服。我沒辦法跟一個還在哺乳的母親做愛。」

他的發言冒犯到葛蕾的女性主義觀點，但他的模樣實在很悲慘，葛蕾不由得生出些許同情。她試著用最理性的口吻來回答，不過在巴比站得這麼近的距離下，著實不太容易。「巴比，女性胸脯最主要的功能就是哺乳，對這種事情感到不快，只會讓你的評價降低。」

「我不是因為哺乳而不快，而是這會讓我沒辦法忘記我在親別人的老婆。跟娜妲做愛害我不太自在。或許妳曾聽過相反的說法，但我可不跟已婚婦女瞎搞。」

「我不認為你會。以你那種獨特、大男人的作風來說，你很有榮譽感。」

有些男人可能會懷疑她那句話是否算是恭維，但巴比似乎很滿意。「謝謝。」他們久久沈默對視，最後巴比沙啞地開口。「如果今天我想把工作做好，恐怕妳得幫我找回動力了。」

「找回動力？」

他把葛蕾拉回胸前，用力吻著她，彷彿想將她吞下肚；她立即熱情回應，血流霎時奔騰。他的嘴微開，唇舌肆意掠取，雙手伸進她的裙子裡面，捧住臀部將她舉起來。她的手指插進他的髮中，雙腿緊緊纏著他，感受牛仔褲磨擦她大腿內側的敏感肌膚。他又硬又粗的勃起頂著她，她心中狂野的一面不禁想要撕開他的牛仔褲，讓兩人之間再無隔閡。

她聽見他輕聲詛咒，接著他放鬆手上力道，慢慢將她放回地面。「甜心，對不起，我老是忘記妳有多麼容易受人影響。我不該做這種事。」

她癱在他身上，他環住她的頭，讓她靠回他光裸的胸膛前。他的氣味真好聞，像是肥皂配上陽光。她緊緊閉上眼，希望能喚回自制力。「麻煩你把我的內褲還來。」

她有點害怕他會拒絕，但看來他也瞭解自己戲弄葛蕾夠久了，他鬆手放開她，隨即探進口袋。她盯著巴比的胸膛，直到他把小小的黃色布料交給她。當他再度開口時，話中毫無笑意，只有堅定的決心。「明天晚上，就沒有任何事會阻止我們繼續進行計畫了。」在她回答之前，他便啟步離開。

葛蕾花了幾分鐘整理服裝，才勉強回到拍攝地點。娜妲換了件新上衣，艾維靠在她的臂彎，巴比則站在她和導演之間，依舊裸著上身。導演先是對兩人交代些指示，接著又轉身命令攝影師。造型師乘機拿著一罐髮膠走過來。

娜妲舉起一隻手。「等等，我不希望艾維吸到噴霧。巴比，可以幫我抱他嗎？」還沒等巴比回覆，她就把胖嘟嘟的小嬰兒塞進他的臂膀。

他的雙眉緊張地挑高，但曾為職業外接員的身體倒是自動反應，把嬰兒抱在胸前。艾維發出快樂的咯咯聲，接著似乎察覺臉頰上有熟悉的觸感，於是轉頭面向巴比渾厚、光裸的胸膛，並張開貪吃的小嘴。

巴比嚴肅地瞪著艾維。「老兄，想都別想。」

艾維咯咯笑，改吸自己的手指。

第14章

隔天傍晚時，葛蕾和巴比來到杜樂沙高中後方，坐在露天看臺的最前排，望著空蕩蕩的橄欖球場。他說：「妳高中從來沒看過校隊打球？真是難以置信。」

「那個時段蔭園有很多事情得做，很難脫身。」她聽得出來自己的聲音很緊繃。昨天在峽谷時，他曾說今晚就沒有任何事會阻止我們繼續進行計畫；她緊張到幾乎難以克制，但他卻如往常般冷靜鎮定。她想殺掉他。

「妳的童年似乎過得不太有趣。」他的手輕輕刷過她的腿，讓她驚跳起來。他無辜地看了她一眼，接著從炸雞餐桶中拿起一隻雞腿。或許他是不小心碰到她，但葛蕾很瞭解巴比，知道他更可能是故意的。他一定知道，從她打開客房門的那一刻開始，她就一直很焦慮。他戴著牛仔草帽，那件褪色的杜樂沙高中泰坦隊T恤尺寸不對，或許十五年前剛剛好，但如今他長了許多肌肉，顯然早已太緊。既然巴比穿衣的品味無懈可擊，她很清楚他刻意選了舊T恤，想重現高中情侶約會的氣氛。

她慢慢咬著薯條，還趁他不注意的時候偷偷張開腿，鬆手讓薯條掉到地上。她太緊張，再吃東西恐怕會吐。「巴比，你很想念那種生活，對吧？」

「高中生活？一點也不。學業害我沒辦法盡情享受社交生活。」

「我不是在說學業。我說的是橄欖球。」

他聳肩，丟開雞腿，手不經意地擦過她的臂膀，一陣波濤竄過她全身。「我遲早必須退休，球員不可能永遠留在場上。」

「但是你沒料到會這麼早退休。」

「或許之後我會當教練，這似乎是合適的下一步。先幫我保密，我只跟幾個人提過。」

她以為他的語氣會帶點熱情，但完全沒有。「那你的演藝事業怎麼辦？」

「有些事還好，我喜歡動作戲。」他的嘴角擰了起來。「不過我很確定，愛情戲越快拍完，我的心情會越好。妳知道他們今天真的打算叫我脫褲子嗎？」

她用微笑掩飾焦慮。「你忘記我也在場嗎？你摸下巴、搖頭，又滿嘴南方腔牢騷，做完這些花招之後，我不認為導演、柳兒或任何工作人員，真的能搞懂你在說什麼。」

「我總得想辦法留住褲子吧？」

「娜妲真可憐，沒這種機會。」

「女人注定要寬衣解帶。妳越快接受這件事，就會越快樂。」他拍拍她的裸膝，手故意多停久一點，滿腹渴望讓她不禁顫抖。她費好大力氣才忍住不回嘴。她太緊張，沒辦法跟他鬥智，而且儘管他不斷運用官能刺激來折騰她，今天她依舊對他格外心軟，因為這兩天拍激情戲時，巴比對娜妲很貼心。

娜妲依舊不時滴奶，常常沾到他的衣服，她尷尬到都快掉下眼淚了。但巴比是十足的紳士，他適當地取笑她，讓娜妲能夠放鬆下來。他讓娜妲覺得他經常碰到這種事，哪天沒遇到的話，反而還會覺得不夠圓滿，彷彿他很期待被母乳弄濕似的。有時候，他隱藏真實情緒的能力著實嚇壞了葛蕾。人類的自制力不該這麼強，像她就沒辦法，光是想到要與他做愛，就讓她五內如焚。

儘管她的大腿很乾淨，他仍然用紙巾抹過，拇指輕輕滑過內側肌肉，令她不禁抽了口氣。巴比故意問：「有什麼不對嗎？」

她咬著牙回答。「呃，沒事，完全沒問題。」他各種不經意的小小碰觸，使她的感官幾乎為之潰堤。調整姿勢時，他磨蹭她的腿；伸手拿炸雞時，他用手臂擦過酥胸。每個動作都很短暫，似乎是偶然發生，不過巴比所做之事從來不會是「意外」，所以他又在玩花招了。真希望他能把話題帶到今晚的事，直接講清楚，她就不用這麼焦慮了。要不是她完全沒概念會發生什麼事，她早就自行開口了。

她拂開白色短褲上的麵包屑，好讓自己有點事做。今晚他要葛蕾穿短褲，她認為這樣穿太休閒，但想起巴比曾稱讚過她的腿，於是照辦。她還搭配一件短版深綠緊身線衫，只要一彎腰，就會露出下背，她相信他一定注意到了。她渾身發熱，於是開口試圖轉移注意力。「我希望你能看看毛片，或許能讓你對演藝事業更有熱情。大家都知道你很上相，但我不認為有人會預期到你演得這麼好。」

柳兒、導演和工作人員曾放映之前拍好的鏡頭確認，她也看過幾次。巴比在螢幕上給人的印象比較沈默、不露鋒芒，觀眾完全不會覺得他在演戲。這種含蓄又出色的演技，足以彌補臺詞略顯老套的問題。

他沒因受到恭維而高興，反而挑起眉。「我當然能演得好。如果我覺得自己做不到，妳以為我會接下這部戲嗎？」

她狐疑地望著他。「以從未演過戲的人來說，你從一開始就出奇有自信。」忽然想到某種可能性，她瞇起眼。「真不知道為何我沒早點想到。你又騙人了。」

「我完全不知道妳在說什麼。」

「我的意思是表演課程。」

「表演課程？」

「沒錯。你上了表演課程，對嗎？」

他繃著臉。「我可能在打高爾夫時，跟球友聊過幾次，他給了些建議。就這樣而已。」

他的說詞完全沒有減輕疑惑，於是她狠狠盯著他。「你的球友是誰？」

「那有什麼差別？」

「巴比……」

「應該是克林．伊斯威特。」

「克林．伊斯威特！你向大明星學演戲！」她翻個白眼。

「那不代表我會認真看待演藝事業。」他稍稍拉下帽子。「我可不想把未來的生命，都花在跟不感興趣的女士上床。」

「我喜歡娜妲。」

「我覺得她人不錯，但不是我喜歡的型。」

「可能因為她是女人，不是女孩。」

他擺出準備爭執的表情。「妳這話是什麼意思？」

她的心情已經從緊張變成暴躁了。「毋庸置疑，你找女伴的標準實在不太優秀。」

「妳在胡說八道。」

「你曾經跟智商大於胸部罩杯的女人約會過嗎？」

他的目光瞥向她胸部。「大很多。」

她自覺乳尖縮了起來。「我不算，我跟你並非正式在約會。」

「妳忘記我和葛羅莉亞・斯坦能的情史了。」

「你沒有跟葛羅莉亞・斯坦能約會！」

「妳沒證據指控我說謊。訂婚不代表妳有權胡說我喜歡哪種類型的女人。」

他藉機用腿摩擦她的腳踝，讓她興奮地起了雞皮疙瘩。葛蕾看出此路不通，他不會再回答了，於是從別的角度進攻。「你似乎很有生意頭腦，或許經商比演戲更能讓你開心。我不知道你有多少事業發展順利，傑克・艾庚說你生來就擅長下決定。」

「我向來能賺到錢。」

她一邊往地板偷丟薯條，一邊思考為何巴比毫無熱情。他聰明、英俊、有魅力，只要他有心，就能在任何領域大放異彩；但是他最想做的事情，卻是再次上場打球。葛蕾忽然發現，自從認識他之後，她從未聽過他抱怨自己的體壇生涯如此無情地終結。他天生不愛發牢騷，但她很確定，如果他能把情緒發洩出來，心情會比較好。

「你把情緒都藏在心底，如果你聊聊發生了什麼事，會不會有幫助？」

「葛蕾，別對我做精神分析。」

「我沒那種打算，但生活突然出現天翻地覆的改變，任何人都很難適應。」

「如果妳以為我會開始抱怨無法再打球，省省吧。我獲得的東西，已經比地球上絕大多數人夢想的還多了。自憐可不是我中意的個性。」

「我沒見過比你更不會自憐的人。可是你的生命奠基於橄欖球，如今無法再上場，為此感到遺憾也很正常。你當然有權為體壇生涯告終感到苦澀。」

「去跟失業或遊民講這種話啊。我敢說他們一定很樂意與我交換處境。」

「依你的邏輯，吃得飽、有地方遮風避雨，就不會傷心了。但人生不只是吃、住而已。」

他用紙巾揩嘴，手肘輕觸她的胸脯，觸發她體內生起一連串反應。「葛蕾，我無意冒犯，但這段談話讓我無聊死了。」

她側眼瞥向他，試圖判斷他是故意襲胸，或是純粹出於偶然，但完全看不出來。

他伸直腿，手探進口袋，丹寧布緊緊裹著他臀部，她吞嚥幾下。「妳一直煩我，害我差點忘記今晚要做什麼事了。」他掏出某種東西緊緊握著。「為了精準重現妳對異性交往錯失的所有東西，我們應該要從在車庫偷玩醫生遊戲著手，但我認為可以直接跳到高中階段，這樣比較有趣。我跟雪莉・哈波分手之後，她一直沒還我高中畢業紀念戒，所以我們要用這個代替。」

他張開手，一枚大型男用戒指躺在掌中。黃色、白色鑽石形成的三顆星星，在微光中閃耀。戒指套了條沈重的金鍊，他幫葛蕾戴好，戒指輕輕落在她胸前。她拿起戒指，低頭檢視。「巴比，這是你的超級盃戒指耶！」

「兩天前，柏迪還我戒指了。」

「我不能戴著你的超級盃戒指！」

「沒道理不能。我和妳，總有一個人要戴。」

「可是——」

「如果妳沒戴著戒指，鎮民會起疑心，然後每個人為此津津樂道。我不打算太早帶妳去鎮上，因為大家都想摸它。」

他忍受多少次骨折與肌肉痠疼，受過多少傷，才贏得這枚戒指？到了三十歲，終於有男人給她戒指，而且是這麼非凡的戒指。她努力掩飾情緒。他們只是假訂婚，她不該把這件事看得太重。「巴比，謝謝你。」

「一般而言，這個時候男孩跟女孩就會以接吻來慶祝了。不過老實說，妳有點危險，我沒把握能在公眾場合應付妳，所以得延到比較有隱私的時候再吻。」

她用力握住戒指。「你常常送人高中畢業紀念戒嗎？」

「只有兩次。我剛才提過雪莉了，不過黛麗・蕎・狄蔻才是我第一個真心愛過的人，她現在是黛麗・蕎・貝奈了。妳稍後就會見到她，今晚我們會在她家停一下。高中時，她丈夫柏迪是我最好的朋友，因為我一直沒向黛麗介紹妳，她覺得很難過。當然，如果妳想做別的事……」他斜瞥她一眼。「或許我們可以延到明天再拜訪。」

「今晚就好！」她的喉嚨乾澀，聲音拔尖。為什麼他繞著不說正題，蓄意延長她的苦難呢？或許他改變主意了，他不想跟她做愛，正要試圖甩掉她。她忽然跳起身，因為巴比把手伸到她背後拿餐桶時，又藉機拂過她光裸的下背。

他看著她，深藍色的雙眸宛如嬰兒般無辜。「我來幫妳整理剩菜。」帶著壞壞的笑容，他著手把食物裝回紙袋，不時輕觸葛蕾幾下，讓她渾身起了雞皮疙瘩。看來他很清楚自己在玩什麼把戲，刻意想逼瘋她。

十分鐘後，他們來到一間小平房的客廳。女主人身材矮胖、頭髮染燙過度，但外型依舊亮麗。她有一張娃娃臉，穿著紅色印花上衣、白色緊身褲，以及舊涼鞋。她看起來像是在生命中受過諸多挫折，卻依舊堅忍不拔的人，而且她對巴比的情誼既真誠又大方，葛蕾馬上就喜歡她了。

「也該是巴比帶妳四處介紹的時候了。」黛麗握著葛蕾的手。「我發誓，每個鎮民聽到你總算訂婚的時候，都快好奇死了。喬琳！我聽見紙袋的窸窣聲了，立刻放下那些瑞士卷！」她從乾淨卻略顯破舊的客廳，望向後面的廚房。「喬琳是我的大女兒，她弟弟今晚住朋友家。柏迪！巴比和葛蕾到了！」

「黛麗，別再喊了。」柏迪從廚房漫步而出，還用手背揩過嘴角，讓葛蕾懷疑他才是偷吃瑞士卷的人。葛蕾之前見過柏迪，當時雷鳥換新輪胎，她來取車。他跟這間房子一樣，給人某種疲憊、頹圮的感覺。黑髮深膚的柏迪依舊英俊，只是腹部多了團游泳圈，臉上也開始出現雙下巴的徵兆。不過她想像得到，高中時他肯定跟巴比同樣好看，一個深褐、另一個金黃。巴比、柏迪和黛麗，他們三人過去一定都很耀眼。

喬琳跑出來熱情歡迎巴比叔叔之後，黛麗把葛蕾拉進廚房幫忙準備啤酒和洋芋片。葛蕾不想吃，但也無意拂逆黛麗開朗的招待。來到廚房時，她把巴比的戒指塞進上衣，放在乳溝裡面，輕輕撫著。她環顧四周，廚房跟客廳一樣破舊，卻有家的感覺，冰箱上用寫著聖經詞句的小磁鐵吸住孩子的繪畫，一疊舊報紙放在地板上，旁邊還有個給狗喝水的小碟。

黛麗用屁股頂住冰箱門，把啤酒傳給葛蕾。「妳知道柏迪的爸爸是盧瑟鎮長嗎？他要我跟妳說，他把妳加進誕生紀念館的委員會了。週一晚上七點要開會，如果妳來接我的話，我們可以一起過去。」

葛蕾把四罐啤酒抱在胸前，緊張地看著她。「誕生紀念館委員會？」

「為了天堂祭。」黛麗關上冰箱門，又從角落抓了一袋洋芋片，倒進兩個藍色塑膠碗。「我知道巴比告訴過妳，鎮上買了那間他成長時住的房子。紀念館的開幕典禮會在天堂祭舉辦，不過準備工作還需要很多協助。」

兒時故居變成觀光景點，葛蕾想起巴比對這個怪異計畫的意見。「黛麗，真的沒問題嗎？巴比對這件事不太高興。」

黛麗拿回兩罐啤酒，也給葛蕾一個碗。「他終究會接受，巴比向來知道他虧欠杜樂沙。」

葛蕾不認為巴比虧欠鎮上任何東西，但她是外地人，跟鎮民的觀點不同。

她們回到客廳時，巴比和柏迪正在辯論今年星隊贏得超級盃冠軍的機率。巴比蹺著腳，牛仔草帽放在小腿上，葛蕾走過去給他啤酒時，兩人手指相貼，一股熱流從她的指尖直竄上手臂。他那雙子夜藍眼眸射出來的目光，讓她雙膝虛軟。她把洋芋片放在桌上，然後坐在巴比旁邊，發覺柏迪正公然打量著她，讓她覺得很尷尬；如果是巴比這樣做，她只會興奮得渾身酥麻。如果早知道今天要拜訪柏迪，她就不會聽從巴比的要求，而會改穿長褲了。

柏迪從妻子手上接過啤酒，往後靠著躺椅，專注地看向巴比。「球季開打卻不能回到球場，你適應得如何？上一次發生這種事，是多少年以前了？」

「十三年。」

「真可惜。你締造幾個新紀錄，如果能再多打幾年，就能打破更多重要的紀錄了。」

柏迪刻意在巴比的傷口上抹鹽。葛蕾等著巴比說些俏皮話打發，但他只是聳聳肩，喝了口啤酒。說也奇怪，她想保護他，此時此刻，在他童年好友的面前，他似乎變得脆弱。

出於衝動，她靠向巴比，隔著褲管拍了他的大腿幾下，她掌下的肌肉結實有力。「我確定鎮上許多人都很感激巴比回來拍片，而不是去參加球隊訓練營。風車影業對當地經濟頗有助益，不過柏迪，這事你比我更清楚吧？修車廠已經從電影公司接到許多業務了，不是嗎？」

柏迪紅了臉，巴比則打量著她。葛蕾又拍拍他的大腿，彷彿他身體的每個部位，只要她感興趣，就能恣意撫摸。黛麗打破沈默，聊起天堂祭各種委員會的決策與進展，最後以葛蕾將加入誕生紀念館委員會作結。

巴比瞇起眼。「我跟盧瑟說過，我絕不會幫忙，葛蕾也不會。這主意蠢得要命，會來參觀的人，都該去檢查腦袋有沒有問題。」

「那是盧瑟的主意。」柏迪語氣不善。

巴比舉起啤酒罐。「你瞧，我說得沒錯吧。」

葛蕾以為柏迪會為父親辯護，不過他只哼了一聲，又去拿洋芋片。嘴裡還塞著食物，但他轉頭對葛蕾開口。「聽到你們兩個訂婚，鎮民都很驚訝。巴比通常喜歡跟妳不同類型的女人。」

「謝謝你。」她有禮地回應，讓巴比輕笑幾聲。

柏迪先是更仔細地審視她，又轉頭望著巴比。「蘇珊對你們訂婚有意見嗎？還是她忙著陪新男友，沒空關心這件事？」

「柏迪，你閉嘴啦！」黛麗大喊。「你今晚在搞什麼鬼？淨做一些沒禮貌的事。而且那可能連八卦都還算不上，沒必要提。」

「八卦？」巴比問。「你們在說什麼事？」

柏迪又把洋芋片塞進嘴裡。「黛麗，妳來說，他不會相信我的話。」

黛麗把玩手中的啤酒，罐子和她的婚戒碰得叮噹作響。「只是謠言，或許沒什麼要緊。」

「如果是跟我媽有關的事，我就想知道。」

「好吧。這事是安潔・考特告訴奈琍・羅美洛的。你也知道她那個人，就算事關重大，她還是閉不了嘴，而且她講的有一半都不是事實。上個月我去買隔夜麵包時，穿了一件柏迪的襯衫，結果安潔就四處宣揚我懷孕了。狀況有可能是那樣。」

巴比平靜地看著她。「告訴我她說了什麼。」

「呃，她說蘇珊跟偉藍・舒耶在一起。」

「什麼？」巴比大笑。「杜樂沙真是荒唐，看來這裡有些事永遠不會變。」

「柏迪，我就跟你說過，那只是謠言。」

柏迪傾身。「安潔宣稱幾週以前看見舒耶的司機，到蘇珊的門前接她。如果這是真的，你母親在鎮上大概連一個朋友都不剩了。」

「我會當她的朋友。」黛麗說。「我喜愛蘇珊，不管狀況如何，我都會站在她那一邊。」

葛蕾想起她忘記告訴巴比之前曾在公路上見過偉藍・舒耶，但現在似乎也不適合提。她喜歡舒耶先生，不是每個人都會停車查看她是否需要協助。聽到大家這樣評斷他，她心底不太舒服。

巴比伸直腿，伸手握住葛蕾的肩膀，拇指隨興地伸進領口，緩緩沿著她的鎖骨輕拂。她胸前一陣酥麻，既擔心又尷尬，乳尖恐怕已緊緊貼著線衫。她幾乎可以確定大家都看得一清二楚，臉上不禁泛起紅潮，但巴比繼續摸著她。「黛麗，我相信我媽會很感激妳對她的支持，但應該派不上用場。媽媽喜歡這個鎮，我該死地確定，她不會跟那個混帳在一起，連想都不會想。」

「我也是這樣跟大家講。」黛麗說。「巴比，老實說，如果羅莎科技遷廠的話，我們不知道要怎麼過下去，鎮上這陣子已經夠難熬了。如果天堂祭沒辦法讓杜樂沙變成觀光勝地，大街的商店可能也得關門。」

柏迪把剩下的洋芋片吃光。「盧瑟說麥可・喬登一定會來參加高爾夫球賽。」

巴比曖昧的目光，讓葛蕾懷疑他還沒邀請那些體壇名人；既然他鮮少忘記事情，她知道他是故意出錯。她扭動身子，想逃離他誘人的撫摸，卻不太成功。

「機率很高，但他未必一定能來。」巴比說。

「如果喬登參加，就會帶來一大票觀光客。牛仔隊除了艾克曼以外，你還約到誰？」

「我還在等他們的最終回覆。」巴比收回手，戴上草帽，拉著她同時起身。「我和葛蕾該離開了，我答應她今晚要來選孩子的名字。如果是男孩，她考慮要叫艾洛奇；女孩的名字則由我來想。」葛蕾正在吃洋芋片，聽他說出這種話，差點嗆到。

黛麗展現出十足好友風範，表示艾洛奇這個名字很好，這番好意讓葛蕾有必要謝謝黛麗，巴比望著她們，似乎覺得很好笑。他拍拍葛蕾的臀部，手還逗留了一會兒，讓她又開始臉紅，差點沒辦法跟大家說再見。傍晚她沒吃多少東西，如今卻又在她的胃中翻騰不已。

他們回到車上，開往大街，兩人都不說話，她扭著放在大腿上的手。時間一分一秒過去，巴比伸手打開收音機。「妳想聽鄉村樂、搖滾樂，還是古典樂？」

「都可以，我不在意。」

「妳的口氣有點暴躁，有什麼不對嗎？」

他回話的方式這麼無辜、毫無心機，更讓她確定他存心吵架。她咬著牙。「古典樂好了。」

「不好意思，看來今晚的收訊不太好。」

她的火氣爆發，雙手握拳，對著他大叫。「你還要怎麼玩弄我？你想故意逼瘋我嗎？算了，別回答，馬上帶我回家就好。」

他對她笑了，表情滿意至極，似乎她深深取悅了他。「唉呀，葛蕾，妳今晚太緊繃了。甜心，別擔心會痛。雖然我不是醫生，不過妳都三十歲了，就算年輕時還有那層膜，到了這把年紀也該消失了。」

「到此為止！現在就讓我下車！我不要再容忍你了，多一秒也不成！」她過去從來不愛大吼，但現在這樣做的感覺真好，於是她又多喊了幾句。「你以為自己很風趣嗎？沒的事！而且你也不迷人，其他女人說的都做不得準。你既醜陋，又愚蠢，而且很卑鄙！」

他笑了出來。「我就知道，今晚我們會過得很愉快。」

她手肘靠著膝蓋，低頭掩面，肩膀垂了下來。

他伸手鑽進她的線衫，拍拍她的背。「甜心，事情會很順利的。等待也是樂趣的一環。」接著他以指腹滑過她的背脊。

「我不想等待。」她呻吟道。「我想要趕快開始，把這件事解決。」

「甜心，我們幾小時以前就開始了，難道妳還沒想通？自從妳坐上我的卡車之後，雖然我們還沒脫衣服，並不代表毫無進展。」他的手指在她的背上劃圈。

她轉頭看著他，他收回手，對她微笑。她覺得他眼中帶著一抹溫柔，但也可能僅是她太期待而生出的想像。卡車彈跳幾下，她直起身子。「這是哪裡？」

「河邊啊，我不是說了嗎，要像高中情侶約會那樣。甜心，我們一步一步來，免得妳覺得上當。如果真要照規矩，剛才還得先去冰雪皇后買甜筒，可是坦白說，我實在沒辦法繼續忍住不摸妳了。」

他停住車子，熄火、關掉大燈，接著搖下窗戶。沁涼的晚風吹進車內，潺潺流水相伴，月光照著河岸的胡桃樹和柏樹，枝葉隱隱閃著微光。她吞嚥一下。「我們要在這裡……你懂我的意思吧？就在卡車裡面？」

「妳希望我給妳一張議程表嗎？」

「呃，我……」

他笑著拿下帽子。「葛蕾・雪諾，馬上過來這裡。」

第15章

葛蕾倚偎在巴比懷裡，感覺輕鬆愜意。頭頂著他下巴，背部貼著他手掌，耳朵貼著他胸膛，聽見他穩定強健的心跳。他一邊輕撫她頭髮，一邊愛撫她的背。「葛蕾，甜心，妳知道這不是永遠的吧？」他的嗓音溫和，但她從沒聽過他語氣這麼嚴肅。「妳是我的好朋友，我不想傷害妳，但我天生定不下來。如果妳覺得沒辦法接受短暫戀曲，現在叫停還來得及。」

打從一開始，葛蕾就知道兩人不會長久，但她不相信巴比定不下來，他只是不願與她這樣平凡的女人共度一生。他已經習慣與美女相伴，例如金髮辣妹、紅髮麗人、模特兒、選美皇后和牛仔大賽看板女郎，她們衣不蔽體仍擺出開朗微笑，靠著曼妙嬌軀和傲人上圍闖蕩職場。他未來的妻子會是那種美女，葛蕾只希望她也有點頭腦，否則巴比絕對不會快樂。

她吸進他的氣味，手指摸向他的T恤，沿著褪色的L型字母劃過。「沒關係，我並未奢望能從此幸福快樂。」她仰起臉，一本正經地凝視他。「我不想從你身上拿走任何東西。」

聽完她的話，他挑起一道眉，滿臉困惑。

「我不是在開玩笑。我不要你幫我買衣服、給我錢，或是幫我的親戚簽名；我不會把你的故事賣給八卦小報，也不會要你跟我簽合約。等電影拍完，我會把超級盃戒指和雷鳥的鑰匙還你。從你身上，我什麼都不會拿。」

他半垂著眼瞼，表情難測。「我不懂妳為何要說這些話。」

「你當然懂。大家總是有求於你，但我不一樣。」她舉起手，描摹著他剛毅的下巴線條，接著摘掉他的牛仔帽，丟在座位上。「巴比，告訴我如何取悅你。」

他閉起眼睛，一剎那之間，葛蕾認為他在顫抖，但他睜開雙眸時，又看見他眼底熟悉的笑意。「妳今晚還穿著那些花俏的內褲吧？」

「沒錯。」

「看來我們有個好的開始。」

她舔著唇，忽然想起自己忘記提一件很重要的事。她清清喉嚨，以就事論事的語氣開口。「在我們繼續之前，你或許需要知道，我有吃避孕藥。」她一口氣說完。

「現在還在吃嗎？」

「離開新關地時，我決定要當成人生全新的開始，所以得做好準備，才不會錯過……新體驗。」她的視線直直盯著他衣服上龍飛鳳舞的T型字母。「不過，就算我做了準備，我知道你的社交生活很活躍。」她又清了喉嚨。「所以我希望你能……你必須戴保險套。」

他微笑。「我知道要妳說出這些話不太容易，不過妳提起這個話題很正確，未來別忘了跟其他情人要求同樣的事。」他臉色一沈，嘴角繃了起來，隨即用指節輕揉她的臉頰。「現在我要告訴妳的事，雖然是真的，但妳最好完全不要相信我，因為男人都討厭戴套子，他們會編造各種說法來避免。甜心，老實說，我乾淨得很，還能提出血液測試報告證明。在發生那些搞大肚子的官司之前，我對性愛就已經很謹慎了。」

「我相信你。」

他嘆氣。「我剛才是怎麼跟妳說的？妳明明知道，我說的謊比小木偶皮諾丘還多。像這麼重要的事情，我是地球上妳最不該相信的人了。」

「你是我第一個會相信的人。我從沒看過哪個人比你更討厭傷害他人。真諷刺，你之前是靠那麼野蠻的運動討生活。」

「葛蕾。」

「怎麼了？」

「我沒穿內褲。」

她眼睛猛地張大。他嘻嘻一笑，親吻她鼻尖，笑意緩緩消退，眼神變暗。他離開駕駛座，挪向她那邊，雙手捧住她下巴，覆住她的唇。葛蕾立刻被肉慾官能淹沒，身體每部位都悸動不已，彷彿有了新生命。他的嘴又暖又軟，她張口迎納，他以舌尖刷過她的唇；她擁有一部分的他，親密感令她為之醉心。她緊緊摟住他強健的脖子，伸出舌頭與他的相觸。上衣被捲高，他伸手探向她腹部。

親吻慢慢加深，他濕潤的體熱穿透T恤發散而出，她握住他的肩膀，更進一步吞納他的唇舌。兩人舌尖相接。世界似乎消失，唯有敏銳的五官存在。她的肺灼痛起來，才知道自己忘了呼吸。她抽開身，張口喘息，巴比轉而埋入她頸窩輕囓。

「巴比！」她喘息著呼喚他的名字。

「怎麼了，甜心？」他的呼吸也沒比她穩多少。

「我們可以做了嗎？」

「不行，甜心，妳還沒準備好呢。」

「噢，我準備好了，真的。」

他輕笑，手指摸著她側腰時又哼了幾聲。「這只是熱身。過來，靠近一點。」他將她舉起來，跨坐在他腿上。

葛蕾感覺到他又硬又挺的分身，正試圖突破他的牛仔褲、她的短褲。「是我造成的？」她貼著巴比的唇低喃。

「大概有三個小時了。」他喃喃說。

她喜悅地打哆嗦，在他腿上坐穩，臀部摩擦他髖部，同時吻住他的嘴。

「停下來。」他呻吟。

「是你要玩遊戲的。」葛蕾提醒他。

「有時候我真是自作自受。天啊，別那樣動！」

「別怎麼樣？」她搖擺臀部，想掃除兩人之間的障礙。

他揪住她的衣服下襬往上拉，連胸罩也一併被脫掉。他將她向後推，讓她背抵著儀表板，胸脯裸露。他舉起一側乳尖含住，葛蕾高喊出聲，十指掐入他肩膀。她的姿勢很怪異，但她的身體不再屬於自己，雙腿間陌生的緊繃感，更增添她的興奮之情。她感覺著他溫熱的吸吮，她腿間的悸動，還有掌心下汗濕的舊T恤。他雙手塞入她大腿下，拇指溜入短褲褲管。

她半坐起來，一手抓住他的衣服，另一手伸進兩人身體之間，摸索著解開他繃得死緊的褲頭鈕釦，成功後又往拉鍊進攻。巴比早已解開她的短褲，在她尚未回神之前，短褲就拉下臀部，卡在張開的雙腿間。

卡車裡充斥著兩人的喘息。葛蕾抽回一條腿，跪在座位上，以便能用兩手剝拉鍊。他脫下T恤時，手肘不小心壓到方向盤，喇叭聲大響。他低聲詛咒，葛蕾乘機舔舐他一邊乳頭，一面忙著和頑固的拉鍊奮戰。她的舌頭在結實圓塊的四周翻騰、摩擦，就像他對她做的那樣。他渾身一僵。

拉鍊終於開了。巴比推開她，先是脫掉她的上衣，接著是胸罩，都拋到後座。葛蕾跪在他旁邊，頭髮蓬亂，像個淘氣又放蕩的小精靈，褲子低低掛在臀上，胸前盪著他的超級盃戒指。

她低頭盯著他敞開的拉鍊。「好黑。」她咕噥。「我看不見你。」她用指尖輕觸他小腹。

「妳想看我？」

「想得要命。」

「葛蕾……」他似乎快吸不到氣了。「妳這主意不錯，可是事情的進展超乎我的預料，而且這輛卡車實在太小了。」

他用力扭轉鑰匙，猛然發動車子，害得葛蕾撞到門。他先是望著後方倒車，輪胎輾壓碎石，車子隨即飛射離開河邊，奔上公路。

葛蕾伸著手，想從後座拿衣服，巴比卻先一步抓住她的手。「過來。」不等她同意，他就拉著她躺下，頭枕著他大腿，窗外她只看得見夜空與樹梢。巴比一手控著方向盤，車子開得飛快，另一手則折磨著她的乳房。卡車在夜色中飛馳而過，他持續用手指撫著她。葛蕾在某種無法形容的快感邊緣盤旋，最後終於受不了這甜蜜的折騰，於是挪開胸部，不讓他碰。

卡車在幽暗的公路上飛馳，他敞開的拉鍊刮著葛蕾臉頰。她轉過頭，輕吻住他平坦結實的小腹，感受每一束筋肉的收縮。他呻吟，抬起她的腿，罩住她胯下，掌緣來回摩擦，葛蕾開始飛翔。

「不行，妳不准先跨過去，」他咕噥，抽開手。「這次不行，得等我進到妳裡面。」

巴比轉了大彎，卡車駛上他家的車道，勢道猛得讓葛蕾側身往座椅內倒，碎石也四處飛濺。他猛力煞車，沒幾秒就關掉引擎跳下車。

葛蕾還在找衣服時，他已打開門。「妳不需要那個。」他摟住她的腰，將她拉下車。

雖然房子四周沒有人煙，前院空無一人，葛蕾還是摀住胸部。門廊唯一的燈照亮了巴比的笑臉，她發現他正像是電影剛開拍時的模樣，裸著上身、褲子拉鍊半開。他沈重的腳步聲淹沒了她較輕柔的足聲。巴比拿出鑰匙，門一開立刻不太溫柔地將她拽進去，急急忙忙把她趕進臥室。葛蕾既興奮又驚慌，樂於知道巴比想要她，卻不知自己能否滿足他。她向來不擅長肢體活動，而做愛不啻是與肢體最相關的活動。她的眼睛鎖住那張睡美人大床，用力吞嚥。

「甜心，現在已經來不及後悔了。恐怕早在兩週之前，我們就過了能夠叫停的時刻了。」他坐在床沿，脫掉鞋襪，眼睛梭巡著她敞開褲襠下白色的蕾絲內褲，朝她微笑。

過於花俏的女性化裝潢，照理會讓他沒那麼嚇人，但他的氣勢反而更徹頭徹尾地壓倒她，更具男子氣概。她的興奮之情被焦慮取代，愣愣瞪著他，一直在想為何她會讓自己落入此番窘境。他是嘗遍百花的體壇名人，又是德州的大富豪，各方佳麗都想巴著他不放，她為何要獻身呢？但巴比對她一笑，葛蕾的疑慮全部煙消雲散，心裡漲滿了愛。她把自己獻給巴比是因為她想要，她在為未來的生活構築回憶。他伸出手，葛蕾毫不遲疑地走過去。

與她十指交纏的手指健壯有力，令人安心。「沒關係，蜜糖。」

「我知道。」

「是嗎？」攬住她臀部，巴比張開雙腿，夾住她。

「你跟我說過，你只做擅長的事。」

「對了，甜心，完全正確。」他含住她乳尖，兩手探入她褲腰，褪下她的短褲，也一併脫掉內褲。葛蕾一手扶著他肩膀，踏出蕾絲內褲，很高興擺脫了衣物，感覺像拖了很久才破繭而出的蝴蝶。他視線落在她腿間的紅銅色毛髮，葛蕾五指用力，催促他起身。

巴比一站起來，換她把雙手伸入他鬆鬆掛在臀部上的牛仔褲，發現他在河邊時沒開玩笑，他真的沒穿內褲。她雙手發抖，猶豫不決。

他捧住她後腦，手指輕輕纏捲她的秀髮。「繼續，甜心。沒關係。」

葛蕾嘴巴發乾，緩緩拉扯著長褲。眼睛盯著地板，以慢得不能再慢的速度，將牛仔褲滑過強壯的腿，落在腳跟上，讓巴比踢開褲子。葛蕾跪坐著，心裡盈滿期待，視線從他膝上的疤痕一路往上，停在他鼠蹊。「噢，我的天……」

她沒料到他這麼威風凜凜，這麼……雄偉。她雙唇微張，無法移開視線。真是壯觀，比她所想像的還要好。這麼強猛的玩意兒，她要怎麼容納呢？她額頭擔憂地打結，不過她拒絕去擔心尺寸問題。巴比會想出辦法的。

「這下慘了！」他咕噥。

葛蕾倏地抬頭，兩眼驚愕地瞪著地，皮膚泛起紅潮。羞慚之下，她一躍而起。「對不起！我不是故意瞪著看。我——」

「沒事，寶貝！」巴比抱住她笑。「不是妳有問題，妳很完美，是我慘了。妳看著我的樣子，快讓我按捺不住，我恐怕連十秒鐘都支持不了。」

葛蕾鬆口氣，她什麼也沒做錯，笑意湧上喉嚨。「那麼我們只好再來一遍。」

「葛蕾・雪諾，妳居然就在我的眼皮底下變成浪女。」他幫她解下掛著超級盃戒指的金鍊。「今天一定是我的幸運日。」

他又開始吻她，兩手撫遍她全身，揉搓她臀部，讓兩具身體摩擦。葛蕾迷醉於肌膚相貼的觸感，她摟住他，雙雙躺入床鋪的緞帶蕾絲裡。巴比將她放在睡美人大床上，但他不是童話中的王子，他心裡想的並非僅是純真一吻。

葛蕾的視線與他鎖住，緩緩張開雙腿，帶著喜悅獻出自己。他微笑，躺在她旁邊，手掌平貼著她的小腹。「甜心，妳真是稀世珍寶。」他低頭再次吻她，手指溜入那叢鬈曲毛髮，又轉為輕撫她大腿內側，用愛撫折磨她，一步一步接近，卻又不直接接觸。

她逐漸狂野，拱身貼住他的手，每寸肌肉緊繃。「拜託！」她貼著他雙唇喘息。「別只停在那裡……」

「甜心，我不會停。相信我，我不會。」

他分開她，指尖繞著她的私處，葛蕾輕泣，全身顫抖起來。他的手指緩緩進入，單單這樣，葛蕾就忍不住高聲哭喊；巴比抱住她，等待高潮退去。她平靜下來時，感覺到他依舊硬挺，頂著她臀部側面，葛蕾不禁熱淚盈眶。她本來是想付出，結果實際上她卻只有拿取。

「我——我毀了一切。我……我好抱歉，我就知道我會搞砸。」她嚥下抽噎。「我想要……想要做得十全十美，可是……我從來不擅長肢體活動。以前上體育課時，沒有人想跟我同一隊，現在你知道為什麼了。你還沒開始，我……我就結束了。我……我毀了一切。」她對自己來得太早的高潮太過傷心，幾乎沒感覺巴比的唇貼著她太陽穴游移。

「甜心，沒有人樣樣都強。」他的聲音有點奇怪，好像快嗆到了。

「可是我很想……很想做好這一樣！」

「我瞭解。」他俯身在她上方，用腿撥開她的。「有時候，人就是得接受自己的缺點。甜心，腿再張開一點。」她照辦，至少能為他做到這件事。她再次感覺巴比的手輕撫她的腿，接著手指侵入。他呻吟。「妳好緊。」

「對不起，因為我從沒有——」她猛地抽氣，因為巴比的手開始緩慢、有韻律地抽送，興奮如漣漪般在她心底擴散。他碰觸每一處，技巧高明，手指四處探索，畫出親暱的圖形。

「巴比？」她低呼他的名字，好似在發問。

「別道歉，甜心。妳自己也不願失敗。」興奮之中，她明白巴比正貼著她汗濕的臉頰微笑。她還搞不清楚他為何笑，就感覺身體的小小開口外頭，有某種東西正在用力刺探。強烈的喜悅衝擊她全身，她抓緊巴比肩膀。「噢……」

他緩緩進入，一點一點將她撐開，給她時間適應他的尺寸。從他鼓脹虯結的肩膀肌肉，葛蕾能感覺到他竭力克制，但她不要他自制。這一刻，她已等了一生。

「快一點，」她喘息道。「求求你快一點。」

「甜心，我不想弄傷妳。」他的聲音緊繃，好像在舉重。

「拜託，不要克制了。」

「妳不知道自己在要求什麼東西。」

「我知道，我要全部。」

他顫抖，衝入她，喜悅隨著她的體液擴散，在她血液中歡唱。她抬起臀部，雙腿纏住他。巴比雙手撐在她身下，將她往上抬，更深入戳刺。她很自豪能夠承受他的重量，容納他的壯碩，不禁喜悅嬌喘，讚嘆女性軀體的奧妙，讓她能夠輕易接受他。

他的呼吸粗重，葛蕾跟著他律動，彷彿這種事她做過無數次。流竄全身的官能刺激，好比狂風和轟雷，遠遠超乎她想像。他帶著她往雲端高處攀升，到一處唯有狂喜的神秘境界。兩具汗水淋漓的軀體結合，同時喊叫，化身為激情雲朵的一部分，霎時完美地懸在半空，片刻後再變成溫暖的銀色雨幕緩緩落下。

不知是過了幾分鐘還是幾小時，葛蕾漸漸重回地表，世界逐漸拼湊成形；清風拂過她的手臂，遠處高空飛機掠過。他的身體壓得她有點重，但葛蕾不在意，反而在他抽離時感覺一股深沈的失落。他背朝下躺著，頭轉到葛蕾這邊，手臂橫在她酥胸下方，輕輕打起瞌睡。她仔細記下他臉部的所有細節：性感的下唇、鬈翹的睫毛、直挺的鼻梁、額頭上濕漉的鬈髮，柔和光線彷彿讓他有了一身金黃肌膚。他好漂亮，美景幾乎奪去她的呼吸。

葛蕾滿心喜悅。她想要手舞足蹈，想爬上屋頂高聲歡慶。她渾身精力充沛。「巴比？」

「嗯……？」

她想起很久以前看過的卡通，內容是一隻拿著雨傘的老鼠開心起舞；如今赤裸躺在他身邊，她就跟那隻老鼠一樣快樂。「這比我想像的好上許多。我知道你會是優秀的情人，你也的確是，我相信沒人比得上你。可是你不該戲弄我，讓我以為我來得太早的高潮毀了一切。」

他睜開一隻眼瞥向她，一側臉頰仍躺在枕頭上。「妳現在應該瞭解了吧？對女人而言，沒有『來得太早的高潮』這種事。」

「我怎麼會懂？我要提個建設性的意見，你別覺得受冒犯。你有個很惱人的惡習，總是喜歡開只有你會懂的玩笑。」

他邊笑邊抱住她，手指纏上她頭髮。「我實在忍不住。」他大笑幾聲。「來得太早的高潮。」

「男人會早洩，我以為女人也會。」

「天啊，現代女性什麼東西都想要是吧？甜心，我們男人要保留那個權利，就算妳們告上最高法院也沒用。」他打個呵欠，轉身躺平，佔了大半床鋪。

她坐起來。「你餓了嗎？之前我太緊張，吃不下東西，現在餓壞了。我想來點三明治，玉米片或湯也好，不然……」

「小可愛，妳真饒舌。」

「你認為我們可以再做一次嗎？」

他呻吟起來。「給我一點時間恢復，我不像兩小時之前那麼年輕了。」

「我在想……我知道有很多種姿勢，老實說，我對……呃，男性器官，很感興趣。我沒有多少機會仔細研究，而且——」

她的話被打斷，因為他笑得太用力，整張床鋪都搖了起來。「哈！男性器官！」

葛蕾生氣地瞪著他。「我不懂這有什麼好笑。我老了，不想再這麼無知，而且我少上了好幾年的課。」

他的眉頭打結，裝作被她嚇到了。「妳該不會想在一個晚上趕完課吧？」

「依我看來，你絕對辦得到，完全沒有問題。」儘管巴比嘴巴那麼說，葛蕾並沒有漏掉他的眼睛正饒富興味地盯著她裸露的部位。

電話鈴聲打斷兩人的討論。雖然床頭的電話已經調成靜音，但從他們進門那刻，辦公室那支就不時響起。他總是不接電話，讓答錄機處理，葛蕾也習慣了，但這次他嘆口氣，翻身去拿話筒。

「我接聽之後，或許今晚剩下的時間可以清靜點。嗨……盧瑟，沒關係，我還沒睡。嗯，好，幾天之後我就會確認出席名單……你希望喬治・斯特雷特也能來？」巴比翻個白眼。「盧瑟，我得掛電話了，另一線又有人找我，我很確定那是特洛・艾克曼。沒問題，我會跟她說。」

他用力甩回話筒，然後把自己埋進枕頭裡。「他要我提醒妳，別忘記誕生紀念館委員會要開會。妳不用去。那群白癡。」

「事實上，我會過去，我們兩個總要有人知道他們在搞什麼。」

「他們那樣叫做精神錯亂，說不定會傳染，妳最好離遠點。」他的視線飄向她的酥胸。「妳準備要上第二課了，還是妳打算整晚坐在這裡嘮叨？」

她微笑。「我絕對準備好要上第二課了。」

「很好。」

「可是……」她鼓起勇氣，決心不讓巴比事事為所欲為，縱使他的性經驗比她多了幾十年，縱使她不太確定是否能扮演性愛女妖。「我準備好了，但這一次我很希望由我來主導。」

他警戒地看著她。「妳這句話是什麼意思？」

「巴比，你用不著裝傻，我相信我說得很清楚。」他輕笑，葛蕾掀開覆在他腰上的被單。「最能夠滿足我好奇心的場所，我想應該是淋浴間。」

「淋浴間？」

「如果你不介意。」

「一點也不，可是妳確定妳準備好了？跟我一起淋浴，表示妳鐵定會在一夜之內，從初學者晉級到中級班。」

她凝視著巴比，雙唇勾出微笑，儼然伊甸園剛誕生的夏娃。「我等不及了。」

第16章

隔天他們搭上巴比的小飛機，新奇的體驗讓葛蕾相當興奮。早上時，巴比宣佈要帶她去奧斯汀市遊覽，也瞧瞧他大學時常去的地方。天氣很晴朗，飛過峽谷與溪流時，他一一介紹，她則不時斜眼偷瞄他。昨天晚上，他完美一如她的夢中情人：溫柔卻又需索，讚美她的熱情，不讓她有絲毫保留。她對他奉上全部真心，毫不後悔。她被巴比・湯姆・鄧騰愛過了。多年以後，當她距離死亡僅有一線之隔時，仍能因昨晚的記憶獲得慰藉。

「能遠離電話煩擾真好，」他邊把飛機轉彎邊開口。「盧瑟一天會打給我六次，更別提其他人也都想從我身上撈點好處。」

「你實在不該責怪鎮長擔心高爾夫球賽的狀況。」她指出。「再兩個月就是天堂祭了，你卻還沒給他出席名單。你不覺得該開始打電話邀請朋友了嗎？」

「大概吧。」他興致缺缺地說。

「我知道你為何一直拖延。你會幫忙世上所有人，但你不希望討回恩情。」

「葛蕾，妳不懂，運動員總是會被人追逐，事大事小差異而已。」

「你難不成想跟我說，那些人從未請你幫忙嗎？」

「我幫過幾個人。」

「我敢說，不止幾個。」她同情地笑。「你把朋友的名字列給我吧？為了你好，我明天早上立刻開始打電話。」

「妳只是想要特洛．艾克曼的電話號碼。寶貝，不好意思，我覺得他不適合妳。」

「巴比……」

「怎麼了？」

「我很討厭降低你對我的評價，但我完全不曉得特洛．艾克曼是誰。」

他翻個白眼。「甜心，他是知名四分衛，曾經帶領牛仔隊獲得兩次超級盃冠軍。」

「我猜我很難通過你的橄欖球測試。」

「該死，我只希望那些女士不會決定找妳挑戰。」

機場跑道不大，降落時她有點緊張，但巴比操控技巧極佳，飛機平穩落地，幾乎感覺不到震動。他每件事情都做得這麼出色嗎？剛下飛機，他就從熟人手上拿到一輛車，接著開始帶她遊覽奧斯汀市，也造訪州政府辦公廳和德州大學校區。太陽西下時，他們沿著鬧區的著名景點「鎮湖」漫步。

「妳很快就會看到在新關地絕對不會出現的東西了。」

葛蕾望著環繞湖岸的雄偉建築，以及橫跨湖面的大橋。許多人把船划到湖上，彷彿在等煙火秀開始；她也發覺大量黑色鳥群在空中疾飛，以及一股讓她想起動物園的淡淡臭氣。「像這樣的東西，我今天已經見過好幾次了，有哪裡不同嗎？」

他的笑容帶著一絲淘氣。「大地之母會上演一齣好戲。寶貝，妳喜歡蝙蝠嗎？」

「蝙蝠？」她瞪著那些奇怪的黑鳥，淡淡的野生動物臭氣，刺激著她的鼻腔。她注意到那種厲嘯聲了。「我不認為——噢，天啊！」

彷彿被她的叫聲喚醒，一道巨型黑色波濤從橋下奔騰而出，幾千隻蝙蝠由巢穴飛上天空。天空彷彿被一團濃密的黑煙掩蓋，她著迷地望著奇景，當幾隻蝙蝠飛得太近時，她嚇得尖叫。巴比哈哈大笑，把她拉近。葛蕾不是膽小的人，不過蝙蝠就是蝙蝠，當她發現牠們又飛近時，便急忙鑽進巴比胸前，讓他笑得更開心。

「我就知道妳會喜歡。」他揉揉她的脖子。「以都會區來說，奧斯汀是全世界最大的蝙蝠棲息地，橋下有一大堆蝙蝠窩，據說牠們一個晚上會吃掉九千公斤重的小蟲。通常牠們要再暗一點才會現身，不太容易用肉眼觀賞，但最近氣候比較乾燥，所以牠們會提早飛出來覓食。一講到食物，我也覺得餓了，妳想吃點德式墨西哥料理嗎？」

「真是好主意。」

一如往常，跟巴比一起在外頭吃飯，代表她會遇見很多新面孔。他們最後來到歷史悠久的夜店「典雅小築」，聆聽當地幾位知名音樂家演奏。她想自己付晚餐錢，但他出錢幫所有客人買單了，所以她等到兩人要走回車上時，才把餐費放進他口袋。

他把鈔票抽出來。「這是什麼玩意兒？」

她雙手抱在胸前，很清楚他會因此而不高興。「我要自己付晚餐錢。」

他的眉毛猛然抬高，表情氣炸了。「該死，妳當然不用付！」他把錢用力塞進她皮包。

她知道贏不過他的蠻力，所以決定在負債清單上頭多加一筆。「我不會忘掉這筆錢，尤其我們現在上過床，由我自己買單就更重要了。巴比，我告訴過你，我不會從你身上拿走任何東西。」

「我們在約會！」

「費用各自分攤。」

「我才不玩那套！我從來不讓人分攤費用，妳最好忘掉那種想法！我想起來了……昨天早上我在書桌抽屜發現一筆錢，還以為是之前忘了拿走，但現在我開始懷疑了。妳該不會知道那是怎麼一回事吧？」

「那是房租——」

「房租！妳沒欠我房租，一毛錢都不用付！」

「還有黑色禮服的費用，你幫我買的那件。」

「我送妳衣服，那是禮物，妳想都別想付我錢。」

「我沒有資格接受你的禮物。」

「我們訂婚了！」

「我們沒有訂婚。巴比，我要自己付帳，或許你很難接受，我也能理解，但這件事對我很重要，尤其我們已經上過床了。我要你對我承諾，你會尊重我的意願。」

他咬著牙。「這是我聽過最荒謬的事。妳以為我會拿妳的錢嗎？快打消那種想法。」

「那筆錢隨你運用，但我欠下的債，我要付清。」

「妳沒有欠我錢！」

「我認為自己欠了錢。打從一開始我就說過，我不會從你身上拿走任何東西。」

他低聲咒罵，大步走離她。坐上車子時，他拿下帽子，用力砸在腿上。她有股感覺，他似乎更想砸在她身上。搭機返回杜樂沙時，兩人都不說話。葛蕾也不樂意破壞一整天的愉悅心情，但巴比必須瞭解，她絕對會堅持立場。他們回到家時，他似乎沒那麼生氣了，她對他道謝之後，便走上客房的階梯，褪衣盥洗。

她走出浴室，馬上屏住呼吸，因為巴比坐在臥室唯一的椅子上，他只穿了牛仔褲。

「我鎖了門。」她說。

「我是妳的房東，妳忘了嗎？我有鑰匙。」她緊緊抓住裹在身上的白色浴巾。他面無表情，她猜不出會發生什麼事。「葛蕾，去床上。」

「或許……或許我們應該先談談。」

「快過去！」

她照辦。他起身，拉下褲子拉鍊。她忐忑地抓著床墊，既緊張又興奮，心臟怦怦直跳，連喉頭似乎都跟著震盪起來。

他走向她，伸手拉掉浴巾。「妳也要為了這個付我錢嗎？」

在她回答之前，他就抓起她身旁的枕頭，塞進她臀部下方。「你要做——」

「安靜點。」他膝蓋頂著床緣，兩手分開她的大腿，花了片刻盯著她，才改成坐在床邊，用拇指為她暖身。當他低頭靠近時，她幾乎喘不過氣了，鬍渣摩挲著她的大腿內側，他輕輕咬著細緻的肌膚。「現在我要取悅妳了。」

接下來，因為他沒辦法靠意志力令葛蕾屈服，於是用另一種方式征服她。

到頭來蘇珊別無選擇。偉藍．舒耶提出那項可怕的條件已經將近一個月，這段時間她幾乎沒辦法思考其他事情。上週他終於回杜樂沙，卻直到昨天才聯絡她。光是聽見他的聲音，蘇珊就驚慌失措，當他說要在聖安東尼宴請商場上的朋友時，蘇珊根本無法反應。

一掛斷電話，她馬上想聯絡巴比，儘管不能透露任何事，但聽聽兒子熟悉的聲音也好。可是巴比不在家，她才想起早晨和葛蕾閒聊時，提到他們今天要去奧斯汀。

林肯轎車來接她，一路向聖安東尼疾駛，歇斯底里的感覺越來越濃。她自覺像是聖女貞德，準備為公眾犧牲自己，但她並沒有傻到以為鎮民會感激。一旦她和偉藍的關係走漏，人人都會因為她與敵方結交而譴責她。

偉藍住在一幢石灰岩老宅的最上面兩層，俯瞰聖安東尼最著名的河濱道。女僕來應門，從司機手上接過蘇珊過夜用的行李，並表示舒耶先生馬上就到。

裝潢是宜人的熱帶風格，米白牆面搭配灰白飾條，家具罩著亮黃與鮮紅布料，窗櫺以黑鐵製成，角落擺著生長茂密的植物，整體而言帶著舒緩人心的氣氛，與她翻攪的胃部恰恰相反。女僕帶蘇珊到同一層的客房更衣，但她不知道舒耶是否曾命令女僕帶她到這裡。她抱著一絲期待，希望今晚可以獨自在客房就寢。

蘇珊換上孔雀藍絲質洋裝，套上灰色高跟鞋，忽然聽見客廳有聲音，知道偉藍來了。她盡可能慢吞吞地化妝，試著藉由熟悉的動作鎮定下來，隨後又茫然瞪著床頭櫃上的雜誌，直到無法再拖延了，她才強迫自己去客廳。

偉藍站在窗前，凝視河濱道，一身正式晚宴服，緩緩轉身。「蘇珊，妳真漂亮，不過妳一直都是杜樂沙最美麗的女人。」

她不會假裝這是正常的社交場合。她拒絕因他的恭維而道謝，所以靜默不語。

他朝她跨了一步。「今晚有三對夫婦與我們共餐。妳擅長記名字嗎？」

「不太行。」

不理會她冷冰冰的反應，他微笑。「那麼我先幫妳預習。」出於習慣，蘇珊專心聆聽他說出賓客姓名、個人背景。他剛說完，第一對客人就搭著電梯抵達。

主客都移往餐廳後，蘇珊恍悟她很開心。她原本害怕偉藍會讓客人知道她是他的情婦，以此羞辱她，但他只說蘇珊是老朋友，絲毫沒有曖昧的暗示。

他是很周到的主人，蘇珊也發現他手法高明，誘導賓客的妻子也加入談話。她想到以前參加的宴會，男人高談闊論，太太則無言枯坐。這也是多年以來，她第一次不是以巴比的母親身分出席社交場合。偉藍只介紹她是教育委員會的主席，蘇珊和賓客聊的是小型公立學校所面臨的挑戰，而不是回答與她出名兒子有關的各種問題。

但是客人陸續道別，她又開始焦慮。迄今為止，她不想折磨自己，一直拒絕思考兩人在臥室的情況，但時間步步逼近，她越來越難甩開那些念頭。她想起荷伊開朗的笑聲，豐沛的慾望，公然流露的情感；偉藍正巧相反，他冷靜而疏遠。她想像不出哪種事會讓他激動、狂笑或大哭，流露出正常人的七情六慾。

最後一位客人離去，偉藍關上門，轉身時正好看見她顫抖。「妳冷嗎？」

「不，沒事，我很好。」她一向不喜歡筵席之後得收拾大量髒碗盤，此刻她卻寧願用任何東西去交換辛苦的清理工作，但兩名效率十足的僕人已開始收拾。

他輕輕握住她的手臂，將她帶回客廳。「妳高爾夫打得好嗎？」

高爾夫是她最意料不到的話題，不免嚇了一跳。「上次巴比跟我打，我一桿險勝。」

「恭喜。妳打了幾桿？」放開她，他坐在沙發一端，鬆開領結。

「八十五。」

「打得不錯。妳兒子是優秀的運動員，我很驚訝妳會贏他。」

「他的揮桿又高又遠，但也因此常陷入麻煩。」

「妳一直都有打高爾夫，對嗎？」

蘇珊走到窗邊，俯視河濱道上閃爍的燈光。「對，我父親很熱衷。」

「我記得。小時候我還想去他的鄉村俱樂部當桿弟，不過他們說，我得先去剪頭髮。」他微笑。

「我不想放棄飛機頭髮型，所以改去加油站。」

蘇珊想起他靠著置物櫃，手拿黑色梳子，把抹油的頭髮向後梳。荷伊一直留小平頭。

他拉掉領結，又解開衣領。「為了避開酷熱，我預定明天早晨七點半在俱樂部打球。

「我沒帶球桿和球鞋。」

「我會處理。」

「你不用上班嗎？」

「蘇珊，我自己就是老闆。」

「我——我得在中午之前趕回去。」

「妳另外有約？」

她沒有，隨即明白自己太傻。如果必須和他在一起，還有哪裡比高爾夫球場更好？「我有點事得辦，但可以押後。打高爾夫滿不錯。」

「好。」他起身，脫掉西裝上衣，拋在沙發上。

「要不要看看陽台？」

「我很樂意。」只要能拖延時間，做什麼事情都好。

他走向樓梯，蘇珊心頭一凜。她原以為陽台在這一層，如今瞭解會在樓上主臥室之外。他走到樓梯底，才察覺蘇珊沒有跟上，於是回頭淡然注視她。「看風景時，妳不需要脫衣服。」

「請你別這麼失禮。」

「妳也別那樣瞪著我，好像我會強暴妳似的。我不會。」他轉身，大步上樓。

蘇珊慢吞吞跟上。

第17章

偉藍雙手插入口袋，眺望聖安東尼的夜空。蘇珊小心翼翼接近欄杆，與他保持些許距離。

「在這種高度，每樣東西很快就變乾了，維持濕潤是個大難題。」

她看向種在陶盆內的觀賞用樹木，還有開著各色花朵的植物，開著鮮豔黃花的朱槿拂過她裙邊。談論園藝總比正視迫近的問題來得好。「我也遇過同樣的問題，我有幾個吊在屋簷下的掛籃接不到雨水。」

「為何不換個位置？」

「我喜歡從臥室看著那些植物。」話一出口，她立刻後悔提到臥室，挪開視線不敢看他。

「妳是成年女子，卻像少女一樣怕羞。」他的聲音低沈，微微沙啞。蘇珊畏懼地看著他轉過身，雙手握住她的上臂，他的體溫穿透薄薄的絲料。他低下頭，她開口想抗議，卻正好被他的唇覆住。她僵直不動，預期會是粗暴的侵襲，但他的吻卻溫柔得驚人。他的唇輕輕掠過，蘇珊沒想到會這麼柔軟溫暖，她緩緩閉上眼睛。

他換個姿勢，大腿輕輕擠壓她。感覺到他的勃起，蘇珊的全身緊張起來。他緩緩退開，蘇珊凝視著他，無法掩藏心底的困惑。即使只有幾秒鐘，但她當真屈服了？當然不是，她對他只有反感。無論他多有權勢，他仍是偉藍・舒耶，杜樂沙高中最壞的流氓。

他替她撥開頰上一綹頭髮。「妳好像剛得到初吻的小女孩。」

他的評語一如他的吻，都擾亂了她的心。「我經驗不多。」

「妳結婚三十年了。」

「我不是那個意思。我是指——和別人。」

「荷伊是妳唯一交往過的人，對嗎？」

「在你眼裡，我跟鄉村老鼠沒兩樣，是嗎？」（譯註：蘇珊的比喻出自《伊索寓言》，意味生活簡樸卻心滿意足。）

「他已經去世四年了。」

蘇珊垂下頭，聽見晚風飄送著她的低喃。「我也是。」

沈默蔓延，當他開口時，蘇珊聽出一抹若有似無的不安。「我想我們需要多一點時間熟悉彼此，才談進一步的事。」

希望躍上心頭，她瞪大眼睛看著他。「你不會——你不會強迫我？」

幾分鐘前才溫柔吻她的雙唇抿緊。「妳希望我強迫嗎？」

她的希望消散，隨之而來的是猛烈的怒氣。「你又在玩弄我了。你怎能這麼殘忍？」

她猝然轉身，想要衝回主臥室，卻在門外被偉藍按住肩膀攔住。他的眼神淒滄無比，她不禁瑟縮。「怎樣才算是殘忍，妳根本不懂，妳一出生就被保護妥當。」

「才不是！」

「不是？妳知道餓著肚子上床的滋味嗎？妳知道親眼看著自己的母親因不堪受辱而慢慢死

去，又是什麼感覺嗎？」

蘇珊再也受不了這番折磨，她倏地轉向臥室門，雙手轉動門把。「我們趕緊了結吧。」進入主臥室，她聽見偉藍低聲咒罵。自覺像是赴刑場的囚犯，她環顧紅漆四壁，特大號桃木床上頭擺著深色抱枕，就在她身後的壁凹。她顫抖著轉身面對他。

「我不要開燈。」

他又一次遲疑。「蘇珊——」

她截斷他的話。「我不要開著燈做。」

「妳想假裝我是荷伊嗎？」他生氣地問。

「我永遠不會把你和荷伊‧鄧騰搞混。」

他冰冷的語氣與她難分軒輊。「我帶妳下樓，妳可以睡客房。」

「不！」她雙手握拳。「我不會讓你得逞。你不用再對我耍心機了！我們兩個都知道，你買下我，已經付了錢，這種買賣你再清楚不過吧？你早就從你母親那裡學會了。」她轉身走向浴室，顰眉蹙額，覺得很羞慚。無論如何，她都不該說出這麼傷人的話。

「妳在浴室的時候，放滿浴缸的水。」

他的語氣平靜至極，反而讓她震顫不已。「我不想那樣做。」

「我想。」他絲毫不露任何情緒。「妳不要開燈，隨妳的意，但是放滿浴缸的水。」

她沮喪地吐了口氣，逃進浴室。她靠著門板，心跳急促，一想到晚點會發生的醜惡情境，眼淚就快掉下來。她以為自己能在一片昏暗中，簡簡單單爬進被單底下，張開雙腿讓他為所欲為，心如死水般撐過去，既快速又有效率。她不想跟他共浴或玩性愛遊戲。兩人的第一次，她今晚就要了結，但完全不想投入任何情感。

她想說服自己，偉藍的技巧會是很機械化的動作，就跟他冷漠又缺乏感情的個性如出一轍。但摸索電燈開關時，腦中卻浮現他少年時的模樣，眼神凶惡，饑渴難以饜足，她顫著身子推開那幕景象。她脫下衣服，避開不看鏡中的倒影。各種鍍金設備讓浴室顯得相當華貴，方型黑色大理石浴缸足以讓兩人共浴。她仔細摺好衣服，放在浴缸旁的長椅上，鞋子則整齊擺在底下，盡可能拖延時間。她用厚重的浴巾裹好身體，接著開始放水。為了讓自己鎮定一點，她心底想著花園，思考秋天時要種哪些東西，想什麼都好，就是不要去想她即將對荷伊不忠。

水放滿之後，她開啟浴缸的按摩功能，水面被陣陣氣泡掩蓋，接著她關掉燈。浴室沒有窗戶，她很慶幸變得夠暗，不必親眼看著他以視線探索她那僅有荷伊曾愛撫過的身軀。偉藍怎麼會想要她呢？她的肌膚已經鬆弛，腹部多年以前就不再平坦，臀部還有女性荷爾蒙貼布。她脫掉浴巾，埋身躲進滿是氣泡的水中。

沒多久他就敲了門。「什麼事？」她一如往常般有禮詢問，因為像她這種年紀的女人，從小就被教導要有禮貌、守規矩，順從男人的意願，把自己的需求放在最後。

門打開，些許光線透進浴室。他沒開燈，但也沒有關上門。儘管剛才說過那些話，但她很高興如今並非全然漆黑。她不希望他清楚看見她的身體，但也畏懼與他在濃重黑暗裡共處。

她細看他軀體的輪廓。真希望他的魅力少一點，才不會那麼像是在背叛荷伊。偉藍散發著力量，他比荷伊矮，但他以不同的方式呈現逼人氣勢。她看不清他浴袍的色澤或用料，但他的手挪至腰間時，她知道他要解開繫帶了，於是垂下視線。她看過多少成年男子的裸體？她很瞭解荷伊的身體，幾乎跟她自己的一樣熟悉；小時候，她也見過父親幾次裸體；巴比留下來過夜時，偶爾會只穿內褲亂晃，但那不算數。她能用來參考的範本實在很少。

他進入浴缸，水位隨之升高，他坐在與她相對的另一邊。水流輕柔的翻騰聲蓋過了外界的聲響，他們兩人彷彿孤身處於世外化境。他的手肘靠在浴缸邊緣，伸腿時輕輕刷過她的腿。他伸出手，抓住她的腳踝，放在他的大腿上。她渾身一僵。

「蘇珊，放輕鬆，妳隨時都可以離開浴缸。」

她沒辦法因此安心，反而更意識到自己無路可逃。如果今晚不做個了結，她肯定會發瘋。

他以拇指在她的足弓緩緩劃圈，她全身為之抽動。「這麼敏感？」他身上有如靜電那般噼啪作響的怒氣似乎消失了。他畫了個阿拉伯數字的八。

「我的腳很怕癢。」

「是哦。」他沒放開她，反而用拇指和食指按摩她的腳趾，另一手則繼續輕拂足弓。她不由自主地放鬆下來，暗暗期待今晚能到此為止，在泡完熱水澡、舒服的按摩之後便結束。兩人雖然沈默不語，卻出乎意料平靜。他的雙手在她腳上靈活移動，加上沒有展現任何想更進一步的意圖，讓她開始降低警戒。蘇珊又縮進水裡一點。

「我們該帶瓶香檳進來。」他慵懶開口，似乎跟她一樣放鬆。「感覺真好。」

他繼續以手指帶來美妙感受，但她知道自己該為剛才口出惡言道歉。就算別人行為失檢，也不能成為她拋棄禮教的藉口。「剛才我提到你母親，那些話既殘忍又失當，對不起。」

「妳被我激怒了。」

「我不會找藉口。」

「蘇珊·鄧騰，妳是個好女人。」他輕聲說。

一股倦怠感流遍全身，讓她的肌肉癱軟。已經好久沒有人碰過她了。結婚那麼多年，她已將愛撫所具備的魔力視為理所當然，如今她再也不會那樣看待了。他抓住她另一隻腳，繼續慢慢搓揉。她的髮尾浸到水中，但她太放鬆，不想勉強撐起身子。她告訴自己，她同意被這樣對待，僅是因為她累了，而且感覺實在很舒服。

他把蘇珊的腳舉到嘴邊，輕囓拇趾，讓她感受陣陣愉悅。「我應該不需要擔心妳會懷孕。」

她頓時警醒，想坐起來，但他握緊她的腳，放回大腿上，又繼續撫摸。「你不用擔心。」

「妳也不用擔心我。」

蘇珊暗忖，她有什麼該擔心的嗎？他當然不會懷孕啊。

偉藍帶著笑意開口。「蘇珊，現在是九〇年代，妳該問清愛人的性愛史，以及他是否吸毒。」

「天啊。」

「歡迎來到嶄新的世界。」

「不太美好的世界。」

他輕笑幾聲。「看得出來，妳應該不會盤問我了。」

「如果你有必須隱瞞的事，就不會提起這個話題了。」

「沒錯。現在請妳轉身，讓我按摩妳的肩膀。」

沒等她動作，他便溫柔拉著她的手腕，將她移到他的兩腿之間，靠在胸膛上。當他挪動臀部時，她發現他已全然硬挺了。興奮竄過她全身，緊接著則是強烈的罪惡感。

「拿肥皂給我，」他低語，語調一如他按摩的動作那般溫柔。「在妳的右手邊。」

「不，我——」

她嚇了一跳，因為他突然咬住她的頸項，不怎麼痛，但力道足以提醒她，他才是有權發令的人。她記得馬匹交配時，種馬常常會咬住雌馬，有時甚至會流血。她心中傳來一道微弱的聲音，提醒她只要起身離開浴缸，他就會讓她離開。但當他的手改為握住她的雙乳時，她再也抓不牢那道聲音了。

「蘇珊，往後靠，」他輕柔地說。「讓我在妳身上戲耍。」

他一定自己去拿了肥皂，因為他的掌心滑溜，溫暖雙手在她的胸脯游移。他所激起的強烈快感，讓她眼眶泛淚。她不想背叛荷伊，她不希望感受這些愉悅，但獨守空閨太久，她無法抗拒。他的手劃了一圈又一圈，逐漸逼近敏感核心，她的呼吸隨之急促起來。他先是刷過乳首，接著輕輕拉扯、搓揉，動作跟剛才他按摩腳趾時相同。貫體快感既強烈又熟悉，彷彿過了好長一段時間，終於又聽到自己最愛的歌曲，她都忘記這種感覺有多美妙了。她的身軀慢慢變得虛軟，似乎要與偉藍融為一體。

他的手在乳尖與胸部之間緩緩溫柔挑逗，她先是扭著身子，最後終於呻吟出聲。她呼吸粗重，身體好像因慾望滿溢而膨脹起來。他把蘇珊舉起來，坐在他的大腿上，然後對她的耳垂進攻，先是輕吻，又含住銀色耳飾吸吮，陌生的觸感讓她不禁顫抖。她沒印象荷伊曾這樣做過，但她思緒四散，難以認真回想。他張開雙腿，同時也利用膝蓋讓她門戶洞開，手也滑下至她的大腿內側。他帶著兩人轉身，將她的雙腿分得更開，臀部貼近浴缸角落。她還沒搞懂他為什麼要這樣做，接著就感覺到強勁水柱衝向她。她抽了口氣，幾乎要嚇得跳起來逃開。

她聽見那個壞傢伙的笑聲，既溫柔又挑逗。「蘇珊，放鬆，享受一下。」

蘇珊希望天主願意赦免她，因為她真的很享受。

偉藍搓揉她的乳房，輕囓耳朵與肩膀，吸吮敏感的裸頸。他們不時挪動身體，讓水柱能輪流衝向兩人。她拋下所有戒心，就算他從後方挺進她也沒有抵抗。他不再移動，只讓水柱刺激他們連接之處；她想更進一步，卻被他阻止。每當她快要攀越頂峰時，他便調整位置，讓她無法噴發。

她開始低泣。「求求你……」

「妳想要什麼？」他耳語，同時更深入她。

「拜託，讓我……讓我……」

「蘇珊，妳想更進一步嗎？妳確定想要我做下去嗎？」

他溫柔的誘導，讓她全身脹滿激情。「是的……是的……」她在乞求他，但她已經那麼久沒有感受此等快感，實在難以自制。

他啞著嗓子，低聲溫柔回答。「還不行，親愛的，還不行。」

他把她舉起來，兩人不再結合，她試圖回到他的懷抱之中，但他已經站直身子。昏暗光線照出他的軀體輪廓，還有那堅實、粗厚的硬挺。出於直覺，她拋棄禮教，不知羞恥地伸手握住他的分身。蘇珊忘記這個男人並非她的丈夫，也忘記她曾經不想跟他做愛。

他喉頭發出怪聲，抓住她的手腕。「等等，再一下就好。」

他離開浴缸，直接把浴袍套進濕漉漉的身體，沒費事綁好繫帶。接著也把她拉出水面，用浴巾裹住身子，然後用手臂將她抱起，走回臥房，宛如她是被新郎抱回洞房的新婚處女。蘇珊把頭縮進他的腋下。她不想看見他，不想記起他和她的身分，不想意識到她即將背叛她的丈夫。她怎麼會讓這個陌生人帶她陷入激情呢？

「不要開燈。」她被這個男人挑動到無法自制的程度，她必須用黑暗掩蓋恥辱感。

他停下腳步。她抬頭查看，他的頭髮又濕又亂，表情難以判讀。她以為他會把她放到床上，但他往另一個方向走，那邊有扇她之前沒注意到的門。她望著他，想討個解釋，但他根本沒看她。他用腳推開門，帶著她走進去。她愣住了，發現這裡是寬敞的衣物間，一眼望去可見兩排昂貴西裝與手工襯衫、整齊放置的靴子與皮鞋，還有幾疊摺好的牛仔褲與針織上衣。古龍水、皮革和上過漿的乾淨襯衫，融合成醉人的陽剛氣味籠罩著她。他把她放在地毯上，隨即關上門。房間一片漆黑，她不禁驚恐地屏著氣。

他的聲音飄向她，既沙啞又危險。「不開燈。」

他伸手一抽，她身上的浴巾便落到地面，接著他肯定退回去了，因為他沒有再碰觸她。時間分秒過去，她的心臟狂跳，她在黑暗中裸身僵立，無法得知他站得多近；就連他的呼吸聲，也被遠處的空調運轉聲掩蓋。黑暗讓她失去判斷能力，太深濃、太純粹，令人聯想到死亡與墓穴。她轉身四處查看，卻只讓她更沈不住氣，驚惶逐漸湧上心頭。

她嚥下歇斯底里的感受。「偉藍？」

毫無答覆。她不由自主退了一步，衣服刷過她光裸的身體。她繃緊神經，試圖聽出呼吸聲、腳步聲、碰撞聲，什麼聲音都好。不知何方出現一隻手，摸上她大腿，她嚇得跳起來。如今她的視覺、聽覺全都失去作用，那隻手彷彿是超脫現實之物，並非人類的手，而是來自她的鬼魅情人，或者是惡魔。那隻手四處游移，從她臀部的貼布開始，往腰部、肋骨前進，最後抵達敏感的胸脯。

她不能再呆呆站著，任憑情人為所欲為了。她伸手感覺他的胸膛，瞭解他已脫下浴袍，她指下是厚厚的柔軟毛髮。荷伊的胸毛沒那麼多，她掌中的肌肉紋理也不太對勁，跟她三十多年來熟悉的軀殼不同。陌生觸感助長了她的黑暗幻想，宛如自己正被惡魔誘引墮落。她跟惡魔情人在濃重的黑暗中獨處，她邪惡的肉體正偷偷渴望他的碰觸。儘管可能墮入地獄，她還是伸出手，以觸覺領略他的惡魔身軀。沐浴後的水珠早該乾了，但他的皮膚依舊又濕又熱；她以指尖劃過他虯結的肌肉，終於聽見他的呼吸也變得粗重。她的手往下探，朝他的陽具摸，還沒打算認真進入正題，僅是滿懷貪歡慾念地探索，測試他的重量、厚實，搓揉幾下。

他突然推開她，她再次站在伸手不見五指的漆黑之中，喘著大氣。他將她轉身，手掌貼上臀部按壓，滑至股縫。又一次，她只感覺到那雙手，惡魔撥開她的雙腿搓揉，她不停嬌喘、全身顫抖。接著他無預警地把她推倒，讓她平躺在厚實柔軟的地毯上。

她躺在原地等待。什麼事都沒發生。死寂般的黑暗，墓穴般的陰森，對墮入地獄的恐懼，她全部納入己身。一股力量抓住她的膝蓋往外分，不知是野獸、人類或妖異惡魔之舉？毫無其他碰觸，僅有無言的需索，命令她獻上自身最敏感的神秘部位，給這位黑暗天使。

接著又毫無動靜。她躺著等待，幾乎喘不過氣。她已經墮入地獄了，渾身被不潔的激情灼燒。然後，她感覺到了，大腿內側被輕柔撥了幾下，一根濕熱舌頭就在她的開口梭巡。

哦，就是這樣！她好想念這些感覺，幾乎是夢寐以求。收縮與穿刺，粗野和溫柔共存的搓揉，貪婪雙唇難以饜足的吸吮，所有的感官刺激，都因這黑暗的地底世界而強化。她的惡魔愛人要將她吞吃下肚，讓她迷失自我。她高聲哭喊，不斷墜落，跌入他的擁抱所化成之地獄。

她還沒回神，他便進入、填滿她，覆在她身上。她雙腿纏住他的髖部，手臂環住他的後頸，雙乳因摩擦他的胸毛而熱如火燒。他深深貫穿她的核心，不斷抽出又穿刺，帶著她一起盤旋飛昇。當他們從雲端墜落時，他的喊聲低沈又沙啞，她則是尖聲哭叫。她從未這樣痛快解放。

片刻之後，偉藍打開門，光線透了進來。她開始哭泣，蜷著身子，以手掩面，罪惡感與羞愧淹沒了她。親愛的，親愛的。她對丈夫不忠，她背叛那個她全心全意愛上的人。她承諾過要永遠愛著荷伊，至死方休。她還活在世上，他依舊是她最深愛的丈夫，她卻背叛了他。事情不該這樣發展，她應該是要來犧牲自己的！為了拯救杜樂沙，她把自己賣給偉藍，但她卻落到乞求他占有她的地步。她迷失自我了。

「蘇珊，別哭。拜託。」他的聲音粗嗄，幾乎像是痛苦難耐。

她勉強坐起身，扯來身旁的浴巾，試著用布料遮掩自身的恥辱。她抬頭，看見他仍裸著身子，全身汗濕，陰沈地望著她。懊悔的眼淚落下她的雙頰。「我想回家了。」

「妳太難過了，」他靜靜地說。「我還不能讓妳回去。」

她垂下視線，瞪著身前光裸的膝蓋。「你為什麼要這樣對我？」她大喊。「你為什麼不能讓我一個人獨處？」

「我很抱歉。我原先沒有打算這樣做，對不起。」

他穿回深綠色的浴袍，輕輕抓住她的手臂，讓她站在他旁邊，又拿了件白色浴袍幫她穿上，雖然尺寸對她而言太大了。他把手放在她背上，引導她走出衣物間，她感覺恍若隔世。她不自覺地走在他身邊。何必擔心他要帶她往哪去？全都沒有差別了。他哪能對她做出更過分的事？

他彷彿把她當成小孩，引導她走向窗邊舒服的軟椅。她以目光對他懇求。「現在就讓我回家。」話剛說完，她又哭了起來。

他抱著她坐進椅子，她的身體埋入他的胸膛。他摸著她的秀髮低語。「別哭，請妳不要哭。」他以唇刷過她的前額和眉心。「不是妳的錯，是我不好，是我對妳做出那些事。」

「我放任你動手。為什麼我會讓你對我放肆？」

「親愛的，因為妳是熱情又敏感的女人，對妳來說，已經太久沒有這種機會了。」

她告訴自己，她不會接受偉藍的安慰，她做出這麼嚴重的背叛，沒有資格獲得寬慰。但他一直緊緊抱著她，輕撫秀髮，她終於止住淚水，在她懷中睡著了。

偉藍總算聽見她低沈、平穩的呼吸聲，於是在她前額輕輕一吻，接著閉緊眼睛。他怎麼會讓自己失控得這麼誇張？蘇珊・鄧騰從未傷害他，沒有理由被他這樣對待。就算她是他年少時迷戀的對象，那也不是她的錯。當時他對她怒目而視、口出不遜，宛如電影「養子不教誰之過」的詹姆斯‧狄恩想讓娜妲麗‧華對他留下印象那般。

高中時，他一望著蘇珊，她就會露出驚恐的表情；上個月她走進他的客廳時，神情跟當年完全一樣，於是他體內的情感猛然爆發了。他的權勢和財富如煙消散，兒時難以壓抑卻又如影隨形的憤怒浮上心頭。邀請她共進晚餐，只是出於一時興起的愚蠢念頭，他想施展魅力讓她墜入愛河，展現他今日的成就，證明他跟三十五年前不一樣了。然而，他卻羞辱她到難以置信的程度。

雖然他用那種方式欺負她，但他真的沒料到，蘇珊認為他會為了上床而勒索她。這些年他不缺女伴，更沒必要訴諸威脅，但她不瞭解他。他受憤怒驅使，一時衝動提出要她擔任女伴的條件。他以為蘇珊會叫他「下地獄去吧」，她卻在玫瑰花園中愣愣站著，表情彷彿被他摑了一掌。

出國這段時間，他對自己這樣對待蘇珊感到越來越羞愧，於是決定回杜樂沙之後，就要打電話道歉，希望還能藉此挽救情勢，但一聽到她顫抖的聲音，他又失去控制了。他沒有懇求原諒，反而又逼迫她來到這裡，並暗示她的決定將與羅莎科技的未來走向息息相關。即使到了今晚，他仍能解開誤會；她忿忿衝進主臥房時，他可以說出真相。他為何不那樣做呢？體悟猛地出現，他宛如被當頭棒喝，茫然瞪著虛空。他做出這麼可怕的事情，因為他愛上蘇珊‧鄧騰了。這是在今晚、上個月，還是三十年前發生的？他不曉得，只知道他愛她，他喚不起意志力來阻止自己。

他從不因衝動或情感而行事，相當自豪擁有絕佳的自制力。舉例來說，他經過冷靜評估才決定接管羅莎科技；當他發現自己仍想報復曾錯待母親的小鎮時，甚至還帶著一絲冷嘲的興致自省。他從未想過自己會因此在情感上有所牽扯。傷痛早已成為前塵往事，即使他真想討回公道，也不會做得那麼過分。他在鎮上刻意散播羅莎科技經營不善、必須搬遷的謠言，事實上公司仍有微薄利潤；他考慮過是否真的要執行，但最終實在沒有膽量摧毀這麼多無辜百姓的生計。他倒是樂見鎮民焦慮不安，所以才故意讓大家認為他會遷廠。人人臉上露出末日將至的神情，還可憐兮兮地試圖藉由孤立來懲罰他，好像他還會在意好名聲似的。

沒錯，他知道這樣報復很孩子氣，但也令人心滿意足。積累財富與權勢之後，他為何不能討回些微西部風格的正義呢？看著曾經殺害他母親的小鎮被恐懼籠罩，雖然無法改變往事，不過杜樂沙曾背棄公理，擊垮楚笛．舒耶的靈魂，他終於能讓眾人付出代價。但是因果循環，報應不爽。就在今晚，楚笛．舒耶的兒子難得衝動行事，讓鎮上最可敬的女人自覺像是妓女。明天早上，他要立刻坦承真相，然後送她回家，再也不去打擾她。

他低頭看著她。天啊，她依舊那麼漂亮，甜美又敏感。晚一天才放她離開，應該沒那麼嚴重吧？他不會碰她，而是殷勤備至。多一天就好，他要贏得蘇珊．鄧騰的心。

第18章

巴比準備離開拍攝現場時，發現康妮溜進他的露營車，還帶了兩瓶冰啤酒。現在是週六晚上，本週的拍攝行程已經結束，他也很想好好休息一天。

「今天很熱，我猜你可能會想分一瓶冰啤酒。」

他把襯衫穿好，直直瞪著康妮。這週他不是被扮演毒梟的保羅‧曼迪綁起來刑求，就是跟娜妲一起跳入河中，周圍還有大批炸藥引爆，實在沒心情應付女人。不過，葛蕾例外，光想到她小巧的身軀，就讓他硬了起來。雖然他們初次做愛已經是上個月的事了，但他幾乎要不夠她。

「甜心，不好意思，家裡有個小女人正在等我。」

「只要小女人不知道，就不會傷心了。」她用力扭開瓶蓋，拿了一瓶給他。

他接過啤酒，放在櫃子上，接著把襯衫紮進牛仔褲。康妮坐在沙發上，窄裙捲到大腿的位置，兩腿曬得棕黑，線條卻似乎沒葛蕾那麼優美。

「她這幾天在忙什麼啊？」康妮假裝難耐燠熱，解開上衣一顆鈕釦。

「她不是在打電話，就是在向安養中心的人說明。她還幫我安排高爾夫球參賽者的行程，那可是件大工程。」

「我確定她做得來。」康妮喝口酒，蹺腳平放在沙發上，讓巴比清楚看見她的紫色內褲。

她大方展示，他就不客氣了，但他沒被激起多少慾念，只覺得煩躁。「康妮，妳在搞什麼鬼？妳已經跟金寶訂婚了，為何還想找我上床？」

「我喜歡你，一直如此。」

「我也喜歡妳，至少是曾經喜歡。」

「那是什麼意思？」

「我現在是從一而終的男人了。只要妳還戴著金寶的婚戒，最好別到處拈花惹草。」

「我打算當個忠貞的好妻子，但在步入禮堂之前，我不介意最後放縱一次。」

「別找我就好。」

「該死，你何時變成這種老古板了？」

「自從我遇到葛蕾的那一刻。」

「巴比，她到底哪裡吸引你？大家都搞不懂。別誤解，我們都喜歡葛蕾，她為人友善，鎮民也很感激她去關心藤丘的老人。一看到需要幫忙的人，她就會伸出援手。見鬼了，我明明表示得很清楚，我恨她入骨，但上週蘿安沒來上班時，她居然還願意幫我。不過她舞跳得糟透了，而且雖然她長得滿可愛，可是你向來喜歡曲線玲瓏、凹凸有致的女人。」

康妮擺起姿勢，強調出話中的重點，但只讓巴比注意到葛蕾有項康妮缺少的特質：葛蕾有良心。她也很固執，幾乎要把他逼瘋了。書桌抽屜那筆錢，對她而言是鉅款，但他根本不在意那點小錢，她堅持還款讓他很火大。他已經知道葛蕾跟其他人不同，不會整天巴著他討油水了，她為何還不讓他買單呢？她以為自己瞭解他的個性，但她似乎還不明白，他總是處於施惠的那一方，其他狀況都會讓他難受。一絲不安閃過心頭，她還不知道她的薪水是巴比出錢。但他要自己別擔心，只要不讓她發現實情，就不會出問題了。

康妮狐疑地打量他。「大家也覺得奇怪，葛蕾顯然對橄欖球懂得不多，怎麼能通過測驗。」

「我放了點水。」

她暴怒，跳了起來。「不公平！所有女人都相信你進行測驗時會一視同仁。」

他這才發現剛剛講的話大大不妥。「我很公平，所以有時才會採用不同的計分方式。」

聽完他的說法，她似乎沒那麼生氣了。她放下酒瓶，搖著屁股走向他，暗色眼眸透出的意志，只能用「不達目的，誓不甘休」來形容。他戒備地看著康妮。她或許是杜樂沙最漂亮的女人，但此時此刻，她的誘人程度連葛蕾的一半都比不上。

他忽然想起昨晚葛蕾發出的撩人聲音。他很確定自己以前絕對有過同等美妙的床笫之樂，但卻怎麼也想不起是在何時、跟誰享受。葛蕾令人驚訝無比，她熱情又天真，節制又勇敢，完全是難以抗拒的絕妙組合。他們做愛時，她總是讓他性致勃勃，他還得不時告誡自己，兩人會有這種安排，全是因為她對情慾所知有限，他只是在幫她忙。他懷疑自己對葛蕾的反應會這麼強烈，可能是因為退休後曾暫時失去性慾的反饋；他不止一次勉強提醒自己，如果他現在跟別的女人交往，或許也會是這種狀況。

康妮環住他的頸子，嘴唇湊上來，讓巴比有機會驗證他的論點，但不到十秒鐘，就瞭解她無法點起他的慾火。他按住她的肩膀，堅定推開。「讓我知道妳想要哪種結婚禮物，好嗎？」

她整張臉繃得死緊。巴比知道他侮辱了康妮，但他沒有邀請她進門，也不在乎她怎麼想。他拿起卡車鑰匙和牛仔帽，打開露營車的門，示意她該走了。她不發一語離開，他戴上帽子，跟著她走出車子。警長金寶・柴克里的巡邏車，就停在六公尺之外。

康妮立刻做出反應。「嗨，吉姆寶貝。」她頭髮蓬亂，上衣半開，就直接抱住警長的脖子。

金寶掙脫，滿懷惡意地瞪著巴比。「搞什麼鬼？妳跟他在幹什麼？」

康妮改用手指纏著未婚夫的手臂。「吉姆，別生氣，我和巴比只是在喝啤酒，沒別的事了。巴比，你說是不是啊？」她慢慢彎起嘴角，對巴比露出意在言外的微笑，暗示實情全然不同。

巴比反感地看著他們。「我從沒看過比你們兩個更契合的情侶了。」

他走向卡車時，金寶對他放話。「鄧騰，我等著你犯錯，只要你亂丟垃圾或吐口水，我就會馬上出現。」

「金寶，我不吐口水的，除非剛好看到你擋了我的路。」

開車離去時，他從後視鏡看見金寶和康妮吵得很凶，巴比不知道他該可憐哪個人。

某件事吵醒了葛蕾。已經一個多月了，但她仍未習慣在巴比床上過夜，惺忪之間，她記不起自己在哪裡。走廊閃過的亮光引起她的注意，這才發現房裡只有她一人。她下床，套上睡袍，看見時間將近凌晨三點。今天是週日，她和巴比早晨要跟娜妲、安彤夫妻搭機前往聖安東尼遊覽。她走上走廊，看見光線來自巴比的辦公室。她來到門口，發現巴比坐在椅子裡，微微側身的角度看不見她進門。他的頭髮有點亂，身穿印有西班牙古金幣圖樣的絲質睡袍。銀色閃光來自電視，正在播放橄欖球，音量調成靜音。

他按下遙控器，畫面開始倒轉，葛蕾才知道這是他參加比賽的錄影帶。她轉而注意螢幕，看見他穿著星隊制服。光影在他臉上躍動，把顴骨照得清晰分明。無聲的球賽繼續播放。螢幕上的巴比轉個大彎，往邊線直衝，球朝他飛去，看似傳得太高，但他躍入空中，似乎停在半空，每一束肌肉盡情地伸展。防守球員向他衝去，葛蕾屏住氣。巴比全然伸展的姿勢毫無防備能力。這一撞非常嚴重。幾秒鐘之後，他就躺在地上，痛苦地扭動。

他按下回轉鍵，畫面又一次倒轉。葛蕾滿心憂慮，終於明白這就是他夜復一夜關起辦公室房門所做的事。他坐在黑暗中，重溫那場結束他體壇生涯的比賽，一遍又一遍。

她一定不小心弄出了聲音，因為他倏地轉身，看見葛蕾站在門口，立刻按下遙控器開關，停止播放影片，螢幕上只見訊號中斷的畫面。「妳有什麼事嗎？」

「我醒來，沒看見你。」

「我用不著妳來查勤。」他起身，遙控器拋在沙發上。

「想到你夜復一夜坐在這裡看那卷帶子，我就好心痛。」

「妳怎麼會有那種想法？我受傷之後，這是第一次看帶子。」

「騙人，」她柔聲說。「從我的臥室窗口，可以看到這裡的亮光，我知道你每晚都在看。」

「管妳自己的事情就好。」

他的頸項繃緊，但這件事對他太重要，葛蕾不能就此退縮。「你還年輕，應該把眼光放在未來，別沈浸在過去。」

「奇怪了，我有請教妳的高見嗎？」

「巴比，都過去了。」衝動之下，她伸出手。「我希望你把帶子給我。」

「我為什麼要給妳？」

「因為你越看那卷帶子，受到的傷害就越大，該停止了。」

「妳根本不知道自己在說什麼東西。」

「請你把帶子給我。」

他歪頭朝電視一偏。「妳那麼想要那卷天殺的帶子，就去拿啊，不過少來那套妳很瞭解我的把戲，妳根本不知道我在想什麼。」

「你對任何人都要提防，對吧？」她走向電視，拿出錄影機裡的帶子。

「我們上過床，不代表妳有權利到處刺探；以前有個女人做得太過火，就被我請出門，妳最好牢牢記住那件事。這次對談就當成妳缺乏應付男人的經驗，我不跟妳計較。」

葛蕾拒絕被他的惡言惡語威嚇，因為她瞭解背後的動機——她太深入他私人的情感領域，他要懲罰她。她輕拍他的手臂。「巴比，這不叫對談，你一句重要的話也沒說。」

她走過他身邊，回到臥室收拾衣服，剛把錄影帶塞入皮包，他就在門口出現。「也許那是因為我這人從來不說粗話。」

他的嘴角彎起，蓄意擺出慵懶笑容，眼裡卻毫無笑意。葛蕾很清楚，他想假裝她根本沒有碰著痛處，而且他打算用他最擅長的武器——他的魅力，來終止她的刺探。葛蕾猶豫片刻，不知該怎麼處理。她愛巴比，但她有資格敲掉他為了保護隱私而執意升起的層層戒備嗎？她很想，但她看得出來，他多年以前就在心中築起高牆，不可能在一夕之間崩解。

「葛蕾，談話結束。」他輪流脫掉兩人的睡袍。葛蕾以為他會帶她到床上，但他們回到辦公室。他挑了最舒服的一張大椅坐下，拉她坐在腿上，短短幾分鐘內，就教會她另一種姿勢。但葛蕾並不像平常那般沈醉其中。兩人之間有太多難以開口的禁忌。

飛往聖安東尼的行程十分平穩，既然由巴比擔任導遊，第一站自然是去阿拉莫參觀了。阿拉莫是德州最著名的傳奇勝地，位於市中心，周遭有許多漢堡店和冰淇淋店。他們在石造堡壘間的廣場漫步，轉角處有個佈道家正在警告世人基督即將再臨，大量觀光客拿著攝影機拍攝中央建築的正面景觀。

「妳美得像是一幅畫，」巴比輕聲說。「葛蕾，我是認真的，如果妳再漂亮一點，我就得把妳鎖在家裡了。」

他傾身在她唇上輕輕一吻，暖意竄過她全身。他們早上的做愛毫無忌憚，又有點狂野，搞得兩人大汗淋漓。他不肯讓她高潮，直到她在他耳邊悄悄說出一連串下流話之後，才得以解放。她當然要反擊，所以等他洗完澡、換好衣服之後，她強迫他跳一場世上最徐緩的脫衣秀。既然她是巴比．湯姆．鄧騰的愛人，當然要好好享受賞玩他那美妙身軀的機會吧？

娜妲挽著丈夫的手走在前面。葛蕾第一次見到安彤．古亞德時，對他們夫妻容貌差異之大頗為意外，這位娶了美豔電影明星為妻的洛杉磯商人，竟是圓臉、禿頂。但安彤既風趣又睿智，而且深愛他的妻子，娜妲顯然也有同感。

巴比握著葛蕾的手，轉頭不看那些開始盯著他的遊客。他今天穿著以珍珠鉚釘裝飾的粉紅襯衫，頭上戴著他招牌標記的牛仔帽，外觀相當搶眼。她則穿著淺棕色的上衣和短裙，腳上踩著涼鞋，還戴著大大的磨砂金耳環。

娜妲轉身露出憂慮的表情。「巴比，你確定你給我的那台呼叫器能正常運作嗎？」

今天娜妲第一次沒把艾維帶在身邊，葛蕾知道她很緊張；即使黛麗常常幫忙照顧寶寶，娜妲還是會擔心。為了出遊，這一整週她都把母乳裝瓶拿去冷凍。

「我親自測試過了，」巴比說。「如果黛麗照顧艾維時碰上問題，就會馬上聯絡妳。」

安彤向巴比道謝，這是今天的第三次了。

早上的時候，巴比還在一直發牢騷，說在他跟娜妲背著她丈夫做完那些事之後，實在很難面對安彤。娜妲是專業演員，可能沒把在鏡頭前演出激情戲碼看得太嚴重，但巴比總覺得這樣違反他個人的行為規範。

儘管阿拉莫的景觀今昔交織，有點不調和，葛蕾還是玩得很高興。她和其他遊客一起聆聽導覽員充滿激情的介紹，重溫那最終引領德州邁向獨立的關鍵十三天圍城，她的眼中不禁泛淚。

她拿紙巾拭淚，巴比帶笑看著她。「妳這個不認識喬治・斯特雷特和韋隆・詹寧斯的北方姑娘，心態倒是滿正確的。」（譯註：韋隆・詹寧斯為著名鄉村歌手，詞曲創作俱佳。）

「噢，安彤，你瞧！那是大衛・克拉克的步槍耶！」（譯註：大衛・克拉克為美國政治家與戰爭英雄，於阿拉莫戰役後身亡。）

看著娜妲拉著丈夫走向大型展示櫃，葛蕾心中泛起一絲嫉妒。他們的一舉一動、眼神交流之間，都展現出無比親密。娜妲看清安彤的本質，沒有被丈夫平凡的外貌所惑。巴比有可能對她做出同樣的事情嗎？她隨即放棄妄想，實在沒必要用那種天方夜譚來折磨自己。

阿拉莫之旅結束後，他們走去幾條街之外的河濱道，先搭乘會穿過石橋下方的駁船遊覽，接著在石板道漫步。他們最後來到拉威利塔藝術街，巴比買給葛蕾一副紫色的太陽眼鏡，鏡片的形狀跟德州疆域差不多；葛蕾則回贈他一件T恤，上頭寫著「我腦袋不好，不過我能舉起重物」。巴比假裝很生氣，讓葛蕾和娜妲笑到眼淚都掉下來了，其實他一直對著鏡子拿起衣服欣賞。

夜幕低垂之時，四人去巴比最愛的餐廳「祖尼燒烤」用餐，享用胡桃烤雞、黑豆和山羊奶酪，同時看著行人熙熙攘攘。巴比剛咬了口葛蕾的甜點，就全身凍住。葛蕾循著他的視線望過去，看見蘇珊從餐廳樓上的戶外金屬梯走下來。

她後面跟著的人，是偉藍·舒耶。

第19章

娜妲剛打完第三通查問艾維情況的電話，也看見蘇珊和偉藍在樓梯上。「巴比，那不是你母親嗎？陪著她的男士好英俊，他是誰？」

「親愛的，」安彤說。「小心我會吃醋。」娜妲哈哈笑，彷彿安彤說了荒謬無比的笑話。

「他叫偉藍・舒耶。」巴比的聲音緊繃。

蘇珊一看見兒子，臉色就僵住，彷彿想逃跑，但既然不可能那麼做，於是她走過來，很顯然是無可奈何。偉藍亦步亦趨。她嘴角彎起，勉強露出微笑。「嗨。」

三個人紛紛回禮，只有巴比相應不理。

「看來妳和嬰兒安全回到鎮上了。」偉藍對葛蕾說。

「是啊，多謝你停車詢問。」

巴比疑惑地瞅了她一眼，葛蕾沒理他，只對娜妲和安彤解釋自己怎麼會認識偉藍，順便替他們介紹，因為巴比顯然沒打算表現禮貌。

母子之間的緊張，強烈到葛蕾以為空氣會起火燃燒。偉藍開口說話，並沒針對誰，語氣卻有些過急。「我的住處在這附近，剛才過來吃東西時，看見鄧騰太太沒有伴，所以邀她一起用餐。我該回去了。」轉身看著蘇珊，他伸手和她相握。「再見，鄧騰太太。各位，幸會了。」他點個頭便離開餐廳。

葛蕾難得聽見更沒有說服力的藉口。她注意到蘇珊的眼睛尾隨著偉藍，他穿過好幾張餐桌，走到街道上。巴比一逕裝啞巴，只好由葛蕾出面邀請蘇珊加入。「我們正在吃甜點，叫侍者再搬張椅子來，好不好？」

「噢，不用了，謝謝妳。我……我得回去了。」

巴比終於說話了。「時間太晚了，不適合開車回家。」

「我要留在聖安東尼過夜，我和朋友約好明天去藝術中心聽交響樂。」

「哪個朋友？」

蘇珊似乎即將因兒子的不悅崩潰。葛蕾認為巴比不該這樣逼迫母親，就算他母親想見偉藍•舒耶，那也是她的事，用不著兒子管。但此刻的巴比好像成了嚴厲的父母，而蘇珊成了孩子。

「你不認識的人。」蘇珊緊張地摸頭髮。「各位再見，希望你們玩得愉快。」她匆匆離開餐廳，向左轉，與偉藍•舒耶的方向恰恰相反。

蘇珊的心臟狠狠撞著肋骨。她感覺好像被捉姦在床，也知道巴比絕對不會原諒她。她衝上粗石人行道，閃過推著嬰兒車的夫妻和一團日本遊客，低跟鞋慌亂地敲著不太平整的地面。她和偉藍共度、有違世俗的那一晚，已是將近一個月前的事，此後的一切有了很大的變化。

那晚的隔天早晨，儘管她不發一語，默默譴責他，他卻溫柔體貼。前往高爾夫球場途中，他說不會再碰她，但想繼續見面。她表現出自己別無選擇的模樣，彷彿羅莎科技會不會關閉完全取決於此，但在她心底，她相信他不可能那麼做。他看似強硬，但天性並不殘酷。

最後，她繼續和偉藍見面。她安慰自己，只要不再有肉體關係，就不算失節。因為她不敢面對真相，所以才任由自己假裝是被迫見他。於是他們打高爾夫，談論園藝，陪他飛到全國各地參加商界聚會。從頭到尾，她都扮演無可奈何的人質，彷彿杜樂沙的命運壓在她肩上。偉藍因為關心她，所以從不拆穿。

但剛才的意外為此劃下了句號。短短的幾分鐘，她一手建立起的幻象便粉碎了。願天主赦免她，是她想和偉藍在一起，兩人共處的時光充滿繽紛燦爛色彩，迥異於原本單調乏味的生活。他讓她開懷，讓她覺得回復青春，相信生命仍有希望，填補了她的心痛寂寥。但讓他一步步深入心中，蘇珊覺得自己背叛了婚誓，如今她的失節又被她最不願知道的人發覺了。

老宅的門房讓她進入，她搭乘電梯到他的樓層，在皮包裡翻找著他給的鑰匙，尚未插入鑰匙孔，他就拉開了門。

他的五官又是他們初相見時的冷硬陰鬱，蘇珊幾乎以為他會開口責罵，但他僅是關上門，把她擁入懷中。「妳還好嗎？」

就這一分鐘，蘇珊讓自己棲息在他胸膛，但連這短暫的安慰，都像是對不起荷伊。「我不知道他會來這裡。」她緩緩退開。「太突然了。」

「我不會讓他為這事糾纏妳。」

「他是我兒子，你阻止不了他。」

他踱向窗戶，單手按住牆壁，瞪著窗外。「我們站在餐廳時，要是妳看得見自己的表情……」他肩膀一沈，重重吸口氣。「他不相信我說兩人巧遇的藉口。對不起，我不擅長編謊話。」

他是個驕傲的男人，蘇珊知道為此說謊有多委屈他。「我也很抱歉。」

他轉身，表情淒滄，蘇珊好想哭。「蘇珊，我不能再這樣下去，不能繼續畏首畏尾。我想光明正大在杜樂沙街上與妳漫步，受邀到妳家。」他深深看向她的雙眸。「我想要能夠碰觸妳。」

她搖搖晃晃坐到沙發上，知道結局將至，卻不願接受。「我很抱歉。」她又說。

「我必須放手讓妳離去。」他平靜地說。

恐慌在體內擴散，她緊緊握著拳頭。「你只是利用這個藉口脫身，對吧？你玩夠了，打算把我一腳踢開，遷走羅莎科技。」

她偏頗的指控不知是否令他意外，但他神情未變。「跟工廠無關。我以為妳該瞭解了。」

她把自身的痛苦與罪惡感狠狠丟向他。「你們這些商場大亨，難道不會彼此分享要脅女人上床的戰績嗎？你明明可以輕易入手大胸脯的年輕美女，卻找上我這種又老又嘮叨的貨色，你一定被大家取笑過了。」

「蘇珊，別說了，」他語氣疲憊。「我從來沒打算威脅妳。」

「你確定不想再跟我上床嗎？」她喉頭哽咽地說。「還是我這麼沒魅力，你嚐一次就夠了？」

「蘇珊……」他走過來，想擁她入懷安慰，但她從沙發上跳起來，退開幾步。

「我很高興你決定結束這種安排了。」她怒氣沖沖地宣稱。「打從一開始，我就不想要。我要忘記所有事，回到我踏進你辦公室之前的生活。」

「我不想這麼做。我很寂寞。」他站在她面前，但沒有碰她。「蘇珊，妳丈夫過世四年了。為什麼我們不能在一起？妳還那麼恨我嗎？」

她的火氣消散，慢慢搖著頭。「我一點也不恨你。」

「我從未打算遷廠，妳其實很清楚，不是嗎？謠言是我放出來的。我就像個小孩，想要報復小鎮多年以前虧待我母親。蘇珊，她只有十六歲，還是個大孩子，三個男人殘忍輪暴她，結果卻是由她受罰。但是，我從沒想過要把妳扯進來，我無法原諒自己做出那些事。」

蘇珊別開臉，默默懇求他別再說下去，但他不打算停。

「那天下午妳走進我的辦公室，光看妳一眼，就覺得自己又像是那個生錯了邊的窮小子。」

「所以你要為此懲罰我。」

「我不是蓄意的。我根本沒想過威脅妳跟我上床——現在妳當然也知道了——可是那晚妳走入我的臥室，看起來好美，我太想要妳，沒法讓妳走。」

淚水湧上。「你強迫我！那不是我的錯！是你逼我屈服的！」蘇珊自己聽起來，都覺得她像是敢做不敢當的小孩，把過錯推到別人頭上。

他凝視她的目光既蒼老又哀傷，蘇珊好想哭。等他開口，他的嗓音沙啞，充滿痛苦。「沒錯，蘇珊，是我強迫妳。都是我的錯，怪我一個人就好。」

她強迫自己保持沈默，想讓這件事就此告終，但心底的榮譽感卻拒絕服從。這件事，她的罪孽遠比他來得深。她轉過頭，喃喃說：「不，不是，只要我拒絕就沒事了。」

「妳寡居太久，但妳是一個熱情的女人，我看準這點佔妳便宜。」

「拜託，別為了我說謊，我對自己說的謊已經夠多了。」她抽噎著喘氣。「你沒有強迫我，只要我想脫身，隨時都辦得到。」

「妳為什麼不走？」

「因為……感覺很好。」

他碰觸她。「那晚我就愛上妳了。妳知道，對不對？也許早在三十年前就這樣了，一直沒被我忘記。」

她按住他嘴唇。「別這麼說，那不是真的。」

「蘇珊，我愛妳，雖然我知道無法和荷伊競爭。」

「那和競爭無關。他是我的生命，婚姻至死不渝。和你在一起，就是在背叛他。」

「胡說。妳是寡婦，這個國家沒有女人把自己往亡夫的墳墓裡送。」

「他是我的生命，」她又說，不知還能如何表達。「我不可能再有別人。」

「蘇珊——」

她珠淚盈眶。「偉藍，我好抱歉，我從來不想傷害你。我……我也很關心你。」

他掩飾不住苦澀。「但還沒有關心到願意抛開妳的喪服，重新生活。」

蘇珊看見她造成的痛苦，心情有如被千刀萬剮。「你看見巴比今晚的反應了，我真想死掉。」

偉藍彷彿被她摑了一掌。「那就沒有什麼可說的了，對吧？我不會害妳蒙羞。」

「偉藍——」

「妳去收拾東西，我會叫車在樓下等妳。」不給她機會回應，他走出房子。

她奔向客房，那一晚之後，她每次都睡在這裡。她匆匆將衣物塞入皮箱，淚水撲簌簌落下。她安慰自己，夢魘結束了，她終會原諒自己，繼續下半輩子的生活。從此以後，她會很安全。

但是，很孤單。

兩人的爭吵就如同夏日驟雨，來勢凶猛又出乎意料。他們從聖安東尼回來之後，葛蕾一直在思考，針對巴比在餐廳對母親的無禮，她該採取哪種態度。等到安彤夫妻離開，兩人終於獨處時，她決定不做議論。她知道巴比深愛蘇珊，現在他應該冷靜下來了，一定會著手修補關係。但他立刻擊碎了葛蕾的樂觀。他一進客廳，就把帽子拋在沙發上。「明天早上打電話給我媽，說我們週二晚上不過去吃飯了。」

葛蕾跟著他走進辦公室。「她會很失望，她說過要煮一些拿手菜給你吃。」

「她得自己吃了。」他坐下，不理睬電話，拿起葛蕾分類好的郵件，顯然要她離開。

「我知道你不痛快，可是你難道不能試著體諒她一點？」

他的鼻翼翕張，怒火中燒。「舒耶那人渣說他們只是巧遇的鬼話，妳該不會相信了吧？」

「是不是巧遇，有什麼關係？他們都是成年人了。」

「有什麼關係？」他跳了起來，猝然轉身瞪著她。「他們在交往，這就有關係！」

答錄機開始動作，有個叫查理的傢伙留言，說巴比肯定會想跟他買船。

「你只是在瞎猜，」葛蕾指出。「與其像這樣發脾氣，你何不直接問她？如果他們在交往，她也有她的理由。巴比，跟她談談，她最近似乎很不開心，我覺得她現在就需要你的支持。」

他的食指猛地戳向她。「給我閉嘴！這件事她休想要我支持，永遠不可能！只要她和偉藍・舒耶在一起，她就背叛了鎮上的每一個人。」

葛蕾難以壓抑憤怒。「她是你媽啊！她在你心中的重要性，應該高過這個鎮。」

「妳懂什麼。」他開始來回踱步。「真不敢相信，我讓自己像個傻瓜一樣。那些謠言我全都懶得理，哪知道她居然會在背後捅了大家一刀。」

「別再把舒耶先生說得像是變態殺人狂了，我倒覺得他人不錯。那天我停在公路旁，他不必停下來問我是否需要幫忙，我也喜歡他今天想保護你母親的心態。他知道你看見他們在一起會有什麼反應，所以盡力幫她遮掩。」

「妳真的替他說話？幫那個想要一手毀掉小鎮的人？」

「如果杜樂沙的人不對他那麼惡劣，或許他就不會遷廠了。」

「妳根本不知道自己在說什麼。」

「真的是舒耶先生讓你心煩嗎？你和父親很親近，也許你只是不希望母親跟別人約會？」

「夠了！我不要再聽了。關於這件事，閉上妳的嘴，聽見了沒有？」

葛蕾心底完全凍結。「別用那種口氣跟我說話。」

他壓低聲音，語氣平靜，鏗鏘有力。「我愛怎麼跟妳說話，就會怎麼跟妳說話。」

葛蕾怒火中燒。她對自己承諾過會全心全意愛他，但交出靈魂可不包括在內。她慢條斯理轉身，啟步離開。

他跟著她走進客廳。「妳要去哪裡？」

「去睡覺。」她抓起放在咖啡桌上的皮包。

「好，等我準備好，我就去陪妳。」

她差點說不出話。「你以為我現在還會想跟你睡覺？」她朝後門走，想去車庫上的客房。

「妳敢這樣給我走掉！」

「巴比，對你來說，這或許非常難以理解，所以仔細聽清楚了。」她停下腳步。「雖然從你出生的那一刻開始，大家就不斷奉承你，但你總有碰上釘子的時候。」

巴比站在窗邊，看著葛蕾穿過院子，雖然他也不知道，為何他該死地還要關心她是否安全回到客房。今晚她越界了，如果他沒馬上表明絕對不會容忍這種事，他就永無安寧之日了。見她進入客房，他轉身，後悔之情漸生。電話又響，答錄機傳出葛蕾錄製的聲音，請來電者留言。

「巴比，我是奧迪・道尼。可以請你幫我一個大忙嗎？我想麻煩你聯絡桃莉・巴頓，問她是否願意捐一頂假髮，讓我們能在名人拍賣會開放競標？大家肯定願意花大錢來買。另外——」

他從牆上抓起電話，狠狠扔向辦公室的另一頭。

葛蕾明知道他有多關心母親！但他必須讓媽媽瞭解，那天晚上看到她和偉藍・舒耶一起走下樓梯時，竄過他全身的是哪種感覺。他拿起書桌上保濕煙罐裡的雪茄，切掉雪茄帽，丟進菸灰缸。她跟舒耶交往，而且沒有告訴巴比，他還不確定究竟是哪件事比較令他生氣。他胸口一緊。

媽媽明明那麼愛著爹地，怎麼能讓舒耶接近她？

他接著把怒氣轉向葛蕾。他打球那麼多年，支持隊友已經完全成為他生命中的一部分了。相對來說，葛蕾今晚的舉動，只證明她根本不懂什麼叫做支持。

他劃斷兩根火柴，才把雪茄點著。怒氣未消，他狠狠吐著煙，心想他是自作自受。當他讓葛蕾鑽進他的生活時，早已知道她有多跋扈，但他還是把她留在身邊，讓她像跳蚤一樣溜進他的皮膚。他當然沒打算整晚坐在這裡自怨自艾，該是冷靜下來、做點事情的時候了。

雪茄咬在嘴角，他拿起一疊報表，但完全看不下去。少了葛蕾，這幢房子變得又冷又安靜。他把雪茄放到菸灰缸，報表拿近身子。空蕩宅邸裡，沈默逐漸進逼，他終於頓悟，他已經習慣有她在身邊了。他喜歡聽到她在隔壁房間傳來的聲音，有時是幫他回電，或者打回蔭園關心那邊的老人。他喜歡自己偶爾晃進客廳時，會發現她蜷在窗邊的椅子上看書。他甚至很享受能趁她不注意的時候，偷偷倒掉她煮的難喝咖啡，然後重新煮一壺。

他放棄閱讀報表，起身走向臥房，一進門，就知道自己做錯了。房間裡有著她的氣味，他有時覺得那是春季的花香，又像是夏季午後熟透的蜜桃香。葛蕾彷彿集四季於一身。秋季楓紅是她閃耀的秀髮，冬季曦軒則在她明智的灰眸中躍動。他得不斷提醒自己，葛蕾不是那種最頂級的美女，因為最近他似乎老是忘記這件事……該死，她真的很可愛。

他瞥見床邊的地毯上有條藍色蕾絲，於是湊過去撿起來，一發現那是她的內褲，鼠蹊部馬上湧起一股熱流。他緊緊握著布料，努力壓抑慾望，他好想衝進她房間，把她全身剝光，再狠狠埋入她，回到他那歸屬之地。啟蒙處女的新奇感消退之後，照理他應該會對兩人的性事漸失興趣，但他不斷想出打算給她看的新花樣，而且也幾乎從不厭倦複習老把戲。他喜愛她靠在身上的感覺，她發出的嬌喘聲，她的好奇心與精力，以及不必費多少功夫就能讓她發窘的個性。該死，就連她對他的身體不斷問東問西，害他覺得有點尷尬的時刻，他也喜愛。

他不清楚原因，但當他留在她體內時，感覺似乎很合適；並非只有他那根覺得合適，而是他全身都有這種感覺。他回想自己上過床的女性大軍，卻似乎沒有人能帶給他相同的體驗。

葛蕾讓他覺得很合適。

他們做完愛之後，有時葛蕾會做一件奇怪的小事。他把她抱在胸前，打著盹，從頭到腳都覺得很平靜的時候，她會用指尖在他心口寫個小小的X。就在心口，只寫小小的X。

他很確定，葛蕾知道自己愛上他了。這倒不令人意外。他很習慣女人愛上他，受過幾次難忘的教訓之後，他也學會誠實以對，避免讓她們傷心。他敬佩葛蕾，她知道自己不是巴比愛的類型，而且聰明到沒有為此爭執。葛蕾或許會像今晚這樣，拿跟她無關的事情來幻想，但她從未夢想因為她愛他，所以他也會愛她。她很務實，知道不可能發生那種事。

說也奇怪，她那種想法，如今反而讓他生氣。他把雪茄塞回嘴角，兩手插腰，大步走進廚房。如果女人想要男人，她應該要盡力爭取，而非心甘情願地不戰而降吧。可惡，如果她愛他，為什麼她不試著少激怒他一點呢？她曾說過，告訴我如何取悅你。只要她展現出一點支持和同理心，就那麼一次，乖乖聽他的話，而不是滿嘴爭論，他就會很高興了；或者，現在就光溜溜地待在他床上，而不是躲進那該死的車庫。

他的情緒越來越差，又在心中多數落葛蕾幾筆，例如她變得喜歡跟人打情罵俏了。他已經注意到，電影公司許多男性工作人員都會找藉口在她身邊逗留，就巴比觀察，葛蕾的問題比那些傢伙還大。她沒必要露出笑容，彷彿他們魅力無邊難以抗拒吧？也沒必要擺出專心聽話的模樣，彷彿他們在讀聖經吧？巴比倒是直接忽略她天生善於聆聽的事實。以他的觀點來看，訂了婚的女人跟未婚夫以外的男人相處時，應該要再保守一點。

他抓起冰箱裡的牛奶喝了一口。考慮到他就是讓她改頭換面的推手，所以別的男人會趁她沒注意的時候偷瞄幾眼，他認為也不能完全怪她，但這種狀況依舊令人很火大。上週他被迫跟兩個傢伙聊聊——沒有做得太明顯，他不希望大家誤解成他在吃醋——只是很友善地提醒一下，葛蕾是他的未婚妻，絕對不可能被帶進他們的旅館房間上床。

把牛奶塞回冰箱之後，他在房子裡來回踱步，滿腹不平，感覺好心沒好報。他突然停下腳步。他是怎麼搞的？天啊，他是巴比・湯姆・鄧騰耶！他才是手握大權的人，為什麼要放任葛蕾像這樣惹他生氣？

那個念頭應該能讓他平靜下來，實際上卻毫無功效。或許是因為葛蕾比任何人都瞭解他，不知不覺中，巴比越來越看重她的意見。這個認知讓他覺得脆弱，霎時間轉為難以忍受。他在菸灰缸捻熄雪茄，決定接下來要怎麼處理葛蕾。接下來幾天，他會表現出友善但冷靜的態度，給她時間思索自己的行為有多惡劣，以及她究竟該支持哪方。一旦葛蕾瞭解誰才有權主導雙方關係之後，他就會重新接納她。

他繼續設想未來的發展。天堂祭結束之後，他們就會飛去洛杉磯，在攝影棚拍攝剩餘場景，一旦他們遠離這個瘋狂小鎮，她就會安分多了。可是拍完電影後，她就失業了，接下來會發生什麼事？她放不下蔭園的老人，時常保持聯絡，而且又去藤丘關照新的一批人。巴比開始相信，安養中心或許是她的天命，就像橄欖球是他的天命那般。她有可能決定返回新關地嗎？

這個念頭讓他心神不寧。他從沒聘過比她更值得信任的助理，不想放她走。他可以提出優渥的待遇，聘請她擔任正職員工。一旦他正式付她薪水，那些關於金錢往來的愚蠢爭執就不會再發生了。他仔細考慮這個計畫。當他開始厭倦她的肉體，狀況勢必會變得棘手，不過他肯定找得出辦法讓她同意不再上床，又不至於斷絕關係。他已經相當看重兩人之間的友誼了。

他來回檢驗自己的計畫，確定沒有漏洞。畢竟，不管應付哪種女人，即使是葛蕾這樣的狠角色，關鍵還是在於能否掌控全局，他很自豪能擁有這種能力。過不了多久，葛蕾就會回到他希望她所在的位置了：躺在他的床上，蜷在他的胸前，在他的心口寫下小小的X。

第20章

「葛蕾，妳覺得我們該把鑰匙圈擺在哪裡？」

葛蕾剛打開最後一箱德州造型的白色菸灰缸，上頭以粉紅色邱比特標示出杜樂沙的位置，還有一段書寫體的文字：德州天堂鎮，永駐你心。

剛才那個問題是桃莉・錢德勒提的，她是誕生紀念館委員會的主席，同時也是鎮上牙醫的老婆。桃莉所站的位置，以前是鄧騰夫婦家的陽台，不過現在變成禮品店了。儘管三週之後天堂祭就要開始，但將巴比兒時故居化為旅遊景點的計畫尚未完工。蘇珊跟荷伊當年搬家時，把舊宅的許多家具都丟了，但委員會從儲藏室和二手商店搜出相似物件，偶爾還能找到完全一樣的。那個年代的裝潢以綠、金色調為主，但蘇珊加了幾抹蘋果紅，讓整幢房子相當迷人。

就算負責各體壇名人的食宿、旅程安排，葛蕾還是有許多空閒時間。她和巴比吵架已是將近三週以前的事了，在那之後，她晚上多半去藤丘關心住民，或是來紀念館幫忙黛麗和桃莉。現在她疑惑地打量鑰匙圈，這玩意兒就像店裡大部分的商品那樣，未經巴比許可便擅自用了他的肖像。螢光橘塑膠片上印著他在場上的英姿：雙腿騰空，肢體彎成優美的字母C模樣，雙臂伸直以便接球。可是他穿的不是芝加哥星隊制服，而是疊上一件達拉斯牛仔隊的，而且影像處理技巧很差。旁邊還有一列螢光字：他應該去牛仔隊打球。

「或許掛在明信片貨架的後面？」葛蕾建議。

「噢，我覺得不妥，」桃莉說。「掛在那裡的話，顧客就看不見了。」

葛蕾正是那麼打算。她希望巴比能阻止販售這些未經授權的商品，但目前他們的關係已經夠緊繃了，所以她不會提。他們會禮貌對談，如果附近有外人，他會環著她的腰，但兩人幾乎不再私下獨處，每天晚上也回各自的臥房睡覺。

葛蕾拿著一疊菸灰缸，開始擺到展售櫃上，黛麗從客廳走出來，耳上夾了支筆，手裡拿著寫字板。「有人看到那箱消失的馬克杯嗎？」

「還沒找到。」桃莉回答。

「我大概把它塞進哪個鬼地方了。我發誓，自從偉藍・舒耶宣布不會關閉羅莎科技之後，我就一直沒辦法專心想事情了。」

「盧瑟邀請他擔任天堂祭的榮譽主席，」這話題明明被說過好幾次了，桃莉還是跟著接口。舒耶的聲明讓所有鎮民都鬆了一口氣，樂得頭昏眼花，杜樂沙的死敵變成大家的英雄了。

「這座城鎮的狀況總算要好起來了。」黛麗微笑，眼睛望向沿著窗戶擺放的玻璃展示櫃，裡頭放著造型磁鐵，上面的字樣寫著：我在德州天堂鎮大鬧特鬧！「我還記得鄧騰先生搭了這座陽台的那個夏天，我和巴比就在這裡玩西洋棋，蘇珊會拿葡萄汁給我們喝。」她嘆口氣。「重建這幢房子，好像又讓我回到童年。蘇珊說，一走進這裡，她就像少了二十歲，但我認為她來這裡會很難過，因為鄧騰先生無法陪在她身邊一同分享回憶了。唉，我不知道要怎麼說，但她最近似乎不太舒服。」

葛蕾也很擔心蘇珊，那天在聖安東尼巧遇之後，蘇珊看起來更脆弱了。葛蕾決定現在正是提起新話題的好時機，這個想法她已經跟蘇珊討論過了。「好可惜，這幢房子大部分時間都會空蕩蕩的。」

「那也沒辦法，」桃莉說。「遊客只會在週末或特殊活動舉辦期間造訪，例如天堂祭。」

「但是，平日不開放紀念館依舊很可惜，尤其這裡明明可以用來幫助其他人。」

「妳的意思是？」

「我注意到杜樂沙沒有老人活動中心。這幢房子不大，但是客廳很舒適，還有一間娛樂室，我認為很適合做為長者聚會之處，看是打打牌、做點手工藝，或者不時找人來演講。藤丘離紀念館不遠，而且那邊空間有限，或許他們願意每週帶那些還能行動的住民過來參與。」

桃莉拍了自己的屁股一掌。「天啊，為什麼我沒想到？」

「這個點子很不錯，」黛麗附和。「我們一定找得到志工。就先從建立委員會開始做起吧？我一回家就馬上打給我婆婆。」

葛蕾安心地吐了一口氣。再過幾週，電影公司就要離開杜樂沙了。她已經越來越喜歡這個小鎮，未來肯定會非常懷念，她很高興自己能透過活動中心的點子，在這裡留下小小的足跡。

幾小時以後，巴比將卡車停在他出生的那幢房子前。車道上只剩下他的雷鳥，所以他知道其他委員都回家煮晚餐了，但葛蕾仍在裡面。看著白色平房，有種毛骨悚然的感覺爬上心頭，彷彿時光逆流，他又變成小孩了。他幾乎期待看見爹地從車庫推著那台舊割草機走出來。他用力眨眼，天啊，他好想念父親。

寂寥佔滿心頭，他生命中重要的人，似乎都與他斷絕了關係。三週前聖安東尼事件之後，他和母親之間僅剩殷勤有禮的互動，而且他也不願承認自己有多想念葛蕾。倒不是白天拍攝時他們不常見面，但她的態度跟過去不一樣了，只當他是純粹的僱主，做完他吩咐的事就消失無蹤。如果有人說他是懷念葛蕾的跋扈，他一定會罵說話的人是瘋子，但他無法否認，少了她之後，他的生活宛如破了個大洞。不過，他必須讓葛蕾知道誰是老闆，現在他很肯定葛蕾已經得到了教訓，兩人也該講和了。他打算堅定地告訴葛蕾，冷戰結束了，她或許會抵死不從，但只要能讓她閉上嘴、開始親吻，一切便會好轉。午夜時分，她將回到他的床上，她的歸屬之地。

他剛跳下卡車，就看見蘇珊的車子開進車道。她揮揮手，繞到車後，打開後車廂，動手去搬一個大紙箱，巴比晃過去。「那是什麼？」

「你從小學到高中的舊獎盃。」

他搶下箱子。「妳不會一個人由閣樓搬下來吧？」

「我分好幾趟搬。」

「妳應該叫我去幫忙。」

她聳肩。巴比看見她眼下的黑圈，注意到她膚色蒼白。母親向來很注重保養，巴比從來不覺得她老，但今天她卻顯現五十二歲的老態。她也一臉憂鬱，知道自己是主因，巴比不禁慚愧。葛蕾的話語在腦中響起，害他更內疚。葛蕾曾試著告訴他，媽媽需要他的支持，但他沒有聽進去。

他將箱子挾到腋下，清清喉嚨。「很抱歉，最近我沒辦法多花時間陪妳，我們一天花十二小時拍片，而且，呃，我很忙。」他很蹩腳地說完。

她似乎無法直視兒子的眼睛。「我知道你為什麼不過來，該抱歉的人是我。」她的聲音微微顫抖。「是我的錯，我知道。」

「媽——」

「我不會再見他了，我保證。」

心中的大石落了地。儘管偉藍・舒耶成了小鎮的新英雄，巴比就是看他不順眼。他攬住母親的肩膀，摟了摟她。「我很高興。」

「那件事……很難解釋。」

「妳不必解釋，我們倆都把它忘掉就好。」

「沒錯，或許這樣最合適。」

伸臂摟著母親，母子相偕走向屋子。「我請妳和葛蕾今晚出去吃飯好嗎？」

「不用了，我得開會。」

「妳看起好疲倦，也許該多休息。」

「我沒事，只是昨晚熬夜看書，看太晚了。」她領先走在前，出於習慣伸手去扭門把，但門鎖住了。巴比正要繞過母親的肩上去按門鈴，手卻停在半空，因為她竟發狂似的拽著門把。

「可惡！」

「鎖上了。」他說，被母親的舉動嚇到。

「開門啊！」她用拳頭捶門，滿臉絕望。「開門啊，可惡！」

「媽？」驚懼流竄他全身，巴比趕緊放下裝滿獎盃的箱子。

「他為什麼不開門？」她哭喊，淚水滾落臉頰。「他為什麼不在裡面等我？」

「媽？」他想把母親拉入懷裡，但她卻拚命掙扎。「媽，沒事了。」

「我要我丈夫！」

「我知道，我知道。」巴比緊緊抱住母親。她的肩膀劇烈起伏，他手足無措。他原以為母親的喪夫之痛已隨著時間淡化，沒想到她竟然和父親下葬那天一樣的哀痛逾恆。

葛蕾聽見有人捶門便跑來開門，一見蘇珊的模樣，笑容就消失。「怎麼了？發生什麼事？」

「我送她回家。」巴比說。

「不！」蘇珊掙脫，用手背拭淚。「對不起，我……我向你們道歉。我不知道我是怎麼了，實在太丟臉了。」

「我是妳兒子，沒什麼好丟臉的。」

葛蕾站上門廊。「來這裡一定會勾起許多痛苦回憶，妳如果沒有感覺，就算不上是人了。」

「這也不能拿來當藉口。」她朝兩人無力地笑。「我沒事了，真的，但我……我就不進去了。」她往地上的箱子一比。「麻煩妳把獎盃拿到臥室好嗎？巴比會告訴妳擺法。」

「當然好。」葛蕾回答。

巴比握住母親的手臂。「我送妳回家。」

「不！」她猝然退後，巴比驚詫地看見她又開始哭了。「不，不用了！我只想一個人。我只希望大家讓我獨處！」她掩著嘴，朝汽車飛奔。

巴比無助地看著葛蕾。「我得確定她平安到家，我晚點回來。」葛蕾點頭同意。

他跟在母親車後，因剛才之事深受震撼。他驀然明白，蘇珊在他的認知中，向來僅是他的母親，而不是有著自己生活的女人。他深感羞愧。他為何不早聽葛蕾的？明天他會跟母親談談，彌補數週前就該做的事。

他停在路邊，看見母親安全進屋後，才回到他成長時所住的白色平房。葛蕾沒鎖門，他在閣樓上幼時的房間找到她。她坐在床角，眼睛瞪著半空，裝舊獎盃的箱子放在她腳邊。看見葛蕾身處他的過往時空，四周擺滿當年的舊家具，毛骨悚然的感覺又竄上他背脊。

角落那張桌子跟他記憶中不太符合，但綠殼檯燈的底座，還勉強能辨識出他當年貼上去的巨人隊圖案。掛釘展示著他收集的棒球帽，牆上也貼著他那張埃尉•尼克維的海報。媽媽為什麼還留著那種東西？為了擺他的獎盃，爸爸曾在窗邊組了幾個櫃子。地毯上的圓形座墊是當年的複製品，但金色床單倒是跟當年的格子布完全不同。（譯註：埃尉•尼克維為美國知名機車特技好手。）

葛蕾抬頭。「她安全到家了嗎？」巴比點頭。「怎麼回事？」

他走向窗邊，拉開窗簾，望著外頭的院子。「沒想到那些樹長得那麼大了。其他東西似乎都隨著時光飛逝變小許多。」

他無意跟她談。葛蕾不知道自己為何仍因此洩氣，她早該習慣了才對。但她知道，蘇珊剛才那一幕讓巴比很沮喪，她希望跟他討論。她起身，接著跪在地毯上，拿掉包在獎盃外的報紙。

他走來床邊，坐在她剛離開的位置上。「我也不知道是怎麼回事。前一分鐘我們還在說話，後一分鐘她就猛捶大門，嚎啕大哭——因為我父親沒有來開門。」

葛蕾坐在腳跟上，抬頭看他。「我好為她難過。」

「究竟是怎麼了？」

葛蕾默不吭聲，巴比譴責地注視她。「妳覺得這跟舒耶，還有餐廳那件事有關，對吧？妳覺得是我的錯。」

「我沒那麼說。」

「妳用不著說，我就猜得到。」

「你愛你母親，我知道你不會蓄意傷害她。」

「絕對和舒耶無關，她親口對我說，她不會再見他。」

葛蕾點頭，不予置評。儘管她非常關心他們母子倆，但她畢竟是外人，解鈴還須繫鈴人。她看著他環顧臥室，毫不詫異他改變話題。

「紀念館這整件事，害我起雞皮疙瘩。天曉得有誰會浪費時間跑來這裡看我的舊獎盃。我猜妳也知道，我不喜歡妳來幫忙。」

「總得有人照料你的利益。你該看看禮品店要賣的鑰匙圈，他們給你穿上牛仔隊球衣呢。」

「我這輩子從沒穿過牛仔隊球衣。」

「全拜神奇的合成照片之賜。我想盡辦法也只能讓他們把鑰匙圈挪到角落，不過幾週之前，我倒是想了個妙點子。」

「什麼妙點子？」

「杜樂沙真的需要一個老人活動中心，今天下午我跟黛麗、桃莉談過，表示這幢房子很合適。我已經和蘇珊說過，她也同意這裡是絕佳地點。」

「老人活動中心？」他想了想。「我喜歡。」

「喜歡到可以設輪椅專用梯，加裝衛浴設備？」

「當然。」

為了別人的福祉，葛蕾會坦率向他要求資助，自己卻堅持每週付他錢，就算那些放在書桌抽屜的鈔票他分文未取也沒用，但兩人對此都絕口不提。她盡力縮衣節食，很自豪能及時付清那件黑色禮服的錢。高爾夫球賽的前一晚，將在鄉村俱樂部舉辦歡迎晚會，屆時她要穿著禮服亮相。

他從床沿起身，開始來回踱步。「葛蕾，我知道那天晚上我的反應可能有點激烈，但妳必須瞭解，偉藍・舒耶是我很感冒的話題。」

她很驚訝巴比主動挑起這話題。「我瞭解。」

「不過我還是不該拿妳出氣。妳說對了一件事，我需要和我母親談清楚，我現在瞭解了。只要明天能抽出時間，我立刻就去看她。」

「好。」她很高興這對母子間的疏離有了轉機。

「我在想，許多事妳都說得很對。」他又踱到窗前，瞪著後院，肩膀微微下垮。「葛蕾，我非常懷念橄欖球。」

她立刻提高警覺。認識巴比的人，都不會覺得這句話有什麼大不了；他真的親口承認，才是葛蕾愣住的主因。「我知道你很懷念。」

「他媽的太不公平了！」他霍地轉身，五官扭曲。他心煩意亂，似乎沒注意到在她面前說了粗話，違背自己一向對待女性的禮貌。「就撞了一次，我就永遠出局！就撞他媽的那麼一次！要是傑默早兩秒鐘，或是晚兩秒鐘才撞到我，我也不會像今天這樣。」

葛蕾想起那卷帶子，知道她怎麼也忘不了他矯健躍起，卻受到致命擒抱的畫面。

他憤怒地注視她，一手緊握成拳。「我原本還可以再打三、四年，我正想利用那段時間計劃如何退休，考慮要當教練，還是當運動主播。我需要那段時間準備。」

「你的學習速度很快，」她柔聲說。「現在開始計劃也來得及。」

「可是我不想！」這句話猛然出口。葛蕾怪異地覺得，受到最大衝擊的人，反而是他自己。他猝然放低聲音，近似耳語。「妳不明白嗎？我想打球。」

葛蕾點頭。她確實明白。

他的嘴角扭成冷笑。「聽我說出這種話，妳卻沒有覺得想吐，還真讓我意外。一個事業發達、廣受歡迎的成年人，只因為受了一次傷，就開始發牢騷，妳不認為我很可悲嗎？賺了那麼多錢，朋友、豪宅、車子樣樣不缺，我卻在這裡自怨自艾，因為我不能打球了。如果妳我立場互換，我現在肯定會笑到滿地打滾，然後再去『馬車輪』告訴所有人，巴比・湯姆・鄧騰這段期間的行事風格跟混帳沒兩樣，讓大家好好樂一樂。」

「我不覺得這有什麼好笑。」

「當然好笑。」他輕蔑嗤了一聲。「妳想聽聽真正可悲的是什麼嗎？我根本不知道要怎麼定位自己的身分。打從有記憶開始，我就是橄欖球員，現在似乎不知道還能當哪種人了。」

她柔聲開口。「我覺得只要你有心，你什麼都做得成。」

「妳沒搞懂！如果我不能留在場上，我就不想再碰橄欖球了！無論我多努力，就是提不起勁去教球；該死，我當然更不想坐在開著冷氣的轉播室，跟待在家裡的觀眾說俏皮話。」

「你具備的天賦遠遠不只那些。」

「葛蕾，我是球員！球員跟我是同義詞了。」

「目前你是演員。你喜歡演藝事業嗎？」

「倒也不討厭，我甚至不排斥再拍一部片，但無論我怎麼說服自己，我就是知道自己無法全心投入。對我來說，演藝事業更像是遊戲，而非工作。我也一直認為，世界最可悲的事情，就是過氣的運動員因為做不了其他事，才試圖往演藝圈發展。」

「你退休之後，我才認識你，所以我不會把你當成運動員，不管有沒有過氣；要把你當成是電影明星也很難。老實說，比起其他身分，我一直認為你最像是企業家，你顯然擅長賺錢，而且似乎樂在其中。」

「我確實喜歡賺錢，但做這種事毫無榮耀可言。有的人只要看著數字往上跳就會覺得高興，但我沒辦法，人不該只想著要買更大的玩具。我已經有太多東西了，我不需要再多買豪宅、飛機或跑車；就算真的買了，對我也只是小錢。」

換成別的情境，巴比這番憤慨可能會讓她想笑，但看他這麼苦惱，實在不覺得有趣。她好幾次看到他把腳蹺在辦公室的書桌上，牛仔帽往後推，跟電話另一頭的人討論債券或期貨。

葛蕾從地板上起身，走過去站在他旁邊。「巴比，坦白說，你愛賺錢。而且套用你的說法，錢除了買大玩具以外，還能用來做很多有榮耀的事。我知道你很關心孩子，與其讓別的女人拿懷孕官司來敲詐你，何不為那些沒有父親的小孩做點意義更深遠的事呢？你可以設立獎學金、托兒中心，開設食物賑濟所。你喜歡去郡立醫院探視病童，幫小兒科部門改善設備也不錯吧？世界各地都有需要幫忙的人，而你處在能夠伸出援手的地位。橄欖球為你帶來許多資產，或許現在是回報的時刻了。」

他瞪著她，一個字也沒說。

「我有個想法，不知道你覺得如何……你要不要考慮設立一個慈善基金？你是為了基金會賺錢，而不是自己。」看他默不作聲，葛蕾又繼續。「我說的是全職工作，不是有錢人的消遣，利用你的理財長才改善眾人福祉。」

「妳瘋了。」

「仔細想想嘛！」

「我想過了，妳提過的想法，就數這個最瘋狂。我可不是善心人士，要是我做那種事，別人不笑得捧住肚子在地上打滾才怪。」他嚇到口不擇言了，葛蕾忍不住微笑。

「我倒覺得大家都不會詫異，這完全符合你的個性。」她又轉頭去處理獎盃。她已播種，接下來就看他了。

他坐在床沿看著她工作，過了好幾分鐘才開口，但一看他眼底閃著嬉鬧的光采，就知道他腦子裡想的不是未來計畫。「葛蕾，我發誓，妳把我氣昏了頭，害我差點忘記妳穿這件牛仔褲有多可愛。」他摘下牛仔帽，拍拍床墊。「甜心，來這裡。」

「我不知道喜不喜歡你的表情。」事實上，她非常喜歡。與他共處在小小的房間裡，讓她想起兩人有多久沒做愛。

「我保證妳會很喜歡。要是妳知道，以前我花了多少時間，幻想要在這裡把女生剝得光溜溜的話，妳根本不會拒絕我。」

「你成功了嗎？」她走到他正前方。

他摟住她的腰，拉進他雙腿之間。「脫光女生的衣服？」他解開她褲頭的釦子，傾身輕咬她的肚臍。「恐怕沒有。媽媽盯得很緊。」他的嘴往下游移，來到她的拉鍊。「國三的時候，我帶朋友進房間，幾乎快得手了，但我猜每個做媽媽的都有某種內建雷達，專門用來偵測這檔子事，因為過沒多久，她就拿著一盤餅乾來敲門。」

「所以你只好把車子開到河邊，在後座做了。」她開始喘不過氣了。

「差不多。」他把手伸進她的上衣下襬，隔著胸罩捧住雙峰。他用拇指搓揉乳尖，在絲綢與肌膚間戲耍，她的呼吸越來越沈重，全身彷彿快融化了。

他低喃。「嗯，妳聞起來又開始像是蜜桃了。」

過沒多久，兩人就脫光衣物，在狹窄床鋪上享受一場大汗淋漓的歡愉，各種跟未來有關的盤算全都拋諸腦後。他們完事後，葛蕾柔若無骨地躺在他身上，他的手罩著她臀瓣，她睜開眼，看見他心滿意足的笑容。

「花了這麼多年，我終於在這裡把女生脫得精光了，不過漫長等待真是值得啊！」

她用鼻子愛撫他的頸子，鬍渣輕輕磨著她的額頭。「我比黛麗還棒嗎？」

他側過身，握住她胸脯，沙啞地開口。「甜心，黛麗那時年紀還小，妳則是成年女人了，她和妳根本不能比。」

樓下傳來聲響，葛蕾猛然抬頭，發覺臥室門敞開。不祥之兆襲上心頭。「你進來的時候，有沒有鎖上大門？」

「好像沒有。」

他剛說完，鎮長的嗓門就清楚地從樓梯底飄來。「巴比？你在上面嗎？」

葛蕾驚呼著跳起來，手忙腳亂找衣服。巴比打個呵欠，悠悠哉哉地下床。「盧瑟，你別上來，葛蕾沒穿衣服。」

「真的嗎？」

「依我看起來，她是光溜溜的啊。」

葛蕾感覺她的臉由紅轉青，又由青轉紅，忿忿地瞪了巴比一眼，他只是笑嘻嘻的。

「你到廚房等一下。」他大喊。「我們幾分鐘之後就下去。」

「沒問題，」鎮長說。「對了，葛蕾，黛麗把老人活動中心的計畫告訴我太太了，她很樂意幫忙召集義工。」

葛蕾臉頰著火，忙著翻皮包找面紙。「請務必幫我謝謝她，鎮長先生。」她怯怯地說。

「噢，妳可以自己謝她，她就在我身邊。」葛蕾僵住。

「哈羅，葛蕾，」貝奈太太愉快地喊。「嗨，巴比。」

巴比的嘴角越來越彎。「妳好啊，貝奈太太。下面還有其他人嗎？」

「只有浸信會的派鐸・法蘭克牧師。」鎮長太太回答。

葛蕾驚叫。巴比揉亂她的頭髮，低聲輕笑。「甜心，他們是在逗妳。」

「雪諾小姐，我和內人都認為活動中心這主意好極了，」樓梯口傳來渾厚的男性嗓音。「教會很樂意幫忙。」

後來葛蕾記不太清楚，她是怎麼穿好衣服，下樓面對杜樂沙的重要人物了。巴比說她的表現像是依莉莎白女王，只是比女王更有尊嚴，她不知是否應該採信。

第21章

誕生紀念館的開幕典禮，在十月初的週五早上舉辦，當天晴朗又涼爽。為了慶祝天堂祭展開，學校放假一天，前院小小的草坪上擠滿了老老少少。這個週末所有鎮民都被要求打扮成節慶造型，許多男人在上下唇都留了鬍子，女人則穿上迎風飄盪的長裙。連聚在街上的青少年也做了讓步，他們參考巴比的模樣，一律穿上帶有西部風格的牛仔褲和帽子。

「……十月這個美麗的早晨，我們聚於此地，在這些古老的胡桃木下，慶祝……」

貝奈鎮長嘮嘮叨叨地往下說，巴比坐在禮臺上（搭在舊車庫前面）看著人群，他兩邊分別是母親和葛蕾。葛蕾曾經抗議，說她不該跟權貴人士坐在一起，但他很堅持。她今天穿了黃色連身長裙，古典風格的草帽，加上時髦的墨鏡，整個人看起來很可愛。

天堂祭委員會原本打算在週五晚上舉辦開幕典禮，但巴比反對。明天來參加高爾夫球賽的選手，會在今天中午陸續抵達，他希望能在眾人出現之前，就把這樁尷尬的事情了結。不過他得承認，在葛蕾提出把紀念館當成老人活動中心之後，他的想法就沒有那麼負面了。他決定，葛蕾是他所見過最懂得怎麼做好事的女人。

巴比的眼神飄向母親。但願他知道母親是哪裡不對。十天來，他好幾次想找她談，她都屢屢轉移話題，只顧著給他看花園的最新品種，或是郵輪之旅宣傳冊。

盧瑟揮舞雙手，對著麥克風大吼，準備創造最後的高潮。「現在讓我們一起歡迎德州天堂的優秀鎮民！兩屆超級盃得主……無私無我地把自己奉獻給本鎮、偉大的德州，以及美利堅合眾國！職業體壇史上最偉大的外接員……杜樂沙的愛子……巴比‧湯姆‧鄧騰！」

眾人喝采，巴比起身走向講臺，恨不得在和盧瑟握手時順便捏斷他的指骨。麥克風發出雜音，但他不受干擾。打從高中起，他就經常對鎮民演講，知道他們愛聽什麼。

「回家真好！」掌聲和口哨聲四起。「哇，今天站在這裡的人，半數以上曾幫著我的爸媽撫養我長大，我不會忘記這件事。」更多歡呼。他繼續演說，沒有長到煩死人，也足以讓所有他關心的人滿意。演說完畢後，他將剪刀交給母親，剪掉前門的綵帶，歡聲雷動之中，巴比‧湯姆‧鄧騰誕生紀念館以及未來的老人活動中心正式啟用。

蘇珊轉身和朋友寒暄時，巴比摟住葛蕾的肩膀。最近她忙著籌備天堂祭，他拍片的行程也很滿，兩人共度的時間不如他期待的那麼多。近來他發現，有時他會覺得笑話沒那麼好笑，只因為葛蕾不在身邊，沒辦法跟她分享。她以其他人難以仿效的方式，去瞭解日常生活中的小小幽默。

他側頭對她低語。「我們兩個偷偷溜走幾個小時，妳覺得怎麼樣？」

她抬頭注視他，滿眼的遺憾。這又是巴比喜歡她的地方，葛蕾從不掩藏對兩人肉體關係的喜悅，而且她毫無保留。「我也想，可是你得趕回片場，他們已經讓你明天放假了。再說，我還得去飯店，打點歡迎你那些朋友的事。晚上六點時，記得要趕去鄉村俱樂部，親自歡迎你的朋友。」

他嘆氣。「好吧，甜心。不過我不喜歡妳晚上獨自開車到鄉村俱樂部，我會請柏迪載妳。」

「千萬不要，我不知道下午還會有什麼事，還是我自己開車好。」

他勉強同意，動身返回片場。陽光似乎在他周身閃耀，葛蕾幾乎又看見他那永遠存在的隱形馬刺高速旋轉，在他身邊迸射出閃亮的火花。電影公司很快就要移師洛杉磯了，柳兒沒有說要帶她一起去。葛蕾不敢相信，她和巴比這麼快就要結束了。

過去這幾天，她不時興起醉人的念頭，幻想巴比真的愛上她。她紅著臉走回車子。儘管告誡自己很危險，她卻無法甩脫綺思。如果他不在意，怎麼會用那麼溫柔的眼神望著她？他對她公開表達情緒，做愛時又熱情無限。他過去當然不是這樣對待所有女人吧？他肯定覺得她很特別吧？

偶爾她放下手邊工作抬起頭，發現他看著她，神情彷彿她對他很重要。從此她開始遐想未來，想像胖嘟嘟的嬰兒，巴比的笑聲在家中迴盪。真的不可能發生嗎？他對她是否有同樣的感情了？光是想像他會愛上她，就讓她肌膚發熱。她的未來真有可能獲得比回憶更多的東西嗎？

接下來這一天，葛蕾投身工作，不讓自己作白日夢。她先趕去牛童飯店，準備給客人的導覽手冊，又聽說鄉村俱樂部的桌位安排有問題，只好連忙趕去。主街到處掛著歡迎標誌，上頭寫著：德州天堂鎮，永駐你心。如今杜樂沙上自T恤，下至汽車保險桿貼紙，全都有那句話。下午她泰半待在鄉村俱樂部安排桌位，做完時已接近五點，忽然想起還沒去領薪資支票。她皮包裡只剩下四塊錢，於是趕緊衝到柳兒位於飯店頂樓的套房，希望來得及找總務拿錢。

她運氣不好，步出電梯時，柳兒已經在鎖門了。葛蕾連忙走過去。「很抱歉這麼晚才來，可是今天實在太忙了。能麻煩妳發薪水給我嗎？」

柳兒聳聳肩，打開門。「進來吧！」

葛蕾跟著柳兒進去。雖然她試圖儘量幫忙柳兒，兩人的關係依舊緊繃，葛蕾懷疑這是因為柳兒曾想過跟巴比來上一段韻事。如果柳兒知道他們只是假訂婚的話，不知道會發多大的火。

「如果妳因為我常常不在拍攝現場而生氣，我能理解，但妳說過要我聽巴比的命令，他要我好好處理高爾夫球賽的事情。」

「葛蕾，沒關係，怎樣都好。」

柳兒是很嚴苛的主管，葛蕾從沒想過她會說出這麼寬大的話。既然此地只有她們兩人，或許也是詢問未來計畫的好時機。「我一直在想，妳對我有什麼安排。」

「安排？」

「洛杉磯的事。妳是否要我跟去？」

「我猜妳應該問巴比。」她從書櫥拿出一個文件夾翻找。「我聽說有幾位湖人隊球員也來打高爾夫，我是球迷，希望能跟他們見個面。」

「巴比一定很樂意為妳介紹。」葛蕾小心翼翼遣詞。「柳兒，我不希望我和巴比的私人關係影響到未來職涯。我現在聽命於他，但妳才是僱主，如果能知道妳的想法，我會比較踏實。」

「抱歉，葛蕾，目前我實在沒什麼可說的。」她翻遍了文件夾，沒發現支票，又找了一次，突然停住。「噢，對了，妳的支票分開處理。」

一道寒意穿透葛蕾，她看著柳兒走到書桌，打開中央抽屜，拿出一只長信封。葛蕾乾巴巴地開口。「為什麼？我的支票為什麼和別人分開處理？」

柳兒猶豫得久了點。「誰知道他們是怎麼管帳的？」

「妳會知道，」她硬擠出聲音。「妳是老闆。」

「葛蕾，也許妳該找巴比談談。我在趕時間。」她將支票塞入葛蕾僵硬的手掌。

葛蕾渾身發冷。她確信狀況真如自己判斷這麼可怕，幾乎說不出話。「巴比一直付我薪水，對吧？風車影業不是我的僱主，他才是。」

柳兒拿起皮包走向大門。「我實在很不想牽扯進去。」

「妳已經牽扯進去了。」

「聽著，葛蕾，如果想在演藝圈活下去，妳很快就會學到一件事：別得罪大明星。妳懂我的意思了嗎？」

葛蕾太清楚了。巴比一直付她薪水，而且要柳兒保密。葛蕾膝蓋發軟，跟著柳兒走出門。她感覺自己體內彷彿有種東西砸得粉碎了，她從沒想過會被這樣背叛。電梯下樓，她的幻夢消逝無蹤。對她而言，自立自強是那麼基本、關鍵的事。今天早上，她還想著他可能會愛上她，但她現在知道了，巴比根本認為她跟那些攀著他討油水的人沒兩樣。

她木然離開飯店，進入汽車。搞了半天，她仍不過是巴比施捨的對象。她再也忍不住眼淚。想起頭上的屋頂，口中的食物，身上的衣服，從洗髮精到衛生棉條等各種雜貨，全都蒙他恩惠。想起把第一筆房租以及禮服的錢放在他書桌抽屜時，她多麼自豪，如今不禁畏縮。看著他的錢回到自己的荷包，他一定笑壞了。他似乎特別擅長拿她的開支取樂。

她緊緊握住方向盤，卻止不住淚水。她怎麼會沒有早點發現？他根本不愛她。他只是覺得她很可憐，所以就虛設了一個職務給她。就跟他雖然不是那些孩子的父親，卻仍然設立信託基金，或者資助時運不濟的朋友一樣。她的工作量一直不大，有時甚至會覺得自己賺這些錢不夠心安理得。他始終知道自己不需要全職助理，只是不想因為開除她而良心不安。巴比喜歡扮演上帝。

她茫然瞪箸前方。他一開始就隱瞞真相，葛蕾永遠不會原諒他的欺騙。她曾解釋過自己付帳對她有多重要。他明明知道！但他壓根兒不在意，因為她無足輕重，要是他當真喜歡她，就不會剝奪她的自尊。巴比，我不會從你身上拿走任何東西。我只想付出。哈，天大的笑話，多叫人心痛的大笑話。

有些男人盡可能避免穿晚宴服，但巴比就像是穿著晚宴服出生似的。當然他還做了點個人風格調整，穿上淡紫色的打褶襯衫，搭配鑽石飾釦、黑色牛仔帽，還有一雙他專門保留給正式服裝用的蛇皮牛仔靴。鄉村俱樂部從沒舉辦過這麼盛大的活動，從更衣室到宴會廳全都精心打蠟。高爾夫球賽的門票銷售狀況好得超乎眾人預期，而且天氣預報明天是晴天，氣溫大約二十度。

運動員剛開始抵達晚餐前的雞尾酒會時，侍者找上巴比，低語樓下有人想見他。他走過大廳，望著入口，心底有點生氣。葛蕾跑哪去了？他以為她會在這裡。他朋友都對她很感興趣，他想帶她四處介紹。葛蕾是他見過最不懂運動的女人了，他知道今晚她肯定會因此惹出不少笑點，讓他晚上過得很愉快。他倒是不太瞭解，她對運動那麼無知，有時卻似乎是她最好的特質之一。

他走下鋪著地毯的樓梯。運動用品店沒有營業，照說玻璃門該鎖上，但巴比發現門扉半掩，於是走了進去。店內只在櫃檯點了一盞燈，他看不清站在遠處角落的男人是誰，等那人走來，他才知道是偉藍・舒耶。

「鄧騰。」

巴比知道早晚得和舒耶對決，但他不會挑上今晚。不過，賓客名單上有他的名字，既然無可避免，他也不會退縮。這男人與他母親的憂傷有關，他想知道原因。

舒耶剛在端詳球桿，走來時手裡還鬆鬆拿著。晚宴服掩飾不了他的蕭索，好像他已許久難以安眠。巴比嚥下同情。儘管他宣佈不關閉羅莎科技，巴比還是不喜歡這個鐵石心腸、連親奶奶都能出賣的冷酷雜種。不過他現在的模樣與其說是無情，更像是疲憊，但巴比立刻推開這個想法。

「有事嗎？」巴比冷冷地說。

「我想和你談談你母親的事。」

正是他們需要討論的話題，巴比卻有些動搖。「沒什麼可談的。你別靠近她就沒問題了。」

「我沒靠近她了，但狀況有比較好嗎？她快樂嗎？」

「該死，她很快樂，這輩子從沒這麼快樂過。」

「你在說謊。」

儘管舒耶這麼說，巴比卻聽出他聲音裡的不確定，趕緊打鐵趁熱。「上次我們見面，她還興奮地聊起旅行、花園新花草的事。她忙著交朋友、參加活動，我們連見個面都難。」

舒耶的肩膀微微垮下，握著球桿的手緊得發白，但巴比仍不留情。這個男人傷害了母親，他必須要斬草除根。「據我瞭解，她一點煩惱也沒有。」

「是嗎？」舒耶清清喉嚨。「她很想念你父親。」

「你以為我不知道？」

偉藍用球桿支地。「你長得很像他。我最後看見他那次，他才十八、九歲，但你們的相貌仍舊很酷似。」

「大家都這麼說。」

「我恨他入骨。」

「我相信他也不怎麼喜歡你。」

「很難說。他從沒表示出討厭我的跡象，就算我再怎麼惹他都一樣。他對每個人都很好。」

「那你幹麼恨他？」儘管巴比想假裝漠不關心，問題還是溜出口。

舒耶撫著球桿。「你知道我母親曾幫你祖母打掃房子嗎？那是在她自暴自棄，以另一個方式謀生之前。」舒耶一頓，巴比想起了他常胡說自己的母親是妓女。對他而言，這不過是個笑話，對舒耶卻絕對不是。雖然討厭舒耶，他仍不禁有些慚愧。

偉藍繼續。「你爸和我年紀相同，但他比較高大。我們國一左右時，你祖母經常把他的舊衣服給我母親。我必須穿著你父親的二手貨上學，我好嫉妒他，有時我以為會因此氣死。他每天看著我穿他的舊衣上學，從未對我或任何人提起，但其他學生注意到了，因此取笑我。『哈，舒耶，你穿的是荷伊的舊襯衫吧。』你爸在場的話，他會搖頭，否認是他的衣服。我恨他這點。要是他當面笑我窮，我還可以跟他打一架，但他從來沒有。回想起來，他就是天性寬容。我相信從各種角度來看，他都是我見過最善良的人。」

巴比感到一波突如其來的驕傲，隨之立即生起深沈的失落感。他硬起心腸，不在臉上透露任何情感。「但你還是恨他。」

「嫉妒會讓人盲目。高中時我曾撬開他的櫃子，偷了他的學校外套，我想他一直沒猜出是我幹的。當然，我沒穿那件該死的衣服，而是放在車輪下輾壓幾遍，再一把火燒了，讓他再也沒辦法穿。也許我以為燒了衣服，就能抹殺他所有的成就；也許我只是受不了他把外套披在你母親肩上，相偕走回家。那件可惡的外套長到她的膝蓋。」

想像父母高中時的模樣，奇異地讓巴比感覺迷惘。「原來我母親才是原因？」

「我猜一直都是。」他的眼神氤氳，彷彿墜入了遙遠的過去。「她好漂亮，但她不這麼想，因為她高二以後才卸掉牙套。但在我眼中，她美得像幅畫，有沒有牙套都美。而且她和你爸一樣，對人都很好。」他笑起來，毫不苦澀。「她只對我不好。有天她在走廊上遇見我，當時沒有別人，她大概是幫老師拿東西到辦公室，我則是蹺課。我的領子豎著，懶洋洋地靠著儲物櫃，活像個小流氓。我故意流裡流氣地瞄她，八成把她嚇得半死。我記得她的手開始發抖，但仍狠狠地瞪我。『偉藍．舒耶，你要是不想淪為街頭混混，就趕緊進教室。』你媽真有膽量。」

很難不去同情那張坦率的臉，但巴比提醒自己，舒耶已不是十幾歲的小流氓，這一次他對母親的威脅可是貨真價實。「年輕時嚇嚇她是一回事，」巴比靜靜說。「長大再來這套，可就不一樣了。你到底把她怎麼了？」

巴比並未指望他回答，舒耶若轉身就走也不令人驚訝，但後者只是將球桿插回架上，倚著櫃檯，姿態輕鬆，身體卻緊繃。巴比提高警覺，好似自己準備要挨揍。舒耶瞪著天花板，用力吞嚥。「我讓她相信，除非她當我的情婦，否則我會關閉羅莎科技。」

巴比火氣爆發，衝過房間、手臂後收，準備宰了那個混蛋。怒火轉為冰冷的殺意，他揪住舒耶的外套。「她最好是叫你滾回地獄去。」

舒耶咳了幾聲。「不，她沒有。」

「我要宰了你。」巴比雙手收緊，把舒耶壓在櫃檯上。

舒耶握住巴比的手腕。「你至少要聽我說完。」

巴比需要知道來龍去脈，勉強放手，身子卻沒有退後，聲音低沈威脅。「給我說。」

「我沒有跟她明講，但她以為那是我的意思，我拖了太久才澄清。信不信由你，杜樂沙以外的世界，都認為我是相當高尚的人。我以為只要我們多花點時間相處，她也看得出來，結果事情失去控制。」

「你強暴了她。」

「不！」舒耶第一次發脾氣，瞇起眼睛。「鄧騰，你愛把我想得有多不堪都無妨，但強暴不在其內。該死，我們之間不關你的事，但我還是要說——沒有任何暴力脅迫的成分。」

巴比覺得好噁心，無論如何也不想考慮母親會跟人交往。更糟糕的是，他無法忍受母親自願向舒耶獻身，媽媽跟爹地還是夫妻時不行，荷伊・鄧騰過世但記憶猶新時也不行。

偉藍的怒氣來得快去得也快。「沒有任何暴力脅迫，但我明明知道，這種事對她而言還是太急了。她仍深愛你父親，他是個了不起的人，我不怪她。但他不在了，我卻在。她很孤單，她想要對我好，只是她自己不准，我想主因在你。」

「少扣我帽子。」

「你是她生命中最重要的人，她寧願斬下自己的手臂，也不願傷害你。」

「我要你少靠近她。」

偉藍注視他，毫不掩飾敵意。「我希望你知道，我會說出一切糾葛，只因為我多少有點自虐。我不怎麼喜歡你——依我看，你是個自私自利的混蛋——但我希望我錯了，期待你的為人實際上與我所見不同，更像你父親一點。我對你坦誠表白，是因為我祈禱奇跡發生。沒有你的贊同，我和她沒有機會。」

「奇跡絕對不會發生。」

他是個驕傲的人，語調不帶懇求。「巴比，我想要的只是上場、公平競爭的機會。」

「去你的，你想要我的祝福！」

「唯有你能夠除去她的內疚。」

「真可惜，我絕對不幹！」他的手指猛戳舒耶的胸膛。「我警告你，別去招惹我媽。只要你看她一眼，我就要你後悔莫及。」

偉藍用冷硬無懼的眼神回瞪他。

巴比轉身衝出去，呼吸粗重，在樓梯頂停下，竭力鎮定。他知道自己沒做錯。舒耶傷害了他母親，他必須阻止那種狀況再次發生。

以前的一個隊友高聲叫他，巴比發現他被拖進人群，簇擁在吧檯前。他在各方人馬間穿梭，歡迎老友、笑鬧吹嘘，彷彿無憂無慮，其實卻不時偷瞧門口，想找到葛蕾。在跟舒耶衝突之後，他需要她的撫慰。她究竟在拖什麼？他按捺住衝到停車場去找她的瘋狂舉動。

巴比從眼角看見舒耶站在吧檯邊跟盧瑟談話，隨後又看見母親站在彼端，和朋友聊天，看來似乎很開心，但距離太遠，他無法肯定。巴比想著，一旦片子拍完，就要盡快帶母親搭郵輪旅行。雖然對郵輪興致不高，但他喜歡陪媽媽，帶她遠離小鎮也是好事；葛蕾也可以一起去，以免他在封閉的船上悶到發瘋，三個人會玩得很開心。越想越覺得是好主意，他心情也輕鬆起來。

但好心情沒有持續太久。他看見母親的視線一落在舒耶身上，眸子立刻盛滿憂傷，還有份深沈的渴望，巴比幾乎不忍心再看下去；舒耶轉身看見她，便把盧瑟拋到腦後。舒耶的臉色和緩溫柔，帶著濃濃情感。巴比的潛意識相當熟悉那種感情，但他不願說出口。

時間分秒溜過，偉藍和蘇珊都沒有移動腳步，最後兩人同時轉頭，彷彿無法再忍受心痛。

第22章

葛蕾踏進鄉村俱樂部時，雞尾酒會正如火如荼展開。她站在餐廳入口，看著自己被眾多體格健壯的運動員和美女圍繞，霎時感覺時光逆流，彷彿回到初次見到巴比的那個晚上，雖然眼前沒有熱水浴池，但熟悉的人群與歡騰氣氛如出一轍；她身上這件原有的藍色套裝，也加深似曾相識的感覺。她已經越來越喜歡那些好看的新衣服了，比起那天晚上，這件套裝似乎顯得更寒酸、不合身。她也穿回實用的平底鞋，卸掉所有化妝，頭髮向後梳，用兩根髮夾緊緊夾住。無論如何，儘管喜歡改頭換面後的自己，今晚她就是不要打扮成「巴比心目中的葛蕾」的模樣，尤其不能穿上那件打算讓巴比讚嘆不已的禮服。葛蕾卸下所有他為她增添的矯飾，變回自己原本的模樣。

他永遠不會瞭解今晚葛蕾有多不想現身，她僅是因為有責任在身才勉強前來。他還沒看見葛蕾，因為他正忙著和一名耀眼的金髮美女談天，她令葛蕾聯想到全盛時期的瑪麗蓮・夢露。美女年齡稍長，穿著開衩到大腿的亮眼銀色洋裝，巴比深情望著她的模樣，讓葛蕾胸口一緊。那位金髮美女正是巴比適合迎娶的類型，她跟巴比一樣，能在身邊撒下點點星塵，讓生命非同凡響。她一手環著巴比的腰，臉頰貼著他的胸膛。巴比也回擁她。葛蕾認出那是菲碧・凱柏，芝加哥星隊光彩奪目的老闆，也是巴比之前的僱主。她想起報上那些兩人擁吻的照片，不禁猜測這麼相配的兩個人怎會沒有下文。

巴比抬頭，正巧看見葛蕾，眼裡的困惑幾乎立刻變成不悅。葛蕾好想對他大吼：巴比，這就是我！我就是這麼平凡呆板的女人，笨得相信能夠給一個樣樣都不缺的男人什麼東西。

菲碧抬頭，順著巴比的目光望去。葛蕾不能再拖延，挺起肩膀走過去。醜小鴨向兩隻金天鵝接近。公天鵝蹙眉，鍍金羽毛蓬亂。「妳遲到了，妳跑去哪裡？還有，妳幹麼穿成這樣？」

尚無勇氣面對巴比，於是葛蕾不理他，並壓下醜惡嫉妒向菲碧伸手。「我是葛蕾・雪諾。」

她等待著冰冷的譏嘲，確信這麼豔光四射的美女，必定會覺得和她這樣蠢笨的人握手有失體面，結果卻驚訝地看見菲碧的眼神混合著友善與好奇，並熱誠地回握。「我是菲碧・凱柏。葛蕾，真高興認識妳，我上週才聽說你們訂婚了。」

「我相信所有人都很訝異。」葛蕾僵硬地說，不知該如何與這位具備性感女神身材，態度卻如大地之母般親切友好的女子應對。

「我絕對看得出妳吸引他的原因。」

葛蕾毫不客氣地注視菲碧，確定自己被取笑了，但菲碧一臉正經。「我的雙胞胎女兒可要失望了，她們以為巴比會等姊妹倆長大，然後娶她們。我家有四個孩子，」她解釋道。「包括一個三個月大的兒子，我還在幫他餵母乳，所以帶他一起來。此刻他正和保母在蘇珊的家裡。」

巴比一臉痛苦。「菲碧，如果妳提起餵奶的事，我立刻拔腳離開這裡。」

菲碧笑著拍拍他的手臂。「歡迎來到婚姻世界，你會習慣的。」

葛蕾奮力推開腦中浮現的景象，皺巴巴的小寶寶扭來扭去，人人一看就想抱回家養。葛蕾原以為不會再痛心，但想到巴比抱著孩子，而孩子的母親是另一個人，她就傷痛欲絕。

人群紛紛入坐，一名約莫四十出頭的英俊男士出現在菲碧身後，按住她的肩膀，用南方軟語說：「小綿羊，妳要是想招募新球員，今晚可是大好機會。好幾名表現出色的球員，似乎不太滿意他們的老闆。」

菲碧立刻全神貫注，同時歪頭仰視身後的男士，含情脈脈的神色直讓葛蕾想哭。巴比有時也會這樣看她，但意義絕不相同。「葛蕾，這是我丈夫丹恩・凱柏，他以前是巴比的教練。丹恩，這位是葛蕾・雪諾。」

丹恩微笑。「幸會，雪諾小姐。」他轉向巴比。「電影明星先生，有人說你的未婚妻今晚也在場，我真不敢相信你終於決定結婚了。我什麼時候才能一睹芳容？」

菲碧碰碰他的手。「葛蕾就是巴比的未婚妻。」

丹恩迅速掩飾驚訝。「嘿，太好了。妳看起來就是個好小姐，可惜嫁給了他這坨牛糞。請接受我的弔唁。」丹恩想用幽默掩飾失態，卻不太成功。通常葛蕾擅長輕鬆閒聊，即使是這類尷尬場面也能輕鬆打發，但今天她的腦子一點也不靈光，逕自默默不語。

最後巴比打破僵局。「抱歉，葛蕾和我需要幾分鐘談點事。」

菲碧揮手讓他們走。「去吧，我要趁大家就坐之前去選秀。」

巴比抓住葛蕾手臂，拖著她出餐廳，看來想狠狠訓她一頓，卻被一名魁梧的大漢擋下。「巴比，你竟然瞞著我。我聽說你要結婚了，那位幸運的小姐在哪裡？」

巴比咬牙。「這位就是。」

這個人完全不像丹恩那麼擅長掩飾詫異，他顯然呆掉了。巴比環住葛蕾的肩膀。若不是她已經把他看透了，葛蕾幾乎會以為他是在保護她。「葛蕾，這位是吉姆•畢德洛，他在星隊當了許多年的四分衛。我們一起打了不少好球。」

吉姆的忸怩非常明顯。「幸會，葛蕾。」

盧瑟過來插話，讓葛蕾不必回應吉姆。「牧師要祈禱了。你們兩個進來吧。」

鎮長拖著他們回餐廳，葛蕾感覺得到巴比的挫折。「我們稍後再談，」他低聲警告。「別以為妳逃過了。」

別人在晚宴似乎都玩得盡興，葛蕾卻覺得漫漫永無止境。主菜一上桌，賓客便到各桌致意、談天，葛蕾知道她是眾人的話題焦點。她確定巴比的朋友完全搞不懂，為何他會跟她這種枯燥乏味的小麻雀綁在一起，尤其她似乎連話都不會講。巴比沒有表露出來，但她顯然丟了他的臉，而他絕不會相信她不是故意的。即使事已如此，葛蕾仍不想傷害他。他就是這樣的人，而她也無法假裝成別人，所以今晚她才沒有穿上時髦服飾，素淨著一張臉。

杜樂沙鎮民對她的外表和沈默，有的深覺不滿，有的茫然不解，彷彿她是醉醺醺地闖入會場，而不是穿著品味不佳。蘇珊想知道她是否不舒服，桃莉追著她到洗手間，問她是否瘋了才會打扮成這樣，黛麗則在外頭攔住她，斥責她丟巴比的臉。

葛蕾再也受不了。「巴比不跟我在一起了。」

黛麗驚訝地張大嘴。「葛蕾，不對呀！大家都知道你們彼此有多麼相愛。」

她再也無法忍受了。葛蕾倏然一個轉身，快步逃離俱樂部。

她回家之後，只拔下髮針，沒換衣服，坐在黑暗的臥室，試圖接受自己未來的命運。過了一個小時，她聽見靴子聲三步併作兩步登上她公寓外的樓梯，拳頭重重落在門上。她起身，打開燈，疲憊地扒頭髮，竭力鎮定下來，走過客廳去開門。儘管心亂如麻，看到他站在門口，一如往常那般散發出非凡氣勢，把四周的空間填得滿滿的，依舊能讓她屏住呼吸。他紫色襯衫上的鑽石飾釦，看起來彷彿是太空中的點點星辰，跟她這種被綁在地球上的凡夫俗子相距無比遙遠。

她以為巴比會勃然大怒，沒料到他的反應是擔憂。他一進門就摘掉牛仔帽。「怎麼了，甜心？妳生病了嗎？」

心中怯懦的那一部分想順水推舟，說自己病了，但她從來不是怕事的人，於是她搖頭。

他砰地甩上門，轉身面對她。「那妳最好說清楚今晚是什麼意思。妳一副鬼模樣出現，像個啞巴一樣呆站，然後又告訴黛麗我們不在一起了！現在鎮上人人都知道了。」

她不想吵架，只想離開小鎮，找一個安靜的地方舔舐傷口。她如何才能讓巴比明白，只要他開口，她就會給他一切，但不能像這樣有金錢上的牽扯呢？

他怒瞪她，所有的魅力都拋到九霄雲外。「葛蕾，我沒耐性玩我問妳答的遊戲。我丟下一大堆幫我忙的好朋友趕回來，我要知道妳為什麼偏偏挑今晚出我洋相。」

「我今天發現我的薪水是你付的。」

他的眼中出現一絲警戒。「那又怎樣？」

他這副有什麼大不了的語氣，證明他根本不瞭解她，更加深了她的心痛。就算是只有片刻，她怎麼會以為他愛她呢？「你欺騙我！」

「我們似乎不曾談過妳的僱主是誰，這類的話。」

「別逃避重點！你明知道我多麼不願意拿你的錢，卻偏偏還是這麼做。」

「妳替我工作，錢是妳賺的。」

「巴比，根本就沒有工作！我必須到處找事做。」

「胡說。為了準備高爾夫球賽，哪樣事情不是妳做的？」

「那只是過去幾天。之前呢？我只是白領薪水不做事！」

他把帽子往最近的椅子上丟。「不是那樣。我真不懂妳幹麼這麼大驚小怪？他們要開除妳，我需要找個助理，就這麼簡單。」

「既然這麼簡單，為什麼不直接跟我說？」

他聳肩，朝客廳後面的小廚房而去。「妳有啤酒嗎？」

「因為你知道我會拒絕。」

「這段對話真是荒謬。因為我有錯，柳兒才會開除妳。」他打開水槽上方的櫃子。

「所以你出於憐憫僱用我，因為你覺得我無能到無法照顧自己。」

「才不是。少扭曲我的話！」他不再搜尋櫃子。「我已經儘量以妳的角度思考了，可是我就是想不出這有什麼問題。」

「你明知道這事對我有多重要，但你壓根兒不在乎。」

他根本沒理會她的話，逕自走回客廳，脫掉外套。「也許攤開來講更好。我反覆想了很多遍，也該是做長遠安排的時候了。」他將外套拋在椅子上。「一、兩週之內，我們就要去洛杉磯，我準備僱用妳當我的全職助理。別又說什麼妳的薪水不是賺來的，我一天得花十小時在攝影棚，不可能有空處理完其他事情。」

「我做不到。」

「坦白說，我要妳提早幾天過去，幫我找幢房子落腳。」他坐在沙發，兩腳跨上茶几。「我想，有游泳池比較好，視野也很重要。順便給妳自己買輛車，我們會需要多一輛。」

「別這樣，巴比。」

「妳還需要更多衣服，所以我會給妳開個帳戶。葛蕾，不准再去買過季的衣服，直接給我到羅迪歐大道，買最好的。」

「我不會跟你去洛杉磯！」

他把襯衫從褲子裡拉出來，開始解鈕釦。「妳的這個基金構想——我還沒全部答應，因為我覺得簡直是胡鬧，不過我會讓妳先進行，看看結果如何。」他放下腳，從沙發上起身，襯衫垂在赤裸的胸膛兩側。「甜心，我明天五點就得起床，除非妳想看我在球場上出醜，不然我們最好立刻去臥室。」他逼到葛蕾面前，動手解她的上衣鈕釦。

「你根本沒在聽我說話。」她試著退開，但他的手抓得很牢。

「因為妳說太多話了。」他拉下她裙子側面的拉鍊，拖著她往臥室走。

「我不會去洛杉磯。」

「妳當然會去。」他手下不停，又朝鞋子、裙子和褲襪進攻。到最後，她身上僅剩內褲、胸罩和領口大開的上衣。

「拜託，巴比，聽我說。」

他的視線在她身上梭巡。「取悅我，這不正是妳說過想對我做的事嗎？」他的手摸向自己的褲子拉鍊。（譯註：Please同時有請、拜託與取悅之意，故被巴比用來雙關。）

「沒錯，可是——」

他抓住她的臂膀。「葛蕾，少說點話。」他沒脫身上的衣物，但襯衫和褲子拉鍊敞開，一推葛蕾到床鋪後便壓上來。

他的膝蓋抵在她大腿之間，她心中滿是不安。「等等！」

「沒道理等啊。」他伸手去扯她的內褲，同時利用體重壓住她，指節埋進她的神秘地帶。

「我不要！」她大喊。

「給我幾分鐘，包準妳要。」

他用性做武器，迴避討論，葛蕾恨透了這樣。「我說不要！離我遠一點。」

「好吧。」他用雙臂困住她，把她轉個身，讓她騎在他身上。但他雙手還是緊緊握住她的臀瓣，她根本沒有獲得自由。

「不要！」

「趕緊決定要哪一種。」他又壓回她身上。

「住手！」

「妳自己知道，妳不想要我住手。」他以胸膛用力將她壓在床墊上，抓著她的膝蓋分開，讓她倍感脆弱。他的手指伸進孔竅時，葛蕾握緊拳頭，使勁全力往他的後腦打。「噢！」他痛得叫了一聲，滾離她身邊，手掌摸著頭。「妳幹麼打我？」他生氣地大叫。

「你這混帳！」他躺在床上時，她撲過去繼續打他，每個地方都不放過，就算雙手疼痛也不管。巴比舉起手臂遮擋，被打中脆弱部位時痛叫幾聲，但沒有試著阻止她。

「別打了！可惡，會痛耶！噢！妳是怎麼搞的？」

「你該死！」她雙手抽痛，揮了最後一拳才停住，氣喘吁吁地扣回上衣釦子。他進犯之舉並非基於情慾，而是要展現權勢，讓她厭惡至極。

他放下手，戒備地盯著她。葛蕾走去拿掛在門邊的浴袍，手痛得幾乎穿不好衣服。

「葛蕾，或許我們最好談談。」

「給我離開。」

地板嘎吱作響，他離開臥室。她縮在床角，把抽痛的雙手放在大腿上，嚥下啜泣。兩人的關係終於結束了。她知道終究會有這麼一天，但沒想過會是以如此痛苦的方式告終。

聽見他走回臥室的聲音，她又緊張起來。「我說過要你離開。」

他把某種冷冰冰的東西放在她手中，原來是包著冰塊的抹布。他的聲音尖細又帶點嘶啞，彷彿他是在某種狹窄、污穢之處勉強開口。「應該能阻止妳的手腫起來。」

她低頭瞪著抹布，因為實在沒辦法看著他。她對他的愛，向來令她覺得溫暖舒適，眼下卻只感沈鬱。「請你離開。」

他的聲音低得像耳語。「葛蕾，我從沒有強迫過女人，我很抱歉，我真希望能回到那一刻阻止自己。」他坐到她身邊。「我只是受不了聽妳說不跟我去，所以我必須阻止妳說話。葛蕾，妳為什麼要這樣呢？我們在一起很愉快，我們是朋友，沒有理由因為一點誤會就絕交。」

她看著巴比，愕然發現他眼中的憂鬱。「這比誤會嚴重多了，」她低語。「我不能再和你在一起了。」

「妳當然可以。我們在洛杉磯會很開心，等電影拍完，我在想我們應該帶我媽去旅行。」

此時此刻，葛蕾知道她必須實話實說，並非因為她認為可以扭轉現況，而是因為若不說出來，她永遠無法從傷痛中復原。直視他的眸子，她說出最難啟齒的話。「巴比，我愛你，幾乎是打從一開始就愛上你。」

他毫不意外她的告白，理所當然的態度在她身上又劃開一道傷口。葛蕾這才明白，他一直明白她的感情，但與她的幻想相反，他完全沒有同樣的感受。

他用拇指輕撫她的臉頰。「甜心，沒關係，這種事我很有經驗，我們會想出辦法解決。」

她的聲音乾澀粗重。「什麼經驗？」

「這個。」

「女人跟你說，她們愛你？」

「唉，那種事只是其中之一。我們還是可以當朋友，妳八成是我這輩子最好的朋友了。」他又往她的心臟釘了一根釘子，只是他不知道。「懂了吧，葛蕾，不必為此破壞了一切。這些年來，我學會一件事，只要大家保持禮貌，就不會有那些戲劇化的場面。大家還是可以做朋友。」

冰塊慢慢壓進她疼痛的雙手之間。「你和那些說過愛你的女人，仍然做朋友？」

「大部分都是，而且我希望妳也能接受這種方式。我們真的不需要再談了，就跟以前一樣，日子久了自然就會解決。等著瞧。」

她鼓起了多少勇氣才對他告白，他卻輕描淡寫地當成一樁有待解決的尷尬場面。她在巴比的心中多麼沒有地位，這便是如山鐵證了。葛蕾既麻木又羞恥。「你還是認為，我會接受你提供的工作？」

「妳瘋了才不會接受。」

「你什麼也不懂，對不對？」她紅了眼圈。

「嘿，葛蕾——」

「我不接受，」她輕聲說。「週一我就會回新關地。」

「妳對薪水不滿意？好，我們再商量。」

「你只會耍嘴皮，根本不懂什麼是愛情。」淚水灑落，滾下臉頰。她摘掉掛著超級盃戒指的項鍊，塞入他掌中。「巴比，我愛你，我會愛你到我嚥氣的那天。但我不出賣自己，我始終是無條件地奉上我的愛。」

巴比踩著平穩的步伐，慢慢穿過院子，中途還停下來欣賞明月，以防葛蕾從窗外看著他，但閒散模樣沒有維持他原先打算的那麼久，因為他氣得沒辦法好好呼吸。他重新舉步走回房子，克制自己不要加快速度。他甚至試著吹口哨，但喉嚨太乾，沒有成功。放在口袋裡的戒指，彷彿快把他的屁股燒穿一個洞，他真想一把掏出那該死的東西，使盡全力往外拋。

走進房子後，他關上門，靠著門板，緊緊閉上雙眼。他搞砸了，而且還不知道為什麼。可惡！向來是由他提出分手，何時該終止關係，他才是下決定的人！但她不瞭解，她就是不懂這麼簡單的小事。怎麼會有她這種傻瓜，拒絕畢生難獲的天大良機，甘心回窮鄉僻壤孤衾獨枕呢？

他挺起身，大步穿過廚房。他才不會覺得有罪惡感。葛蕾提出分手，該後悔的是她，不會是他。她當然愛上他了，但他就是這種會讓人迷戀的人啊。難道她根本沒考慮過他的感覺嗎？他關心她，她卻似乎沒放在心上；她以為自己善解人意，卻毫不介意糟蹋他的情感。他認為她是這輩子最好的朋友，她卻完全沒這麼想。

他重重把臥室的門甩到牆上。去他的！如果葛蕾以為分手會讓他慌了手腳，她可就錯了，他還沒打算放她走。她說週一才離開，他也知道明天晚上她會參加舞會，因為她負責主持抽獎活動，而她總是克盡職責。很好，他會做好準備。上床前他要聯絡布諾，請布諾送幾個前女友來杜樂沙。他要讓自己身邊被美女環繞，讓葛蕾瞧瞧她放棄了什麼東西。當她只能坐在會場角落當壁花，眼巴巴地看著那些性感尤物掛在他身上時，她就會找回理智了。她現在需要的就是認清現實。用不了多久，她就會試圖引他關注，表示她改變主意了。因為她是朋友，他喜歡她，所以他不會逼她卑躬屈膝。

他陰鬱地盯著空蕩蕩的床。明天晚上葛蕾就會學到教訓了，該死，她一定會。她會認得分明，只要是神志正常的女人，都不會跟巴比・湯姆・鄧騰分手！

第23章

都怪葛蕾冥頑不靈，巴比打出了這輩子最差的高爾夫成績——而且還是以他為名的比賽。他不得不忍受朋友無止境的取笑，只在得知他解除婚約後，他們才收斂了點。

當晚抵達舞會後，他差點累得沒力氣和布諾從芝加哥送來的肉彈美女聊天。安珀說，等她不想跳豔舞之後，她想當微生物學家；霞敏扯了一堆星座的事，他只記得她是獅子座；佩春更誇張，居然暗示她想參加橄欖球測試！巴比很想把她們都丟給特洛‧艾克曼應付，但為了讓葛蕾找回理智，他不得不讓她們留在身邊。

布諾的眼光不錯，找來的小姐都是性感尤物，但巴比一點興趣也沒有。她們都打扮成西部風格：安珀一身縮水牛仔褲，印花露背裝，乳溝中央躺著警長的星章；佩春打扮成沙龍女孩，裙襬剛好罩住臀部；霞敏穿得像是牛仔女郎，但裙襬的流蘇全都扯光了。巴比看見葛蕾穿著紀念館開幕典禮那天的黃色連身長裙，覺得她比這三個女人加起來更漂亮。

舞會在鎮外幾公里的牧場舉行，參加的人士主要是應邀參加高爾夫球賽的來賓、電影公司的人員，還有天堂祭委員會的人，也就是鎮上一大群人都來了。巴比堅持舞會不對遊客開放，讓賓客可以好好享受，不至於被追星族煩著簽名；他也要求鎮民不能那麼做。巴比為球賽贏家頒獎是今晚唯一的官方儀式，不過遊客也沒被遺忘，大家今晚會輪班回鎮上，讓在馬場設置的遊樂園、鄉村風西部樂團演奏會，以及各種小吃攤能正常運作。

畜欄四周的樹上都掛著色彩鮮豔的燈泡，穀倉前面則搭起臨時舞池，還有一座以彩旗圍起的講臺，晚點會用來舉行頒獎儀式。巴比的視線又投向舞池另一側的桌子，葛蕾在那邊賣彩券，獎品是藤丘住民編織的百衲被。光是看著她，胸口便泛起一股疼痛，他馬上轉開目光。

「嗨，巴比，你今天後九洞打得真差。」柏迪挽著黛麗走來，兩人都穿牛仔褲、西部襯衫，手裡的塑膠杯裝滿啤酒。

「前九洞也是，」黛麗說，白了那三個肉彈美女一眼，又瞪著巴比。「柏迪，你去招呼一下巴比的愛情鳥好嗎？我跟大人物先生有話說。」

此刻巴比完全不想和黛麗私下談話，但她不給他選擇，抓起他手臂就走，離開人群，走到避人耳目的籬笆旁。「你腦筋燒壞了嗎？」她質問。「竟然跟葛蕾解除婚約。你知道你對葛蕾做了什麼嗎？」

他忿忿瞪著她。「她說我決定解除婚約嗎？」

「早晨我找她聊的時候，她幾乎沒說多少話，只說你們兩個一起決定解除婚約。」

「所以妳就假定是我提出的。」

「難道不是？」

「該死，當然不是。」

「你該不會是在告訴我，葛蕾甩了你？」

巴比這才明瞭自己洩漏天機，但已經遲了。「當然不是，誰會甩掉我？」

「她就會，對不對？她甩了你！老天有眼！在巴比．湯姆．鄧騰拋棄那麼多人之後，終於有位女性同胞讓他嘗到一點報應了。」黛麗笑得好開心，仰臉向天。「多謝祢，耶穌！」

「妳別鬧了！她沒有甩掉我。難道妳到現在還猜不出來，我們只是假訂婚！那只是為了讓我在鎮上有點安寧。」黛麗居然拿這個開玩笑，巴比不明所以，卻覺得重重地受了傷害。

「假訂婚才怪，瞎了眼的笨蛋也看得出你們深愛彼此。」

「我們才沒有！嗯，也許她是愛我，可是……我只是喜歡她。誰不喜歡她呢？她八成是全世界最好的女人了。可是，愛？她不適合我，黛麗。」

黛麗凝視他好久。「真是難以置信。高中時代，你為了雪莉．哈波甩掉我，結果現在你還是跟以前一樣不懂女人。」她難過地注視他。「巴比，你什麼時候才會長大呢？」

說完她逕自轉身離開，巴比瞪著她的背，又是忿恨又是悲慘。她幹麼弄得好像一切都是他的錯？他的生活怎會搞得一團糟？之前他一直以為，他從膝蓋受傷之後就開始倒楣，如今他才懷疑，恐怕是葛蕾出現在他家門口，被誤認為脫衣舞孃那天，才變得天翻地覆。

娜妲伴著安彤過來，艾維在安彤懷裡。巴比和他們寒暄，心想娜妲真美，而且善良。他見過她全身赤裸的模樣，吻過她無數次；她在他身上漏奶，跟他扭打，昨天還一起跳入河裡。他和娜妲相處好長一段時間，但巴比卻不覺得和她親近，連他對葛蕾的一半感覺都比不上。

三人聊了幾分鐘，下一刻他發現自己抱著艾維，好讓他的父母去跳舞。嬰兒伸手要抓他的牛仔帽，發現搆不著，注意力又轉到巴比的黑領巾，抓住一角，吸吮起來。他向來愛惜衣物，卻沒什麼興致去解救領巾，嬰兒的味道又香又甜，他的內心深處有股怪異的疼痛。

肉彈美女們朝他走過來，巴比假裝沒看見，抱著孩子走向餐檯，讓自己有多點時間恢復鎮定，艾維只繼續吸著領巾。看見母親站在十碼外，一件暗色長裙配上白襯衫，領子中央戴著祖母的舊胸針。巴比看見偉藍‧舒耶向她走去。穿著刷白牛仔褲、舊帽子、舊靴子、法蘭絨襯衫，活像是真正的牛仔。

母親看見舒耶時顯然大為驚恐，他一手搭住她肩膀。巴比全身抽緊，準備衝去救援，半晌才發現她的身體鬆軟下來。剎那間，他有種噁心的預感，覺得她會酥倒在舒耶懷裡，但她隨即挺直背脊，掉頭走開。舒耶站在原地，許久終於轉身，巴比看見舒耶臉上那赤裸裸的絕望，知道自己終生都忘不了這個表情。他抱緊嬰兒，感覺開始流汗。他是怎麼了？為什麼覺得他和偉藍‧舒耶好似落入同一處境？

「妳傷透了巴比的心，」黛麗幾分鐘前便開始低聲說教，如今更是拉著葛蕾離開販售彩券的長桌。「妳怎能這樣拋下他？」

葛蕾鮮少冷嘲熱諷，但現在卻難以克制，因為那三個性感尤物又掛回巴比手臂上了。「他可真是傷心欲絕。」

「妳很清楚，他才不在乎那些肉彈，他在乎的是妳。」

「在乎和愛相差太遠。」她看著一名金髮美女舉起酒杯放到他唇上。稍早看他抱著艾維，或者看他現在和美豔妖姬廝混，葛蕾不知哪種更讓她心痛。「在他身邊更久，只會更心痛。」

黛麗毫不同情。「好東西就該去爭取。我以為妳更有膽識，不過我老是忘記妳只是北佬。」

「我真不懂妳幹麼這麼憤慨。從我到達的第一天，大家就不斷地對我說，我不是他喜歡的類型。」

「沒錯。不過事情就像巴比常說的那句話：人心就是這麼難以預料。」

「他那句話只是拿來騙人的！妳總該知道他最愛嘴上說一套，心裡想另一套吧！」

黛麗氣呼呼的。「才不是，巴比．湯姆．鄧騰是我見過最誠懇的人。」

「哈！」

「對一個愛他的人來說，妳可真是吹毛求疵。」

「我愛他，不表示我瞎了眼珠。」她退後。「我得回去賣彩券了。」

「用不著妳，蘇珊的牌友會負責。妳去玩吧，玩得開心一點，要巴比看見他不能隨意操縱妳。大家都很清楚，那就是他正在做的事。」

彷彿應黛麗之召，電影公司的攝影師雷毅．畢凡在葛蕾身邊出現。「葛蕾，我一直在等妳賣完彩券，好請妳跳舞。」

葛蕾不睬黛麗鼓勵的笑容。「抱歉，雷毅，今晚我沒心情跳舞。」

「噢，我聽說妳和巴比吹了。看來他正竭盡所能讓妳嫉妒。」

「那只是他的本性。」

「妳不該讓他那樣操縱妳。工作人員都喜歡巴比，不過有些人對妳的興趣可不止於交朋友，我猜這也不是秘密了。我們擲銅板決定誰可以先和妳跳舞，我贏了。」

她朝他感激地一笑。「謝謝你，但老實說，我實在沒心情。」在他或黛麗繼續施壓之前，葛蕾已溜進人群。知道有些男人認為她有吸引力確實不壞，但她今晚沒心情應酬。

她垂頭喪氣地坐在野餐桌後，娜姮和安彤把嬰兒會用到的東西全放在這裡，稍後她才發現，此處的視野正好將舞會盡收眼底。巴比正被鶯鶯燕燕圍繞，一副樂不思蜀的模樣，又笑又說，顯然在盡情享受自由。彷彿察覺葛蕾的目光，他抬起頭，轉過來上下打量她，四目交鎖，片刻間兩人都凝住不動。接著他對身邊的女人微笑，捧住她的頭，慢條斯理地吻她。

如果他是想給葛蕾額外的打擊，那他不可能做得更好了。他捧著那個女人的後腦，越吻越投入，葛蕾很清楚那是什麼感覺。她真想大喊，*那張嘴是我的！*

幾位運動員找上巴比，看大家的反應，他肯定說了很好笑的故事來娛樂眾人。他手臂上掛著兩名美女，又散發出葛蕾無比熟知的魅力，沒多久身邊就聚集一小群人。

「桃莉・錢德勒說如果我買十張彩券，額外的獎品就是和妳共舞。」葛蕾倏地抬頭，看見偉藍・舒耶站在旁邊，手裡十張彩券攤成一個扇形。

她微笑。「感謝你的支持，但我不太想跳舞。」

他伸手拉她起身。「來吧，葛蕾，妳像隻飽受拳打腳踢的小狗。」

「我不太擅長隱藏喜怒哀樂。」

「我不覺得意外。」他摟住她肩膀，對準她的嘴印下一吻，葛蕾詫異得啞口無言。「這一下，」他嘻嘻笑。「包準把巴比・湯姆・鄧騰氣得七竅生煙。」

他態度堅定地帶著葛蕾進入舞池。樂隊正在演奏民謠，他將葛蕾緊擁在胸前，葛蕾覺得很舒服，好想閉上眼，靠著他。「你是個好人，」她說。「我一直都知道。」

「甚至在我宣布不會遷走羅莎科技之前嗎？」

「我一秒鐘都沒想過你會關閉工廠。大家只需要看著你，就知道他們都想錯了。」

他低聲笑，胸膛隆隆作響。兩人默默跳了一陣子，葛蕾忽然察覺到他的肌肉微微抽緊，順著他的視線望過去，看見了蘇珊和柏迪舞過。葛蕾抬頭，看見偉藍眼底有多哀傷。

「巴比不是故意那麼殘忍，」她柔聲說。「他非常保護母親，他遲早會想通的。」

「妳對人性真的很樂觀。」他向另一邊舞去，同時改變話題。「妳決定離開，大家都覺得遺憾。妳在鎮上的時間雖短，妳做的好事卻比他們一輩子做的都多。」

她真的很驚愕。「我什麼也沒做啊！」

「是嗎？難道是我聽錯了？妳組織義工改善藤丘安養中心的設備，還為他們設計休閒活動吧？妳出了點子提議建立老人活動中心吧？我還聽說妳常去藤丘探望孤獨老人。依我看來，這些事情遠比某個一輩子除了打橄欖球之外，什麼好事也沒做過的人強太多了。」

葛蕾本想抗議，說巴比也為別人付出許多，包含金錢或時間，但隨即克制住。舒耶先生談的是她，不是在說巴比，而且他說得對。

她幾時染上這種毛病，竟然認為自己的貢獻不如別人？難道關照長者福祉會比天生俊美迷人沒有價值嗎？她覺得茅塞頓開，用全新的眼光看自己，一輩子背負在身上的情感包袱都卸下了，甚至有點頭昏眼花。她有朋友，有喜歡她的人，而且她憑著良心過日子。她太習慣知足了，從遇見巴比的第一天開始，她就慶幸自己交了好運，所以無論他拋來的感情有多微薄，她都照單全收，還感激涕零。但愛情不該如此，她理應得到比渣滓更好的東西。

一舞終了，濃濃的哀傷將她淹沒。她完全沒有不對，她循良知、步正道，絕對有資格擁有巴比．湯姆．鄧騰的愛。但他永遠不會懂，正如他永遠不瞭解自己丟棄了多麼珍貴的東西。

巴比把性感尤物推給鳳凰城太陽隊的兩名球員，好有機會和母親談話。「我相信這支舞是為我保留的。」

「我想我的跳舞卡上，確實有你的名字。」蘇珊微笑，兩人步入舞池。

母子倆都是優雅的舞者，兩人默默跳著兩步舞好一陣子，但巴比沒辦法像平常那樣開心。自從偉藍．舒耶吻了葛蕾之後，她的舞伴就換個不停，毫不間斷。他一想起來就咬牙切齒。

儘管很艱難，他仍硬把自己的不快暫時拋開，做他從聖安東尼回來後就該做的事。他暗自坦承，昨晚目睹母親和舒耶哀傷憂鬱的對望時，當下就該行動了。「媽，我們得談談妳的事，這次我不會讓妳用園藝秘訣和郵輪之旅宣傳冊來迴避問題了。」

她的背脊微僵。「沒什麼好談的。」

「妳知道吧？我也很想念爸爸。」

「我知道，他非常愛你。」

「他是一個了不起的父親。」

蘇珊挑起一眉，看著他。「他在你這年紀時，都已經有一個十四歲的兒子了，你知道吧？」

「嗯。」

她憂慮地皺眉。「你和葛蕾怎麼了？你今晚為什麼要帶那些可怕的女人過來？」

「沒什麼。妳早知道訂婚的事是假的，所以別把我們分手看成像是什麼慘劇。」

「我已習慣把你們想成一對，我猜我已逐漸相信你們會結婚。」

他冷哼，掩飾心底的彆扭。「媽，妳真的覺得我和葛蕾會結婚？」

「噢，當然，很明顯啊。我承認起初我是看不出來，但是在認識葛蕾之後，我覺得她跟你是天生一對，尤其是我眼見她讓你變得多快樂。」

「那不是快樂。我只是在嘲笑她，僅此而已，因為大半時間她都很荒唐。」

蘇珊看著兒子，緩緩搖頭，隨即把臉貼在他胸前。「小甜餅，我擔心你，非常擔心。」

「我也擔心妳啊，所以我們扯平了。」舞池彼端，葛蕾正和丹恩共舞，他的老教頭似乎很開心；丹恩的妻子菲碧則與盧瑟共舞，鎮長很難把眼睛從菲碧的胸線上移開。「媽，我們得談談妳和舒耶那傢伙的事。」

「他的名字是偉藍。我跟他之間，沒有什麼要談的『事』。」

「他告訴我的可不是這樣。」

她目光閃動。「他找你談過？他沒有權利那樣做。」

「他要我扮邱比特，撮合你們。」

「我不敢相信他竟然找你談。」

「我們兩個處不來，那次談話不太愉快。但是愛上他的人不是我，我怎麼想並不重要。」

他等著母親否認他的話，祈禱她的額頭會打結，不高興地斥責他，但她只是別開臉。「他不應該扯上你。」

他母親愛上別人。確認了事實之後，巴比等著怒氣來襲，卻訝異地發覺並沒有那麼糟。

他小心翼翼挑選字句。「媽，如果先走的是妳呢？如果妳去世四年之後，爸遇上一個很喜歡的人，一個能讓他不再孤單的人。」迴避這話題這麼久，如今談來卻有如釋重負之感，巴比還有種詭異的感覺，彷彿葛蕾正握住他的手。「萬一他和妳現在一樣，只因為他仍愛妳，就把那個人拒於千里之外，妳會要我跟他說什麼？」

「這不一樣。」

巴比聽出她的焦慮，知道煩擾了母親，但仍繼續。「一模一樣。」

「你不曾經歷這些！你不懂。」

「沒錯，我只是在猜想該跟爸爸說什麼。我猜妳會要我告訴他，別理會那個越來越喜歡的新人，要他後半生就跟妳現在一樣孤單地過，花一輩子去掃墓和追悼。」

「我不懂你為什麼逼我！你甚至不喜歡偉藍，你自己承認的。」

「我的確不喜歡他，但我得說——我真心佩服那個混蛋。」

「別說粗話，」她出於直覺糾正他，忽然熱淚盈眶。「巴比，我不能，你父親和我……」

「媽，我知道你們感情有多深厚，我每天都親眼見證。也許這就是我不怎麼想結婚的理由，因為我也想要那樣的感情。」

巴比瞥見葛蕾舞過，就在這一瞬間，他恍然大悟，腳步踉蹌差點跌倒。他也能擁有和父母一樣的濃情密意。老天！擁著母親，感覺父親與他同在，他知道同樣的親密就在舞池彼端等著他。他愛葛蕾。真相幾乎使他跪倒在地上。他愛他的葛蕾，可笑的衣服、跋扈的態度，全部都愛。她是他的開心果，是他的良知，他的借鏡，是他的棲息地。他為何沒有早幾個星期想通？

他太習慣於把生活想成某種特定形式，因而看不見自己真正的需求。他拿葛蕾與那些波霸肉彈比較，只因為她沒有大胸脯就判定她輸。他忽略了一件無法否認的事實：近年來，那些腦袋裡只想著參加宴會的女人，已經快讓他煩死了。光是凝視葛蕾的灰眸，看著她頭髮飛揚，就會讓他口水直流，但他也故意不理會。他為何這麼死腦筋，硬要說自己想要那些性感尤物？葛蕾說得對，以他的年紀，早該學到生命中需要的是什麼，但他一逕用青少年時期浮誇膚淺的標準去評斷女人，想起來真該慚愧。葛蕾的美一開始就讓他舒服，因為滋養她的是她的內在美，就算她年華老去，這份美麗也不會衰老。

他愛葛蕾．雪諾，他要跟她結婚。該死，這次是真的！他想和葛蕾共度一生，想讓她的腹中懷著他的孩子，用他的愛填滿他們的家。與她共度一生的想法，非但沒有令巴比害怕，反而使他喜悅得幾乎要飄離地面。他當下就想把葛蕾自丹恩的懷抱拉出來，對她說他愛她，想看著葛蕾在他眼前融化。但是，他必須先處理完母親的事。

他俯視母親，胸膛緊縮，音調異乎尋常。「我對偉藍的反感，看似是針對他個人，其實無論妳喜歡誰，我都會鬧彆扭。我想有一部分的我，希望妳把自己鎖起來，一輩子哀悼父親，因為他是我爸爸，而我愛他。」

「噢，甜心……」

「媽，聽我說完。」他焦急地注視她。「別的我不知道，但這點我敢肯定——爸絕不會希望我那麼想，他也不會要妳受苦，再一百萬年也不會。你們擁有恢宏豐厚的的愛情，但是如果妳放棄未來，妳就是在貶低你們的感情。」

他聽見母親抽氣。「你認為我是在貶低我們的感情？」

「對。」

「我沒有那個意思。」她虛弱地說。

「我知道。妳對舒耶的感情，會改變妳對爸的愛嗎？」

「不，絕不會。」

「那麼，妳不覺得現在該挺起背脊，反抗別人對妳的箝制了嗎？」

他幾乎可以看見母親站直而顯得更高。「對，沒錯，是時候了。」有片刻，她什麼也沒做，接著用力擁抱兒子。

巴比四下一掃，改變兩人位置。蘇珊捏捏兒子的肩膀。「每個媽媽都渴望有你這種好兒子。」

「等我害妳丟臉丟到了家，看妳會怎麼說。」放開母親的手，巴比伸手輕拍偉藍·舒耶的肩膀。後者停下腳步，迷惑地看著巴比。

巴比開口。「舒耶，你要獨佔貝奈女士一整晚嗎？貝奈女士，我和妳還有些事要討論，對不對？我們交換舞伴吧？」

偉藍呆若木雞，巴比還以為他會任由送上門的大好機會溜走，但他迅速回過神，急切地握住蘇珊的手，差點將可憐的茱蒂·貝奈推倒。就在蘇珊滑入他的臂彎前，偉藍與巴比視線相遇，巴比從沒見過哪個人的眼裡能承載這麼多的感激。蘇珊的表情則是既興奮又慌亂。

巴比握住鎮長太太的手。發現自己愛上了葛蕾之後，他的世界宛如徹底翻轉，但他卻驚訝地發現自己很樂。他裝出最凶狠的眼神瞪著舒耶。「我母親可是鄰里間人人誇讚的良家婦女，希望你在她身邊循規蹈矩。還有，別拖太久，要是讓我在婚禮前聽見什麼閒言閒語，你就得狠狠吃上一頓苦頭了。」

舒耶仰頭大笑，同時摟緊蘇珊的肩膀，翩然舞開。

茱蒂伸長脖子，看著他們消失，才轉頭看巴比，嘖嘖作聲。「他把她帶到穀倉後面去了。」

「一定是去做些鬼鬼祟祟的事。」

「你不打算阻止？」

「貝奈太太，我都把新娘的手交出去了，接著就只能祈禱幸福圓滿嘍。」

偉藍與蘇姍吻得停不下來。他讓她背靠著穀倉，把上衣下襬拉出裙外，一隻手悠遊其下。兩人呼吸粗重，巴比傻氣的警告讓他們覺得有觸犯禁忌的暈陶感。

「蘇珊，我愛妳，我等妳等了一輩子了。」

「噢，偉藍……」

「說出來，甜心，告訴我。我需要聽妳親口說出來。」

「我也愛你。你知道我愛你很久了，而且我好需要你。」

偉藍再次吻她，接著提出那則必要之問。「荷伊呢？我知道你們的婚姻對妳的意義。」

她縮回撫摸他頸子的手，貼住他下顎。「我會一直愛他，但今晚巴比讓我明白一件事。其實我早該自己想通了。荷伊會要我這麼做，他會要你來照顧我。我想我會一直相信，今晚他藉由兒子之口，給了我們祝福。」

偉藍輕撫她臉頰。「巴比一定很為難。我知道他和父親感情很深。」兩人獨處以來，他首次面露難色。「蘇珊，妳兒子不喜歡我也不是秘密了，但我答應妳，我會儘量改變他的想法。」

她微笑。「他很喜歡你，只是還沒想通罷了。相信我，你們兩個一定會處得很好。如果他還沒改變想法，就不會把我交給你。」

偉藍鬆了口氣，又開始輕囓她下唇。「甜心，我們得離開這裡。」

她後退，綻放一抹調皮的笑容。「巴比說你應該要循規蹈矩。」

「我是啊！首先，我要讓妳一絲不掛，然後就開始一步一步照規矩來。」

她假裝思索。「不好吧，他凶起來很嚇人。」

他哼了一聲。「籌劃婚禮最快也得花上一、兩個星期，我沒辦法拖那麼久不碰妳。妳兒子可以乘機學習尊重長者的需要。」

「言之有理。」

偉藍又吻她。兩人終於分開，他仰頭大笑。杜樂沙最壞的小流氓，終於贏得了高二班上最漂亮女孩的芳心。

巴比跳上講臺頒獎給高爾夫球賽的贏家，他心情大好，幾乎有點暈眩。愛情洋溢心頭，又明白他的生命除了橄欖球外，還有許多面貌。他已經想好該如何告訴葛蕾一切都改變了。他一向喜歡盛大場面，現在他打算給未來的妻子一個畢生難忘的求婚。

在此同時，葛蕾卻數著時間，焦躁地等待今晚結束。她安慰自己，從今以後再也不會妄自菲薄，但怎樣也平撫不了心碎。黛麗拒絕主持抽獎，葛蕾只好站上講臺，儘量遠離巴比。盧瑟感謝來參加的選手，葛蕾乘機掃過人群。柳兒和電影公司的人聚在一起，艾維在娜妲懷裡沈睡，柏迪、黛麗則和巴比的老隊友吉姆・畢德洛以及凱柏夫婦站在一塊兒。

好幾位巴比的運動員朋友今晚都和葛蕾跳過舞，對於她不認識他們的鼎鼎大名，泰半覺得有趣，而不是懊惱。可惜，不知話是怎麼傳開的，他們都知道是她主動提出分手，而非相反的狀況。如果是女人聽到好友被拋棄，起碼會表示同情，但巴比的朋友反覺得這件事滑稽到極點，葛蕾確信他們必定整晚取笑他。知道這對他的自尊是多大的打擊，她的心痛又裹上了一層驚懼。

盧瑟拿起裝著彩券的玻璃魚缸，招手要葛蕾過去。「在巴比頒獎之前，我們要先摸彩，獎品是藤丘安養中心提供的美麗百衲被。在座各位大都認得葛蕾・雪諾，她離開之後，我們一定會很懷念她，現在請大家為她鼓掌，感謝她的勞苦功高。」

熱烈的掌聲響起，還有些人用力吹起口哨。葛蕾把手伸進魚缸。「一三七號。」

結果是電影公司的工作人員幫艾維買的彩券，娜妲抱著孩子上台，嬰兒剛好睡醒。葛蕾將百納被交給娜妲，擁抱了嬰兒，還親了他一下，知道會非常想念這個好脾氣的小寶貝。抽完獎之後，她想溜下講臺，卻被盧瑟擋住路。

巴比走到麥克風前開始頒獎，他拿朋友的球技和自己的爛分數開玩笑，把枯燥流程變得歡樂無比。葛蕾覺得他從沒這麼風趣過。他的雙眸綻放著喜悅光芒，亮眼笑容也夠格當上牙膏模特兒。葛蕾難過地想，他再也找不到更好的方法，讓大家知道他完全不曾因為心碎而受苦。頒完獎之後，葛蕾等著他從麥克風前走開，她才好溜走，但他反而轉頭看過來。

「在舞會繼續之前，我有件事要宣布……」

葛蕾心中一凜。

「有人可能聽說我和葛蕾解除了婚約，也許有人注意到她一直在生我的氣。」他又露出魅力無邊的笑臉，叫人覺得唯有全天下最沒有理智的人，才會生他的氣。

葛蕾祈禱他住嘴，她受不了他眾目睽睽下揭開她的瘡疤，但他仍繼續說下去。「其實是這樣的，訂婚的狀況千百種，看來我跟葛蕾之前還只是把彼此當成固定交往對象而已。不過，現在該是把事情做對的時候了。盧瑟，把葛蕾帶過來，她還在氣我，恐怕不會自己過來。」

她絕不會原諒他，葛蕾暗忖。盧瑟開心地咯咯笑，拖著她上前。她趕緊看著站在前排的黛麗、娜妲和桃莉，用目光懇求她們協助，但每個人都在微笑。巴比的朋友似乎也樂得看好戲。

巴比摟住葛蕾肩膀，俯視她驚愕的臉。「葛蕾，當著上帝、我的鄉親，還有那些我稱為朋友的健身狂面前，我請求妳嫁給我。」他用手掌包住麥克風，低頭對她耳語。「甜心，我愛妳，這次是真的。」

戰慄遍及全身，她無法想像還有什麼比這更傷人。觀眾又笑又鼓掌，這些人若非他的鄉親，就是他的朋友，巴比絕對無法忍受他們把他看成輸家。他說愛她，不過是謊言。說謊對他是家常便飯，為了挽救他的名譽，他不惜摧毀她。

她哽咽的聲音只打算讓巴比聽見。「巴比，我不能嫁給你。我值得更好的人。」

她的聲音透過擴音器傳回她耳中，葛蕾這才明白，在她開口時，巴比拿掉了遮住麥克風的手。觀眾的笑聲戛然而止，只剩幾聲緊張輕笑，大家隨即明白她是認真的，全場鴉雀無聲。

巴比的臉色倏地變白。葛蕾驚恐地凝視他的眼睛，她並不想羞辱他，但話已出口，字字屬實，她不會收回。她等著他說句俏皮話，舒緩尷尬的氣氛，但他一言不發。

「抱歉，」她低喃，一步一步往後退。「我真的很抱歉。」她轉身衝下講臺。

推著呆若木雞的人群，葛蕾等著他以慵懶腔調對眾人開口，搭配討喜笑聲。在心中，她甚至能聽見他選用的字彙。

哇塞！大夥瞧瞧，小姐真是又辣又嗆，看來沒辦法靠一瓶香檳、一夜春宵搞定了。

她向前擠，不慎踩到裙襬，踉蹌了一下，接著聽見擴音器傳出聲音。他會開口在她意料之內，但不是她預料的那些話，反而爆出憤怒敵意。

「葛蕾，繼續走啊！離開這裡！我們兩個都知道，我不過是可憐妳。狗屎，我怎麼可能會娶妳這種女人？給我滾出去！滾出我的生活，別讓我再看到妳！」

她羞恥極了，不斷抽泣，盲目地向前闖，不辨方向，也不在乎，只知道必須逃開。

一隻手按住她手臂，她抬頭看見了雷毅，電影公司的攝影師。「來，葛蕾，我開車送妳。」擴音器在她後面尖叫、咆哮。她拔腿就跑。

第24章

巴比・湯姆・鄧騰原來是個沒有酒品的醉鬼。他搗毀大半個馬車輪酒吧，踢碎了一輛嶄新龐帝克的車窗，還打斷連恩・布朗的手臂。巴比以前也打過架，但對象不是連恩，更不是柏迪；柏迪只是想偷走巴比的卡車鑰匙，以免他酒醉駕車。杜樂沙的鎮民從未想過有一天會以自己的寵兒為恥，但今晚沒有人不搖頭。

巴比醒來時，他已在監獄裡，想翻身卻痛得無法動彈。他頭痛，身上每束肌肉都痛，試圖睜開眼睛時，才明白腫了一隻眼，肚子像患了重感冒那樣翻攪；即便打完艱苦比賽，他也沒這麼不舒服過。他緩緩把腿放下床，逼自己坐起來，兩手撐住頭，讓絕望淹沒自己。很多人喝醉之後，就記不清自己做了哪些事，他卻記得每一個悲慘的細節。更恐怖的是，他還記得喝醉的原因。

就算求婚遭拒，惱羞成怒，他怎能站在麥克風前那樣攻訐葛蕾？她跑開之前的那一瞥，他終生難忘。她相信他罵的每一句氣話，巴比愧疚至極；而她所說的每個字，都牢牢烙印在他的腦海中。巴比，我不能嫁給你。我值得更好的人。

她的確值得。上帝助他，她說得完全沒錯。她值得一個成熟的男人，而不是幼稚的小孩；她值得一個愛她比愛自己的傳奇更多的人。他的傳奇。生平第一次，這個字眼讓他覺得噁心。無論他創造過何等傳奇，昨晚的行為都已摧毀殆盡，但他不在乎了，他只在乎如何讓葛蕾回心轉意。

猝然間，恐慌將他吞噬。萬一她已經離開小鎮了呢？道德觀是她最堅持的價值，如今他才瞭解是非分明對葛蕾有多重要，卻為時已晚。葛蕾總是言行一致，一旦認定自己是對的，無論如何也不會動搖。

她說過愛他，這句表白對她意義重大，他卻輕忽以待，不尊重她的愛情與感受，終於將她逼入絕境。昨晚望著她的臉，聽著她說不能嫁他，她是句句認真，縱然他在大庭廣眾之下宣示愛意，也留不住她。一大堆未曾有過的情緒襲上他心頭，最不熟悉的就是絕望。一輩子輕易征服許多女性，他發現他已失去信心，否則他不會這麼肯定一旦她離開杜樂沙，就會永遠失去她。如果他在主場都無法贏得她的心，又怎能期望在外地得回她的感情？

「唷，小金童昨晚好像惹了點麻煩呢。」

巴比抬頭，模糊的雙眼辨識出金寶・柴克里正站在牢房外，臉上掛著卑鄙的蔑笑。

「金寶，我現在沒心情跟你對罵，」他咕噥道。「我要怎樣才能出去？」

「我叫吉姆。」

「吉姆就吉姆。」他無精打采地說，心中思緒飛轉。或許還來得及，也許她已經花了點時間重新考慮，他還有機會趕上葛蕾，讓她回心轉意。他向全能的上帝起誓，只要葛蕾嫁他，他願意在第一個結婚紀念日買下一家安養中心給她經營。但首先他必須找到葛蕾，然後得讓她相信，他這輩子不曾如此愛過別的女人。只要能得到她的寬恕，要他做什麼都可以。

他坐直身子。「我得出去。」

「蓋茲法官還沒決定你的保釋金呢。」金寶毫不掩飾自己在幸災樂禍。

巴比艱難地站起來，雖然胃在翻轉，受過傷的膝蓋痛得要命。

「要等到什麼時候？」

「遲早的事。」金寶從襯衫口袋掏出牙籤，插入牙縫。「法官不喜歡我一大早吵醒他。」

巴比腫脹的眼睛，仍可從鐵條之間瞥見掛鐘。「都快九點了。」

「等我有機會的時候，我會打電話給他。幸好你有錢，因為你的罪可嚴重了！毆打、妨礙安寧、破壞私有財物、拒捕。法官對你可不會太客氣。」

巴比的絕望感與時遽增。他在牢裡多蹲一分鐘，就表示葛蕾逃得更遠。昨晚他為什麼要像個混蛋？為什麼不嚥下驕傲，立刻追上去，就算必須下跪道歉也在所不惜呢？他反而只把時間浪費在充好漢、胡說八道，以免在兄弟面前丟了臉；他在麥克風前講了那些噁心至極的話，再怎麼掩飾也分明是毫無指望。回想起來，他已不知為何要在乎他們的看法。他喜歡朋友，但他沒打算跟那些人共度餘生，他的骨肉也不可能由朋友們懷胎。

他跛行到欄杆前，掩藏不住煩躁。「我會接受所有的處罰，但不是現在。我只需要一、兩個小時，我得在葛蕾離開之前找到她。」

「真沒想到你也有為女人丟臉的一天，」金寶冷笑道。「不過你昨晚的表現還真精彩。巴比，人家不要你，全鎮的人都知道了。看來你那兩枚超級盃戒指，還滿足不了她的胃口呢！」

巴比抓緊欄杆。「金寶，放我出去！我得找到她。」

「來不及。」又一抹蔑笑，他朝巴比胸膛吐出牙籤，鞋跟敲著堅硬的瓷磚，穿門而去。

「混蛋，回來！」巴比把臉擠在柵欄之間。「我知道我的權利，我要找律師！現在就要！」

門仍緊緊關著，巴比的眼睛瞥向掛鐘。也許她不會在今天離開，也許她會留一陣子，但他不敢指望。他昨晚把葛蕾傷得太重，她一定會盡早逃離。

「我要打電話！」

「閉嘴啦。」

這時巴比才發現牢房裡不只他一個。小鎮監獄只有兩間牢房，隔壁那間床上躺著個衣衫襤褸、滿眼紅絲的醉漢。巴比不理他，繼續叫喊。「我有權打一通電話！我現在就要打！」

沒人回應。他在牢房裡狂亂地跛著腳來回踱步，受過傷的那條腿褲管撕裂，襯衫鈕釦大都不翼而飛，袖子也少了一截，手指關節好似放進絞肉機裡絞過。他又回到柵欄前，再度放聲大喊，但唯有隔壁的醉漢吼回來。掛鐘的秒針不斷向前走，巴比知道金寶看見他這模樣會有多得意，但他不在乎。他的聲音變得沙啞，但他沒辦法靜下來，就算告訴自己大喊大叫無濟於事，但他已氣急敗壞、失了方寸，壓不下恐慌。萬一現在不去找葛蕾，就會永遠失去她了。

約莫半小時過去，警局通往牢房的門才打開，進來的人是副警長戴爾•布雷狄。巴比喜出望外，他和戴爾的哥哥打過球，他們倆交情不錯。

「可惡，巴比，你喊得快把屋頂震垮了。抱歉不能早點進來，我得等金寶離開。」

「戴爾！我得打電話。我知道我有權打一通電話。」

「巴比，你昨晚打過了，你打給達拉斯牛仔隊的老闆，還親口對老傑瑞•瓊斯說，就算牛仔隊是地球上僅存的球隊，你也不會為他們打球。」

「媽的！」巴比重重搥打鐵條，震得兩臂劇痛。

「沒人見過你喝得這麼醉，」戴爾繼續說。「你幾乎毀了馬車輪，更別提可憐的連恩了。」
「那些事我之後都會處理，我保證會給連恩一個交代。但現在我非打電話不可。」
「巴比，我不敢作主。吉姆真的很討厭你，自從你和雪莉・哈波——」
「那是十五年前的舊事了！」他大吼。「別這樣，只是一通電話而已。」
戴爾終於去摸腰間的鑰匙，讓巴比鬆了口氣。「好吧。我猜只要在吉姆買咖啡回來之前，把你關回去就好。他不知道有這回事，就不會計較了。」
戴爾慢吞吞地找鑰匙，巴比真想掐住他喉嚨，對他大吼，叫他快一點。好不容易出了牢房，巴比走到前面辦公室，剛進入，警長辦公室的秘書羅絲・珂琳就抬起頭，把電話交給他。自巴比有記憶以來，她就在警局工作了，他小時候還幫她割過草坪。
「巴比，找你的，是黛麗。」
他搶過電話。「黛麗！妳知道葛蕾在哪裡嗎？」
「她正跟柏迪租車，準備開去聖安東尼。她看不見我——我在後面房間——她跟柏迪說要趕下午的班機。柏迪叫我打電話給你，昨天晚上我明明還對他發誓，只要我還有一口氣在，就絕對不再跟你說話呢！我真不曉得你竟然會這麼可惡，不只對葛蕾做出那種事——她戴著墨鏡，我知道她一定哭了整晚——你還把柏迪的臉打慘了，他的下巴腫了有兩倍大，而且——」
「叫柏迪不要把車子租給她！」
「不租不行，否則會失去加盟權。他正在想辦法拖延，可是你也知道她的個性。噢，柏迪好像在給她鑰匙了。」

巴比咒罵，急得抓頭，碰到太陽穴附近的傷口，痛得一縮。「現在就幫我打電話給蓋茲法官，要他立刻過來。告訴他——」

「沒時間了，她坐進車子了，是一輛藍色的大艾姆。她開車一向很小心，如果你現在出發，很快就能追上她。」

「我在牢裡！」

「那就趕快出來呀！」

「我正在想辦法！妳得幫我攔住她。」

「來不及了，她開走了。你得上高速公路攔她。」

巴比摔回話筒，轉身看著羅絲和戴爾，兩人都聽得津津有味。「葛蕾剛離開柏迪的修車廠，準備去聖安東尼，我得在她到達州界之前把她攔下。」

「他怎麼會溜出牢房？」金寶忿忿走進大門，襯衫沾著餅屑，黑臉氣到四處生起紅斑。

「葛蕾要離開了，」戴爾開始解釋。「巴比需要攔下——」

「他是犯人！」金寶大吼。「立刻把他關起來！」

戴爾無奈地轉向巴比。「巴比，抱歉，恐怕你得回牢裡了。」

巴比伸出雙手，聲音低沈，語帶警告。「戴爾，別靠近我。在我有機會和葛蕾談清楚之前，我不會回到牢裡。我不想揍你，別逼我。」

戴爾端詳了巴比半晌，轉頭怒瞪金寶。「給他一、兩個小時去挽救愛情，又有什麼關係？尤其你在逮捕他之後，就故意忽略他的公民權利。」

金寶撇嘴，濃眉連成一線。「去你的，給我把他關起來，不然你就得捲鋪蓋走路！」

布雷狄家的人都不喜歡被威脅，戴爾自然不例外。「你沒有資格開除我，盧瑟不會准的！既然你這麼想把他關起來，你自己動手啊！」

金寶暴跳如雷，怒吼一聲，飛身前撲。巴比隨手抓起椅子，推過地面，撞到金寶膝蓋，讓他摔個四腳朝天。巴比接著衝向門口，邊跑邊對羅絲喊：「我需要車子！」

羅絲抓起桌上一串鑰匙，拋給他。「開金寶的車，就停在門口。」

他衝出去，跳上最近一輛車：警長閃亮的白色巡邏車。輪胎嘎吱，他駛出停車場，開上大街，只花了幾秒鐘就找到警笛開關，啟動警笛閃光。

警局內，羅絲抓起電話，四處宣揚巴比・湯姆・鄧騰越獄的消息。

德州天堂鎮，永駐你心

從後視鏡看去，掛在鎮界標誌上的鮮豔旗幟越來越小，終於看不見。葛蕾伸手拿腿上的面紙擤鼻子，猜想她是否會一路哭到聖安東尼。昨晚雷毅送她回家收拾行李，接著又帶她去旅館，她都沒有哭；但她也一夜無眠，只是躺在床上，一遍又一遍回放巴比的咒罵。

我們兩個都知道，我不過是可憐妳。我怎麼可能娶妳這種女人……別讓我再看到妳！

她還奢望什麼？她當著對他非常重要的人面前羞辱他，他也立刻狠狠反擊。

葛蕾塞了一張面紙到墨鏡下，擦拭紅腫的眼睛。蔭園的新老闆同意派人到哥倫布市的機場接她，蔭園才是她的歸宿；明天早晨這個時候，她會確保自己忙碌到沒有時間胡思亂想。

她早知道兩人無法長久，卻沒想過會以這麼糟糕的方式終結。她想要巴比記得她的好，記得她是唯一沒有從他身上拿走任何東西的女人，但昨晚一切希望皆破滅。她非但拿了他的錢，還在無意中拿走他更重要的東西：他的名聲。她儘量安慰自己，是巴比的自大害他作繭自縛，但她仍愛他，不會以看見他受傷為樂。

她聽到後面有警笛，看見後視鏡裡出現警示燈，一輛警車正以高速接近。瞧了瞧時速，她完全沒有超速，於是換到外線讓警車超過。警車接近時，非但沒換到內線，反而緊跟著她。

警笛猛然大響，命令她靠邊停車。葛蕾覺得莫名其妙，仔細看看後視鏡，訝然發現警車駕駛座上的人是巴比！她摘掉墨鏡。她靠著意志力才支撐到現在，但無法忍受再次與巴比對峙。她毅然繃緊下巴，猛踩油門，但巴比也一樣。她前方有一輛老舊貨車慢吞吞地爬著。葛蕾兩手握緊方向盤，猝然切入內線超車，時速衝到九十五公里，巴比仍亦步亦趨。

他怎麼能這樣？哪個小鎮竟會讓平民駕駛警車追逐無辜百姓？時速突破一百了，她痛恨飆車，而且她渾身冒汗；他又嗚響警笛，害她更緊張。他跟得太近，車頭幾乎要撞上她的車尾，葛蕾低聲驚呼。老天，他打算把她逼出公路！

她別無選擇。他生來膽大包天，也許早就習慣在時速超過一百公里的狀況下玩碰碰車，但她可沒那種興致。不再猛踩油門，葛蕾緩緩靠邊停車，她的怒火已經快要噴發了。

她剛下車走了四、五步，他就跳下警車，葛蕾腳步遲疑。他是怎麼了？一眼腫得睜不開，另一隻閃著狂野光芒；衣服縐巴巴，從不離身的牛仔帽不見了，太陽穴附近那道疤痕使他看來危險而野蠻。葛蕾記起自己對他做了什麼事，兩人相遇以來的第一次，她害怕起來。他步步逼近，葛蕾驚慌失措，猝然轉身，只想著要躲回車上鎖好門窗，但片刻猶豫便為時已晚。

「葛蕾！」

她從眼角看見巴比伸出手抓她，立刻及時躲開，接著完全遵照本能，拔腳就跑。涼鞋的跟滑了一下，險些害她跌倒，她及時穩住，沿著路肩狂奔。她原本以為他立刻能追上來，後來察覺與她所料不符，忍不住扭頭後顧。他步伐很大，但跛得很厲害，影響了速度。葛蕾利用優勢，跑得更快，邊跑邊想起蘇珊說的那個九歲男孩因為揍女生而當眾受罰的故事。在禮貌殷勤地對待女性這麼多年後，他終於露出本性了。

她的腳步一錯，沒踩中柏油路，反踩到路肩的碎石，身體一晃便栽入草叢，砂石鑽進涼鞋。聽見他就在後面，恐懼將她吞噬。

「葛蕾！」

他撲進草叢裡使勁擒抱，她嚇得尖叫，一面摔落，一面翻身，落地時發現正仰頭對著他。剎那間，她只能感覺到痛楚與恐懼，過了片刻才想起要呼吸。她曾躺在他身下無數次，但以前是做愛，從不像這次。他粗魯殘酷的身軀將她牢牢禁錮在地面，他身上罕見地散發出酒臭和汗臭，滿佈鬍渣的下巴刮擦著她臉頰。

「可惡！」他大吼，兩手撐起自己，抓住她的肩膀扶她坐直，接著當她是破娃娃似的用力搖晃。「妳幹麼看到我就跑？」

隨和親切的面紗盡數剝除，露出一個被逼到極限、憤怒又凶暴的男人。

「住手！」她抽噎道。「別——」

他一把摟住她，緊得葛蕾幾乎無法呼吸。她模模糊糊聽見後面又響起警笛聲。他的胸膛貼著她起伏，喘促的呼吸吹襲她耳朵。

「妳不能……不要……走。」他的嘴沿著太陽穴移動，接著她突然從他懷中脫身。有幾秒鐘，陽光照花了她的眼，她看不清發生何事。等到適應了光線，只見柴克里警長粗魯地拖著巴比的腳。她手忙腳亂地站起來，警長將巴比的手臂狠狠扭到背後，給他戴上手銬。

「你被捕了，你這個混蛋！」

巴比絲毫不理睬警長，所有的注意力都放在葛蕾身上。她有股迫切的衝動，想捧住那張淒慘落魄的臉。「別走，葛蕾！妳不能走。求求妳！我們得談談。」

他的五官扭曲，葛蕾紅了眼眶。她聽見後面一大堆緊急煞車聲，車門打開又關上，但是不在意。她搖搖頭，慢慢退後，以免心軟。「對不起，巴比。我從沒料到事情會變成這樣。」喉嚨帶著哭音。「我必須離開這裡，我受不了了。」

柴克里冷哼。「看來小姐不要你。」

警長押著巴比轉身朝警車推。他受傷的膝蓋一軟，整個人摔倒，葛蕾驚呼，衝向前，卻只能驚恐地看著柴克里扯著巴比的手臂，拖他起身。

巴比痛苦地呻吟，用肩膀撞向警長身側，撞得他蹣跚欲倒，爭取到轉頭朝向葛蕾的短短時間。「妳自己說過，不會從我身上拿走任何東西！」他大喊。

柴克里憤然咆哮，揪著巴比的手臂往上提，幾乎令他脫臼。

巴比發出絕望的嚎叫，發自靈魂深處。「我愛妳！別離開我！」

葛蕾愣在原處，看著他發狂似的扭打。柴克里低聲咆哮，抽出警棍。

她一秒鐘也沒有浪費，憤怒地尖叫，撲向警長。「你竟然敢揍他！你竟然敢！」她一頭撞向柴克里，拳頭緊接著如雨點落下，逼得他放開巴比，保護自己。

「馬上住手！」葛蕾一腳踢中他的小腿，他大聲咒罵。「住手！否則我連妳一起逮捕！」

「這裡究竟在搞什麼？」盧瑟・貝奈大聲吼叫。

三個人不約而同轉頭，看見鎮長朝這裡跑來，兩條短腿跑起來搖搖晃晃的；戴爾跑在他旁邊，警車居然橫擋住公路。這兩人之後，更多緊急煞車聲，越來越多車子停下。先是黛麗和柏迪跌跌撞撞跳下車向前跑，柏迪的嘴唇破裂，下巴紅腫；隨後康妮也跟著出現。

盧瑟巴了警長的手臂一掌，強迫他又退開一步。「你瘋了嗎？你以為你在做什麼？」

「巴比！」蘇珊叫著兒子的名字，跑過柏油路而來，身邊跟著偉藍・舒耶。

柴克里狠狠瞪著盧瑟。「他越獄，而且她攻擊我。我正要逮捕他們兩個！」

「你有種就試試看啊！」柏迪憤慨地大喊。

盧瑟的食指猛往柴克里胸口戳。「金寶，光是當個業餘混帳還沒辦法讓你滿足嗎？你就非得變成專業混帳來找我麻煩！」

金寶的臉脹成豬肝色，張嘴要說話，又閉得死緊，再退後一步。蘇珊要向前衝，但被偉藍阻止，因為他看見葛蕾已像母雞保護小雞般，抱著他未來繼子的胸膛。

「每個人都不准靠近他！」她大喊，紅銅色秀髮在陽光下閃爍，表情凶猛宛如亞馬遜女戰士。「不准碰他，聽見了沒有？任何人都不准碰他！」

兩手仍然反銬在背後，巴比俯視她，表情微帶困惑。他暫時沒有危險了，但葛蕾沒有放鬆警戒，任何人想要傷害他，就得先過她這一關。

她感覺巴比的臉頰抵著她頭頂，用他低沈的聲音，呢喃著最美妙的話。

「甜心，我好愛妳。告訴我，妳會原諒我昨晚的惡劣，好嗎？我知道妳的每句評語都是對的，我麻木不仁、自私自利、傲慢自大，缺點一大堆。可是我會改，我發誓。如果妳嫁給我，我就改。只要別離開我，我實在太愛妳了。」

一定有人解開了他的手銬，因為巴比的手臂忽然擁住她。她抬頭望著他，看見連腫脹的那隻眼都閃著淚光，葛蕾驚訝地瞭解到，他說的每一句話都是真心誠意。這番愛的告白與受傷的自尊或以牙還牙無關。他是打從心坎裡說出這些話。

「告訴我，妳會給我第二次機會，」他低喃，捧住她臉頰。「告訴我，雖然我待妳不公，妳還是愛我。」

她情緒翻攪，喉嚨緊縮。「這是我的弱點。」

「什麼弱點？」

「愛你。巴比・湯姆・鄧騰，我愛你，永生不渝。」

她感到他胸膛抖個不停。「妳絕對不知道，我聽見這句話有多開心。」他緊閉上眼，彷彿在凝聚勇氣，睜開來時，睫毛濕潤閃爍。「甜心，妳會嫁給我，對嗎？告訴我，妳會嫁給我。」

他沒有把握的語氣，讓葛蕾更加愛他，她自己也熱淚盈眶。「噢，我當然會嫁給你，你可以放一百二十個心。」

許久許久，兩人渾然忘了四周的人群，只有他們佇立在德州公路邊。明朗的驕陽撒落萬道金光，一個比陽光更燦爛的未來等在眼前，充滿歡笑、孩子、無盡愛意的未來。他用腫脹的嘴親吻她，她儘量不弄痛他的傷口。蘇珊終於打斷兩人的擁抱，摸摸兒子受傷的臉，確定傷勢不嚴重，偉藍則擁抱葛蕾。漸漸地，他們總算意識到越來越多的車門開關聲，大半鎮民趕來目睹巴比越獄，高速公路的交通因而受阻。葛蕾看見桃莉和茱蒂，連法蘭克牧師和蘇珊的牌友都跑來了。

柴克里遠遠地躲開，康妮似乎正在狠狠數落他。盧瑟看向抱著葛蕾的巴比，高興的模樣令人起疑。「我給你一、兩個小時跟葛蕾談清楚，然後我和你一起去找蓋茲法官。巴比，這位法官的『絞架』綽號可不是浪得虛名，用不著結案，我就能斷定你會被罰一大筆錢，外加非常昂貴的社區服務計畫。孩子，你這一越獄，荷包可要瘦不少嘍！」

葛蕾忍不住從巴比的胸膛探出頭，提出自己的看法。「老人活動中心需要一輛巴士，還有輪椅電動升降平臺。」

盧瑟朝她驕傲地一笑。「葛蕾，這主意太棒了。妳跟我們一塊去吧，萬一蓋茲法官和我有什麼設想不周的地方，妳可以給點建議。」

「我很樂意。」

巴比憤怒地揚起眉毛。「妳究竟是幫哪一邊的？」

她考慮了一下才回答，因為她正在想像巴比・湯姆・鄧騰基金會未來能做多少善事。「既然我將成為杜樂沙的一員，我對社區就有責任。」

他看來更加氣憤。「誰說我們要住在這裡？」

她滿懷愛意，仰頭對著他微笑。以一個聰明絕頂的人來說，他有時還真夠魯鈍。巴比不知要多久才能想通，唯有住在這裡他才會真正快樂。

「兩位搭我們的車回去吧？」偉藍說。

巴比正要接受他的提議，忽然黛麗推開人群走上前來。「慢著！」她那堅毅的表情，清楚表明她尚未原諒巴比打傷她丈夫。「你把我的柏迪打成這樣，還沒給我個交代呢！我要是讓你輕鬆過關，那才有鬼！」

「這叫輕鬆？」巴比高呼，緊摟著葛蕾，彷彿害怕她會溜走。「我今天差點送了命！」

「沒送命還真可惜呢，你昨晚差點打死柏迪。」

「別誇張了，黛麗。」柏迪一臉尷尬。「該死，我跟巴比喜歡打架。」

「不用你多嘴。這只是其一，我還有別的帳要跟他算呢！葛蕾是我的朋友，既然她顯然被愛情沖昏了頭，不知道為自己打算，我只好插手了。」

葛蕾不喜歡黛麗眼中的光芒，讓她想到德州杜樂沙大部分的鎮民，若是住在別處，定然會被當成瘋子。她也想到，鎮上的人對「娛樂」的定義似乎與眾不同。

「黛麗，我沒事，」她急忙說。「真的。」

「不行。葛蕾，妳還沒搞懂，自從巴比宣佈你們訂婚之後，好多人就在背後說風涼話；現在看起來，好像真的會舉行婚禮了，那些閒言閒語一定會傳得更難聽。老實說，很多人注意到妳似乎不太懂橄欖球，大家都說巴比根本沒給妳測驗。」

老天爺！

「蘇珊，有些人甚至說巴比放水，對不對？」

蘇珊雙手抱胸，一臉嚴肅。「我不相信巴比真的會放水，不過確實有這種傳言。」

葛蕾瞪著蘇珊猛看。在今天之前，她一直以為蘇珊是通情達理的典範。

黛麗雙手插腰。「葛蕾，老實說吧，如果大家不相信妳真的通過測驗，就算參加了婚禮，還是會在私底下懷疑妳孩子的出身。告訴她，巴比。」

她抬頭看巴比，詫異地發現他竟然在揉額頭。「黛麗，我想妳說得有理。」

葛蕾斷定，這裡每個人的腦筋都燒壞了，特別是她未來的丈夫。

他下巴繃緊。「她不是德州人，從小到大又很少看橄欖球，所以我只考她五題。」他凶巴巴瞪著逐漸圍攏的觀眾。「有任何異議嗎？」

有些女人看來很有意見，康妮也是其中之一，但沒人敢說出口。

巴比滿意地點頭，放開葛蕾，微微退後，讓她知道只能靠自己。「開始了。第一題，NFL的全名是什麼？」大家紛紛唉聲嘆氣，覺得未免簡單得離譜，但他一個眼神就讓大家肅靜。

「呃，國家橄欖球聯盟。」她回答，不知道結果會如何，只知道無論是否通過這荒謬的測驗，她都要嫁給巴比。

「很好。第二題，」他集中精神，額頭現出皺紋。「每年一月，有兩支戰績最優秀的隊伍從兩個聯會裡脫穎而出，然後兩隊會在年度最重要的賽事中互相較量。獲勝的隊伍可以得到一枚大鑽戒，」他又補充最後一句，以免葛蕾需要提示。「這個比賽叫什麼？」

人群中傳出更多喟嘆，葛蕾不理會。「超級盃。」

「好極了。甜心，妳的表現很好。」他乘機在她鼻尖一吻，又退後。「這一題比較難，希望妳有準備。標準規格的橄欖球場上，每一邊有多少根球門柱？」

「兩根！」她高呼，得意極了。「而且每根門柱上還有緞帶，不過我不記得正確的尺寸。」

他嘖嘖讚賞。「長度沒有關係。既然妳知道有緞帶，第四題就算答對了，不是人人都知道有緞帶的。甜心，現在只剩一個問題了，專心唷！」

「我很專心。」

「為了當葛蕾・雪諾─鄧騰女士……」他頓住。「要是妳不介意，我希望妳能重新考慮，用一個姓就好。」

「我從來沒說過要加我的姓！都是你一個人──」

「蜜糖，現在不是吵架的時候，一個姓，就這麼說定了。第五個問題，也是最後一個……」他踟躕，終於露出了擔憂的神色。「妳對四分衛瞭解多少？」

「我知道特洛・艾克曼是誰。」

「巴比，不公平，」桃莉大喊。「葛蕾昨晚才跟他聊過天。」

「我也聽過喬・奈瑪斯。」葛蕾得意地宣布。

「真的？」他的臉孔亮了起來。「好吧，甜心，妳的最後一題來了，難度很高，妳可別被那些嫉妒的女人分了心。為了確定我們將來那十二個孩子都不會被人質疑出身，我要問妳，喬・奈瑪斯是為紐約市哪一支橄欖球隊效命？」

葛蕾的臉垮掉。完了。笨蛋都該知道答案。紐約市……紐約市的橄欖球隊叫什麼名字？她表情一亮。「洋基隊！」

人群爆出哄然大笑，還有許多大聲呻吟。巴比目光惡狠狠掃過人群一圈，看哪個人有膽糾正她，所有人都噤若寒蟬。（譯註：正解為噴射隊，洋基是紐約職棒隊的名稱。）

等他確定大家都瞭解了他的意思，他才轉向葛蕾，將她擁入懷裡，滿臉溫柔地輕輕一吻。「甜心，完全正確。我不曉得原來妳這麼瞭解橄欖球呢！」

也就是如此，德州杜樂沙的人，全都知道巴比・湯姆・鄧騰終於不可救藥地陷入愛河了。

——全書完

編按：菲碧・桑莫維與丹恩・凱柏的故事，請參閱RA210《絕對是你》

《德州天堂》原書未收錄之終曲

我的讀者都清楚我喜歡寫或讀終曲章節，我希望知道故事結束後，各個角色又發生哪些事。《德州天堂》是我少數沒有終曲的書。原先我有寫，但後來決定刪去，因為目前的版本更適合做為結尾。不過多年以來，不少人問起葛蕾與巴比的事，例如他們還待在杜樂沙嗎？有生兒育女嗎？偉藍和蘇珊過得幸福嗎？大家後來是怎麼維生？我很高興能告訴各位，我從檔案中找出《德州天堂》未收錄的終曲章節了，希望大家喜歡！

九歲大的丹尼．鄧騰擔心地看向球場。「爸，媽媽又讓大家覺得很尷尬了。」

巴比抱住小男孩的肩膀。「兒子，她就是那種人啊。」

「可是，爸，媽是在抗議她自己的女兒耶！」

「你姊姊會瞭解的，溫娣知道她媽媽有多重視公平。那個裁判沒把注意力放在比賽上頭，反而一直盯著他的女朋友。」

丹尼是個相貌平凡的小男孩，一頭紅髮，臉上有雀斑，看來還要好幾年才會長大。他總是抓不穩球，也不明白運動有什麼重要的。「我不知道為何你不去當教練，你比媽懂得多了。」

「她不讓我當。她說我給孩子太多壓力，心裡只想著要贏球。」

「你是那種人嗎？」

「你媽對我瞭若指掌，所以我才會放縱她頤指氣使啊。」

「你也對媽頤指氣使啊，」丹尼說。「昨天我聽見你告訴她，如果她兩秒鐘之內沒進臥室的話，你就要給她好看。」

巴比微笑。「兒子，她得摺衣服。」

「我認為跟摺衣服無關。你們一定又在親吻了。」

看著丹尼露出噁心的表情，巴比笑起來，冒著兒子發火的風險，他輕輕在丹尼的額頭吻了一下。球場邊，他十歲大的女兒溫娣耐心地看著葛蕾努力指引那個小伙子裁判走上正道；等媽媽說教完畢，溫娣很清楚自己會被判決退場。

溫娣．蘇珊．鄧騰逐漸往國內最厲害女子運動員的目標邁進，但在巴比心中，女兒堅守公平競爭的個性，跟葛蕾完全是同一個模子刻出來的。

「爺爺！」丹尼看到祖父走來坐在他們旁邊的位子，高興得跳了起來。

「嗨，小丹尼！」偉藍擁抱丹尼，接著目光投向球場。「葛蕾又來了，對吧？不只跟裁判爭論，而且是抗議她自己的球隊、她的女兒！」

「沒錯。」巴比回答。「只有丹尼有膽量告訴葛蕾，她又把自己搞得像傻瓜一樣了。」

偉藍搖頭。「鎮民不敢把葛蕾惹得太生氣，天曉得她會做出什麼事。」

巴比暗忖，這話完全沒錯。葛蕾是德州杜樂沙有史以來最可愛的小小芒刺。她讓藤丘成為德州最優質的安養兼復健中心，又主持了多到他數不清的公益計畫。現在她是鎮長了，巴比完全沒想過會發展到這個地步。

偉藍朝場上的孫女點個頭。「巴比，你該對那孩子下點功夫。在你之後，她是鎮上最有天賦的運動員，但她大半時間似乎都不覺得那有什麼了不起。」巴比驕傲地看著女兒，比起獲得勝利，她更注重運動的純粹樂趣。偉藍繼續抱怨。「至少可以叫她上場的時候，不要綁髮帶，換掉那雙花邊襪吧？看起來很怪。」

「她遵照鄧騰家的習俗，就算得穿制服，還是要打扮得漂漂亮亮。」

丹尼扭了扭鼻子，轉頭看祖父。「爸跟我說，他要幫忙測試你和我之前設計的新電路板，可是上次他搞得一團糟。」

偉藍好笑地看了巴比一眼，才回頭跟孫子說話。「丹尼，如果我們不讓你爸幫忙，他怎麼搞得懂電子學呢？」

「媽就是那樣說的，」丹尼咕噥。「奶奶也是。」

巴比輕笑幾聲，心底同時想著，如果少了偉藍和蘇珊幫忙，他和葛蕾照顧這個智商高到破表，又對電子學極有興趣的兒子時，真不知道會碰上多少麻煩。他和葛蕾結婚後，與繼父友誼漸長是他生命中眾多新添的喜悅之一，另一項則是鄧騰基金會，他從沒想過營運公益組織會有這麼多挑戰與回報。雖然「紅月殺機」的票房不錯，但他從未後悔放棄演藝生涯，他實在不想長時間遠離杜樂沙。

不出眾人意料，裁判屈服於葛蕾的觀點，判決溫娣必須退場，接著比賽就結束了。溫娣一能離開，馬上跑向巴比，身手矯捷又優美，撲進他大張的懷抱中，接著嘴巴說個不停。「爸，今天真好玩！你有看見琦蜜接到那記飛球，還有我那支全壘打嗎？我照你說的那樣揮棒，好流暢唷！現在可以去吃冰淇淋了嗎？」

偉藍打斷她的話。「我帶妳和丹尼去吃，然後奶奶邀請你們今晚來我們家過夜。」

孩子們樂得歡呼，巴比看向繼父。「我沒聽說這件事。」

「葛蕾的命令。」

巴比的嘴角高高彎起。「好極了。」

葛蕾來到身邊，心不在焉地輕啄他的臉頰，紅銅色鬈髮上下躍動。「別對我吼。溫娣被判出場，雖然她是我隊伍的人——」

「更不用提，她也是妳的女兒。」

「甜心，公平競爭最要緊。」她對他露出大大的笑容，就算過了這麼多年，還是能讓他胸口滿溢著情感。葛蕾看著他的方式，讓他覺得自己是世上最幸運的人。

孩子們抱了父母幾下，就跟祖父走了。巴比看著他們離開後，才轉身面向妻子。「哪種母親明知道兩個無辜的小孩會被塞滿垃圾食物，又讓他們熬夜，卻還是丟給祖父母照顧呢？」

「想跟丈夫來段毫無禁忌之激情的母親。」

「我正期待妳那麼說。」他拖著她進入休旅車，過了十五分鐘，兩個人就回到家中客廳，緊緊相擁，心中無比喜悅。巴比終於打破沈默。「這次輪到誰？」

「換我了。」

他挑起一眉。「甜心，妳說謊，妳明明知道輪到我了。今晚妳曼妙軀體的每一寸都屬於我。」

「我記得很清楚——」

「寶貝，性感肉彈不跟人吵架的，男人怎麼說，她們就怎麼做。」

葛蕾勾住他的腰帶，扯著巴比走向臥房，眼底閃著喜悅。「來瞧瞧誰才是性感肉彈。」

比賽很激烈，但是以平手做收。他們同意在打電話跟孩子道晚安之後，就要馬上再比一場。

——本文原載於蘇珊・伊莉莎白・菲力普斯之個人網站。感謝作者同意翻譯並轉載。

私房蜜約

Private Arrangements

作者◎Sherry Thomas 雪麗・湯瑪斯
譯者◎陳雅婷

為了求得完美的婚姻，她不惜使出陰謀詭計。
但欺瞞只帶來一份使她無法重獲自由的密約……

崔邁斯侯爵夫婦的婚姻堪稱典範，備受上流社會的長輩們稱許。他們相敬如賓，從未起爭執——因為十年以來，兩人分居不同的大陸。他們曾經激情火花四射，卻在婚禮隔天以康登離棄嘉綺告終。如今，她主動提出離婚、希望改嫁他人，但丈夫卻提出令她為難的交換條件：幫他生個繼承人，才願意還她自由。

嘉綺從小便立定藉由婚姻提升社交地位的志願，為此她可以不擇手段。雖是巧合讓她和康登相遇，卻是謀略使得兩人結為連理；不過，愛情豈能當成不誠實的藉口呢？嘉綺學到教訓，從此努力獨自重拾生活，但康登的提議勢必將引發巨變，秘密揭穿、慾火重燃……他們若無法重新相愛，或許就該放手讓對方永遠離開。

果樹出版社　台北市104龍江路71巷15號　郵撥帳號：19341370
103年3月出版　電話：(02)2776-5889　傳真：(02)2771-2568　網址：love.doghouse.com.tw

絕對是你

It Had To Be You

作者◎Susan Elizabeth Phillips
蘇珊・伊莉莎白・菲力普斯
譯者◎林子書

芝加哥星隊傳奇再現，得獎名作改版重譯

歷久彌新跨越時代差異，連續十五年榮獲AAR讀者票選為百大羅曼史，RITA獎、亞馬遜書店、《浪漫時代》、《韻事雜誌》……各媒體一致好評。療癒系羅曼史天后——蘇珊・伊莉莎白・菲力普斯最經典溫情系列，魅力無限再次在台隆重推出！

時髦新潮卻老愛擺出無腦美女姿態的菲碧・桑莫維，出乎眾人意料，突然繼承了芝加哥星橄欖球隊後，立刻與總教頭丹恩・凱柏槓上了！這名來自阿拉巴馬、金髮碧眼的傳奇人物，不只腦袋比驢子還頑固，又很大男人主義，脾氣更是比石頭還硬。但丹恩觸動了菲碧埋藏許久的真心，她必須鼓起勇氣才能與他相鬥。

丹恩輕視新上任的美麗女老闆，認為她毫無經營意願，只會賣弄風情，完全不懂帶領球隊的技巧。偏偏他就是忍不住受這名令人困惑的肉彈美女吸引，更發覺菲碧充滿矛盾的舉止自有其神秘魅力。為了保住球隊，兩人不只要齊心協力拿下橄欖球賽的冠軍盃，更要在這場名叫「激情」的遊戲中，奪得愛情的錦標！